大唐雙龍傳
【修訂版】
黃易
作品集
卷七

【目錄】

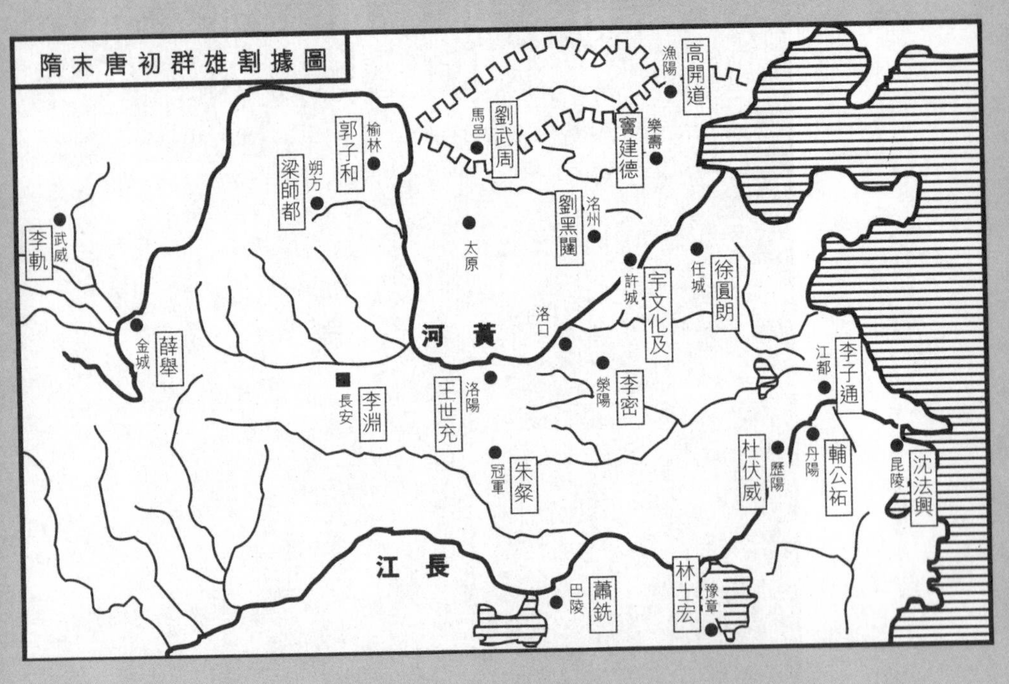
隋末唐初群雄割據圖
高開道
漁陽
劉武周
馬邑
竇建德
樂壽
郭子和
榆林
梁師都
朔方
劉黑闥
洺州
太原
李軌
武威
宇文化及
許城
徐圓朗
任城
洛口
河黃
薛舉
金城
李淵
長安
王世充
洛陽
李密
滎陽
李子通
江都
杜伏威
歷陽
輔公祏
丹陽
沈法興
昆陵
朱粲
冠軍
江長
蕭銑
巴陵
林士宏
豫章

第一章 浴血都城

黃易 作品集

第一章 浴血都城

李世民負手從破洞悠然步出，微笑道：「只要子陵兄能在此小留一個時辰，李世民保證讓子陵兄能安然無損的離開。」

徐子陵朝正不斷運勁用力扯鞭的尉遲敬德瞥了一眼，淡然道：「世民兄不要騙我，若不是你答應王世充保證能將小弟收拾，王世充豈敢貿然對付寇仲，他不怕以後睡難安寢嗎？」

長孫無忌等無不露出訝色，感到有重新評估徐子陵才智的必要。

徐子陵這猜測顯示出他對人性有深刻的體會和認識。現在天下誰不知寇仲和徐子陵乃生死之交，若幹掉其中一個，不遭另一個報復才怪。留有這種可怕的敵人，任何人以後都難望能一覺安眠。尉遲敬德心中還多了另一番奇異的感覺。徐子陵瞥向他的那一眼，清澈如神，似乎能將他裏裏外外一覽無遺，盡悉他的虛實，教他難受得直想噴血，手勁登時減弱三分。

李世民苦笑道：「子陵兄太了解王世充了！不過我李世民卻另有自己的處事方法，不會爲任何人所左右。」

徐子陵灑然笑道：「世民兄若不肯回答剛才的問題，小弟便要硬闖突圍。」

李世民雙目射出傷感的神色，搖頭道：「除了虛彥兄外，尚有小弟的二叔，子陵兄該知寇仲再無生還的機會。不如就此收手，我可安排讓你領回寇兄的遺體。」

李世民的二叔就是李閥內出類拔萃的高手李神通。

徐子陵仰首望天，盯著剛昇上東方空際的半闕明月，語氣冷靜得像不含半絲人世間的感情，沉聲道：「我要動手哩！」

李世民一對虎目湧出熱淚，轉身掉頭便走，黯然叫道：「子陵兄得罪了！」

這句話等於頒下要把徐子陵處死的命令，登時燃著了醞釀積聚至巔峰的戰火。

寇仲疾如狂風，貼牆滑去，既免去了右方來的攻擊，又使牆上的箭手無從瞄射。最令截擊者頭痛的是他遇上強敵時游魚般滑上牆壁，避過硬撼，敵弱時便全力施展殺著。在短短十多丈的距離，他固是多處負傷，敵人也給他宰掉數十個，戰況激烈紛亂。

剛劈飛了兩名擋路的敵人，左後側鋒銳疾至，寇仲來不及拏眼去瞧，左足佇地，虎軀疾旋，井中月快逾閃電般劈出，格開偷襲者的長矛。一個照面下，寇仲認出對手乃王世充親衛裏的一名領軍偏將，還曾幾度交談和並肩作戰。此時對方現出一絲無奈的苦笑，抽矛後退，寇仲本要連珠而發的寶刀不由硬收回來，心中一陣感觸下，三枝長槍疾刺而至。

寇仲一個空翻騰身而起。只見東太陽門已在不到十丈之處，可是樓門處滿布敵人，用的均是利於長攻的矛、槍、戟等最不利他想貼身攻堅的重型武器。而左方有一批大約百多人的生力軍，正朝他圍過來，左盾右劍，隊形整齊，若給截上，定是死路一條。

寇仲心中大懍。敵人顯已從混亂中恢復過來，重新組織攻勢，且看穿他要硬闖東太陽門，故在該處布下主力，要他插翼難飛。四枝長矛像四道閃電般脫手往他射來。右腳撐牆，寇仲改變方向，投進一堆敵人叢中，身刀合一，多個敵人立時仰跌側倒，給他衝出圍困。此著雖出乎敵人料外，但由於四處都是敵兵，使他只能從一個重圍闖到另一個重圍裏，但離東太陽門的距離卻縮短至六丈。

一人倏地以左手盾護著身體，右手劍迎頭劈至，勢道十足，勁風撲面。

寇仲哈哈笑道：「宋將軍你好！」

來敵正是宋蒙秋。四周的敵人配合宋蒙秋的攻勢，浪潮般捲過來。

宋蒙秋大喝道：「若立即棄刀投降，我保證可讓寇兄全屍而死。」

寇仲冷笑道：「宋將軍如此照顧小弟嗎？」「噹！」寇仲迅閃一下，避過對方劍勢，肩頭撞在左側敵人胸口處，那人骨折噴血後跌，他已振腕一刀劈在宋蒙秋精鋼打製的盾牌上，發出震懾全場的一聲巨響。

矛尖刺到後肩胛，寇仲身子一晃，長矛被震得滑了開去，只能留下一道血痕。宋蒙秋卻吃足苦頭。寇仲這一刀乃全力施爲，暗含旋勁，猛若迅雷，勁道強絕，以宋蒙秋的功力，亦被刀勢硬劈得遠跌近丈，撞得己方之人左仆右跌，就像有心爲寇仲開路的樣子。宋蒙秋整條左臂和半邊身子都痲木起來，而尚未來得及催動血氣，寇仲如影附形地貼身追來，井中月殺氣狂潮怒濤般捲至。宋蒙秋大叫不好，寇仲這一刀巧妙至極點，令他只有一個選擇，忙舉劍擋格。螺旋勁如巨浪狂潮般捲轉而來，宋蒙秋痛哼一聲，像傀儡般被寇仲擺布得朝東太陽門的方向踣踉連退十多步，再爲寇仲開出一條通行之道。寇仲身後的百多名劍盾手雖拚命追來，始終落後了幾步。四、五支長矛從宋蒙秋左右刺出，希冀能阻止寇仲繼續以宋蒙秋爲主要目標發動猛攻。

寇仲知這是生死關頭，只要再把宋蒙秋劈得倒退十多步，便可搶進深達八丈的門道去。寇仲仰天長嘯，運盡餘力使眞氣行遍四肢百骸，再滿貫刀上，井中月立時湧出森寒凌厲的刀氣撲面湧來，全身如入冰窖，呼吸艱困。刀風呼嘯，勁厲刺耳。宋蒙秋趁此緩衝之機，橫移避開。數聲沉啞的響聲後，擋路的數名矛手無一倖免矛折人傷地東倒西歪。寇仲亦因眞元損耗極鉅，把心一橫，騰空一個觔斗，避過四方八面攻來的重兵器，投往東太陽門去。十多處傷口同時灑出鮮血，觸目驚心。

徐子陵把寇仲的安危和自己的生死全排出腦海心湖之外，靈台空澈澄明，沒有半絲雜念。他一絲不漏地清楚把握到敵人進攻的路線、角度和先後。這五名天策府上將級的高手確不愧是實戰經驗豐富的老江湖，不動時已能封死所有逃路，動手後更是配合得天衣無縫。最厲害是史萬寶的矛和劉德威的棍，分別從前、後、兩方攻來，抵達的時間分秒不差，就算他雙手同出，也只能擋著對方兩件兵器。最糟是他的左足踝給尉遲敬德的長鞭纏得正緊，使他無法作大幅度的移位或閃避。更要命的是長孫無忌的玉簫稍慢兩人一線，使他知道縱能擋避兩人全力的第一波攻勢，仍要應付長孫全力出手的另一擊。挺刀立於後方兩丈許處的龐玉亦予他極大的威脅，令他深切顧忌，須稍留餘力以應付他的狙擊。這五個高手任何一人都有與他單獨硬拚之力，合起來其殺傷的威力更以倍數提升，在正常的情況下，只要一個照面便可將他重創，而他根本沒有還擊的機會。何處才可找到敵人聯手的破綻，那遁去的『一』呢？如此攻勢，實難拆解，情勢危殆險惡。

驀地徐子陵狂喝一聲，全身勁力送往左足踝，再沿鞭身往尉遲敬德攻去。尉遲敬德只覺一股強大無匹的螺旋異勁攻入手內，大駭下忙全力相抗。豈知對方的螺旋功忽地以反方向迴旋而去，由衝擊變成拉扯的力道。尉遲敬德也是了得，硬坐腰馬，反扯歸藏鞭。此時史萬寶的矛、劉威德的棍，同時擊至。

徐子陵哈哈一笑，像被狂風吹起的棉絮般以肉眼難察的高速，脫出敵人的圍攻，疾如風火般往尉遲敬德撞去，敵人鞭子拉扯之力，反爲他提供了閃避的助力，只有史萬寶的矛在他左肩處劃出一道衣裂肉綻的血痕。尉遲敬德手上一輕，給己身勁力反撞過來，以他深厚的功力亦難受得差點要吐血，一個踉蹌，隨著波浪紋不斷增大的歸藏鞭，險些跌坐地上。伺機一旁的龐玉和長孫無忌看得最是清楚，都驚駭欲絕。要知徐子陵能辦到這種本屬沒有可能的事，必須體內眞氣在眨眼的功夫內轉換了多次才成，至此方深悉《長生訣》秘功的厲害。兩人大喝一聲，劍簫同時出手。

更駭人的事發生了。

「鏘！」寇仲一刀劈在一枝往他刺來的長戟處，借力斜掠而上，直登東太陽門的門樓處。敵人哪想得到他取難捨易，均有措手不及的感覺。十多枝專防敵人攻城，長達三丈的拒鉤往他揮至。

寇仲心中大定，剛才他沖天而起的力道大半是借來的，本身仍留有餘力，忙急換眞氣，生出新力，一個空翻避過拒鉤，越過城牆達兩丈有多，再斜掠往城樓靠皇宮的城牆邊緣去。從這角度往西北望去，可見到皇宮內城的城牆和位於內宮城東南角的永泰、泰和、興教三門。果然不出他所料，三門都沒有特別加派人手把守，所以只要他速度稍快，可在被敵人截上之前躲進皇宮去，再設法逃命。

牆上亂成一團。寇仲連人帶刀硬往舉矛挺槍迎來的敵陣投去，狂喝道：「擋我者死！」井中月灑出大片刀光，蓋頂壓下，籠罩範圍之廣，勁氣之強，實屬他出道以來最厲害之作。拚死之下，他把功力發揮至極點。敵人東倒西翻下，他已踏足牆頭。

此時他離牆頭向西的邊緣只有兩丈許遠，成功在望，鬥志激昂，哪敢怠慢，趁著敵人陣腳大亂，井中月風捲雷奔地朝牆沿殺去，登時血光四濺，擋前的兩人同時胸口中刀，直入心臟要害，往後便倒。

寇仲踏著敵人屍身，以游魚般的滑溜身法，每一出刀，必有人應刀倒地，中刀者必當場氣絕身亡，只有死者，沒有傷者。

內氣不住流轉，舊力剛消，新力又生。四周的敵人見他如此威勢，心膽俱寒，紛紛退避。寇仲亦多添了幾處傷口，不過他這時殺得性起，將井中月發揮得淋漓盡致，激昂奔蕩，有不可一世之概。

忽然前方空廣無人，原來終抵達城樓邊緣。寇仲轉過身來，井中月旋起一匝，七、八枝槍矛應刀折斷。眾人駭然退後。寇仲哈哈笑道：「老子去也！」一個倒翻，往後躍去。

就在此刻，兩股氣勢渾凝，強猛無儔的鋒銳之氣，分由下方往他射來。寇仲心中大駭，知道終遇上能致他於死地的高手，且有兩個之多。破風聲同時在後方響起，六、七枝鋼矛從城牆上疾矢般往他後背擲去。

歸藏鞭竟又扯個筆直。一股狂猛的拉扯力，以尉遲敬德馬步之穩，亦要給徐子陵扯得衝前兩步，才收住勢子。龐玉的劍，長孫無忌的筆，同時擊空。

這應是不可能的。徐子陵明明是朝尉遲敬德疾衝過去，擺出要全力進攻他的情勢，豈知在離對手半丈許時，竟凝定了一下，接著往反方向後退，拉直鞭子。這種真氣的急劇轉換，原可令任何高手的奇經八脈亂成一團，動輒走火入魔，但徐子陵卻若無其事般辦到了。

徐子陵腳踝的一截歸藏鞭寸寸碎裂，大笑道：「天策府高手果是不凡，我徐子陵領教了！」只見他凌空飛退，越過牆頭，沒在遠方暗黑裏。

眾人呆在當場，面面相覷。誰想得到徐子陵能憑著表面看來使他盡處下風的一條鞭子，作爲遁去的憑藉，大耍戲法，把眾人玩弄於股掌之上。他們雖對徐子陵評價甚高，但到眞正交手，始體會到他的眞正造詣。

寇仲只瞥一眼，進一步肯定了自己難以力敵的想法。

從這城門處沖天截擊上他的兩個人，穿的只是親兵的武服，卻戴上遮蓋了上半臉龐的頭盔，擺明是不願讓人認出他們的廬山眞貌。

左下方的男子手中長劍化作無數眩人眼目的芒點，反映著遠近火把風燈的光芒，使人難以看清他的身形，但寇仲卻清楚無誤感到他是曾和自己交過手的「影子刺客」楊虛彥。

此人實是用劍的奇才，其火候功力均達到了宗師級的級數，且劍法別闢蹊徑，只是他一人，寇仲便沒有取勝的把握。

另一人手持奇形兵器，形狀似戈非戈，似戟非戟，就像戈和戟合生的錯體兒子，但觀其霸道的攻勢，武功絕差不了楊虛彥多少。

寇仲心中喚娘時，牆頭守軍擲來的七枝長矛，刺背而至。

寇仲一聲大笑道：「虛彥兄別來無恙！」

身子在淩空中左右急速地晃了幾下，五枝長矛分別從他左右上三方貼身而過，但其中兩枝竟給他夾在腋下，猛烈的力道，助他改變了下墜的勢子，改爲越空而前，直往皇宮永泰門的方向投去。以楊虛彥和李神通之能，也只能撲了個空。

高手相爭，爭的就是這分秒之差，到他兩人運氣落回地上，寇仲早沒入皇宮。一時間大批追兵隨之擁入永泰門去，亂成一片，反令兩人行動不便，坐失良機。

徐子陵換過另一身衣服，又買了把鋼刀，戴上面具，扮成曾被「河南狂士」鄭石如錯認爲前輩凶邪「霸刀」岳山的樣子，施施然到天街一間約定的酒館，等待寇仲。

他有信心寇仲必能保命逃生前來見他。

假如他死了，他會不擇手段刺殺王世充和李世民來爲他報仇，然後南下接回素素母子，將她們託付翟嬌，再孤身去找宇文化及算賬。既要爭天下，不是你殺我便是我殺你，誰都沒甚麼好怨的。

忽然間，徐子陵生出一種豁了出去，甚麼都不放在心頭的情懷。生也如是，死也如是，有甚麼好擔心的。要發生的也該發生了。

此時有兩個江湖人物步入店來，瞥見獨坐一隅的徐子陵，先是愕然，接著臉色大變，退了出去。

徐子陵看在眼內，心中大惑不解。要知岳山數十年沒有踏足江湖，除非是當年的同輩高手，否則理該沒有人認識他，爲何隨便闖來的兩個漢子，年紀又不過三十，一眼認得出「他」來呢？再想深一層，登時恍然。岳山抵洛陽的消息必已從鄭石如口中散播開去，又或告知此地某一幫會或有勢力的人士，那人於是傳令手下留意這麼一號人物，才有剛才的情況出現。

現在連王世充和李世民都成了死敵，哪還會把其他人放在心上。他只想喝酒。

若寇仲眞的被害，會對他造成怎樣的打擊？人死了是否就煙消雲散，了無痕跡，還是會再次投胎爲人。

寇仲熟悉的足音由遠而近。徐子陵抬頭瞧去，映入眼簾的卻是個身穿便服的禁衛軍。

寇仲步履不穩地在他身旁頹然坐下，面具的遮蓋令徐子陵瞧不見他的臉色，但當然知他受了重傷。

喝了一口酒後，寇仲狠狠道：「王世充那天殺的傢伙，竟聯同李小子來對付我，差點就讓他給要了老命，幸好我有改頭換身的妙著，否則你以後都見不到我了，除非肯到地府去探我。」

徐子陵從檯底探手過去，抓著他的手，眞氣源源輸送，淡然道：「剛才有人認出我是『霸刀』岳山，所以這裏不宜久留，還要設法撇下任何想追蹤我們的人。」

寇仲愕然道：「岳山？」

徐子陵聳肩道：「有甚麼好稀奇的。」接著皺眉道：「你的傷勢很重，沒有一晚的時間，休想痊癒，但那只是指內傷而言，外傷怕要多兩天。」

寇仲得意洋洋的道：「我之所以能脫身，全賴楊虛彥這小子想趁我力竭時來佔便宜，加上我帶著王世充的人從皇城遊往宮城，兜兜轉轉，跑足幾里路。最好笑是當我闖到後宮時大喊王世充要殺楊侗，整座皇宮登時亂成一片，我乘機與一個友善兼好心腸的禁衛交換衣服，溜了出來！哈！哎喲！」

徐子陵沒好氣道：「你不要開心得那麼早，虛先生呢？」

寇仲低聲道：「我們走！此仇不報非君子，山人自有妙計。」

這晚的洛陽城出奇地寧靜。王世充並沒有派人搜索他們，誰都知道這不會有任何收穫。

兩人躲到那可俯視天津橋的鐘樓上，徐子陵一邊助寇仲行氣療傷，一邊向他說出被李世民布局圍攻和脫身的經過。

寇仲倒抽一口涼氣道：「李小子眞辣，奇怪？李小子不要李靖出手合情合理，但爲何紅拂女沒派上份兒呢？」

徐子陵哂道：「你少爲這種事傷神吧！現在怎樣救回虛行之？最糟的是我們根本不知他是生是死，情況如何？我現在只想趕快離開。」

寇仲閉上眼睛，默默地承受著徐子陵輸入體內的眞氣，好一會睜眼道：「王世充最需要的是一個像小弟般傑出的軍師和謀臣，而虛行之正好符合他這需求。虛行之這人武功雖不怎樣，才智卻絕不會在我們之下，他總有辦法令王世充相信他和我們沒有甚麼密切關係，而事實上也的確沒有，所以他理該安然無恙。」

旋又嘆氣道：「假設我的敵人只是王世充，我便不用那麼擔心，但多了個李小子，則是另一回事。」

徐子陵道：「你剛才不是說另有妙計嗎？」

寇仲點頭道：「明天我先去看看虛行之有沒有留下任何訊息，再設法聯絡上宋金剛留在洛陽的人，摸清楚些洛陽的情況。唉！忽然由前呼後擁變得舉目無親，眞使人難受。」

徐子陵心中一動，暗忖自己亦可找劉黑闥留在這裏的清秀美女彤彤探問消息。

寇仲苦思道：「現在各方面形勢都是那麼緊急，爲何李小子仍能在東都磋磨這麼多天，其中定有我們猜測不破的道理。」

徐子陵低聲道：「省點精神吧！其他一切天亮後再想好了！」

翌晨兩人分頭行事。

洛陽一切如舊，只是比以前更興旺。

徐子陵戴上了從未用過的面具，扮成窮酸儒生的樣子，駕輕就熟的往找彤彤。到了那舖子時，他才回復本來面目，逕自入舖，片刻後他與彤彤在舖子後院的房子見面，後者正收拾行裝，顯然準備離開。

彤彤見他來訪，大喜道：「我還在爲兩位大爺擔心呢，見到徐爺安然無恙，回去也好向劉爺交代。」

坐好後，徐子陵問道：「彤彤姑娘要走了嗎？」

彤彤點頭道：「現在形勢吃緊，夏王已定下進攻徐圓朗的大計，下一個輪到宇文化及，否則一旦李軍突出關西，我們便悔之已晚。」

徐子陵點頭同意。

兵家爭勝，分秒必爭。現在李密大敗，使整個形勢改變過來。在中原關內外的三股最大勢力，都各自有其難題和急待解決的事。李淵尚有薛舉父子的後顧之憂，又有虎視眈眈、伺機欲動的劉武周。王世充則要擴大戰果，盡收李密的敗軍和領土，把李密趕盡殺絕，連根拔起。所以竇建德必須趁此良機，廓清所有阻他南下的敵人，徐圓朗首當其衝，接著是自己的大仇人宇文化及。一時間，王世充反成了爭戰的核心，誰能取得洛陽，誰可以控制北方的河道交通，那時順流南下，誰能抵擋。

彤彤神色凝重地道：「據我探來的秘密消息，三天前李世民的得力手下李靖夫婦，起程前赴河陽，看來不會是甚麼好事。」

徐子陵心中劇震，色變道：「李世民是要把李密收爲己有，向他招降。」

彤彤皺眉道：「李密豈是肯甘爲人下的人？」

徐子陵想起寇仲對李世民的評語，沉聲答道：「小不忍，則亂大謀。現在天下雖大，李密卻是無處可藏，沒路可逃，若李世民能予他棲身之所，避過這一陣風頭火勢，怎都該勝過一敗塗地的結局。」

彤彤仍是不解，道：「李世民如若傳聞所說的智勇雙全，應知招納李密只是養虎爲患。」

徐子陵點頭道：「你的話不無道理。但我卻有深一層想法，李世民這手段主要是做給其他人看的。擺明即使像李密這種一方梟雄的霸主，他也有迎納的心胸氣魄，順我者昌，這或者可令他少打很多場仗。」

彤彤嬌軀微顫，美目射出崇慕神色，低聲道：「彤彤服了！徐爺對李世民認識的深刻，就像能把他看穿看透的樣子，實情定是這樣，而這亦是唯一合理的解釋。」

徐子陵苦笑道：「李世民可能是當今世上最懂用手段的人，能人所不能，爲人所不爲。現在我也要爲寇仲擔心哩！辛辛苦苦擊敗李密，卻被李小子一聲謝也沒有的把最大成果接收過去。」

彤彤道：「現在風聲很緊，王世充立穩陣腳後，開始逼各路人馬撤離東都，這是我們要撤走的另外一個原因。」

徐子陵問道：「伏騫、突利和王薄等人是否仍在洛陽？」

彤彤道：「伏騫的情況我不清楚，但突利和王薄均已先後離城，目前行蹤不明。唉！邙山之役，把整個局勢全扭轉了，現在誰都不知下一刻會出現甚麼變化。只有一件事是肯定的，寇爺和徐爺在江湖上的聲望暴漲數倍，誰都不敢再對你們掉以輕心。」

徐子陵對自己是否比以前更有名氣威望怎會關心，再問道：「有沒有晁公錯又或陰癸派的消息？」

彤彤道：「聽說晁公錯已南歸，至於陰癸派一向行蹤隱秘，誰都不知她們在幹甚麼？」

徐子陵大感不妥，以陰癸派的專講以怨報德，有仇必報，怎肯放過他們。

不過彤彤顯然所知止此，遂告辭離去。這清秀可人的美女露出臨別的依依神色，送他到門口時低聲道：「徐爺小心，現在你們項上的人頭非常値錢哩！」

徐子陵與寇仲在一間麵館相會，後者神色憤然道：「形勢相當不妙，虛行之並沒有留下任何暗記標誌，照我猜想王世充已瞧破我們的關係，於是把他收押起來，再引我們去救他。」頓了頓壓低聲音道：「去救人只是下下之策，只要我們俘虜個人質例如王玄應者，便不怕王世充不和我們作交換了。」

徐子陵苦笑道：「恐怕你要到皇城或皇宮才可以找到王玄應，那樣不如索性向王世充下手，來得更爲直接一點。」

寇仲笑道：「我只是打個譬喻，事實上我心中早有人選，不怕王世充不屈服。」

徐子陵沉聲道：「董淑妮？」

寇仲興奮地道：「正是此女，他可同時害害楊虛彥和李小子，你猜李小子曉不曉得楊虛彥早拔了這蕩女的頭籌？」

徐子陵皺眉道：「我們怎樣下手？總不能在皇城外乾等，且不知她會從那道城門離開，更弄不清楚她會躲在哪輛馬車裏。」

寇仲審視了麵館內其他幾檯食客，湊到他耳旁道：「名義上董淑妮已成了李淵的妃子；論理她自然不該踏出閨房半步，更不許見別的男子。幸好我和你都知她是甚麼料子，不偷去和楊虛彥私會才是怪事呢。」

徐子陵苦笑道：「你說得好像吃碗麵食個包那麼簡單，何況你傷勢仍未痊癒，榮府除楊虛彥外尚不知有甚麼辣手人物。我們瞎子般進去尋人，不鬧個一團糟才怪。」

寇仲道：「不入虎穴，焉得虎子。只要救出虛行之，宋金剛的人會安排我們到江都去，時間緊迫，我們趁今晚下手。」

接著又道：「你知道是誰要找岳山嗎？」

徐子陵興趣盎然的問道：「是誰？」

寇仲故作神秘的道：「你怎都猜不到的，就是尙秀芳。」

徐子陵失聲道：「甚麼？她仍在洛陽嗎？」

寇仲道：「這個誤會太大了！你這假冒岳山不但令她滯留此地，還使她懸賞十兩黃金，予任何可提供你這冒牌貨行蹤的人。眞想找她來問問，爲何她這麼急於要見岳山？」

徐子陵哂道：「你不是說她對你很有好感嗎？還約了你去和她私會。」

寇仲苦笑道：「此一時也，彼一時也。聽說李小子每晚都到曼清院聽她彈琴唱曲，兩人打得火熱，那還有我的份兒？」

徐子陵搖頭道：「李世民絕非耽於酒色之人，這樣做只是放出煙幕，以惑王世充等人的耳目。事實上他正秘密向李密招降，如若成功，等於兵不血刃地一次打贏許多場勝仗。」

寇仲色變道：「這消息從何而來？」

徐子陵詳說了後，寇仲拍檯讚道：「好小子果有一手，不過我不信他會成功。唉！也不要說得那麼肯定。」

徐子陵見人人側目，責道：「你檢點些好嗎？」

寇仲低頭吃麵，咕噥道：「我現在最擔心的是婠妖女，忽然間消聲匿跡，教人防無可防。就算救回虛行之，這到江都的路途亦不好走。別忘記陰癸派一向和老爹緊密合作，實乃我們背上芒刺，心腹大患。」

徐子陵嘆道：「現在我們除了見步行步之外，還有甚麼辦法。」

寇仲默默把麵吃完，搖頭道：「我們必須從被動變回主動，置之死地而後生，才可狠狠教訓李小子和王世充那忘恩負義的老狐狸。劫走董淑妮是第一步，至於第二步，嘿！你想到甚麼呢？」

徐子陵沒好氣的道：「你定是天生好勇鬥狠的人，你現在憑甚麼去和李小子鬥？即使單打獨鬥，我們亦未必可勝過李小子。」

寇仲笑嘻嘻道：「我們是鬥智不鬥力，不如你扮岳山去見尚秀芳，看看有沒有便宜可佔？」

徐子陵心中一動道：「若要扮岳山，就不是去見尚才女而是見婠妖女了！你有沒有辦法探到鄭石如住在甚麼地方？」

寇仲攤手道：「我現在無將無兵，教我如何查探？」接著一震道：「何不試試白清兒那條官船？不妨露露底子後拍拍屁股走人，我在附近爲你把風便成。橫豎到今晚仍有大半天時間，找些玩意兒也是好的。」

徐子陵猶豫道：「若碰上祝玉妍，她說不定與岳山是老相好，豈非立給識破，惹來一身腥？」

寇仲道：「遲早也要和祝玉妍對著幹的，怕她甚麼？況且遇上她的機會微乎其微，這或者是唯一探查陰癸派的方法。」

徐子陵沉思片晌，點頭道：「好吧！依你之言去碰碰運氣好了。」

徐子陵故意戴上竹笠，垂下遮陽紗，只露出嘴巴下頷的部分，渾身透著詭異莫名的氣氛，朝仍泊在碼頭白清兒那條船昂然走去。碼頭處人來人往，忙於上貨卸貨，河面更是交通繁忙，舟船不絕。徐子陵正思量如何入手，白清兒的舟楫剛好有幾名男子從跳板走下船來。他定睛一看，心中叫好，原來其中一個正是「河南狂士」鄭石如，其他三人還有兩個是「素識」，一個是「金銀槍」凌風，另一人是「胖煞」金波，全可歸入敵人的分類。另一人年紀在二十三、四間，有點紈袴子弟的味道，亦有些眼熟，似乎在榮鳳祥的壽宴中碰過面，曾有一眼之緣的傢伙。徐子陵手按刀把，迅速前移，攔著他們去路。

四道凌厲目光立時落在他身上，並趁機在離他兩丈許處立定。徐子陵手按刀把，跨步逼去。四人同時感到他森寒肅殺的強大氣勢，紛紛散開，還掣出兵刃。凌風仍是左右手各持金銀短槍，金波拿手的兵器是長鐵棍，另外那年輕公子和鄭石如則同是使劍。附近的人見有人亮刀出劍，連忙四散走避。

徐子陵厲聲喝道：「鄭石如滾過來受死，其他沒關係的人給老夫滾到一旁，否則莫要怪老夫刀下無情。」

直到此刻，他仍不知如此找鄭石如的麻煩有甚麼作用，這也可說是沒有辦法中的辦法，因為鄭石如和白清兒已成了他們找尋陰癸派的唯一線索。假若鄭石如奉陰癸派之命來招攬他，他便有機可乘。

鄭石如立即認出他的「沙啞」聲音，忙道：「有話好說，不知晚輩在甚麼地方開罪了岳前輩呢？」

凌風等三人聽到「岳前輩」三字，均臉色驟變，顯是知道底細。

徐子陵冷哼道：「有甚麼誤會可言，若非你洩出老夫行蹤，誰會知曉老夫已抵此處，只是這點，你便死罪難饒。」

鄭石如顯是對「霸刀」岳山極爲忌憚，忍氣吞聲道：「前輩請先平心靜氣，聽晚輩一言，此事實另有別情，不如我們找個地方，坐下細談如何？」

徐子陵冷笑道：「老子沒有這種閒情，殺個人又不是甚麼大不了的事，看刀！」

不先露點「眞功夫」，如何顯出身價。徐子陵一晃雙肩，行雲流水般滑前丈許，拔刀猛劈，雄強的刀勢，把四名敵手全捲進戰圈內去。

在各樣兵器中，徐子陵因曾隨李靖習過「血戰十式」，故長於用刀。加上這些日子來見聞增廣，這下施展刀法，既老辣又殺氣騰騰，確有刀霸天下的氣勢。

一方是蓄勢以待，另一方卻是心神未定，兼之徐子陵的動作一氣呵成，快逾電光石火，且刀風凌厲無比，鄭石如、凌風和金波三人均感難以硬擋，往四外錯開，好拉闊戰線。只有那年輕公子初生之犢不畏虎，也可能是不明底蘊，竟毫不退讓掣刀硬架。「噹！」那公子連人帶劍給徐子陵劈得橫跌開去，差點滾倒地上。

鄭石如大吃一驚，閃了過來，運劍反擊，凌風和金波忙從旁助攻，以阻止他續施殺手。前者劍招威猛，快疾老到，比之後兩者明顯高出數籌，且招招硬拚硬架，震耳欲聾的金鐵交鳴聲響個不絕。徐子陵心中暗讚，這河南狂士眼力高明，知道若讓自己全力施展，將勢難倖免，故拚死把自己的攻勢全接過去，好讓凌、金兩人可展開反擊，戰略正確。

徐子陵一聲長笑，長刀隨手反擊，連綿不斷，大開大闔中又暗含細膩玄奧的變化手法，把三人全捲進刀影芒鋒裏。不露點實力，如何可得對方重視。

船上傳來嚦嚦鶯聲道：「岳老可否看在妾身分上，暫請罷手！」

徐子陵驀地刀勢劇盛，逼得三人紛紛退後，再從容還刀鞘內，自然而然便有一份穩如淵嶽的大家風範，倒不是硬裝出來的。

仰頭瞧去，白清兒俏立船頭處，左右伴著她的竟赫然是久違了的「惡僧」法難和「艷尼」常眞，兩人神態出奇地恭敬，由此可知「霸刀」岳山威名之盛。徐子陵倏地騰身而起，越過三人頭頂，落在艙板上。白清兒神態依然，惡僧和艷尼則露出戒備神色。

徐子陵透過垂紗，旁若無人地盯著白清兒道：「若老夫法眼無差，小妮子當是故人門下，那天在街上老夫一眼便瞧穿你的身分。」

這幾句話既切合他老前輩的身分，又解釋了那天爲何在街上對她虎視眈眈的原因。

鄭石如此時躍到船頭，低聲道：「我們當然不敢瞞岳老，岳老既知原委，當明白這處人多耳雜，不如請移大駕入艙詳談如何？」

徐子陵回望碼頭處，見到凌風和金波正偕那公子離開，登時明白到凌風和金波亦是陰癸派的人。這麼看，錢獨關若非是陰癸派的弟子，也該是與之有密切關係的人。這個「岳山」的身分眞管用，輕而易舉得到很多珍貴的情報。

冷哼一聲，徐子陵率先步入船艙。鄭石如趕在前面引路。尚未跨過進入艙廳的門檻，徐子陵忽然止步，不但心中喊娘，還駭出一身冷汗，差點要掉頭溜之大吉。只見臉垂重紗的祝玉妍默默坐於廳內靠南的太師椅內，一派安靜悠閒的樣子。無論他千猜萬想，也猜不到會在這裏碰上「陰后」祝玉妍，這次確是名副其實的送羊入虎口了。

寇仲扮成腳伕，雜在看熱鬧的人群中，旁觀剛才的一幕。轉瞬碼頭又回復先前的情況，就像沒有發生過任何事。

寇仲當然不用擔心徐子陵，就算婠婠坐鎮船上，徐子陵也有藉水而遁的本領，那也是他們約好的緊急應變方法。

此時有個專賣茶水的小販，在相鄰的碼頭處擺開攤子做生意，寇仲正要買盅茶喝好令自己不那麼惹人注目，一輛馬車駛至，坐在駕車御者位置的兩名大漢都身形彪悍，不似一般御者。馬車停下後，另一名年輕漢子推門下車。寇仲立時精神大振，那漢子竟是李世民天策府高手之一的龐玉。接著三人打開尾門，抬出一個長方形上有數個氣孔的箱子出來，搬到正候在碼頭旁的一艘巨船上去。

這類上落貨的情景顯是司空見慣，並沒有引起其他人的注意。寇仲沉吟半晌，終鬥不過自己的好奇心，決定怎都要潛上去一看究竟。

徐子陵跨步入廳，隨手揭掉帽子拋開，故意怪聲怪氣地長笑道：「玉妍別來無恙！」

他已打定輸數，決意自暴身分，再硬闖突圍。

魯妙子的面具只可以騙騙不認識岳山的人，像祝玉妍這種宗師級的武學大師，只要讓她看過一眼，便不會忘記，更何況可能是素識。

他進廳的原因，是爲了方便落河而遁，因爲後面的廊道已給白清兒、常眞、法難三人堵住了。

必要時他可偷襲鄭石如，拿他作擋箭牌。只要能阻慢祝玉妍片刻時光，他便有破窗裂壁而逃的機會。

祝玉妍靜若不波井水，冷冷地透過面紗對他深深凝視。他雖不能瞧到她的眼睛，卻可直接感覺到她的眼神。

徐子陵手按刀把，登時寒氣漫廳，殺氣嚴霜。

祝玉妍不知打甚麼主意，竟沒有立即揭破他這冒牌貨，還出乎所有人意外的幽幽嘆一口氣，緩緩道：「其他人給我出去！」

徐子陵暗忖這是要親手收拾我哩。正猶豫該不該立即發動，偏又感到祝玉妍沒有動手的意圖，委實難決時，鄭石如等已退出廳外，還關上門。

祝玉妍長身而起，姿態優美。徐子陵心道「來了」，全神戒備。

祝王妍搖頭嘆道：「你終於練成了『換日大法』，難怪不但敢重出江湖，還有膽來向玉妍挑戰。這麼多年了，仍不能沖淡你對我的恨意嗎？」

徐子陵心中劇震。我的娘，難道她竟不知自己是冒牌貨嗎？千百個念頭剎那間閃過靈台。唯一的解釋是這副面具確是依據岳山的容貌精心炮製的，而自己的體型又酷肖岳山。

當然他的氣質、聲音、風度與岳山迥然有異，但由於祝王妍心有定見，以爲岳山躲起來練甚麼只聽名稱便知大有脫胎換骨功效的「換日大法」，故以爲他的改變是因練成此法而來，竟眞的誤把馮京作馬涼，當了他是眞的岳山。不過只要他多說兩句話，保證祝玉妍可以識破他。

但他卻不能不說話。當日他和寇仲、跋鋒寒三人聯手對抗祝玉妍，仍是落得僅能保命的結果。自己現在雖說功力大有精進，但比起祝玉妍仍有一段距離，能不動手蒙混過去，自然是最理想不過。

徐子陵只默然片晌，冷哼一聲，踏步移前，直至抵達祝玉妍右旁的艙窗處，沉著嘶啞的聲音道：「你仍忘不了他，這麼久了，你仍忘不了他！」

祝玉妍不知是否眞給他說中心事，竟沒答他。

徐子陵這三句話，內中實包含無窮的智慧。對於祝玉妍那一代人的恩怨，他所知的僅有從魯妙子處聽來的片言隻字。照魯妙子所說，他因迷戀上祝玉妍，差點掉了命，幸好他利用面具逃生。這張面具，極有可能正是令他變成「霸刀」岳山的這張面具。

有兩個理由可支持這想法。首先，是魯妙子的體型亦像徐子陵般高大軒昂，當然是與岳山本身的體型非常接近，否則現在徐子陵就騙不倒祝玉妍。其次是以祝玉妍的眼力，就算魯妙子帶上任何面具，祝玉妍也可一眼從他的體態、動作、氣度把他看穿。在這種情況下，只有扮作她認識的另一個人，又肖似得毫無破綻，才有希望瞞過她。如此推想，岳山、魯妙子和祝玉妍三人必然有著微妙而密切的關係。

徐子陵這幾句話，實際上非常含糊，可作多種詮釋，總之著眼點在人與人間在所難免的恩怨情恨，怎都錯不到哪裏去。

這時他雖隨時可穿窗遁河，但又捨不得那麼快走了！廳內一片難堪的沉默，只有碼頭處傳過來腳伕上落貨物的呼喝聲和河水打上船身的響音。

祝玉妍語氣轉冷，輕輕道：「你看！」

徐子陵轉過身去。

祝玉妍舉手拈著面紗，掀往兩旁，露出她原本深藏紗內的容顏。

寇仲觀察了好一會，仍沒有潛上敵船的好方法，不但因對方有人在甲板上放哨，更因碼頭處亦有敵方派人監察任何接近的疑人。光天化日下，再好輕功也要一籌莫展。

李小子有船在此當然是合情合理的事，可是那個箱子卻大有問題。若他沒有猜錯，箱子內藏著的該是一個人，否則就不用開氣孔。這人會是誰呢？寇仲沉吟半晌，終於把心一橫，大步朝敵船走去。

徐子陵一看，登時呆了眼睛。歲月並沒有在她臉上留下任何痕跡，橫看豎看，都是比婠婠大上幾歲的青春煥發的樣子。

在面紗半掩中，他只能看到她大半截臉龐，可是僅這露出來部分，已是風姿綽約，充滿醉人的風情。一對秀眉斜插入鬢，雙眸黑如點漆，極具神采，顧盼間可令任何男人情迷傾倒。配合她宛如無瑕白玉雕琢而成嬌柔白皙的皮膚，誰能不生出驚艷的感覺。

論姿色，她實不在絕世美女婠婠之下，且在相貌上有幾分酷肖，使他聯想到兩者有母女的關係。其氣質更是清秀無倫，絕對讓人聯想不到會與邪惡的陰癸派扯上關係。一時間，徐子陵訝異得腦際空白一片，不能思索。太出乎他意料之外了。

面紗垂放。祝玉妍淡淡道：「若玉妍心中有捨不下的男人，豈能練成天魔大法。令世人顛倒迷茫的情歡愛欲，只是至道途中的障礙。岳山你若仍參不破此點，休想能雪宋缺那一刀之恥。」

徐子陵聽得心生寒意。她的語氣雖然平淡，但卻有種發自真心的誠懇味道，顯示出她對此深信不疑，透出理所當然冷酷無情的感覺。

要知人總有七情六慾，縱使窮凶極惡的人，心中也有所愛。可是祝玉妍卻全沒有這方面的問題，在她來說根本沒有善惡好歹之分，故能沒有任何心理障礙，做起事來變成只講功利，不擇手段。

徐子陵怕給她窺破自己的表情，轉身詐作望往窗外，沉聲道：「我的老朋友近況如何呢？」

祝玉妍坐回椅裏，輕柔地道：「你仍嫉妬他嗎？」

徐子陵登時頭皮發麻，這才知道祝玉妍和宋缺間大不簡單。

祝玉妍又道：「當年若非你心生妬意，怎會爲他所乘，刀折敗走漠北，一世英名，盡付流水。」

徐子陵平靜地道：「玉妍你精於觀心辦意之術，難道感受不到我已有天翻地覆的變化，仍要說出這種氣人的話。」

事實上他已不知道該說些甚麼話，索性鋌而走險，試探她對自己這冒牌岳山的看法。

祝玉妍幽幽道：「你變得很厲害，就像成了另一個人。宋缺那一刀是否傷及你的氣門，連聲音都這麼沙啞難聽？」

徐子陵心忖你這麼想就最好了，冷然道：「我們之間再沒甚麼好說的。我再不會管你的事，我要走了！」

正要穿窗而去，祝玉妍輕輕道：「你不想見自己的女兒嗎？」

徐子陵劇震失聲道：「甚麼？」

他的震動確發自眞心，皆因以爲已露出馬腳。

寇仲來到登船的跳板處，兩名漢子現身船上，喝道：「朋友何人？」

寇仲哈哈笑道：「叫龐玉滾出來見我！」

那兩人臉色微變，知是鬧事的人來了。

寇仲提氣輕身，一個縱躍到了甲板之上，喝道：「龐玉何在？」

心想李小子天策府的猛將，殺一個便可削弱李小子的一分力量，划算得很。

艙門內湧出十多名敵人，扇形散開，形成包圍之勢，然後龐玉悠然步出，來到他身前丈許處立定，傲然道：「竟敢指名鬧事，朋友該非無名之輩，給我報上名來。」

寇仲運功改變嗓音，笑嘻嘻道：「龐兄剛好猜錯，小弟正是無名之輩，看刀！」

井中月離鞘而出，迅若風雷般當頭照面的劈去，勁氣狂起，捲往敵人。

龐玉哪想得到這其貌不揚的人說打就打，忙拔劍橫架。「噹！」火光濺射，龐玉只覺這一刀不但重如山嶽，還隱含吸扯的怪勁，心中駭然時，寇仲已翻過頭頂，鑽進艙門裏去。

祝玉妍以平靜得讓人心寒的語氣道：「論才氣識見，你不及魯妙子，說到心胸氣魄，與宋缺更不能相提並論。但爲何我卻肯爲你養下一個女兒呢？」

旋又嘆氣道：「不過這種事現在提起來再沒有任何意義。玉妍本打算不讓你生離此船，只是姑念你縱使練成換日大法，仍難逃死於宋缺刀下的結局，便讓你去了此心願吧！」

徐子陵從未見過這麼可怕的女人，似是情深如海，實質上卻是冷酷無情，連自己女兒的生父都不放過。不由心中有氣，淡然道：「若不殺我，終有一天你會後悔。」

說完這兩句由衷之言後，徐子陵穿窗而出，落到碼頭上。

寇仲反手一刀，把追上來的一名大漢劈得離地倒飛，右腳踢開左邊的一扇艙門，探頭找尋那長形箱子。七、八名大漢從廊道另一端提刀持斧，聲勢洶洶的殺過來，登時令寇仲兩邊受敵。

龐玉這時怒喝一聲，搶到他背後，挺劍刺至。劍風呼嘯，勁厲刺耳，顯是動了眞怒。

寇仲知他厲害，游魚般一滑尋丈，身子連晃數下，不但避過另一方擁過來的敵人攻擊，還踢得其中一名敵人往龐玉飛跌過去，他已鑽入敵人陣中。

連續數下沉啞的響聲後，寇仲施展重手法故意硬架硬撼敵人的兵器，其中暗含螺旋勁道，弄得敵人虎口破裂，兵器墜地。

「砰！砰！」另外兩扇門應腳而開。廊道亂成一團，龐玉始終差一點才能趕上他。

「轟！」寇仲硬生生震破右壁，到了其中一個艙房去。龐玉大喝一聲「好刀法」，破門而入，振腕揮劍，疾斬寇仲。其他人則在廊外吆喝助威。

寇仲根本是故意引他進來，好全力撲殺，此際自是殺機大盛，但心湖則靜如井中之月，絕不會有絲毫輕視之意。而事實上龐玉亦是後起一輩中一等一的強手，非是易與之輩。這時他冷哼一聲，不理龐玉橫斬頸側的一劍，先往右旋，變成與龐玉正面相對，然後電掣而前，手中寶刀同時舉起再筆直劈落，刀鋒正取對方頭額，既猛若迅雷，又是勁道十足。

龐玉歷經戰陣，但卻從未遇過如此頑強厲害的對手。像寇仲那麼悍勇的人大概不少，卻沒多少人有他那種視死如歸的膽氣，竟敢以攻對攻，逼對手比鬥速度和膽量。就算膽量和悍勇俱存，仍欠如他般高明的判斷力，眼光和本領。在這電光石火的剎那間，龐玉必須作出生與死的選擇，究竟該是劍勢不變地繼續斬去，看看誰先被砍中，還是迴劍擋格。「噹！」龐玉心中苦思，終還劍格架。

一個是蓄勢而發，另一個則是臨危變招，相去實不可以道里計。龐玉慘哼一聲，連人帶劍給寇仲狂猛的刀勁衝得離地飛退，砰的一聲震破後方艙壁，掉到鄰房去了。寇仲反而心中叫糟，龐玉至不濟也頂多跳退兩、三步，現在分明是故意爲之，好能移往鄰室，重整陣腳，令他白白錯過了一個殺他的千載良機。

五、六名敵人潮水般湧進來。寇仲暗呼可惜，硬撞破後面艙壁，闖到了另一間房去。那長方箱子赫然橫放地板上。寇仲運腳踢去，箱子寸寸碎裂，現出一個人來。

徐子陵落到碼頭上，環目一掃，一切如舊，獨見不到應該看到的寇仲。

他這時只想快點找到寇仲，再和他有多遠就溜多遠，離祝玉妍愈遠愈妙。自然而然地他的腳步便帶他離開碼頭區，但心中仍不斷浮現祝玉妍風情萬種的顏容，暗忖難怪她能令魯妙子迷醉一生，要到臨死前才從她的魅力中解脫出來，認識到誰是眞正値得他傾情的女子。忽地後方蹄聲驟起，十多騎從後方追來。

徐子陵冷哼一聲，斜掠而起，大鳥騰空般落在左方一座民房瓦頂，迅速遁去。

寇仲失聲叫道：「副幫主！」

被囚箱內的人，赫然是老朋友卜天志，此時他雙目緊閉，顯是被封閉了穴道。

接著隨手揮刀，把逼上來的敵人殺得東翻西倒，潰不成軍。同時用腳挑起卜天志，把他夾在脅下，弓背彈起，「砰」的破開天花板，到了上層的望台處。寇仲救人要緊，放過了搏殺龐玉的念頭，趕忙離開。此時他身上多處舊傷口迸裂開來，實不宜久戰。

黃昏時分，由「霸刀」岳山變成「疤臉大俠」的徐子陵，坐在榮鳳祥華宅對街處的一間飯館裏，點了酒菜，靜候寇仲。他和寇仲失去聯絡足有三個時辰，最後只好到這裏來等待。

一輛馬車進入榮府去，前後各有十多名便裝武士。徐子陵對王世充方面的馬車御者已頗有認識，只看一眼便知這批武士都是改穿便裝的親衛高手，馬車內坐的極可能是他和寇仲要強擄的目標董淑妮。到現在他仍弄不清楚榮鳳祥究竟是哪方面的人，又或立場如何？而榮鳳祥和楊虛彥的關係如何，更進一步將事情弄得撲朔迷離。榮府忽又中門大開，十多乘騎士策馬而出，轉入大街，望南而去，看來該是洛陽幫的人。

此時寇仲來了，像約好似地坐到他身邊，隨手拿了他尚未沾唇的美酒一口喝個精光，舐舐舌頭道：「還算不錯！哈！找到你眞好！」

徐子陵著夥計多擺一套碗筷後，道：「你滾到哪裏去？」

寇仲起箸大吃，若無其事的道：「我剛送走卜天志，自然要遲點來哩！」

徐子陵愕然道：「卜天志？」

寇仲得意地將經過說出，然後道：「此事相當奇怪，雲玉眞和其他人前腳剛走，李小子的人便來將他拿下，又不殺他，看樣子還要把他運往甚麼地方似的，其中定有陰謀詭計。」

徐子陵皺眉道：「會不會是雲玉眞那婆娘知道我們和卜天志暗通款曲，怕起來施此一石二鳥之計，不但收拾了自己生出異心的手下，還出賣我們，希望李小子能除掉我們兩人呢？」

寇仲狠狠道：「這婆娘也夠狠夠毒了！只是素姐的事，我便不會饒她。你那方面又如何？」

聽罷徐子陵的詳述後，寇仲瞠目以對，抓頭道：「竟有此事？照道理你沒可能瞞過她的？」

徐子陵哂道：「無論祝玉妍如何厲害，總也只是個婦人。試問她怎想得到魯妙子會造成岳山模樣的面具？何況她又以為岳山修成甚麼娘的換日大法。」

寇仲點頭道：「你這身分要好好保存，你若能瞞過與你有肉體關係的祝玉妍，就能瞞過任何人，說不定可讓婠妖女喚幾聲爹來聽聽！」

徐子陵笑道：「去你的！你才和祝妖婦有關係。唉！我對洛陽已深切厭倦。剛才董大小姐似乎坐馬車到了榮府去，我們該入府擒人，還是守在這裏好待攔途截劫的機會呢？」

寇仲沉聲道：「事不宜遲，當然是摸入去看看，否則若那小淫婦要留宿一宵，我們豈非不用睡覺麼？最好是順手宰掉楊虛彥那小子，以後會少了很多麻煩。」

徐子陵長身而起道：「就讓我們大展身手，鬧他娘的一個天翻地覆吧！」

兩人藉夜色掩護，翻過院牆，尚未看清楚形勢，異響傳至，似是犬隻走動的聲音，他們忙運功封閉全身毛孔，不使氣味外洩，同時騰空而起，落到最接近的一座房舍瓦坡上。果然有兩頭巨型惡犬奔至，雖沒甚麼發現，仍東嗅西嗅的好一會才走開。他們環目一掃，高牆內大小房舍在百座以上，由廊道與園林天井連接，除了前三座巍然聳立的主宅大堂外，其他的便像個大迷宮般使人目眩神迷，生出不知從何入手的感覺。

寇仲皺眉道：「怎麼找呢？」

徐子陵答道：「只要找到榮姣姣的香閨，該可找到我們的小蕩女，你仍記得陳老謀的眞傳，對嗎？」

寇仲苦笑道：「這處至少有數百座院落房舍，院中有院，局中又有局，陳老謀教的簡單東西完全派不上用場。」

徐子陵搖頭道：「其實榮府雖是地廣屋多，但卻不難分辨主從，只因缺乏一條明顯的中軸線，你才看得暈頭轉向罷了！」

寇仲點頭道：「被你這麼一說，我才看得出點門道。我可能是受宅內植樹和燈火所惑，只覺四周盡是點點燈火，照你看榮姣姣會住在哪個院落呢？」

此時明月在天際現出仙姿，灑遍榮府的院落亭台，有種說不出來異乎尋常的平和美景。

徐子陵領先移上屋脊，低聲道：「這是依先天八卦方位作布局，所以只要把握到這個門徑，可輕易知道榮姣姣的閨房大約在哪個方位了。」

寇仲愕然道：「你何時學懂八卦，又怎知這是先天八卦而非後天八卦呢？」

徐子陵微笑道：「這就叫勤有功了！若我學你般懶惰，今夜就不能擁美而回。告訴我這宅朝向如何？」

寇仲道：「該是坐南朝北吧？」

徐子陵道：「魯夫子有云，凡先天八卦者，坐北朝南開巽位東南門；坐南朝北者開乾位西北門。現在大門在乾位，所以榮府是依先天八卦而建。卦有卦氣，現今行的是三碧運，最低能的地師也該曉得它的主宅該設在正東處哩！」

寇仲喜道：「徐老夫子果然有點本事，還不帶路。」

兩人逢屋過屋，穿廊跨園，如入無人之境的朝目標區域馳去。

他們把感官的靈敏度提升至巔峰的狀態，所經處方圓數十丈內連蟲行蟻走的微細聲音，亦休想瞞過他們耳目。所以他們任何一個動作，或躍高竄低，又或左閃右避，都能剛好避開了榮府內的人。有時只差一步便給人看到，但偏偏就差這一點而沒有露出形跡，所有明崗暗哨，全難不倒他們。

片刻後他們無驚無險地抵達目標中的院落，翻過隔牆，兩人看一眼便知找對了地方。比之其他院落，這處無論立基、裝設、欄杆、門窗、牆垣、園林、假山、造石、水池均考究得多。全院以五座建築物組群形成，以門洞、長廊、曲廊、庭院作爲連接轉換的過渡，建立起五組建築物互相間的關係，廳、堂、房、齋、館、樓、台、軒、閣、亭，各類建築呈現多樣的變化下，又渾成一個整體。

寇仲指著位於核心處一座規模特別宏大的樓房道：「我似乎聽到榮鳳祥正在裏面說話。」

徐子陵功聚雙耳，果然聽到隱有人聲傳來。笑道：「你的耳朵要比我好啊，竟可聽出是誰的聲音，那他在說甚麼呢？」

寇仲不知爲何心情大佳，拍拍他肩頭道：「小子隨師傅來吧！」

兩人提高警覺，小心翼翼的往那座該是主內堂的建築物潛去。到了近處，發覺主內堂四周有大片空地，在燈火輝映下，任何人要到內堂去，都是毫無遮掩，與淨念禪院的銅殿在設計上異曲同工。

兩人伏在外圍的草叢處，待一群婢僕從簷廊走過後，寇仲湊到徐子陵耳旁道：「榮鳳祥定是常利用這裏開秘密會議，否則何用設計成這麼空蕩蕩的樣子，說不定董淑妮就在裏面，我剛聽到女兒家說話的聲音呢。」

徐子陵觀察形勢，道：「這座建築物高得有點不合常理，照我看靠頂處該還有一層，是專供人暗中監視四周，又不虞外人察覺的。」

寇仲肯定地道：「理該如此，這下如何是好。」

徐子陵指著左方一座二重樓道：「那小樓比這內堂只矮半丈，假若我們能從那裏躍起十五丈，再橫過三十丈的距離，便可避過監視者的眼睛，就算他們聽到破風聲，只會以爲有大鳥飛過，要不要博他娘的一鋪。」

寇仲失聲道：「你不是說笑吧！若是就地拔起，我頂多可跳過十丈的距離，多半尺都不成。」

徐子陵道：「一個人不行，兩個人合起來便行哩！」

寇仲不解道：「就算我們手拉著手，在空中半途發力互擲，最多只可遠跨數丈，你是不是過於高估自己？」

徐子陵笑道：「所以說人最要緊是動腦筋，還記得獨孤峰以大鐵鈸襲擊王世充，晁公錯那老傢伙踏在鈸上像騰雲駕霧般飛過來的情景嗎？互擲這麼原始的方法虧你想得出來，人是懂得利用工具的生物，明白嗎？」

寇仲抓頭道：「工具在哪裏？徐爺！」

徐子陵探手拔出他的井中月，沉聲道：「來吧！吃粥吃飯，還看此鋪了。」

第二章 交換人質

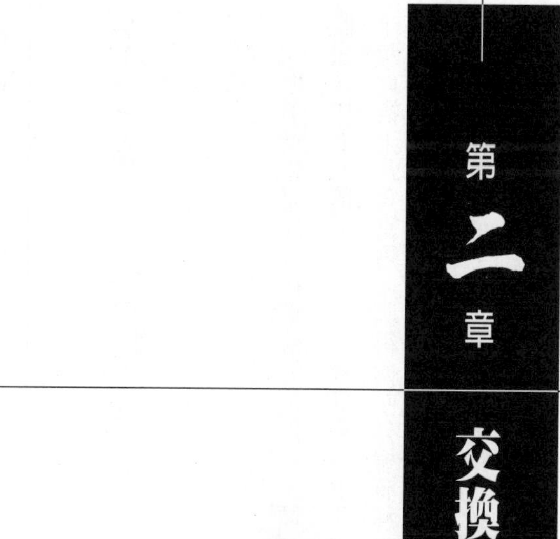

作品集

第二章 交換人質

徐子陵和寇仲伏在重樓的瓦頂處，傾耳細聽下肯定樓內無人，探頭朝屋脊遠方三十丈許外的建築物瞧去，中間只隔著水池、小溪和跨於其上的小橋，之外便是青石磚鋪成的地面。環繞主內堂的半廊每隔十步便掛上八角宮燈，照得內堂外壁有種半透明的錯覺。最糟是更外圍的四角各有一座燈樓，與半廊的燈火互相輝映。

寇仲計算後道：「我們至少要躍至離這樓頂十丈上的高空，才可避免燈樓把我們的影子投在牆上，你仍是那麼有把握嗎？」

徐子陵尚未答他，人聲足音傳來。兩人連忙伏下，循聲瞧去。一群人沿著另一邊的遊廊朝主內堂走來，領頭者赫然是榮鳳祥和郎奉兩人，其他人都是曾於壽宴見過的在洛陽有頭有臉的人物。兩人大為失望，心忖難道馬車載來的竟是郎奉，雖說他平時總是騎馬，但若為避人耳目，坐趟馬車亦很合理。他們眼睜睜瞧著對方魚貫進入主內堂，頹然若失。

寇仲苦笑道：「怎辦才好？抓起郎奉怕也不會有甚麼作用，王世充那種人我最清楚不過。」

徐子陵沉聲道：「還要不要去聽他們說話？」

寇仲嘆道：「有甚麼好聽的？不外官商勾結、瓜分利潤，苦的只會是平民百姓。咦！」

笑語聲從後方飄來。兩人別頭瞧去，另一群人在四名持燈籠的武士開路下，正沿著穿過庭院的碎石小徑往他們藏身其頂上的重樓緩步而至。最搶眼的當然是花枝招展的榮姣姣，但吸引了他們所有心神，更令兩人喜出望外的卻是親熱地伴在她旁邊的王玄應。那是個比董淑妮更好上無數倍的最佳選擇。

那批隨馬車來的武士落後少許，人人神態悠閒，顯然誰都沒想到會有敵人伏在榮府內恭候他們。兩人交換了個眼色，不用說任何話已知道該怎樣做，齊齊扯下面具，露出眞面目。獵物不住接近。

只聽王玄應道：「李密的人現在紛紛歸降父皇，使他更是勢窮力蹇，只要我們再攻下河陽，李密怕逃跑的地方都沒有了，哈！」

兩人默默運功，蓄勢以待。

王世充既以這批武士保護自己的寶貝兒子，怎都該會有兩下子。一擊不中，便麻煩棘手多了。

寇仲打出手勢，表示由他活捉王玄應，徐子陵則對付其他人。

下方榮姣姣的嚦嚦鶯音嬌聲嗲氣的應道：「這回你們大勝李密，戳破了他戰無不勝的神話，威震天下，姣姣心中不知爲你們多麼高興哩！」

王玄應得意忘形地哈哈笑道：「這全賴父皇詐傷誘敵，策略得宜！」

寇仲聽得無名火起，此時王玄應已來到重樓正門外四丈許處，正是最利於他們突襲的位置，兩掌一按瓦面，整個人滑下人字形的瓦背，箭矢般朝王玄應滑去，又運功收斂衣袂的拂動，活似深海裏出擊捕食的惡魚，無聲無息的朝目標低潛而去。

徐子陵同時發動，騰空而起，連續三個空翻，緊追寇仲背後往敵疾撲。

當寇仲飛臨王玄應斜上方兩丈許高處，出乎兩人意料之外，首先生出警覺的竟非王玄應或護駕高手中任何一人，而是榮姣姣。

她翹起俏臉往寇仲瞧來，一對美眸異光亮起，手上同時幻起一片劍芒，朝寇仲的井中月迎上去，反應之快，劍招的狠辣老練，以寇仲之能，也大有手足無措，被她把全盤大計打亂的情況。

王玄應和一眾侍衛高手這才驚覺有刺客從天而降，且是新一代的兩大頂尖高手，駭得忙紛紛掣出兵刃，又呼嘯示警，急召榮府的高手來援。

寇仲面對榮姣姣沖空而來的芒光劍氣，痛苦得想要自盡。要知擒拿王玄應的時機一瞬即逝，只要讓榮姣姣截住自己，哪怕只是眨眼光景，整個形勢必將逆轉過來，變成是他們要倉皇逃生的結局，一個不好還要飲恨於此。不要說惹出像楊虛彥那種高手，只要在內堂那邊的榮鳳祥和郎奉趕過來，他們便不能討好。可是榮姣姣以驚人的準繩、時間和速度在半空截擊，教他無從變招，只有硬拚一途。王玄應已開始往橫避開，四周的親衛高手則往他合攏過去，一時刀光劍影，喊殺盈耳。

眼看功虧一簣的當兒，徐子陵後發先至，越過寇仲，頭下腳上的雙掌下按，強攻進榮姣姣的劍網去。在他和寇仲擦身而過時，反手推了寇仲一把。寇仲已使老的勢子本再難變化，這時得藉徐子陵一推，一個空翻，井中月照頭蓋臉的朝想逸走的王玄應劈去。凜冽勁厲的螺旋刀勁，把王玄應完全籠罩其中，逼得他就地立定，揮劍擋格。

「蓬！」榮姣姣一聲嬌呼，被徐子陵左右兩掌先後拍在劍身處，狂猛的螺旋勁先是左旋，接著是右旋，震得她差點經脈錯亂，駭然下往旁飛開，錯失了援救王玄應的良機。徐子陵亦心中吃驚。任何人初遇上螺旋勁這古今從未出現過的勁氣，誰都要吃點虧的。更何況他利用左右手先後的次序，巧妙地逆轉眞氣，估計她怎都要兵刃脫手，豈知她不但沒有如他所料，還能借勁橫閃，從這點便可知她的武功是如何高明。有其女必有其父，照此看榮鳳祥實在大不簡單。

「篤！」王玄應全力劈中井中月，卻無金屬交擊的清響，反而如中敗革，毫不著力。王玄應登時魂飛魄散，寇仲這一刀橫看豎看都是勁道十足，哪知竟虛有其表，劈上去飄飄蕩蕩的毫不著力。那種用錯力道的感覺，便像盡了全力去捧起輕若羽毛的東西那麼難受。王玄應慘哼一聲，硬是運氣收刀，差點吐血。

寇仲哈哈笑道：「玄應兄中計了！」井中月立時由無勁變有勁，猛劈在王玄應回收的劍上。王玄應終口噴鮮血，長劍甩手脫飛，咕咚一聲坐倒地上。寇仲的手按到王玄應天靈蓋處，大喝道：「全都給老子滾開！」眾衛駭然止步。

徐子陵落到寇仲之旁。

寇仲聽得內堂方向風聲驟起，知道榮鳳祥等人正全速趕來，忙挾起被封穴道的王玄應，與徐子陵騰身而起，大喝道：「今夜三更時分，叫王世充拿虛行之到天津橋來換人！誰敢追來，我就幹掉他的寶貝兒子。哈！」

大笑聲中，寇仲挾著王玄應，與徐子陵迅速遠去。

鐘樓上。

寇仲拍開王玄應穴道，笑語道：「玄應公子好嗎？」

王玄應好半晌回過神來，狠狠道：「你們想怎樣？」

寇仲淡淡道：「公子若不想吃苦頭，最好有問有答。唉！我這人疑心最大，若你說話略有吞吐猶豫，我便會當你胡言亂語，說不定會捏碎你一隻手指的指骨，只要說上十次謊話，公子以後只能用腳趾去摸女人了！至於二十次後，連腳趾都不成。」

王玄應色變道：「你怎能這樣，爹絕不放過你的。」

這種色厲內荏的廢話，充分顯示出他庸懦的性格，貼壁坐在另一邊的徐子陵露出不屑神色，心罵又有這麼窩囊的。

寇仲訝道：「你爹算老幾？我若怕他，你這小子就不用臉青唇白的坐在這裏任從發落。閒話休提，記得有問必答，答慢了便終生後悔，你聽過我曾像你爹般言而無信嗎？」

王玄應頹然道：「你殺了我吧！」

寇仲拔出匕首，鋒尖斜斜抵住他頷下，道：「你再多說一次好嗎？」

王玄應一陣抖顫，終不敵投降，忙道：「問吧！」

徐子陵不想再看，移到鐘樓的另一邊。

天上星月爭輝，夜風徐徐吹來。洛陽仍是一片平和，大部分人家均已安寢，只餘點點疏落的燈火。

好一會後寇仲來到他旁學他般貼牆坐下，狠狠道：「他倆父子都不是東西，只有王玄恕還似個人樣。」

徐子陵道：「探悉虛先生的情況嗎？」

寇仲點頭道：「確是給他爹關起來，李小子猜到我們會返回洛陽就是爲了虛行之，從而估到他對我們的重要性。虛行之錯在曾露過鋒芒，我們則錯在猜不到王世充這麼快動手。」

徐子陵道：「還問得些甚麼其他呢？」

寇仲道：「夷老確是功成身退，返回南方，陳長林則給他調往金墉城。他娘的，眞想一刀把這小子宰了。」

徐子陵沉吟道：「待會由我去接頭，他們就算想耍花樣我也不怕。」

寇仲知他怕自己舊傷復發，笑道：「那怎麼成？若李小子和王世充拿下你來逼我換人，我還不是要乖乖就範？只要有王玄應這小子在手上，不怕王世充不屈服，我們一起去吧！我很想看看王世充這時的表情。」

徐子陵只好同意。

兩人坐上偷來的小艇，押著王玄應朝天津橋駛去。王玄應平躺艇底，失去知覺。徐子陵坐在船尾，單手搖櫓，河水溫柔地以沙沙的聲響作回應。兩岸烏燈黑火，平時泊滿大小船隻的河堤不見半條船兒，天津橋則燈火通明，人影綽綽。

寇仲低聲道：「得勢不饒人，我們務必要佔盡便宜。唉！我們終不慣做賊，否則怎會擄人後忘了勒索，否則可乘機狠敲王世充一筆，讓他心痛一下也好。現在再提出，似乎欠些風度了。唉！」

徐子陵笑道：「這等於窮心未盡，色心又起，我們若能偕虛先生安全離開這裏，好該謝天謝地，虧你仍要妄想。」

寇仲遙望天津橋，若有所思的道：「剛才我審問王玄應那小子，他每說一句話眼珠都會轉動兩三下，你說是否很不妥當呢？但我又找不到甚麼破綻。要我下辣手向他無端施刑，小弟偏辦不到。」

徐子陵沉聲道：「管他是眞是假，總之一個換一個，若有不妥，就幹掉他然後逃亡，失散了就在約定地方會合。但在甚麼地方會合好呢？」

寇仲提議道：「若在城內，就在聽留閣的魚池處見面；如在城外，便相會於和氏璧完蛋那小丘好了！」

兩人再不說話，蓄勢運氣。小艇倏地增速，迅速地接近天津橋。

小艇穿過橋底，到了天津橋洛水的東段，悠然停下。

寇仲長身而起，大喝道：「王世充何在？」

身穿便服的王世充在橋上現身，旁邊尚有榮鳳祥、郎奉、宋蒙秋和六、七個他們認識的親衛高手，卻不見李世民方面的人。

寇仲帶笑施禮道：「王公終能以自己一對狗腿走路，實是可喜可賀。」

王世充毫不動氣，沉聲道：「寇仲你也非是第一天到江湖行走，該深明少說廢話的道理。人已在此，你要怎樣交換？」

寇仲笑道：「說得好！王公既是明白人，自然想出了兩全其美之法，既保證我們可安然離開，又可互相交換人質，何不說出來大家研究磋商，看看是否可行？」

王世充道：「這還不簡單嗎？我們就在橋上換人，之後我保證讓你們三人離城而去，絕不攔阻，榮公可作擔保。」

寇仲瞇眼仰首瞧著橋拱上的王世充，搖頭笑道：「王公不是在說笑話吧？你的保證不值半個子兒，榮老闆如何可作保？」

榮鳳祥沉聲道：「那就少說廢話，劃下道來。」

寇仲哈哈笑道：「這個簡單之極，你們把人交我，待我驗明正身，然後你打開水閘，讓我們離城，出城後我們便放人。」

王世充怒道：「你打的倒是如意算盤，不過此事萬萬不行，因爲誰能保證你們離城後仍肯履行諾言？」

寇仲好整以暇地道：「我寇仲何時試過言而無信，而且此事已不到你選擇，只要你一句不行，我立即宰掉你的寶貝兒子，再看要殺多少人才能脫身，總好過讓你得回兒子後再指使手下來對付我們。」

榮鳳祥插入道：「寇兄弟可否聽老夫一言，現在的問題，皆因換人的地點是在城內，若在城外換人，寇兄弟便不用擔心了！」

寇仲與面向他而坐的徐子陵交換個眼色，搖頭道：「榮老闆好像不知世間有追殺截擊這回事。如此換人，我們的行蹤去向全在你們計算中，到那時始懂得後悔，是否晚了些呢？不必多言，要換人就依本人的方法，一言可決。」

榮鳳祥雙目殺機一閃而逝，扯著王世充退至橋上寇仲目光不及之處商議。

寇仲移到徐子陵旁，低聲道：「水裏有沒有動靜。」

徐子陵搖頭道：「沒有！不過我總覺得有些不妥當，只恨不知問題出在哪裏。」

寇仲沉吟道：「是不是因爲見不到李小子和他的人呢？」

徐子陵點頭道：「這或者是其中一個原因，更主要的是若王世充誠心換人，不該讓榮鳳祥參與。」

寇仲一震道：「有道理！」

此時王世充和榮鳳祥等再次出現橋拱前。

寇仲冷笑道：「老子不耐煩了！」

王世充平靜地道：「我們姑且信你一次。但你需當衆起誓，保證履行諾言。若不答應，我王世充只好傾盡全力爲子報仇，虛行之則要受盡凌辱，求生不得，求死不能。你們也要向天禱告不會落到我手上。」

寇仲不屑地道：「你王世充有多少斤兩，豈會放在我寇仲心上，先讓我見過虛行之再說吧！」

王世充喝道：「拿上來！」

徐子陵別頭瞧去，虛行之的上半截軀體現身橋欄處，只見他披頭散髮，臉上沾滿血污傷痕，身上給粗麻繩綑個結實，雙目緊閉，似是昏了過去，只能依稀辨認出他的輪廓。

寇仲疑心大起，喝道：「喚醒他來說兩句話！」

王世充冷喝道：「人交給你，驗清楚後再說吧！給我擲下去。」

兩名武士把虛行之提起，凌空擲往他們的小舟。

上身被綑個結實的虛行之在空中不住翻滾，看其勢道，仍差丈許才會落往舟上。徐子陵揮槳迎去。寇仲則全神貫注四周形勢。「伏」的一聲，虛行之應聲彈起，升高後再往小舟位置翻滾而來。

就在此時，異變忽起。「虛行之」身上粗索寸寸碎裂，兩手揮揚，發出縷縷勁厲的指風，疾襲兩人。同一時間小舟轟然劇震，化作多截碎片。兩人早嚴陣以待，但仍想不到敵人會雙管齊下，把形勢完全逆轉過來。忽然間他們再非立足小舟上，而是正沉入河水裏去。四周風聲疾響，兩岸十多枝勁箭朝他們射來之際，無數敵人從橋上飛身撲下來。兩人閃躲對方指風勁箭時，都心知肚明唯一平反敗局之法，就是再把王玄應控制在手上。兩人倏地加速沒入水中，登時出了一身冷汗。只見王玄應不知被甚麼東西捲在身上，斜移而去，當想起是尉遲敬德的歸藏鞭，一切都遲了。

兩人痛苦得差些在水裏大哭一場，以宣洩心中的怨恨自責。不過此時已無暇多想，兩邊同時現出無數穿上水靠手持弩弓的敵人，往他們合攏過來。在水中要躲避這些穿透力特強的遠程攻擊武器，幾是妄想。

兩岸此時燈火燃亮，直照河內。兩人直往河底漆黑處沉下去，只要被敵人水中箭手把握到影蹤，休想活命，那種無奈和窩囊的感覺，像大石壓著胸口般難受。倘不是選擇在洛水上進行交易，他們將更是插翼難飛。

徐子陵先沉貼河底，觸到河床的污泥，心中一動，忙運螺旋勁往四周雙掌連推。給螺旋掀起的泥槳捲旋而起，不片晌河水已混濁不堪。寇仲心叫好計，依法施爲，同時往前貼著河底潛去，迅速離開。

兩人在城南伊水的一處橋底爬上岸，只能相對苦笑。

寇仲嘆道：「敵人眞狡猾，那假虛行之弄得自己像個爛豬頭那樣，兼之披頭散髮，身上又五花大綁，使我一時無從辨認，否則我們不會被水下的敵人所乘。」

徐子陵挨在橋腳處，沉聲道：「扮虛行之的該是長孫無忌，他一動手我便認出他的身法和體型。」

寇仲沉吟道：「照我看虛行之一是讓他們害了，一是趁機先行逃走，否則王世充絕不會讓自己兒子冒此殺身之險。因爲此計並非全無破綻，當時若我夠狠心，又肯受點傷，仍有足夠時間取王玄應的小命。」

徐子陵點頭同意道：「我也是這麼想，天亮後是否該設法離城呢？」

寇仲咬牙切齒道：「這口氣我怎都嚥不了。不過敵衆我寡，硬撼是自取其辱，你有甚麼好主意？」

徐子陵道：「君子報仇，十年不晚，我們須暫忍這口氣。別忘記尙有祝玉妍在旁虎視眈眈，她可能比王世充加上李世民更可怕。」

寇仲頹然道：「難道這麼溜掉算了嗎？」

徐子陵道：「只要我們一天死不了，王世充就睡難安寢。待弄清楚虛先生的事再說吧！」

寇仲苦思道：「若虛行之趁機溜走，理該找我們，不如我們回偃師看看。」

徐子陵道：「你不是聯絡上宋金剛的人，要由他們安排我們到江都去嗎？」

寇仲道：「現在除了你外，我甚麼人都不敢盡信，怎說得定是否又是另一個陷阱？現在我要改變計畫，自行到江都見李子通，到時再隨機應變，見機行事。」

徐子陵長身而起道：「趁天亮前我們最好先去偷兩套乾淨衣服，那逃命時也可威風神氣點。」

寇仲笑道：「請讓小弟領路吧！我和洛陽最大的那間綢緞舖的老板是老朋友哩！」

密雲，大雨似可在任何一刻灑下來。徐子陵蹲在街市一個早點攤吃早點，想起不知所蹤的貞嫂，四周雖是人來人往，喧鬧震天，他卻有孤身一人的感覺。人事不斷變化，誰都沒法控制。幾天前他們還是王世充倚之爲臂助的客卿貴賓，現在卻成了反目的仇人。李世民本可成爲好友，眼前卻是水火不容的大敵。

此時寇仲來了，笑道：「疤臉兄你好，這裏的饅頭比之揚州如何呢？」

徐子陵把一個菜肉包子送到口裏，嘆道：「沒錢買包子時的包子最好吃。找到宋金剛的人嗎？」

寇仲也把包子塞進嘴內，含糊不清的道：「計畫有少許改變，我已說服宋金剛的人借條小貨船給我們，所有通行證件一切齊備，另有四名船伕，坐船總好過用腳走路吧？」

徐子陵聳肩道：「你愛怎樣便怎樣吧！」

寇仲一本正經道：「此話是否當眞？」

徐子陵皺眉道：「你又有甚麼鬼主意？」

寇仲伸手攬著他肩頭道：「我們明早才走。」

徐子陵苦笑道：「你是不肯死心的了。」

寇仲煞有介事的道：「這回我眞的不是要逞強鬥勝，而是事情有了新的發展。」

徐子陵懷疑的問道：「甚麼新發展？」

寇仲道：「剛才我沿洛河走來，看到一艘戰船駛往皇城，我敢肯定它是從偃師回來的，因爲我們坐船回來這裏時，它仍泊在偃師對外的碼頭處。」

徐子陵道：「這不是平常不過的事嗎？」

寇仲得意道：「但這船卻非比尋常，不但船上戒備森嚴，而且前後有十多艘快艇護航，岸上還有騎兵掠陣，你說爲何如此大陣仗呢？當然是怕有人劫船，且怕的正是我們揚州雙龍兩位好漢。」

徐子陵一震道：「虛行之果然是溜到偃師找我們，現在卻被他們擒回來了。」

寇仲決然道：「不理皇宮內是否有千軍萬馬，今晚我們進宮救人。」

徐子陵搖頭道：「不要待今晚！我們現在立即入宮救人，你不是說宮內仍有很多楊侗的舊人嗎？只要能潛進宮內，我們就可相機行事，設法把人救出來。」

寇仲抓頭道：「光天化日，兩個大漢翻牆越壁是否有點礙眼？從城門進去又怕人家不歡迎。」

徐子陵仰望天色，道：「這回眞是謀事在人，成事在天。只要這場雨下得成，我們便有機會入宮救人，但先要做好準備工作，再看看老天爺肯不肯幫忙。」

寇仲和徐子陵躲在城北道光坊匯城渠一道小橋下，遙望皇城的東牆。天上的烏雲愈積愈厚，雖爲他們帶來希望，大雨卻始終沒灑下來。此時離正午只有半個時辰。

徐子陵苦思道：「魯妙子曾在他的水道篇說過，凡皇宮一類規模宏大的建築，下面必有水道系統，既需排污，更用來供水給庭院園林洗濯灌溉等所需，照看這條匯城渠理當與皇宮下面的水道相通，這叫因利乘便。」

寇仲眉頭緊蹙地仰首瞧天，點頭道：「魯妙子的話自然沒有錯，不過我們想得到的，別人也會想到。當日我和楊公卿等人研究如何攻入皇宮，楊公卿便指出所有主渠均設有多重鋼閘，除非變成小魚蝦，否則休想穿過，唉！還是求老天爺下場雨好了。」

忽然蹄聲轟鳴，十多名騎士自遠而近，奔往橋上。

寇仲探頭瞧了一眼，縮回橋底低聲道：「是巡邏的禁衛軍，要不要借兩套軍服來使用。」

徐子陵沒好氣道：「那只會打草驚蛇，若穿套軍服便可入宮，那誰都可出入自如。」

寇仲頹然無語。

橋上蹄響如雷，倏又收止。兩人頭皮發麻，暗忖難道被發現了。

其中一名禁衛在上方嘆道：「今天眞倒楣，被派出來値勤，若能留在宮內就好多哩！」

另一人笑道：「你算是甚麼東西，留在宮內又如何，難道你有資格聽尚秀芳唱曲嗎？」

其他人發出一陣嘲弄的笑聲。

蹄音再起，漸漸去遠。寇仲和徐子陵你眼望我眼，兩對虎目同時亮起來。

寇仲霍地立起，道：「尚秀芳照例在午後才肯赴任何宴會，都說要借兩套軍服嘛！」

換上禁衛武服的寇仲、徐子陵，策騎來至曼清院大門處，喝道：「秀芳小姐的車駕起行了嗎？」

把門者連忙啟門，道：「兩位官爺，秀芳小姐仍在梳洗，不過馬車已準備好了，隨時可以起行。」

寇仲大擺官款道：「給我引路！」

接著兩人躍下馬來，隨帶路者往內院走去，路上寇仲旁敲側擊，很快弄清楚尚秀芳所帶隨從和平常出門赴會的情況，心中立有定計。

天上仍是密雲不雨，壓得人心頭沉翳煩悶，院內的花草樹木，也像失去了顏色。

抵達尚秀芳居住的小院，尚秀芳的十多名隨從正在抹拭車馬，準備出發。

寇仲遣走引路的人，把那叫白聲的隨從頭子拉到一旁說道：「玄應太子特別派我們來保護秀芳小姐，白兄該知近日東都事故頻生吧！」

白聲打量兩人一會後，道：「兩位軍爺面生得很。」

寇仲故作神秘的壓低聲音道：「我們這些日子來跟玄恕公子到了偃師辦事，所以少有見面。不過上次秀芳小姐到尚書府，我不是見過白兄嗎？只不過我守在府內而已，還記得秀芳小姐第一首便是甚麼『少年公子負恩恩』，嘿！我只記得這一句，其他的都忘了！」

他說的自是事實，白聲疑慮盡消，但仍眉頭緊皺道：「我也聞得東都不大太平，玄應太子果是有心。不過小姐素不喜歡張揚，兩位軍爺這麼伴在兩旁，只怕小姐不悅。」

旁邊的徐子陵心中好笑，心忖這麼十多個隨從前後簇擁，仍不算張揚嗎？可知只是這白聲推託之詞。又或尚秀芳小姐想予人比較平民化的印象，不願公然與官家拉關係。

寇仲卻是正中下懷，拍拍白聲肩膀道：「這個容易，待會我們脫下軍服，遠遠跟在隊後便可以了！」

白聲哪還有甚麼話說，只好答應。

此時盛裝的尚秀芳在兩名俏婢扶持下出門來了。寇仲忙『識趣』地扯著徐子陵避往一旁，沉聲道：「現在只要能過得皇城入口那一關，我們便是過了海的神仙啦！」

尚秀芳的車隊開出曼清院，朝皇城駛去。徐子陵和寇仲在隊尾處，瞻前顧後，裝模作樣。各人都不住抬頭望天，怕積聚的大雨會隨時傾盤灑下，且下意識地提高了車速。走了不到片刻，後方蹄聲驟響。寇仲和徐子陵警覺後望，立時心中叫糟，原來追來者竟是李世民、龐玉、長孫無忌和尉遲敬德四人。此時他們唯一能做的事，就是向天禱告，希望李世民並不認識尚秀芳的每一個從人，否則立要給揭破身分。

李世民等可不同白聲，豈是那麼易被欺騙的。兩人連忙前後散開，又運功收斂精氣，佝僂身子，免致引起李世民等人的警覺，暗幸若非坐在馬上，只是兩人挺拔的身形便可令敵人對他們大爲注意。李世民領先越過他們，似乎心神全集中到甚麼要緊事情上，並沒有對他們投上一眼。白聲等紛紛行禮，李世民則以頷首微笑回報。龐玉等緊隨著李世民，也沒有怎樣注意他們。

李世民追到馬車旁同速而行，道：「秀芳小姐好！世民來遲了！」

兩人心叫好險，原來李世民竟預約了尚秀芳要陪她入宮的。

尚秀芳隔著下垂的帘幕還禮問好後訝道：「秦王一向準時，爲何今天竟遲到了，秀芳並無任何嗔怪之意，只是心生好奇吧！」

李世民仰望黑沉沉的天空，伴著馬車走了好一段路，嘆道：「秀芳小姐可還記得寇仲和徐子陵嗎？」

後面的寇仲和徐子陵正傾耳細聽，聞得李世民向尚秀芳提及自己的名字，都大感興趣，一方面奇怪李世民的遲到爲何與他們有關，另一方面亦想知道這色藝雙全的美女如何回答。

尚秀芳尙倏地沉默下去，好一會始輕柔地道：「提到寇仲！秀芳曾與他有兩次同席之緣，印象頗深，總覺得他氣質有異於其他人。至於徐子陵呢！只在聽留閣驚鴻一瞥的隔遠見過，仍未有機會認識。秦王的遲到難道是爲了他們嗎？」

她的聲音婉轉動聽不在話下，最引人處是在語調中透出一種似是看破世情般的瀟脫和慵懶的味兒。此時不見人而只聽聲音，那感覺可更加強烈。透過她說話的頓挫和節奏，亦令人聯想和回味著她感人的歌聲，憂怨中搖曳著落寞低迴的感傷，間中又似蘊含著一絲對事物的期待和歡愉，形成非常獨特的神韻。

李世民苦笑道：「秀芳小姐可知世民和他們本是好友，現在卻成了生死相拚的仇敵？」

尚秀芳「啊」的嬌呼一聲，好一會然後低聲道：「秦王這些時日來，是否爲了此事弄得心身皆忙呢？」

李世民沒有正面作答，岔開道：「我剛才正爲他們奔波，原來只是一場誤會。」

尚秀芳訝道：「寇仲不是爲王公效力的嗎？」

李世民嘆道：「那是以前的事了。秀芳小姐不要讓人世間的爾虞我詐玷污了雙耳。」

尚秀芳似在試探地道：「他兩人雖是武功高強，英雄了得，但若要與秦王作對，是否太不自量力呢？」

蹄音的答中，車馬隊轉入通往皇城的沿河大道。洛水處舟船往來，與道上的人車不絕，水陸相映成趣。眾人都因她動人的聲音忘了黑沉沉的天色。

李世民吁出一口氣喟然道：「這兩人已不可用武功高強來形容他們那麼簡單，他們可能是有史以來最天才橫溢的絕代高手，更難得的是智勇兼備。所以直至今天，仍沒有人能奈何得了他們。連想置他們於死地的李密最後都栽在他們手下，由此可想見其餘。」

語氣透露出濃厚的無奈和傷情，使人感到他確實很重視和珍惜這兩個勁敵。如此推崇敵手，亦可看出他廣闊的胸襟和氣魄，不會故意貶低對方。寇仲和徐子陵心中泛起異樣的感受。想不到李世民這樣看得起他們，難怪會如此不擇手段的與王世充合作以圖殲滅他們。

尚秀芳低聲道：「他們如今是否仍在東都？」

李世民道：「這個非常難說，當他兩人隱在暗裏圖謀時，誰都感到難以提防和測度！」

此時車馬隊抵達承福門，守門的衛士舉戈致禮，任由車馬隊長驅直進。寇仲和徐子陵高懸的心終可輕鬆地放下來。

李世民與尙秀芳停止說話，在親衛的開路下，穿過太常寺和司農寺，在尙書府前左轉，入東太陽門，沿著內宮城城牆旁的馬道直抵內宮的主大門則天門，進入氣魄宏大的宮城。內宮城中殿宇相連，樓台林立，殿堂均四面隔著高牆，牆間設有門戶，殿堂間連環相通。

徐子陵是首次踏足宮城，寇仲上回雖曾逃入宮城，卻是連走馬看花的時間和心情都沒有，故而此刻有大開眼界的感覺。只是則天門，足可看出隋煬帝建城所投下的人力物力。此門左右連闕，闕高達十二丈，輔以垛樓，門道深進十多丈，檐角起翹，牆闕相映，襯托出主體宮殿的巍峨雄偉。入門後，衢道縱橫，位於中軸線上共有三門兩殿，門是永泰門、乾陽門和大業門，殿則乾陽、大業兩殿。乾陽殿爲宮城的正殿，是舉行大典和接見外國使節的地方。乾陽門門上建有重樓，東西軒廊周匝，圍起大殿外的廣闊場地，此時已有幾隊車馬停在殿門外，可知殿內正舉行盛會。

乾陽殿不愧宮城內諸殿之首，殿基高達尋丈，從地面至殿頂的鴟尾，差不多有二十丈，四面軒廊均有禁衛把守，戒備森嚴。殿庭左右，各有大井，以供皇宮用水；庭東南、正南亦建有重樓，一懸鐘，一懸鼓，樓下有刻漏，到某一時刻會鳴鐘鼓報時。殿體本身則更規制宏大，面闊十三間，二十九架，三階軒，柱大二十四圍，文棟雕檻，雪楣秀柱，綺井垂蓮，飛虹流彩，望之眩目。

寇仲隨著隊尾，與徐子陵並排而行。他們不再擔心李世民，但卻擔心白聲。現在的情況是李世民以爲他們是尙秀芳的人，而白聲則認定他們是王世充的人。所以只要王世充的禁衛顯露出任何不把他們當是自己人的神態，白聲立即知道他們是冒充的。這結果似乎是不可避免。假若沒有李世民同行，他們或者仍可設法先行出手制著白聲，但現在當然辦不到。正頭痛時，車馬緩緩停下。宋蒙秋從殿台上迎下時，李世民躍下馬來，親自爲尙秀芳拉開車門。四周全是禁衛軍，想溜掉亦沒有可能。寇仲和徐子陵交換了個無奈的眼色，亦各自硬著頭皮下馬。禁衛過來爲他們牽馬。「轟隆！」一聲驚雷，震徹宮城。狂風刮起，吹得人人衣衫拂揚，健馬跳竄驚嘶。接著豆大的雨點灑下，由疏轉密。宋蒙秋似早有準備，忙打開攜帶的傘子，遮著盈盈步下馬車的絕色美人兒。其他人只好暫做落湯雞。

地暗天昏。尙秀芳和李世民等匆匆登上殿堂，雨勢更盛，傾盆而下。最高興的當然是寇仲和徐子陵，他們趁各人忙著避雨之際，展開身法，神不知鬼不覺的溜往東南的鐘樓處。

兩人望著乾陽殿典雅宏大的殿頂，生出歷史重演的奇異感覺，甚至有些兒不寒而慄。殿頂離開他們置身處的鐘樓遠約三十丈，和昨晚榮府的情況大致相同。而滂沱大雨亦把白天變換成黑夜。環繞大殿的圍廊滿布避雨的禁衛軍，而他們唯一入殿的方法是從上而下，由接近殿頂的隔窗突襲殿內的目標。

寇仲深吸一口氣道：「你不是有方法可渡過這樣的遠距離嗎？在這裏是否可重施故技呢？」

徐子陵點頭道：「當然可以，現在還更容易，因爲我們多了條原來用來攀城牆用的長繩子。來吧！」

寇仲解下背囊，把長達十丈的繩子取出，遞給徐子陵道：「這回要看你的能耐！」

徐子陵胸有成竹的把繩子的兩端分別綑緊兩人腰上，道：「若這方法到不了乾陽殿頂，那時便用來逃命好了！」

順手拔了他的井中月。

寇仲抗議道：「你至少該告訴我應怎樣配合吧？」

徐子陵道：「非常簡單，我把你送往空中，你再運氣滑行，然後由小弟擲出井中月，你便學晃公錯踏著飛鈸般憑刀勢投往目的地，記著最要緊運功把刀吸住，若『叮』的一聲插在殿頂處，我們便要一起宣告完蛋。」

寇仲立時雙目發光，道：「眞有你的！」

徐子陵低喝道：「起！」

寇仲躍離鐘樓，徐子陵平伸雙掌，在他腳底運勁一托，登時把他斜斜送上遠達十丈和電雨交加的高空去。若在平時，驟然來個空中飛人不被人發覺才怪，但在這樣的疾風大雨中，縱有人肯望天，怕亦看不見他們。

一道閃電，裂破寇仲頭頂上的虛空。寇仲到勢子盡時，一個翻騰，像尾魚兒般朝殿頂方向滑過去。此時徐子陵亦斜衝而起，直追寇仲。

暴雨嘩啦聲中，寇仲『游』過近十丈的空間，到離殿頂仍有近十五丈的距離，徐子陵運勁擲出的井中月，剛巧到了他身下。寇仲一把抓著刀柄，同時提氣輕身。「蹬！」兩人間的幼索扯個筆直。

寇仲被帶得直抵殿頂邊沿，徐子陵亦被幼索的帶動借力再來一個空翻，落往他旁。行動的時候到了。

兩人腳勾殿頂，探身下望。通過接近殿頂透氣窗隔，廣闊的大殿內燈火通明，擺開了十多個席位，分列兩排，向著主席。悠揚的樂聲和談笑的聲音，在雨打瓦頂簷脊的鳴聲中，彷彿是來自另一世界的異音。

寇仲湊到徐子陵耳旁道：「李小子這麼公然出席王世充在宮殿內舉行的盛會，是不是等於間接承認王世充的帝位呢？」

徐子陵正細察形勢，見到王世充主席左邊第一席坐的是王玄應，接著是郎奉、宋蒙秋，榮鳳祥等人，右邊首席卻是尙秀芳，次席才是李世民，其他全是洛陽的官紳名人。沒好氣地答道：「虧你還有時間想這種事，李小子肯參加午宴，當然有他的理由哩！」

他說話時，雨水順著項頸流到他臉上口裏，使他有種痛快放任和隨時可豁出去的感覺。

整個天地被雷鳴電閃和雨響塡得飽滿，對比起殿內溫暖的燈火，外面就顯得特別狂暴和冰冷無情。雨水從瓦面沖奔灑下，像一堵無盡的水簾般投到殿廊旁的台階去。衛士都縮到廊道靠殿牆的一邊，似乎整個皇宮就只他們兩人吊在殿簷處任由風吹雨打。每根頭髮都在淌水。

王世充可恨的聲音從殿內隱約傳上來道：「秀芳大家今晚便要坐船離開，讓我們敬她一杯，祝她一路順風。」

兩人這才恍然，明白為何宴會在午間舉行，又且李世民肯來赴宴。

寇仲湊過來道：「我詐作行刺王世充，你則負責去擒拿小玄應，如何？」

徐子陵搖頭道：「王世充由我負責，你去對付李小子，好把尉遲敬德那三個傢伙牽制住。」

寇仲愕然道：「那誰去擒人？」

徐子陵脫掉面具，道：「當然是小弟，王玄應見到老爹遇襲，必會搶過來救駕，那就是他遭擒的一刻。」

寇仲學他般除下面具，道：「你小心點榮鳳祥，只要他比榮姣姣厲害一些，夠你頭痛的了。嘿！你說我會不會一時失手把李小子宰掉呢？」

徐子陵沉聲道：「我們的目標是要救虛先生，你若貪功求勝，反被敵人擒下，我們便要全盤皆輸，那時要換的將不是虛先生而是你這蠢傢伙，明白了嗎？」

寇仲苦笑道：「在你面前，爲何我總像是愚蠢的一個？」

徐子陵不再跟他胡扯，道：「何時動手？」

寇仲沉吟道：「你說呢？」

徐子陵抹掉封眼的雨水，露出笑意，輕柔地道：「當然是當敵人的警覺性降至最低的時刻！告訴我，那該在甚麼時候動手？」

寇仲燦爛地笑道：「這叫英雄所見略同，我們的秀芳大家開金口之時，就是我們出手的一刻哩。」

「平台戚里帶崇墉，炊金饌玉待鳴鐘，小堂綺帳三千戶，大道青樓十二重……」

不知是否忽然被勾起心事，或由於別緒離情，又或爲殿外的驚雷暴雨觸景生情，每音每字，明明是經由她香唇吐出，但所有人包括在外面淋著雨的寇仲和徐子陵在內，都有她的歌聲像是直接從自己內心深處傳送出來的奇異感覺。她雖是活色生香的在殿心獻戲藝，但在座者都似乎感到她已整理好行裝，現在正在碼頭旁徘徊，隨時會登上即將啓碇開航的帆船。她的歌聲隨著雷鳴雨音婉轉起伏，柔媚動人，但最感人的是歌聲裏經極度內斂後綻發出來漫不經意的風霜感和失落的傷情。無論唱功以至表情神韻，均達登峰造極境界，更勝以前任何一場的表演。寇仲和徐子陵一時竟聽得呆了，幾至渾忘和錯過了出手的最佳機會。驀地掌聲驟起，兩人終於醒覺過來，立即出擊。

「砰砰！」殿內眾人仍沉醉在尙秀芳裊裊繞樑的餘音之際，近殿頂處木屑紛飛，兩團水花漫天灑至，幾疑是暴風雨改移陣地，轉到殿內肆虐。同一時間殿外近處霹靂震耳，其迴響更使人像身懸危崖，駭然魂驚。眾人大吃一驚時，兩道人影分別撲向王世充和李世民。凜冽的勁氣，凌厲的破風聲，粉碎了尙秀芳早先營造出來那像是覺醒淚盡，萬幻皆空般的悲愴氣氛。

此時尙秀芳仍在殿心未曾歸座，驀見刺客臨空，駭得呆立當場，素手捧心，雖失常態，卻出奇地仍是風姿楚楚。

首先遇襲的是李世民。寇仲破入殿內，立即一個空翻，頭下腳上的筆直下撲，井中月化為眩目黃芒，像最可怕的夢魘般疾劈李世民天靈蓋。陪坐在李世民身後半丈許外的龐玉，長孫無忌和尉遲敬德，因事起突然，兼之寇仲速度迅疾，要救援時，已遲了一步。

反應最快的是李世民。他來不及拔劍擋駕或閃避，竟就那麼力貫雙臂，把身前的紅木几提起過頭，迎向寇仲驚天動地的一刀。几上的酒杯酒壺，全部傾跌在地。「轟！」紅木几中分而裂。李世民得此緩衝，往後滾開。寇仲再一個空翻，井中月化作萬千刀芒，如影附形地朝在地上滾動的李世民捲去，沒有半點留情。

此時徐子陵已斜越殿堂上三丈多的空間，像雄鷹搏兔般滑瀉至王世充前方空際，一拳向滿臉駭容的王世充擊去。守在左右的禁衛雖疾撲過來，但都來不及攔阻。殿內其他賓客大多不懂武功，又或武功平常，只能目瞪口呆，不知所措。郎奉、宋蒙秋、王玄應等先後縱身而起，但亦遠水難救近火。動作最快的是居於王玄應鄰席的榮鳳祥，左手輕按席面，像一朵雲般騰空竄升，再橫移尋丈，雙掌連環發出劈空掌勁，疾攻空中的徐子陵左側，顯露出令人意外的絕世功力。

王世充終是一等一的高手，驚駭過後，知此乃生死關頭，猛地收攝心神，雙掌平胸推出，硬接徐子陵這霸道至極的一拳。「蓬！」王世充舊創未癒，新傷又臨身，雖勉力架著徐子陵力能開山裂石的一拳，喉頭卻不聽指揮，噴出一蓬鮮血。徐子陵亦被他渾厚的反震力道衝得身法凝滯，而榮鳳祥雄渾的掌風已排山倒海般側攻而至。

在電光石火的剎那間，他判斷出榮鳳祥的眞正實力尤在他自己之上，其氣勢速度和拿捏時間的準確性，均達到了大家的境界，令人難以置信的可怕和厲害。冷哼一聲，徐子陵乘勢疾落地上，然後身往前傾，不但避過榮鳳祥的劈空掌，還在前胸觸地前，炮彈般改向正往他撲來的王玄應射去，變招之快，教人嘆爲觀止。

「叮！」李世民於幾乎不可能的情況下，不但倏地停止滾動，還彈起身來，拔劍掃在寇仲的井中月處。寇仲積蓄的螺旋勁像長江大河般攻入他經脈內，李世民有若觸電，踉蹌跌退到龐玉三人之中，但也保住性命。

寇仲落到地上，井中月隨手揮擊，挾著主動猛攻的餘威，逼得龐玉等寸步難移，這才疾往後掠，希望可與徐子陵會合。

徐子陵此際剛欺近王玄應身前。緊追在他身後的榮鳳祥是他成敗的最大影響力，他和寇仲因榮姣姣高明的身手，本已對他評價甚高，但仍想不到竟是這般級數的可怕高手。假若徐子陵不能在一個照面的高速下擒住王玄應，就再沒有機會。而無論王玄應如何不濟，也不會無能至如此地步。人急智生，徐子陵雙目發出凌厲的神光，直望進持劍攻來的王玄應眼內，後者被他氣勢所懾，兼之又曾是他和寇仲手下敗將，果如徐子陵所願，心生怯意，改進爲退，希望其他人能施以援手。榮鳳祥大叫不好，徐子陵增速撲前，兩手幻化重重掌影，連續十多記拍打在王玄應劍上。王玄應不住踉蹌，臉上血色盡退，忽然後小腿碰上長几，兼之被徐子陵一波接一波的勁氣衝擊，那收得住勢子，長劍脫手，人亦翻倒几上，杯壺傾跌。十多名禁衛從左右趕至，但已來不及救回他們的少主。

「蓬！」徐子陵反手一掌硬封榮鳳祥一記重擊，同時借勁竄前，沖天而起，順手把封了穴道的王玄應小雞般提起來。榮鳳祥一聲厲嘯，改變方向，迎向寇仲。這時寇仲剛來到呆立殿心的尚秀芳之旁，竟順手捏了尚秀芳臉蛋一把，還在她耳旁低聲道：「小姐唱得眞好！」井中月同時幻起黃芒，疾劈攻來的榮鳳祥。「蓬！」兩人錯身而過，寇仲暗叫厲害時，徐子陵提著王玄應避往一角，厲聲喝道：「全部給我住手。」

整殿人呆在當場之際，寇仲像天神般落在徐子陵之旁，把井中月橫架在垂頭喪氣的王玄應咽喉處，大笑道：「世充小兒，世民小子，這次服輸了吧！」

在衆禁衛重重簇擁下的王世充，縱使沒有因失血受傷而引致面孔蒼白，也是說有多難看就有多難看，一時竟氣得說不出話來。到現在仍沒有人知道他們如何能神不知鬼不覺地潛入皇宮，發動突襲。「轟隆！」差點被遺忘了的雷聲，又再提醒殿內諸人外面的世界仍是在老天爺的掌握中。

李世民踏前一步，風度依然的微笑道：「仲兄和子陵兄鬼神莫測的手段，的確令人不得不服。」接著愛憐地瞧著尚秀芳道：「尚小姐受驚了，請回座位稍息。」

尚秀芳像聽不到他說話般，直勾勾地瞧著寇仲和徐子陵，好一會才移到李世民之旁。

榮鳳祥似對截不住兩人心生盛怒，雙目殺機連閃，冷哼道：「你們是如何進來的？」其他人則鴉雀無聲，也輪不到他們發話。

寇仲訝道：「哪來這麼多廢話！」

接著向王世充道：「不用我說聖上你也該知道怎辦吧！小弟一向都是沒有耐性的人哩！」

王世充氣得差點吐血，狠狠道：「把虛行之抓來！」禁衛應命去了。

寇仲微笑道：「快給小弟找條像樣點的快船，船過偃師後我便放人，其他條件均不會接受，明白嗎？」

王世充還可以說甚麼呢？

風帆遠離京都，順流朝偃師而去。雨過天青後的黃昏，分外詭艷迷人。王玄應被封了穴道，昏迷艙內。三人暢敘離情，大有劫後相逢的愉悅。

虛行之道：「我從王世充大封親族部下，卻獨漏了仲爺，知他要施展毒手加害兩位爺兒，於是趁著出差金墉，乘機溜往偃師找你們，豈知卻是失之交臂。」

徐子陵正掌舵控船，聞言道：「照我看王世充仍想重用虛先生，否則以他豺狼之性，該命人將你就地處決。」

寇仲冷哼道：「那他的寶貝太子也完了。」

虛行之往後方瞧去，一艘戰船正啣尾隨來，長長吁出一口氣道：「對這種刻薄寡恩的人，我寧死也不會爲他出力。像仲爺和陵爺的義薄雲天，爲了別人而不顧自身安危的英雄高傑，我虛行之就算要賠上小命，也心甘情願。」

寇仲猶有餘悸的道：「這回其實險至極點，榮鳳祥的武功不但高得離奇，還有種詭異邪秘的味道，非是正宗的路子，差點教我們功虧一簣。」

徐子陵訝道：「我還以爲是自己的錯覺，想不到你也有同感。表面看他的手法大開大闔，但其中暗含詭邪的招數，且有所保留，像在隱瞞甚麼的樣子，其中當有不可告人的秘密。」

寇仲露出思索回憶的神情，好一會才道：「我和他動手時，雖只是兩個照面，但卻感到他的眼神有似曾相識的感覺。此事非常奇怪，爲何我以前遇上他時，並沒有這種感覺呢？」

虛行之道：「那應是他平時蓄意斂藏眼內光芒，動手時由於眞氣運行，再藏不住。如此推之，仲爺以前定曾遇過他，只不過不是他現在這副面孔而已。」

徐子陵點頭道：「虛先生這番話很有道理，榮鳳祥這人根本沒有立場，似乎何方勢大便靠向何方，心懷叵測。」

寇仲苦思道：「若是如此，那榮鳳祥的眞正身分該不難猜，有誰是接近祝玉妍那種級數，又曾和我碰過頭的？噢！」

渾身一震，瞧向徐子陵。

徐子陵茫然道：「是誰？」

寇仲深吸一口氣道：「我記起了！我的娘啊！定是辟塵那妖道，眞是厲害。」

徐子陵愕然道：「怎會是他，不過也有點道理，這回王世充有難了。」

寇仲苦笑道：「好傢伙，這麼看來，榮姣姣怕亦非是他女兒，而楊虛彥的出身更是可疑，甚至連董淑妮都大不簡單，李小子可能中計都不曉得。」

虛行之不解道：「辟塵是誰？」

寇仲解釋後道：「陰癸派想爭天下，辟塵妖道的甚麼派亦想混水摸魚，手段雖異，其心一也，若辟塵知道這麼一動手便讓我們看破，定會非常後悔。」

虛行之遙望遠山上初昇的明月，道：「過了偃師後，我便登岸趕赴飛馬牧場，兩位爺兒最要緊是小心點，李子通這人也不是好相與的，他手下白信、秦文超和左孝友三人，全是有名的猛將。」

兩人想起要對付杜伏威和沈法興聯軍這近乎不可能的任務，只有頹然以對。

虛行之沉吟道：「杜伏威和沈法興只是利益的結合，其中定是矛盾重重，若兩位爺兒能巧妙利用，說不定可不費吹灰之力，便破掉他們的聯軍。」

寇仲精神大振道：「先生的提議隱含至理，我必謹記於心，到時再因勢而施。」

風帆轉了一個急彎，駛上平坦寬闊的河道，全速順流放去。

船過偃師十里後，緩緩靠岸。由於人少船輕，從京都跟來的戰船早被拋在遠方。岸上蹄聲轟鳴，老朋友楊公卿只率十餘騎追至，然後隻身登船。

寇仲哈哈笑道：「楊大將軍果是有膽有識，竟敢孤身登船。」

楊公卿來到寇仲身前，瞧了平躺地上仍昏迷不醒的王玄應一眼，又與看台上的徐子陵虛行之打個招呼，嘆道：「尚書大人這次是咎由自取，我楊公卿無話可說。」

寇仲道：「順便告訴大將軍兩件事，若大將軍高興的話，可轉告世充小兒。」

楊公卿奇道：「甚麼事呢？」

寇仲遂把李世民可能向李密招降和榮鳳祥該是辟塵之事坦然相告，然後笑道：「不害得他們提心吊膽，難有寧日，我如何嚥下這口氣。」

楊公卿色變道：「這兩件事均非同小可，我須立即以飛鴿傳書，向王世充報告。」

只聽他直乎王世充之名，便知他對王世充的不滿已溢於言表。

寇仲湊過去低聲道：「大將軍儘管把人帶回去，不過須謹記王世充可這樣待我，他日也可以用同樣方法對待大將軍，侍候虎狼之主，是不會有好結果的。」

楊公卿苦笑道：「我早明白了！三位好好保重。」

提起王玄應，逕自去了。

第三章

便宜城主

黃易作品集

第三章　便宜城主

送了虛行之上岸，兩人繼續行程。待風帆轉入黃河，他們鬆了一口氣，在廣闊的河道上，要逃要躲都容易得多。

寇仲嘆道：「我們從南方出發之時，好像天下給踩在腳下的樣子，豈知波折重重，志復等三人慘遭不幸，玉成則不知所蹤，我們現更為勢所逼，要折返南方，關中過門不入，教人頹然若失。」

徐子陵道：「志復三人的仇我們必定要報的，大丈夫恩怨分明，陰癸派手段如此凶殘可惡，終有日我們會將它連根拔起，令她們永不能再害人。」

寇仲雙目殺機大盛，點頭道：「除了宇文化及外，現在和我們仇恨最深的是陰癸派，血債必須血償，何況就算我們肯忍氣吞聲，婠妖女和祝妖婦也絕不肯放過我們。」

徐子陵道：「這也是我肯陪你去江都的原因，否則我會立即趕往巴陵接素姐母子。我到現在仍不明白為何老爹肯與虎謀皮，和陰癸派合作去打天下，其中定有些我們尚未知道的原由。」

寇仲道：「管她娘的那麼多！明天我們轉入通濟渠後，日夜兼程趕赴江都。不過可要補充乾糧食水，因為至少要再三天三夜，才可抵達江都。」

徐子陵沉吟道：「我總有些不祥的預感，這一程未必會那麼順利。」

寇仲一拍背上井中月道：「我們有哪天是平安無事的？誰不怕死，放馬過來吧！哈！學而後知不足，我也要拿魯大爺的寶笈出來下點苦功。」

徐子陵一把扯著他道：「對不起，去下苦功的該是小弟，輪到你仲大哥來掌舵哩！」

兩人終過了一個平安的晚上。

翌日正午時分，船抵彭城西方位於通濟渠旁的大城梁都。他們尚未決定誰負責守船，哪個去買糧食，當地的黑道人物已大駕光臨。

寇仲和徐子陵出身黑道小混混，遂抱著息事寧人的心情，打算依足江湖規矩付與買路錢，以免節外生枝。寇仲解下井中月，到碼頭上和來人交涉。

領頭的黑幫小頭目見寇仲體型威武如天神，又一副氣定神閒的樣子，他是老江湖，忙抱拳爲禮道：「小弟彭梁會智堂香主陳家風，請問這位好漢貴姓大名，來自何鄉何縣？」

寇仲登時記起彭梁會的三當家「艷娘子」任媚媚，想起這一帶均是彭梁會勢力範圍，不過他當然不願讓任媚媚知他行蹤，忙道：「小弟傅仁，剛在東都做完買賣，現在趕回江都。哈！泊碼頭當然有泊碼頭的規矩，小弟該向貴會繳納多少銀兩，請陳香主賜示。」

陳家風見他如此謙卑，立即神氣起來，微笑道：「看傅兄神采飛揚的樣子，定是撈足了油水，傅兄這艘船也是最上等的貨式，最奇怪是傅兄似乎只有一名夥計在船上。」

寇仲當然明白他耍的技倆。黑道人物遇上陌生人會遵從「先禮後兵」的金科玉律，簡言之就是先摸清對方底子，接著決定如何下手宰割，以謀取最大利益。假設他不顯點手段，對方會得寸進尺，甚至把船沒收。

隨陳家風來的尚有七、八名武裝大漢，看神態該是橫行當地的惡霸流氓。

寇仲抓頭道：「陳兄說得好。小弟既敢和我那個兄弟駕著一條上價船走南闖北，當然是有點憑恃。不過念在大家是江湖同道，加上我們又很尊敬『鬼爪』聶敬他老人家，且與貴幫三當家『艷娘子』任媚媚有點交情，故依規矩辦事，陳兄該明白小弟的意思吧！」

陳家風愕然道：「請問傅兄是哪條線上的朋友？」

寇仲沒好氣地取出半錠金子，塞入他手裏道：「眞人不露相，露相非眞人，陳兄若肯賣個交情，便不要查根究柢，當沒見過小弟吧。」

不再理他，轉身回到船上。

徐子陵正獨力扯帆，寇仲一邊幫忙邊道：「彭梁會看來已控制了這截水道，只不知他們現在歸附何方？」

徐子陵恍然道：「原來是任媚媚的手下，照計不是投向徐圓朗，就該是李子通。嘿！應不會是宇文化及吧？」

整好風帆後，寇仲道：「我負責入城採購，你可不要讓人把船搶去。」

徐子陵笑道：「若來的是祝玉妍、婠婠之流，你可不要怨我。」

寇仲大笑而去。

徐子陵閒著無事，憑欄觀望。通濟渠水道的交通出奇地疏落，尤其朝江都去的水段，只有寥落的幾艘漁舟往來，不知是否受到戰爭的影響，客貨船不敢到那裏去。碼頭離開城門只有千來步的距離，泊有三、四十艘大小船隻，比起東都任何一個碼頭的興旺情況，有如小巫見大巫。通往城門的路旁有幾間食鋪茶攤，只有幾個路客光顧，有些兒冷清清的感覺。陳家風那夥人已不知去向，照道理若他們摸不清他兩人的底子，是絕不會輕易動手的。

就在此時，他忽感有異，轉身一看，剛巧見到一個無限美好的美人背影，沒入艙門裏。以徐子陵的鎮定功夫，亦立時駭出一身冷汗。

寇仲踏入城門，仍不知此城是由何方勢力控制。若在其他城市，除非正處在攻防戰的緊急期間，否則都肯讓商旅行人出入，既可徵納關稅，又可保持貿易。可是這通濟渠北段的重鎮，竟像個不設防的城市，不但沒有顯示主權的應有旗幟，更不見半個守門的衛兵。這種情況即使在戰火連天的時代，也非常罕見。

寇仲茫然入城。城內主要街道為十字形貫通四門的石板舖築大街，小巷則形成方格網狀通向大街，民居多為磚木房，樸素整齊，本應是舒適安詳的居住環境，只是此際十室九空，大部分店舖關上門，似是大禍將臨的樣子，其中一些店舖還有被搶掠過的情況。路上只見零落行人，都是匆匆而過，彷如死城。

足音從後而至。寇仲駐足停步，立在街心。

陳家風來到他身側，嘆道：「打仗眞害人不淺，好好一個繁華都會，變成這個樣子。」

寇仲深有同感，問道：「究竟發生甚麼事？」

陳家風沉聲道：「眞是一言難盡，若你早來數天，便可看到這裏以千萬計的人擠得道路水洩不通，哭喊震天，四散逃命的可怕情景。」

寇仲大惑不解道：「這城本是何方擁有？又是誰要來攻城呢？」

陳家風答道：「這城已歷經數手，最後一手是徐圓朗。只是好景不常，最近因竇建德揮軍渡河，攻打徐圓朗的根據地任城，徐圓朗於是倉卒抽調梁都軍隊往援，致梁都防守薄弱，最後連那數百守軍都溜掉，使梁都變成一座沒人管沒人理的城市。」

寇仲愕然道：「竇建德那麼可怕嗎？」

陳家風道：「竇建德當然不可怕，論聲譽他要比徐圓朗好得多，但宇文化及的狗腿賊兵，卻比閻王勾命的鬼差更駭人。」

寇仲雙目立時亮起來。

陳家風續道：「當日宇文化及率兵由江都北返，去到哪裏搶到哪裏，殘害百姓，姦淫婦女，所以風聲傳來，人人爭相躲往附近鄉間避難。唉！這年頭要走也不容易，處處都在打仗。」

寇仲沉聲道：「宇文化及會不會親來呢？」

陳家風道：「這個沒人知道，我們是做一日和尚撞一日鐘，形勢不對便溜之大吉，若傅兄不介意，可否仗義送我們到江都去？」

寇仲愕然道：「你們要到江都還不容易嗎？」

陳家風怔怔瞧了他好一會，面容沉下去道：「原來你根本不熟悉江都的情況，竟不知李子通在河渠重重設關，除非是和他們有關係的船隻，其他一概不准駛往江都，否則我何用求你。」

寇仲笑道：「我確是不知江都的情況，皆因久未回去，但卻非和李子通沒有關係，陳兄可以放心。」

陳家風半信半疑地問道：「傅兄和李子通有甚麼關係？」

寇仲不答反問道：「你們彭梁會能名列八幫十會之一，該不會是省油燈，爲何不乘機把梁都接收過來，完全是一副任人打不還手的樣兒？」

陳家風嘆道：「若非看出傅兄非是平凡之輩，小弟也懶得和你說這麼多話。今時已不同往日，當年昏君被殺，我們在聶幫主的統領下，一舉取下彭城和梁都附近的四十多個鄉鎮，本以爲可據地稱霸，大有作爲。豈知先後敗於宇文化及和徐圓朗手上，最近給蠻賊攻陷彭城，我們彭梁會已是名存實亡，連會主在哪裏都不清楚。」

寇仲一呆道：「甚麼蠻賊？」

徐子陵掠進艙門，移到艙內四扇小門之間，深吸一口氣，推開左邊靠艙門那道門。在艙窗透進來的陽光下，美得令人透不過氣來的婠婠正安坐窗旁的椅上，低頭專心瞧著她那對白璧無瑕，不沾半點俗塵的赤足，神態似乎有些許靦腆，但又似只是她一貫邪異的篤定。

她沒有立即朝除子陵看望，只道：「我和你們終須來一次徹底地解決，對嗎？」

她的語調不但溫柔得像在枕邊的喁喁私語，且慢得像把一字一句輕輕地安置在空間裏，令人生出一種非常寧和的感覺。

徐子陵瀟灑地挨在門框處，沒好氣的道：「動手便動手吧！何來這麼多廢話？」

婠婠終抬頭往他瞧來，輕搖長可及腹、烏光鑑人的秀髮。皙白如玉的臉龐黛眉凝翠，美目流盼生波，即使以徐子陵的淡視美色，亦不得不承認她實在誘人至極。

只聽她櫻唇輕吐道：「你怎麼不問婠婠，爲何能於此時此地趕上你們？」

徐子陵聳肩道：「那有甚麼稀奇？辟塵弄不垮我們，只好由你們動手，對嗎？」

婠婠一怔道：「我們總是低估你們兩人，幸好以後不會再犯這個錯誤。」

除子陵皺眉道：「你再廢話連篇，我便去找寇仲！」

婠婠秀眉輕蹙地不悅道：「不要催促人家嘛！我正努力爲自己找個不殺你的理由。」

徐子陵啞然失笑道：「何用這麼煩惱，我正活得不耐煩，更想看看你是否眞有如此手段，儘管放馬過來！」

忽地臉色一變，撞破艙頂，來到船隻的上空。繫舟的索子已被綳斷，船隻正移離岸旁，順水流下。

婠婠的天魔勁正自腳下攻至。

陳家風憤然道：「蠻子就是那些天殺的契丹人，他們趁中原戰亂，乘機勾結我們漢人中的敗類，組成東海盟，專搶掠沿海的城鎭，劫得財貨女子，便運返平盧。」

寇仲愕然道：「契丹人那麼厲害嗎？平盧在哪裏？」

陳家風道：「他們騎射的技術非常高明，東海盟現在的盟主叫窟哥，乃契酋摩會的長子，善使雙斧，武技強橫，我們二當家亦喪命於他手下。至於平盧在哪裏，我不大清楚，聽說似是鄰近高麗，乃契丹人的地頭。」

旋又嘆道：「他們人數雖不多，但來去如風，瞬又可逃到海上，至今仍沒人奈何得了他們。」

足音驟起。兩人循聲瞧去，只見陳家風一名手下氣急敗壞地趕來道：「不好了！有人劫船！」

徐子陵心知若不能先一步逃生，給婠婠纏上，定是有死無生之局。若他猜得不錯，陰癸派因他們再也沒有任何可供利用的價值，又怕他們回南方破壞杜伏威的好事，所以下決心除掉他們。不過要殺他們不再像以前般容易，尤其當兩人聯手，總能發揮出比兩人加起來的總和更龐大的威力。故此婠婠直跟到這裏，待兩人分開的良機，出手對付徐子陵。

久違了的邊不負從艙門那邊的方向斜掠而起，朝他撲至，顯是錯估了他出艙的方向，而他捨艙門不走而採撞破艙頂之途，等於將自己的小命從閻王手上撿了回來。否則如在廊道處遭上婠婠和邊不負兩人前後夾擊，哪還有命。

徐子陵在婠婠天魔功及體前，猛換一口眞氣，生出新力，竟就那麼凌空一翻，掠往帆桿之巔，哈哈一笑道：「失陪！」

婠婠正改向追來，徐子陵像大鳥般騰空而起，橫越近十丈的河面上空，投往岸上。婠婠眞氣已盡，只好落往桿頂上，俏臉煞白地瞧著他逃之夭夭。

寇仲此時從城門那邊像流星般趕至，大喝道：「婠妖女有膽便上岸和我寇仲大戰三百回合，待我將你斬開兩截或三塊。」

帆船放流直下。

邊不負冷笑道：「讓你兩個多活幾天吧！」

婠婠忽又露出一絲甜蜜的笑容。

兩人頹然在岸邊坐下。

寇仲苦笑道：「想不到一語成讖，寶貝船果然讓人搶去，不過我也沒資格怨你，因爲我也找不到糧草回來。」

陳家風和一衆大漢趕至，人人臉露崇慕尊敬之色。

寇仲沒好氣地掃了他們一眼，道：「船失掉哩！你們自己想辦法到江都去吧！」

陳家風尷尬的道：「我們眞是有眼不識泰山，竟不知兩位是名震天下的寇爺和徐爺。」

徐子陵嘆道：「甚麼名震天下？船都沒有了。」

陳家風低聲問道：「剛才那兩個是否陰癸派的妖女妖人？」

寇仲點頭應是。

陳家風露出佩服至五體投地的神色，道：「天下間只有兩位大爺不怕他們。」

徐子陵失笑道：「讚人也得有分寸才行，至少慈航靜齋的人便不怕陰癸派，不只是我們。」

陳家風身後一名漢子豎起拇指道：「徐爺才是眞英雄，不矜不誇。」

寇仲道：「你們說甚麼都治不了本人空空如也的肚子，有甚麼方法弄一點酒菜，吃完後大家各走各路。」

陳家風喜道：「只是舉手之勞，兩位大爺請！」

兩人怎會客氣，隨他們回城去也。

陳家風命人拆開菜館封鋪的木板，躬身道：「寇爺、徐爺請隨便找張檯子坐下，我們立即開灶生火，爲兩位大爺弄幾味地道的拿手小菜，美酒已差人去張羅，立即送到。」

兩人大感有趣，找了位於正中的大圓桌坐下。店主因爲走了沒幾天，桌椅仍未沾上塵埃。

寇仲透過敞開的大門望向夕陽斜照下的清冷大街，搖頭嘆道：「好好一個安居樂業的興旺城市，轉眼卻要遭受劫難，太可惜哩！」

徐子陵仍未弄清楚是怎麼一回事，問道：「甚麼劫難？」

一名彭粱會的幫眾此時提著一罈酒興高采烈的走進鋪內，爲他們找壺尋杯，忙得不亦樂乎。

寇仲瞧著酒注進杯內，淡淡道：「聽說宇文化骨來哩！」

徐子陵一震喝道：「甚麼？」

寇仲忙道：「我是說得誇大一點，該說宇文化骨的人或者會來，卻不知宇文化骨是否肯這麼便宜我們送上門來受死。」

那幫眾正爲他們點燈，聞言大爲崇慕道：「寇爺徐爺眞了不起，根本不拿宇文化……宇文化及當一回事。」

寇仲笑罵道：「竟敢偷聽我們的密語，快滾得遠遠的。」

那幫眾欣然受落，恭敬道：「小人謝角，立即滾遠！」歡天喜地的去了，能給寇仲罵兩句，似已是無比的光榮。

徐子陵雙目殺機劇盛，沉聲道：「只要有一分機會，我們也要給點耐性，待他到來。」

寇仲大笑舉杯道：「這一杯爲娘在天之靈喝的。」

「叮」兩杯交碰，均是一飲而盡。

寇仲啞然笑道：「我們爲何好像一點不介意媗妖女會去而復返呢。」

徐子陵舒服地挨到椅背去，長長吁出一口氣，悠然道：「現在擺明來的只有妖女和邊不負兩人，我們怕他個鳥。唉！我已厭了東躲西逃的生涯，夠膽就放馬過來吧！」

「砰！」寇仲擊檯喝道：「說得好！」

兩人嗅著從後邊灶房傳來燒菜的香氣，看著逐漸昏暗的大街，升起懶洋洋不願動半根指頭的感覺。所有以往發生的人和事，都似是與這刻沒有半點關係，遙遠得像從未發生過。

寇仲把井中月解下，放在桌上，然後伸個懶腰，把雙腳擱到桌邊去，舒適地嘆道：「陵少！你有沒有整個城市屬於你的感覺呢？」

驀地急劇的蹄聲自城門的方向傳來，好一會才停止。兩人卻是聽如不聞，不爲所動。

徐子陵若有所思地道：「你似乎忘記了宋玉致，對嗎？」

寇仲呆了半晌，點頭道：「是的！我已久未曾想起她，除了你外，我對任何其他人的期望和要求已愈來愈少。宋玉致是眞正的淑女，是高門大閥培養出來的閨秀，但她和我們有一個根本性的分別，就是她是遊戲規則的支持者，而我寇仲只是個離經叛道的破壞者。因此差異，我們已注定不能在一起。你說我所幹的事，所作所爲，有哪件是她看得順眼的呢？」

徐子陵默思片刻，緩緩道：「但你有沒想過，這正是你吸引她的地方。」

寇仲苦笑道：「對她來說，那只是她深惡痛絕的一種放縱和沉溺，所以她感到痛苦，而我則感到非常疲憊。我和你從來不是懂禮法規矩的人，說粗話時最悠然自得。她卻是另一種人，所以最後我們都完蛋了，表面的理由純粹是她的藉口。」

徐子陵訝道：「雖然我覺得眞實的情況未必如你所說的那樣，但你對她的分析無疑是非常深入，眞想不到你會有這種深刻的想法。」

寇仲嘆道：「我已選擇了一條沒有回頭的漫漫長路，其他一切須拋個一乾二淨。有時眞羨慕侯希白那小子，高興便與這個美妞或那個嬌娃泡泡，閒來在扇上畫他娘的兩筆，又可扮扮吟遊孤獨的騷俠客，不徐不疾的浪遊江湖，隔岸觀火。哈！」

徐子陵莞爾道：「有甚麼好笑的。」

寇仲拍額道：「我只是爲他惋惜，若沒有你陵少出現，說不定師妃暄肯垂青於他哩！」

徐子陵沒好氣道：「又要將我拖下水，你這小子居心不良。」

陳家風此時神色凝重的來到桌前，道：「剛接到報告，有一批約五至六百的騎士，正由彭城的方向趕來，可在兩個時辰內到達這裏。」

寇仲和徐子陵交換了個失望的眼色，來者當然不會是宇文化及的人。

陳家風續道：「來的定是東海盟的契丹蠻子，我們彭梁會和他們有血海深仇，假若兩位大爺肯出頭，我們願附驥尾。」

寇仲不解道：「你們不是打算開溜嗎？爲何忽然又躍躍欲試？」

陳家風坐下道：「坦白說，我們雖恨不得吃他們的肉，飲他們的血，但自知有多少斤兩，可是若有兩位大爺相助便是另一回事，寇哥能比李密更厲害嗎？」

寇仲爲他斟了一杯酒，笑道：「你不要對我們有那麼高的期望，戰場上的衝鋒陷陣與江湖決戰並不相同，對著五、六百人，即使寧道奇也殺不了多少個。」

徐子陵待他把酒喝完，沉聲問道：「你們有多少人？」

陳家風抹去唇角的酒漬，答道：「只有五十三人。我們已商量好了，只要寇爺和徐爺肯點頭，我們拚死都要和契丹的賊子打上一場。」

寇仲道：「城內現在還有多少人？」

陳家風道：「可以走的都走了，剩下的是上了年紀或心存僥倖的人，怕也有數百人吧！」

寇仲向徐子陵道：「你怎麼看？」

徐子陵在陳家風的期待下沉吟片晌，微笑道：「我們並非沒有取勝的機會，但只能智取，硬拚則必敗無疑。」

寇仲長笑道：「好吧！讓我們把契丹賊子殺個落花流水，令窟哥知道我中原不是沒有可制伏他的英雄豪傑吧！」

接著一拍檯面，喝道：「現在先甚麼也不理，這一餐我們到街上去吃，食飽喝醉時，窟哥怕也可來湊興！」

梁都城門大開，吊橋放下。由城門開始，兩邊每隔十步便插有火把，像兩條火龍般沿著大街伸展，直至設於街心的圓檯子而止。

檯上擺滿酒菜，寇仲和徐子陵兩人面向城門，據桌大嚼，把酒言歡。除他兩人外，城內不見半個人影，由城門到兩人坐處這截大街雖被火把照得明如白晝，城內其他地方卻黑沉沉的，形成詭異非常的對比。

寇仲喝了一口酒，苦笑道：「是你不好，無端端提起宋玉致，勾起我的傷心事。」

徐子陵歉然道：「我只好向你賠不是，你現在又想甚麼哩？」

寇仲伸手過來抓著他肩頭，道：「大家兄弟，何用道歉。我剛才忽又想到，即使和宋家三小姐到了海誓山盟的地步，她的幸福仍然沒有開端，因爲天下的紛亂和戰事尚未結束，每天我都在和人作生與死的鬥爭，背上負著連自己也弄不清楚有多重的擔子。想到這些，玉致離開我反倒是件好事。」

徐子陵動容道：「直至此刻，我才眞的相信你對宋玉致動了眞情，因爲你還是首次肯爲宋玉致設想，而不是單從功利出發。」

寇仲狠狠揑他一把，鬆開手，骨嘟骨嘟地鯨吞了另一杯酒，然後張口伸舌，像喉嚨正噴火地急喘著，好一會後嘆道：「若我不爲她設想，怎肯放手？何況我很清楚她對我的防守，就像現在的梁都那麼薄弱。」

徐子陵有感而發的道：「我們和宋玉致那種高門大閥的貴女子在出身上太不相同，若硬要生活在一起，必然會有很多問題出現。」

寇仲笑道：「你是不是想起師妃暄呢？她那種出家人修道式的生活，對我來說便像個沉重和幻夢般毫不眞實的天地，枷鎖重重，沒有半點自由，完全沒有理由地捨棄了人世間所有動人的事物，有啥癮子！」

徐子陵啞然失笑道：「與你這俗人談禪論道，等於對牛彈琴，又或和聾子說話，和盲者論色。」

寇仲哈哈笑道：「所以師妃暄對小弟看不上眼，對你卻是青睞有加，因爲你和她是同類人嘛！哈！請陵大師用齋菜。」

硬夾了大堆青菜舖滿他的飯碗。

徐子陵啼笑皆非道：「你究竟是何居心，總要把我和師妃暄拉在一起。」

一陣風從城門的方向吹來，刮得百多支火把的燄光竄高躍低，似在提醒他們契丹的馬賊群可在任何一刻抵達。

徐子陵岔開話題道：「我差點忘了問你，李小子的功夫究竟如何？」

寇仲道：「在那樣的情況下，我們仍傷不了他，可知他不會差我們多少。」

寇仲沉思片刻，低聲續道：「我們現在是否正在做些很愚蠢的事呢？對契丹人的眞正實力我們是一無所知，只知彭梁會已給他們毀了。」

徐子陵斷然道：「人有時是會幹些愚蠢的事的，只要想想很多你自以爲聰明的事，後來卻證實是蠢事，遂可心中釋然。」

寇仲哈哈大笑，舉杯道：「說得好！讓小弟敬陵少一杯。」

徐子陵剛舉起杯子，心生警兆，與寇仲齊朝城門瞧去，立即同時心中叫糟。美麗如精靈的婠婠，正隨著一陣風，足不沾地似的穿過敞開的城門，向他們飄來。

此戰是知己而不知彼，已屬勝負難料。値此敵人隨時來臨的關鍵時刻，若加入這不明朗的因素，只要婠婠到時扯扯他們後腿，恐怕他們想落荒而逃也有所不能。

婠婠素衣赤足，俏臉帶著一絲盈盈淺笑，以一個無比優雅的姿態，坐進兩人對面的空椅子去。寇仲和徐子陵不約而同的目顯厲芒，殺機大盛。

若能以迅雷不及掩耳的霹靂手段，擊得眼前落單的妖女或傷或死，豈非理想之致。這可說是個從未有過的念頭。以前儘管口中說得硬，但心知肚明根本沒有能力收拾她。但兩人的武功每天都在突飛猛進，如能聯手合擊，而婠婠又不落荒而逃的話，恐怕連婠婠亦不敢否定有此可能。

婠婠以她低沉柔韌如棉似絮的誘人聲音淡然道：「君子動口不動手，若你們不肯做君子的話，首先遭殃的將是你們新結交那班彭梁會兄弟。」

兩人愕然以對。

只簡單的幾句話，婠婠便展示出她已掌握了全盤的局勢，還包括了他們致命的弱點。

他們之所以答應陳家風等仗義出手，並非爲了要替只代表另一幫強徒的幫會報仇雪恨，而是基於三個原因。最主要是不希望這麼一個美麗安寧的古城，毀於一旦；其次是因異族入侵蹂躪中原而起同仇敵愾的義憤；最後的一個原因，才是希望能守株待宇文化及這兔子送上門來。在這裏刺殺宇文化及，自然比在他的地頭行事容易多了。可是婠婠這麼來搗亂，教他們如何可分心應付？

寇仲忙堆起笑容，嘻嘻道：「大小姐請息怒，哈！喝杯水酒再說，肚子餓嗎？齋菜保證沒有下毒呀！」

婠婠笑意盈盈的瞧著寇仲爲她殷勤斟酒，柔聲道：「這才乖嘛！就算是敵人，有時也可坐下來喝酒談心的！」

自從正式翻臉動手以來，徐子陵從未曾在這麼親近的距離及平和的氣氛下靜心細看這魔教妖女。無論他如何去找尋，也難以從她的氣質搜索到半點邪異的東西，卻偏偏曾親眼目睹她凶殘冷酷的手段。她的絕世容色亦可與師妃暄比美而不遜色，分別處只在於後者會令人聯想到空山靈雨，而婠婠則使人想起荒漠和禿原。

婠婠並沒有拿起酒杯，目光飄到徐子陵處，櫻唇輕啓的道：「子陵現在可否拋開舊怨，大家作一個商量呢？」

徐子陵訝道：「你這麼乘人之危，還說是有商有量嗎？」

婠婠語帶嘲諷的道：「現在誰不是乘人之危？誰不想乘人之危？子陵並非是第一天到江湖來混，爲何仍要說出這種言詞。」

寇仲知徐子陵性格，怕他們鬧僵，忙插入道：「有話好說。嘿！一直以來，我也有個疑問梗在心裏，現在既講明是要談心，可否請大小姐你解答？」

婠婠明知他是要岔到別處去，仍樂於奉陪，欣然道：「半個時辰內窟哥的馬賊兵團將抵城門，若不太費時間，婠婠自當有問必答。」

寇仲笑道：「只是個簡單的小問題，就是陰癸派爲何要捲入這爭做天下之主的紛爭去？」

婠婠聳肩道：「誰不想主宰天下？這問題是否問得多餘一點？」

寇仲嘿然道：「對李密、王世充、竇建德、李世民等人來說，這確是個蠢問題。人生功業，莫過於建朝立代，成千百世不朽之皇圖霸業。但對令師祝玉妍又或婠小姐來說，眞正的追求，怕不是人世間的財富或權力吧！」

婠婠微微一笑道：「想不到你能這麼了解我們。或者可以這樣說吧！誰主天下等於我們和慈航靜齋的鬥爭的一個擴展和延續。也是基於這原因，我才肯坐下來和你們平心靜氣的說話。否則若我們傾盡全力來對付你們，你們以爲可以捱得多久呢？」

寇仲哂道：「不要恐嚇我們！你以前不是試過全力對付我們嗎？只是不成功吧！」

婠婠露出一個似是憐惜他無知的幽怨表情，嘆息道：「在東都時，我們確有殺你們的心，正確點說該是只殺你們其中之一，但卻投鼠忌器，敝師也因種種顧忌不敢隨便出手，其中因由，你們仔細想想吧！」

頓了一頓，又幽幽嘆道：「我們要對付你們的原因，除了楊公寶藏外，更怕你們會站在慈航靜齋的一方，現在這憂慮當然變成多餘的。」

徐子陵冷哼道：「廢話！你之前不是想殺我嗎？」

婠婠直認不諱的道：「我的確想把你除去。但卻不是如你所想的原因，子陵想聽嗎？」

寇仲怕他們再吵起來，壞了大事，代答道：「當然想得要命！」

徐子陵只好不置可否的閉上嘴巴。

婠婠眼中射出溫柔無比的神色，其中蘊含的感情豐富得就像拍打江岸的浪潮般連綿不絕，輕輕道：「首先是子陵你和師妃暄已建立起微妙的關係，這對我們來說乃頭等大忌，其次是婠婠有點害怕會情不自禁地傾心於你。」

寇仲和徐子陵同時失聲道：「甚麼？」

瞧著徐子陵紅暈升起的俊臉和尷尬萬分的表情，婠婠「噗哧」地嬌笑道：「話至此已盡，信不信則由你。」

蹄聲漸起，自遠而近。窟哥終於來了。

但寇仲和徐子陵再沒有先前的信心和把握。

婠婠的笑容卻更甜更美。

婠婠保持著她一貫的清冷篤定，玉容沒有因漸趨響亮驟急的密集蹄音而有絲毫變異，淡淡道：「只要你們肯答應讓我們在楊公寶藏內先取其中一件東西，我們可暫時議和，息止干戈。」

寇仲與徐子陵交換個眼色後，皺眉道：「究竟是甚麼東西那麼重要，可否清楚說出，讓我們好好考慮。」

婠婠露出一個嬌媚誘人的表情，聳起肩胛，瞟了寇仲一眼道：「可以是個盒子，也可能是個小箱，但絕對和財富兵器沒有關係，至於裏面是甚麼東西，請恕奴家須賣個關子，總言之你們得到它並沒有用處。」

寇仲苦笑道：「不要用這種眼光表情款待小弟好嗎？惹得小弟誤會了不太好，因爲小弟一向愛自作多情的。」

蹄音驟止於城門之外，動靜對比，尤加重山雨欲來前的沉重氣氛。

寇仲向徐子陵道：「這項交易似對我們沒有甚麼損害，縱使深仇大恨，也可等起出楊公寶藏後計較。」

暗裏在檯下踢了徐子陵一腳。徐子陵自然明白他的意思。每過一天，他們多一分和陰癸派抗爭的把握，但若現在說不攏大家反目動手，則只會是一敗塗地的結局。

嘆了一口氣，徐子陵沉聲道：「你愛怎樣就怎樣吧！」

寇仲哈哈笑道：「就此一言爲定，但假若你食言妄動干戈，此事便拉倒。」

蹄音再起，踏上跨過護城河的吊橋時更是轟隆如雷鳴，數十騎從城門處鑽出來，均是緩騎而行，小心翼翼的神態。

婠婠像完全不知契丹馬賊揮軍入城的樣子，伸出纖手，屈曲尾指嫵媚地道：「我們勾指作實，反悔者不得好死。」

寇仲引頭伸頸，細察她欺霜賽雪的玉手，疑惑地道：「不是又有甚麼陰謀詭計吧？」

入城的敵寇只有百來人，進城的先頭部隊迅快地散往長街兩邊，疑惑地打量圍著一桌酒菜坐在街心言笑晏晏的三個男女，顯是作夢都想不到城內會是這麼一番情景。

婠婠嗔道：「膽小鬼！枉我還當你是能令人家傾心的男人。」

寇仲笑嘻嘻地探出尾指和她勾個結實。

急遽的蹄聲再起，十多騎箭矢般衝入城來，直奔至三人坐處十丈許遠，勒馬停下，一字排開。戰馬跳蹄狂嘶，十多對凶厲的目光全落到三人身上，無不露出驚疑不定的神色。

婠婠扣著寇仲的小指，拉扯三下，嬌笑道：「寇郎啊！你莫要反悔呀！否則奴家絕不會放過你的。」

她的話落在不知情的外人耳裏，定會以爲他們正立下此生不渝的情約。

賊寇領頭者是個虯髯繞頰的凶猛大漢，背插雙斧，身披獸皮黑革，氣勢逼人。他左旁有個年約五旬的漢人老者，容顏冷峻，雙目神光電射，一望而知必是內家高手。其他是面相凶狠，身形剽悍的契丹壯漢，露出赤裸臂膀的都戴有護臂或護腕的鐵箍，更添其雄猛之態。

寇仲收回尾指，雙目精芒電射，落到那背插雙斧，仍高踞馬上的契丹大漢臉上，大喝道：「兀那漢子，是否就是來自契丹的窟哥？」

「鏗鏘」之聲響個不絕，衆寇除那漢人老叟和窟哥外，百多人同時掣出各式各樣的兵器，作勢欲撲，擺出恃強動手的姿態。

那老叟湊近窟哥說了兩句話，窟哥打出制止手下妄動的手勢，到所有人沉靜下來，大喝道：「既知我窟哥之名，還敢坐在這裏卿卿我我，風花雪月，是否活得不耐煩？」

他的漢語乾澀生硬，偏又愛咬文嚼字，令人發噱。

寇仲舒服地把背脊挨靠椅背，斜眼兜著他道：「老兄你說得好，我們既知你是何方神聖，卻又敢坐在這裏飲酒作樂，恭候大駕，自然不是因活得不耐煩哩！」

婠婠見他說時擠眉弄眼，「噗哧」嬌笑，接著盈盈起立，別轉嬌軀，迎著因驟睹她姿容艷色而目瞪口呆的眾寇甜甜笑道：「我只是個過路的客人，你們要打生打死，一概與我無關，奴家要走了！」

寇仲和徐子陵知她殺人在即，也不知該高興還是不滿。

窟哥劇震道：「請問美人兒欲要到哪裏去？」

他一時不備下被婠婠的絕世容貌完全震懾，竟說出這麼一句彬彬有禮，與其一向作風完全不配的話來。

婠婠移到寇仲和徐子陵背後，累得兩人提心吊膽，收起笑容，回復一貫的冰冷，目光射在那老者身上，柔聲道：「這位前輩該是橫行東北，有『狼王』之稱的米放老師吧？近來絕跡中原，想不到竟是投靠了契丹人。」

米放色變道：「你是何派何人弟子，竟知道米某人來歷。」

寇仲長笑道：「米老兒你坐穩，這位大小姐的師尊就是……嘿！對不起！」

婠婠收回攻向他的天魔勁，從容道：「這才是聽話的孩子嘛！」

窟哥等面面相覷，想破腦袋仍弄不清楚三人的關係。

徐子陵不耐煩的道：「小姐你不是要走嗎？」

婠婠倏地移前，似欲在窟哥和米放兩騎間穿過，往城門飄去。

寇仲嚷道：「請順手關上城門！」

窟哥長笑道：「美人兒想走嗎？沒那麼容易吧！」

米放則露出凝重神色，雙目一眨不眨的盯著婠婠的赤足。

左右各兩騎馳出，交叉般朝婠婠合攏過去。

這些契丹人從小在馬背上長大，人人騎術精湛，從馬背擒人，正是拿手把戲。只有寇仲和徐子陵素知婠婠狠辣的手段，遂有不忍卒睹的感覺。

他們當然不會阻止，這些馬賊人人作惡多端，沒有一個不是死有餘辜。

四騎此時離婠婠愈來愈近，衆賊齊聲吶喊，爲同夥弟兄喝采打氣，聲震長街。城門處再湧入數十騎，因好奇心而進城觀看。忽然最接近婠婠的左右兩騎猛勒馬韁，戰馬立時人立而起，離地的雙蹄朝婠婠方向亂蹬。另兩騎則加速衝向婠婠，騎術之精，配合之妙，教人嘆爲觀止。

婠婠似是全無反抗之力，被兩馬夾在中間。

另兩騎前蹄落地的一刻，驀地人喊馬嘶，夾著婠婠的兩匹健馬傾山倒柱般的往外側拋，馬上本是悍勇無比的契丹騎士卻毫無抗力，渾身軟綿綿地和馬兒向反方墜往婠婠身邊處。即使以寇仲和徐子陵的眼力，也看不清楚婠婠使了甚麼手段。

「砰！」「砰！」馬兒同時墜地，塵土揚起，接著動也不動，立斃當場。

婠婠不費吹灰之力地提起兩人，隨手拋出，重重撞在另兩騎的馬頭處。

衆賊爲這突變目瞪口呆，不知所措之際，馬上騎士有若觸電，七孔噴血地頹然倒跌下馬，反是馬兒沒有半點事兒。被擲兩人亦翻跌地上，眼耳口鼻全溢出鮮血。如此霸道的功夫，看得窟哥和米放臉色遽變。

窟哥首先定過神來，怒喝道：「殺了他們！」

衆賊策騎一擁而上。

婠婠向兩人回眸一笑道：「關中再見吧！」

兩條絲帶穿花蝴蝶般從袖內飛出，攔截者應帶人仰馬翻，馬賊群亂成一團，竟沒有人阻得她少許時間。

寇仲瞧著她硬殺出一條通往城門的血路，駭然道：「她怎知楊公寶藏是在關中的？」

徐子陵雙掌一推桌沿，整張檯面應掌離開腳架，旋轉飛出，迎往正衝殺過來的十多名馬賊，嚷道：「我又不是她肚子內的蛔蟲，怎會知道？」

桌面愈轉愈快，上放的酒菜碗碟都像黏實在檯面，隨桌急旋，沒半個掉下來。

早在檯子旋離的刹那，寇仲順手拿起一瓶酒，此時邊咬掉塞子，邊含糊不清的道：「我們爲受害同胞取回血債的時候到了！」

兩聲慘叫，桌子把兩名馬賊從馬背撞得飛跌開去，戰馬受驚下，橫闖亂撞，亂成一片。

「呼！」寇仲把口中塞子運勁吐出，擊中一名策馬衝來的馬賊面門處，來人翻跌下馬。另一腳挑飛腳架，撞倒另一人。

他仍大馬金刀坐在椅內，左手舉壺痛飲，另手拔出井中月，漫不經意看也不看的隨手揮出。「噹！」俯身運矛刺來的契丹惡漢被他一拖一帶，連矛帶人衝跌地上，弄得頭破血流，呻吟不起，而馬兒則空騎竄往他右後方空廣的長街暗處去了。

「蓬！」「蓬！」

兩名殺至的騎士應徐子陵的劈空掌吐血墜馬，其中一匹馬仍朝徐子陵正面衝來，給他使出卸勁以掌背一帶馬頭，恰好改向從另兩個敵人間穿過。

寇仲大笑道：「痛快！痛快！」

戰幕全面拉開。

媗媗此時剛殺出城門外，牽引了敵人的主力。寇仲一聲長嘯。埋伏在城門上的陳家風等人通過城牆的垛穴以弩弓勁箭，居高臨下迎頭射擊敵人，又拋下點燃了的炮竹，一時「砰砰嘭嘭」，駭得戰馬四處亂竄。混亂之際，敵寇哪能分辨出只有五十來人在整蠱作怪，還以爲中了埋伏，軍心大亂。

寇仲弓身撲起，左手使出屠叔方教的截脈手法，一把抓著刺來的長槍，運勁送出螺旋勁，震得敵人拋離馬背；右手呼地揮刀，挑中敵兵，然後聽風辨聲，往前一晃，避過從後側射來的勁箭，所有動作一氣呵成，連自己都感到非常滿意。他已非戰場上的新兵，兼且經驗老到，深明在群戰內最忌花巧虛式，最重要是迅速準確，務求一招斃敵。

驀地左方勁風罩至，寇仲認得是窟哥的雙斧，哈哈笑道：「哥老兄的美人兒溜了嗎？癩蝦蟆豈非吃不到天鵝肉。這麼深奧的一句你明白嗎？要不要我說得淺易些。」

口上雖極盡冷嘲熱諷的能事，手底卻毫不閒著，硬接敵人由馬上攻來的雙斧，鏗鏘連響，刀刀全力劈出，震得窟哥手腕發麻，惟有拉馬避開。

「砰！」寇仲右腿飛起，踢在另一敵寇踏腳的馬蹬上，狂猛的勁力竟把那人沖上半空，他再加一記隔空拳，那不幸者如遭雷殛，血濺拋飛往尋丈之外。如此威勢，登時嚇得攻上來的另數名敵人撒馬散逃。

徐子陵亦大展神威，大開大闔的掌風拳勁，配合臨場創制細膩玄奧的手法，視對方刀矛劍戟如無物，見矛破矛，逢槍破槍，擋者披靡。

由於城內的百多敵人分別被兩人牽制，陳家風等又能成功依照計畫將敵人在城門吊橋處斷成兩截，城外的既不能來援，城內要走的更要冒上中箭之險。

「狼王」米放用的是狼牙棒，這也是他外號得名的來由。他首先發覺座騎反限制了自己的靈活性，於是一個倒翻，飛臨徐子陵上方，疾施殺手，狼牙棒如風雷迸發，當頭劈下。徐子陵一指點出，正中狼牙棒，螺旋勁猛送下，米放悶哼一聲，硬被震得再一個空翻，竟到了五丈的高處。

徐子陵大喝道：「仲少！這老傢伙是你的！」

寇仲一聲領命，逼開跳下馬背戮力圍攻他的五名敵寇，井中月化作黃虹，斜衝而起，勁箭般往半空的米放射去。

此時由城門至兩人被圍攻處長達數十步的一截長街，已躺滿不下七八十個的死傷者，其中至少一半是折在已走得無影無蹤的婠婠纖手之下，其他則或是中箭，或是被寇仲和徐子陵所殺，可見戰況之烈。

在熊熊火光照耀下，長街彷似變成修羅地獄。窟哥見勢不妙，大叫「米公小心」，正要凌空攔截，徐子陵已斜掠而至，揮拳痛擊。窟哥心神大亂，首次想到這場仗已在糊裏糊塗中敗個一塌糊塗。

「嗆！」清響震懾全場。

寇仲人刀合一，與空中力圖自保的米放錯身而過，後者像斷線風箏般投往道旁，「砰」的一聲撞破了一間店舖的封門木板，掉進舖內，雙腳則曲起架在破洞外，使人感到他絕無生還之理。

「蓬！」

窟哥雖在同一時間以交叉斧架著徐子陵全力一拳，卻硬被震下馬背去。徐子陵翻上馬背，反手奪過一枝刺背而來的長槍，化作萬千槍影，攻向從地上彈起的窟哥。窟哥被他殺得汗流浹背，滾地避開。

寇仲則挾斬殺米放的餘威，落到一匹空馬背上，策馬左衝右突，逢人便斬，城內僅餘的七十多名敵寇，至此銳氣全消，蜂擁逃往城門。陳家風等士氣大振，一陣箭雨，又射倒十多名敵人。窟哥知大勢已去，躍上一名手下背後，混在騎群內，逃往城外。

是役斬殺契丹馬賊達二百人之衆，也使寇仲和徐子陵威名四播，驚震天下。翌晨起來，陳家風等對他們更是敬若神明，侍候周到。

兩人在昨天那舖子吃早點，陳家風來到兩人桌前，垂手恭敬道：「下屬已發散人手，四處號召幫中兄弟前來歸隊。」

寇仲愕然道：「你並非我下屬，回來幹嘛？」

陳家風陪笑道：「我們已商量好哩！以後決定跟隨兩位大爺闖天下。至於召人來此，則是爲了宇文化及，他可不同昨晚那股馬賊，不是那麼容易應付的。」

寇仲啼笑皆非道：「無論你召來多少人手，我們也是有敗無勝之局。此事不要再提，對付宇文化及只是我們兩個人的事，你若要答謝我們，便密切注視宇文化及那方面的動靜，有消息時立即報上來。」

陳家風一臉失望的走了。

寇仲嘆道：「我們是不是眞要在這裏呆等呢？江都的形勢必然非常緊急，否則李子通沒有理由不來搶像梁都這麼有戰略性的大城。」

忽然見到徐子陵呆望門外，連忙瞧去，只見數輛騾馬車載著一群男女老幼，沿街駛過。

寇仲頭皮發麻道：「我的娘啊！他們還回來幹甚麼呢？」

次日黃昏。寇仲和徐子陵立在城門之上，呆看著進城大道絡繹不絕的車馬隊和拖男帶女的回城住民。碼頭的船亦從十多艘增至百多艘。本變爲死城的梁都在短短兩天內完全回復了生機。陳家風的兄弟則由五十多人增至五百人，自動自發的維持城內的秩序。

徐子陵頭昏腦脹的道：「城守大人，現在該怎辦才好呢？」

寇仲嘆道：「你問我，我去問誰？你來告訴我這個便宜城主好了。」

徐子陵苦笑道：「你不是要爭霸天下嗎？當這是個練習吧。」寇仲頹然道：「當日竟陵之戰，我仍是猶有餘悸，那時我們至少有一批訓練有素的守城隊伍，現在卻只得彭梁會這群烏合之衆，殺殺馬賊還可以，守城嗎？跟要他們送死實沒有任何分別。」

徐子陵淡淡道：「那麼便順道試試怎樣練軍吧！你這兩天不是很勤力啃魯先生的兵法書嗎？該是學以致用的時刻。」

寇仲失聲道：「你不是說笑吧？」

徐子陵指著坐在一輛進城騾車上的幾個小男孩道：「你看他們的小臉孔吧！雖因舟車勞頓疲倦不

堪，小臉上仍是充滿渴望和期待。誰願意離開住慣的城市和落地生根的家園呢？只要有一點希望，便立即趕回來。而我們誤打誤撞下，剛巧提供了他們這點希望，你忍心再逼他們走嗎？」

寇仲駭然道：「這只是一場誤會，不知哪個瘋子四處散播謠言，累得他們都回來了。」

徐子陵伸手攬著寇仲肩頭道：「是甚麼都不重要，連李密都不是你對手，宇文化骨算是老幾，橫豎你立志要統一天下，一於從梁都開始。」

寇仲苦著臉道：「梁都只是一座孤城，缺糧缺水，甚麼都缺，守半天都困難，最佳方法仍是各自逃生去也。」

徐子陵嘆道：「不要誇大，你這叫臨陣退縮。忘記了還有彭城嗎？有彭梁會的人助你，要管治這兩座城市實是易如反掌。宇文化骨能調多少人來攻打我們？振作點吧！我和你已成了梁都全城人的唯一希望，揚州雙龍又怎容宇文化骨到這裏來放肆？」

寇仲苦笑道：「現在要爭天下的似乎是你而非我，唉！就陪你充一趟英雄吧！希望不用以死殉城。」

馬蹄踏在剛放下的吊橋處，發出雷鳴的驟響。十多名騎士在寇仲的率領下，馳進城來，在城外道上留下仍揚上半天的塵土。

徐子陵在城門迎接僕僕風塵的寇仲，陪他朝城心的總管府並騎而行。

寇仲臉色凝重的道：「宇文化骨眞是親自率軍前來，據線民說，他已知道是我們兩個在死撐大局，曾向屬下誇下海口，要把我們兩人五馬分屍來祭旗。」

徐子陵雙目射出仇恨的火燄，冷笑道：「他有多少兵馬？」

寇仲若無其事的道：「該在一萬五千到二萬之數，以宇文智及和宇文無敵作副帥，若依玲瓏嬌教下來的觀塵之法，只有宇文化骨的五千親兵是訓練有素的精兵，其他的都是招募不久的新兵。」

接著低聲問道：「這兩天有甚麼新發展？」

徐子陵淡淡道：「有位老朋友正在總管府等你，由她來說，會比較清楚點。」

寇仲步入總管府的大堂，風采如昔的彭梁會三當家「艷娘子」任媚媚含笑相迎。

寇仲大喜道：「三當家來了就好哩！這裏可交回給你了。」

任媚媚沒好氣的道：「哪有這麼便宜的事，若非有你兩個在這裏主持，本姑娘才沒興趣來呢。」

陳家風在旁陪笑道：「坐下再說！坐下再說！」

坐好後，徐子陵道：「三當家今早才到，還帶來了數百名兄弟，使我們的軍力增至三千人。」

任媚媚搖頭道：「請不要再稱我作三當家，彭梁會已完啦，現在要看你們的了！」

寇仲和徐子陵愕然以對，前者問：「貴會的聶先生到哪裏去呢？」

任媚媚神色一黯道：「梁都一戰，大當家被宇文化及所傷，一直未能痊癒，到最近與窟哥之戰，新傷舊患交迸下，於十日前不治去世，所以彭梁會已完蛋。」

寇仲道：「還有你三當家嘛！」

任媚媚苦笑道：「你們也知我有多少斤兩，現在會內的兄弟希望能借助你們的力量，為死去的兄弟報仇雪恨。現在誰不識寇仲和徐子陵的大名。」

寇仲問道：「彭城的情況如何？」

任媚媚道：「彭城已被契丹惡賊弄成頹垣敗瓦，沒有幾年工夫，休想恢復元氣。」

寇仲愕然道：「那就糟了！我還想重施李密大敗宇文化骨的故技，把軍力平均分布兩城，他攻任何一城，另一城的人就去拖他後腿，但彭城若變成破城，此計便行不通。」

任媚媚道：「你不是有苦守竟陵十多天的輝煌戰績嗎？現在梁都雖兵力薄弱，卻是士氣高昂，萬衆一心，且宇文化及的軍力遠及不上當時的杜伏威，兼之士氣低落，我們不是沒有取勝機會的。」

寇仲頹然道：「徐圓朗的人撤走時，帶走了儲存倉內的所有糧草，若被斷絕供應，我們的糧草只可支持三天。」

任媚媚道：「這個我倒有辦法，我們彭梁會在梁都和彭城間幾個鄉鎮屯積了大量糧草，只要運進城內，至少撐得上個許月。」

兩人同時精神大振。

陳家風插口道：「請恕下屬多言，對附近的山川形勢，沒有人比我們更熟悉，可否選取險要之處，對來犯的敵軍施以伏擊，只要能燒掉宇文化及的糧草，我們可勝算大增。」

寇仲道：「宇文化骨乃能征慣戰，深悉兵法的人，不會那麼容易讓我們伏擊燒糧，定要另想他法才行。」

徐子陵微笑道：「我們可能仍有救星。」

三人愕然望向他。

徐子陵淡然道：「宇文化骨之所以那麼想奪取梁都，自然是知竇建德不好惹，所以趁竇建德和徐圓朗交戰的天賜良機，一舉取得梁都，再沿渠順流攻打江都。所以最關心梁都的人，應是李子通，只要我們肯勾勾指頭，保證他怎都要抽調人手，到來助陣。」

寇仲拍桌道：「此計極妙，李子通絕不會怕我們，梁都在我們手上，對他有利無害。我們便來個雙管齊下，一邊加強城防，運糧練兵，另一邊則派人到江都去，說服李子通出兵，誰去好呢？」

任媚媚道：「你兩人不可離開梁都，我們彭梁會一向和李子通有些交情，讓我作個說客吧！」

寇仲大力一拍徐子陵肩頭道：「都是你腦筋夠露活，他娘的我們就和宇文化骨周旋到底，教他有來無回。」

徐子陵雙目閃過前所未見的濃深殺機，嘴角逸出一絲冷如冰霜的笑意。血債終到了血償的時候。

第四章 戰必攻城

第四章　戰必攻城

梁都的居民，不論男女老少，均動員起來，爲保護家園奮鬥。

寇仲和徐子陵現在是名滿天下的英雄人物，不但戰績彪炳，「所向無敵」，且由於是低層的市井出身，其形象比之來自高門大閥的隋朝舊臣宿將，又或憑黑道起家的梟雄，更獲得人心，故附近一帶的武林人物，有志氣的壯丁，紛紛前來歸附。在無心插柳的情況下，寇仲在爭霸之路上第一次的公開聚義，便於此地忽然間發生。

在任何其他情況下，徐子陵都不會直接捲入寇仲打天下的「私人業務」的。但這回卻因對城民生出悲天憫人的善心，更爲對付宇文化及，而慨然負起訓練兵員，編組軍伍的重任。寇仲則一手憑著魯妙子傳下的天書，一手摹出梁都整個管治層的行政架構，儘量把有限的資源，作最好的運用。

宇文化及南來的二萬大軍，卻是行動緩慢，又因需沿途搶掠糧草，強徵壯丁，就像蝗蟲般所過之處頓成災區，逼得沿途的民眾紛紛躲往梁都，令寇仲的負擔百上加斤。

這天兩人好不容易聚在貫通南北城門的南北街中福生菜館一個偏廳共進午膳，商議攻防之事。菜館內其他人客均習以爲常，知兩人平易近人，不愛藏在總管府內，只喜到平民百姓的地方相與大碗酒大塊肉，間中罵兩句甚麼娘的粗話。

寇仲低聲道：「現在梁都附近的十四個城鎮，三百多條村落，全部盡獻所有向我們投誠，故能額外使我們多得到些糧草，稍舒缺糧之苦。」

徐子陵皺眉道：「梁都以前的糧食是從哪裏來的？」

寇仲道：「不就是這些鄉鎮村落。只恨契丹狗賊四處殺人放火，致農田荒棄，未能如常供應。想買糧嗎？上游是王世充大戰李密，下游則老爹偕沈法興火拚李子通，漕運斷絕。唉！我的陵少爺，想不到我們也有今朝一日，竟要爲整城近十萬人憂柴憂米！你以前勸我不要去和人爭天下，果是有先見之明。」

徐子陵連笑的心情都沒有，問道：「現在糧食可捱得多少天？」

寇仲道：「據陳家風那傢伙估計，若依宇文化骨那賤種目前的行軍速度，三天後便來圍城，斷絕所有水陸交通，我們勒緊褲頭，仍撐不過十天。」

徐子陵色變道：「那豈非糟糕，宇文化骨豺狼成性，必趁機四出搶掠，令他不虞缺糧，而我們則要困守孤城餓死收場。」

寇仲苦笑道：「現在我們似乎有數千人，但眞能派出來與人周旋的絕不過二千，能自備革胄兵器的只有千來人，戰馬又少得可憐，連老疲瘦弱也只是百來匹。人說兵貴精不貴多，但眞稱得是精兵的，怕只剩下你和我兩個大傻瓜，這次不是糟糕，而是糟糕透頂。」

徐子陵決然道：「守城只是死路一條，不若我們博他娘的一鋪，索性在途中伏擊宇文化骨，好過在這裏等死。」

寇仲搖頭道：「宇文化骨行軍之所以這麼慢，又捨迅快的水路而從陸上來，正是爲防我們在途中伏擊，所以此計萬萬不成，你說吧，數千人浩浩蕩蕩的出動打仗，能否瞞過宇文閥當探子的高手呢？現在惟有看看李子通那一方。」

此時榮升寇仲親衛頭子的謝角來報道：「有位自謂叫宣永的人求見兩位大爺。」

兩人大喜，忙著謝角請他進來。

片晌後一身風塵的宣永來了，三人見面，自是暢敘離情。

寇仲道：「你來得眞合時。」

宣永欣然道：「你們以一座空城幾個難兵大敗契丹馬賊的事，已傳遍北方諸城。」

徐子陵訝道：「不過七、八天的時間，消息怎會傳得這麼快？」

宣永道：「凡在南北水道附近發生的事，因水上交通發達而特別易於傳播。當我知道宇文化及發兵向梁都推進，知道不妙，故立即兼程趕來。」

寇仲忽地長身而起，向店內食客抱拳道：「各位鄉親兄弟，小弟們因有要事商量，諸位大哥大叔能否快點吃完後離開呢？」

衆客聞言，無不心甘情願地欣然離去。

寇仲坐下時，店內只剩下他們三人，舖主夥計全避到灶房去。

徐子陵道：「宣兄知否我們如何不妙？」

宣永好整以暇道：「一是缺糧，二是無可用之兵，三是孤立無援，我有說錯嗎？」

寇仲大奇道：「看你的模樣，似乎可爲我們解決這三道難題，不要是哄我才好。」

宣永道：「糧食處處吃緊，誰都沒有辦法。不過這三個難題，均是因宇文化及而來，只要將他趕回老家，所有問題迎刃而解。」

寇仲笑道：「宣總管這番話很有見地，令我立刻覺得歸根結柢只剩下宇文化骨一個問題。」

宣永愕然道：「甚麼宣總管？」

徐子陵則啞然失笑。

寇仲道：「當然是梁都、彭城兩地的大總管，就算幹掉宇文化骨，這個攤子仍需像宣大總管這類有統軍和守城經驗又是天才橫溢的人物去管治。趁現在李子通無力北上，林士宏、李密等自顧不暇，我便要靠你爲我這裏建立牢不可破的堅強陣地，截斷中原要隘的北進南下之路。哈！眞是天賜的安排。」

宣永呆了半晌，道：「此事須向小姐請示才行。」

寇仲拍胸道：「大小姐方面，由我去應付。她爲何不來呢？」

宣永道：「我們已號召回一批瓦崗將兵，數達二千之衆，但卻缺乏落腳地點。小姐聞得你們佔取梁都，即命我率領他們前來投靠，現正駐紮城北三十里的一個密林內。」

寇仲大喜道：「這回眞是有救哩。」

宇文化及大軍不斷逼近之際，寇仲和徐子陵則忙個不了，作好守城的準備。

這天清早，寇仲和徐子陵兩人策馬出城，巡視在城外修築的防禦工事，抵達一個可俯瞰北面平原的丘頂處。通濟渠在左方滾滾流動，不見船舟。

寇仲似朗誦般道：「戰必攻城，因爲城不但是關係全局或某一地帶的戰略要點，還起著控制大片地區的交通和經濟的作用，乃整個戰局的支撐點和命脈，實是……嘿……等一等。」

徐子陵愕然瞧去，只見寇仲以閃電手法從懷內掏出魯妙子的天書，翻至某一頁，繼續說下去道：

「嘿！城池乃兵家必爭之地，像梁都這麼有戰略性的城池，在誰手中誰便取得通濟渠的控制權。哈！這番話是否似模似樣呢？」

徐子陵啞然失笑道：「你不用說服我，我也會盡心盡力去和宇文化骨周旋到底的。」

寇仲一本正經的道：「我是藉你來作練習，要服人必須先充實自己。看魯妙子這篇叫『戰必攻城』的一章，不知如何我總想起另一個城池，那可能是我能否立穩陣腳的一個關鍵，你猜猜我想起的是哪個城市？」

徐子陵望向東方初昇的紅日，淡淡道：「是不是襄陽呢？」

寇仲一震道：「怎麼竟給你猜到的？」

徐子陵道：「這有甚麼難猜？要進軍洛陽和關中，東則有江都、梁都；西則是竟陵、襄陽。後兩者中，又以襄陽更具戰略意義，否則李密也不用親自去找錢獨關那麼辛苦。」

寇仲點頭道：「說得好，魯妙子的《地勢篇》內有一章專論天下兵家必爭之地，襄陽便榜上有名。」

徐子陵問道：「魯先生怎麼說？」

寇仲如數家珍的背誦道：「襄陽西接巴蜀，南控湘楚，北襟河洛，故每有戰事，必然烽火旌壘相望。三國時，魏、蜀、吳三方力爭此城，害得關羽死於此地。其後西晉代吳，東晉桓溫北伐，均以襄陽爲基地。所以魯先生的結論是『六朝之所以能保江左者，實賴有強兵雄鎮於淮南、荊襄之間』。」

徐子陵不禁想起祝玉妍對魯妙子「才氣縱橫」的讚語。他這番對襄陽的論述，確是卓有見地。襄陽雖非像洛陽那類通都大邑，可是因它位於漢水中游，乃鄂、豫、川、陝四省的交通要衝。若想從中原南下，或要從關中進入江漢平原，都不能不先取襄陽。寇仲志在襄陽，實暗存將來和李世民決戰逐鹿之心。即使李世民攻下洛陽，還要通過襄陽這一關。無論襄陽或梁都，都不是政治經濟的中心，但在戰略上卻關乎到整局的成敗。

徐子陵道：「想取襄陽，必先奪竟陵，可非易事。」

寇仲欣然道：「這個遊戲最有趣的地方正在於存在著高度的困難。」

徐子陵不悅道：「你竟視殺人盈野的慘酷城池攻防戰爲遊戲嗎？」

寇仲苦笑道：「不要板起臉孔義正詞嚴的說話好嗎？算我求你吧！對我來說，生命也不外是一個遊戲。我的責任是要設法令這個遊戲更具意義和有趣。這純是從一個超然的角度去看。就像師妃暄認爲人世間的一切都是虛幻而不具任何永恆的意義般。」頓了頓後興奮地續下去道：「陵少你想想，在我們中原這塊遼闊的土地上，分布著大大小小的無數城市，隨其地理形勢而有著不同的重要性和意義，不正等如一個棋盤上的格子，而人和軍隊則是棋子。這麼去看，戰爭不像遊戲像甚麼？所有戰役，都是以破城和守城爲中心而展開的。」

徐子陵沉吟片晌，點頭道：「你對爭天下的看法，的確比以前深刻很多。」

寇仲回頭遠眺梁都，長長吁出一口氣道：「我已失去竟陵，再也不能失去梁都！假若我們糧草充足，可以堅壁清野的方法，把敵軍久久拖纏於城外，至其糧盡退兵的一刻，然後一舉殲之。現在當然不能用此策略，故只可用計用奇，利用宇文化骨不敢久戰的弱點，狠狠挫之。」

徐子陵搖頭道：「現在誰都知道梁都糧食短缺，宇文化骨故意行軍緩慢，是要把沿途的居民逼到梁都來，使我們更爲缺糧著窘。他不會連十天、八天的耐性都沒有的。」

寇仲一震道：「你說得對！所以第一計須用騙，我們不但要騙宇文化骨，還要騙全城的軍民。」

徐子陵動容道：「橫豎是騙，不如謊稱李子通不但肯借糧，還肯借軍；兩者都將於若干天內來援。只要消息傳到宇文化骨耳內，保證他立即全速行軍，務求以最猛烈的方式攻城，那我們將有可乘之機。」

寇仲一夾馬腹，抽韁掉頭，道：「我們要立即派人截著隨時會北返的任媚媚，撒謊也該由她去撒吧！」

當日黃昏任媚媚乘船回抵梁都，隨船來的還有十多車糧草，報稱是與李子通結成聯盟後借的第一批糧食。在送進總管府的糧倉途上，其中一輛還「意外」翻側，傾倒出米麥。

寇仲和徐子陵兩人親在城門迎接，分在左右傍著這位「功臣」入城，城民夾道歡呼，甚至有人跪地焚香膜拜，高叫萬歲。

進入總管府的高牆內後，任媚媚的如花笑臉立即變得木無表情，咬牙切齒地狠罵道：「李子通這狗雜種眞該他給杜伏威殲滅，不但不肯施加援手，還落井下石，截斷下游的漕運，說的話更是不堪入耳，眞氣死人哩！」

寇仲笑道：「任大姐何須和這種小人計較，遲些待我們收拾宇文化及後，有他的好看。」

轉向徐子陵道：「剛才那場運糧表演夠逼眞吧？」

徐子陵滿意道：「若非我知曉內情，定會受騙。」

三人在大堂坐下。

任媚媚餘怒未消的大罵道：「那狗雜種不但擺足架子，硬要我白等三天，最後只派個太監來告訴我他沒有空，除非再等十天才有時間見我，你說多麼氣人。」

寇仲奇道：「任大姐剛才不是說他的話不堪入耳嗎，你既連見他一面都不得，如何可聽到他說的話？」

任媚媚鼓起香腮道：「我雖見不到他，那太監卻代他傳話，說如果我肯侍寢席，五天後會召我入宮陪他。」

寇仲雙目閃過殺機，神情卻出奇地冷靜，點頭緩緩道：「李子通是蓄意羞辱我們。好吧！他既然要落井下石，莫要怪我辣手無情。」

徐子陵默然不語。

任媚媚接著報告江都的形勢，道：「現在杜伏威屯軍於丹陽之東，離江都只二十里遠，與沈法興兒子沈綸駐於毗陵之北的大軍互相呼應，曾先後對江都城發動三次猛襲，雙方互有死傷，但卻以李子通稍處下風。毗陵本是李子通的，於月前被沈綸攻陷，令李子通盡失江都南面所有郡縣。」

寇仲問道：「李子通還剩下甚麼籌碼？敢這樣看不起我們。」

任媚媚答道：「不外是江都以北的十多個城郡，其中以東北臨海的東海郡和淮水的鍾離郡最重要，前者是這狗雜種的老家和後防根據地，後者則是他通往內陸的交通樞紐，任何一地的陷落，均會對他造成致命的打擊。」

寇仲哈哈笑道：「我還以爲他是無隙可尋，刀槍不入的？原來這麼多破綻弱點，遲些再找他算賬。這回辛苦任大姐了！請到內堂好好休息。」

任媚媚去後，寇仲眉頭大皺道：「這事是否有點奇怪？我還以為由於宋金剛的關係，我們又幫他頂著宇文化及，李子通那傢伙理應感激得痛哭流涕，豈知竟如此對待我們的使節。」

徐子陵道：「有甚麼比我們和宇文化骨鬥個兩敗俱傷對他更為有利呢？那時他只需派出數千將兵，梁都可手到拿來。」

寇仲露出思索的神情，好一會道：「照我看事情並非如此簡單，現在他最迫切的是解開江都之圍，所以任何行動，均是要達致此一軍事目標。試想想吧，假設宇文化骨在苦戰後，終於奪得梁都，對他的好處在哪裏？」

徐子陵神情一動道：「我明白了，他是要把原本駐守江都以北各個城池的軍隊調往江都，以應付老爹和沈綸的聯軍，而宇文化骨則因竇建德的威脅，根本無力擴大侵略。那時只要他能擊退老爹和沈綸的軍隊就可沿河北上，在宇文化骨的手上把梁都搶回來。」

寇仲露出笑意，點頭道：「定是如此，所以希望我們和宇文化骨兩敗俱傷，愈傷愈好！這應否該喚作人窮志不窮？又或窮心未盡，貪心又起。」

徐子陵笑道：「你不也是這樣嗎？」

寇仲霍地立起，昂然道：「我怎同呢？勝利已來到我手心裏。現在需要的是把井中月磨利，好斬下宇文化骨的狗頭，拿到娘的墳前祭奠。這麼多年來，我們等的不就是這天嗎？」

果然不出兩人所料，與李子通結成聯盟和借得糧草的假消息傳出後，宇文化及的二萬大軍立時全速行軍，朝梁都北城門推進，其先頭部隊於兩天後抵達城外五里處，立即築壘掘壕立寨，建設前哨陣地。

寇仲和徐子陵從遠處丘頂一棵高達三丈的杉樹之巓，居高臨下極目瞧去，把敵方形勢一覽無遺。

寇仲道：「止則爲營，行則爲陣。這個營寨既有水源，又有險可守，達到扼敵和自固的目的。可見我們這次的對手，也就是宇文化骨以下的大小將領，均是軍事經驗豐富的戰將，絕不可小覷。」

徐子陵聽得點頭讚許，寇仲這人表面似乎給人粗枝大葉，容易得意忘形的印象。事實上遇上事時冷靜，審慎小心，不會犯上輕敵之忌。安營首要擇地。現在敵人立寨於丘坡高處，又蕩平附近林木，在營防上一絲不苟，在在顯示出非是烏合之衆，寇仲不敢掉以輕心，正具備一個卓越統帥的基本條件。

隨口道：「魯先生的秘笈對此有甚麼指示？」

寇仲道：「立寨之要，必須安野營、歇人畜、謹營壘、嚴營門、恤病軍、查軍器、備火警、止擾害、責交通、惜水草、申夜號、設燈火、防雨晦、下暗營、詰來人、避水攻等，夠了沒有。」

徐子陵聽他隨口誦出這麼多條安營立寨必須在意的項目，奇道：「你倒唸得蠻熟的。」

寇仲得意道：「這就叫勤有功，又叫臨陣惡補。但隨你怎麼看，你有沒有覺得這個營寨設的位置雖險卻遠，如要從那裏將攻城的工具送到城牆下，還沒到達騾馬便要累個半死，一點不實際。」

徐子陵一邊仔細觀察，一邊笑道：「你這小子開始有點道行哩！宇文閥累世爲將，如此設營必有他娘的道理，會不會主要是作糧營和恤病軍之用？除此外更可作爲大後方，支援前線作戰的營寨。」

寇仲欣然道：「又是英雄所見略同，這糧營可說是宇文化骨這次大軍南來的根本，但因其遠在後方，圍城後不虞我們敢出城攻襲，所以防守必然薄弱。只要我們和宣永以奇兵配合，攻他娘一個措手不及，勝利果實至少有一半到了我們的袋子裏，哈！這場仗似乎並不難打。」

徐子陵功聚雙目，把敵方營寨的情況一覽無遺，沉聲道：「你看得太輕易了，這營寨據山之險，外開壕塹，內設壁壘，只要再加些陷阱尖竹蒺藜之類的防禦措施，壘土立柵，護以強弩。再在四周安排警戒，廣布暗哨，加上宇文閥的衆多高手，豈是你說要強攻便可攻嗎？」

寇仲笑道：「你好像忘記魯妙子他老人家最厲害的不是兵法，而是巧器工具。他在書中詳列十多種不同破寨之法，說攻寨如攻城。攻城要借助雲梯，檑木、撞車。攻寨也要借助車子，只要能破開一兩個缺口，敵人兵力又非強大，破寨實是易如反掌。」

徐子陵皺眉道：「車從何來？」

寇仲道：「從改裝而來，這事可由宣永負責，小弟現得魯妙子眞傳，至少等若半個孫武復生。宇文化骨如此送上門來，我不順手牽羊偷糧偷馬，氣得他搥心嘔血，怎對得住娘？放心吧！我明白你的孝心的！」

徐子陵給他說得啼笑皆非，同時替所有與寇仲爲敵的人暗自心驚。

寇仲本身是個軍事奇才，早在多次戰事中大放異采，現在把魯妙子因應各種形勢設計出來的戰爭工具，全背得滾瓜爛熟。一旦給他聚練出一批精銳的戰士後，天下豈還有能與之頡頏的軍力？恐怕李世民都要吃敗仗。現在他所欠的，就只是一批精銳之師和楊公寶藏。

寇仲又道：「不過現在當務之急，卻非攻寨，而是偷箭，你可知我們城內可用之箭，不到半個時辰便射光。那時只靠滾油沸水和石頭，絕守不了多久。」

徐子陵愕然道：「怎樣偷箭？」

寇仲笑嘻嘻道：「不是偷，而是借，這只是孔明借箭的故技重施，我們送他假箭，他們還我眞箭，不是非常划算嗎？」

接著指著左方流過的通濟渠道：「探子回報，宇文化骨的主力大軍將會於今晚抵達，我已派人於對岸密林處暗藏百多艘紮滿假人的快艇，當他的軍隊到達時，把快艇放進河內，順流沖下，每艇只有三人，一人操舟，二人放竹箭，另外再派兵佯攻，宇文化骨心慌意亂下，只好送些箭給我們使用，就當是上主菜前的小點。」

徐子陵嘆道：「現在我有點信心你會贏這場仗哩。」

寇仲、徐子陵兩人並騎立在小坡之上，遠眺里許外緊靠通濟渠的草原處點點火把光芒移動的壯觀情景。

寇仲低笑道：「我沒有說錯吧，宇文化骨爲了減少被攻擊的可能性，必靠河而行，豈知卻正中我的下懷。」

徐子陵仰望星月無光的夜空，道：「你的假盟假糧之計顯已奏效，否則宇文化骨不會急得在晚上催軍急行，予我們可乘之機。」

寇仲深吸一口氣道：「是時候了！」

說罷手往上揚，煙花沖天而起，在高空爆起一朵火紅的光花，燃亮昏沉雲蔽的夜空。

梁都那方面立時殺聲四起，火把點點，朝敵軍衝去，表面看來果是聲勢洶洶。其實只是每人手執兩支火炬，由既沒有兵器甲冑，又乏弓矢的民兵虛張出來的把戲。驟眼瞧去，似有近萬人從梁都城北附近的山丘密林對來犯者展開突襲。

寇仲和徐子陵身後馳出近二百騎，全由彭梁會中騎術最好，武功最高明的武士組成，用盡了梁都所有戰馬，組成唯一的騎兵隊。

遠方敵人的火把近隊尾處亂起來，但前段和中段仍是有條不紊。

寇仲向徐子陵笑道：「這一招是玲瓏嬌也沒教的，就叫作觀火把法，可知這來的第一批五千人的宇文軍是新舊參差，良莠不齊，隊尾當是由新兵所組成，我們就給他來個啣尾突襲，包保有便宜可佔。」

火把長龍散開之後停了下來，顯示敵人正布陣迎戰。

寇仲和徐子陵一夾馬腹，領著二百三十七騎循著早擬定好的路線，穿林越野，往敵人陣後推進。

「砰！」再一朵煙花在高空爆開作響。河渠那邊喊殺之聲四起，百多艘紮滿假人的輕舟快艇順河衝奔而下，數百枝燃著油布的竹製火箭劃破河岸的空際，往岸上正朝梁都方向布陣的敵人投去。艇上的眞戰士均躲在擋箭板後，任由穿上衣服的假兵挨箭。沿岸的野林長草紛紛起火燃燒，敵人以爲前後受敵，立時亂了起來，尤以後軍爲甚。寇仲一聲令下，左手掣起盾牌，催馬全速往敵人後軍殺去。

兩人改用利於馬戰的長戈，身先士卒穿過疏林，挑了十多枝射來像是應景的箭矢，破入敵陣裏。沿岸全是竄著熊熊火光的火頭，輕舟到處，還不斷增加火頭，確是聲勢駭人，似模似樣。寇仲和徐子陵兩支長戈有若雙龍出海，挑刺揮打，所到處敵人紛紛倒地。

宇文化及這隊軍乃清一色步兵，負責運送輜重糧食等物，早被先前虛張聲勢的前後夾擊駭寒了膽，此時驟見敵騎衝殺而至，又是氣勢如虹，更猜到領頭者是名震天下的徐子陵和寇仲，一時亡魂失魄，更哪想得到對方只有二百多騎，竟不戰而潰，四散奔逃。衆人大喜，在寇仲指示下追人的追人，燒車的燒車。

蹄聲轟鳴，數百敵騎沿岸殺至。寇仲眼利，瞥見領頭的正是老相好宇文無敵，哈哈笑道：「無敵兄別來無恙，兄弟別矣！」

領著手下，慌忙奔回梁都去。

此戰不但借得萬枝勁箭，又燒掉敵人大批攻城器械和糧草，最重要是大大振奮城內軍民士氣，增添他們對兩人的信心，而己方的損失卻是微乎其微，敵人則死傷慘重。連他兩人都想不到會有如此輝煌的戰果，入城時，任媚媚率軍民夾道歡迎，呼聲震城，誓與兩人共榮辱同生死。對於當日北返途中沿途搶掠殺人的宇文軍，誰不切齒痛恨。

寇仲和徐子陵卓立北城牆頭，遙望里許外宇文軍建立起來的營寨。

徐子陵淡淡道：「至少還要兩天時間，宇文化骨才能在四方建立營壘，完成合圍之勢，這兩天夠我們做很多事。」

寇仲微笑道：「首要仍是搶糧，昨夜我們燒掉宇文無敵這支先鋒軍大量糧草，他必須從後營補充軍糧，那就是我以輕騎突襲搶糧的好時機。」

接著嘆道：「若我有像李小子那麼一隊黑甲精騎就十分理想。」

徐子陵神情一動道：「你還記得早年在揚州所見的披著沉重馬戰裝備的隋朝騎兵嗎？馬兒都像刀箭不入的樣子，神氣何等威武，爲何卻被揭竿而起，裝備簡陋，缺乏鎧甲兵器戰馬的義軍打得望風而逃，落花流水呢？」

寇仲沉吟道：「那是因爲失去民心，士氣低落吧！」

徐子陵道：「這當然是最主要的原因，但亦可看到人馬穿甲披鎧的重裝備騎兵，早不合時宜。例如你手下是這麼一支重騎兵，怎樣能在接報後趕去及時截糧？現在代而興起的是大量的野戰步兵，配合只有戰士披甲的輕裝騎兵作突擊，這種戰術最是靈活，李小子正是將這種裝備和作戰方式發揮得淋漓盡致。」

寇仲道：「不知是否與我的性格有關，我總愛以輕騎爲主的作戰方式，因爲騎兵隨時可變成步兵，步兵卻不能變成騎兵，在靈活方面是更勝一籌。」

徐子陵笑道：「你忘不了偃師之役嘗到的甜頭吧！不過你的話不無道理。」

寇仲伸個懶腰道：「你猜我收拾宇文化骨後，會急著做甚麼事？」

徐子陵搖頭表示不知道。

寇仲一對虎目射出期待的神色，道：「我將設法召集一批鐵匠工匠，日夜不停的把魯妙子所設計的攻城工具趕製一批出來，以作收復竟陵之用，擁有竟陵，襄陽將唾手可得。」

徐子陵尚未來得及回應，任媚媚領著一名三十來歲，風塵僕僕的瘦長漢子來到兩人身前，道：「這是我們仁堂香主洛其飛，人稱『鬼影子』，他一直追躡於宇文化及主力大軍之旁，沿途觀察敵人虛實，所以現在才來到。」

兩人瞧去，此人雖其貌不揚，只像個地道的鄉巴漢，但手足特長，兩眼精靈，顯是腦筋與身手同樣極端靈活敏捷的人。

寇仲問道：「宇文軍的主力來了嗎？」

洛其飛肅然行禮道：「應在黃昏時分抵達，全軍共一萬三千人，由宇文化及和宇文智及兩人率領，分爲中軍，左右虞侯和後軍共四軍，其中三千人是弓手和弩手，騎兵一千人，其他是步兵。」

寇仲和徐子陵同時動容，不是因爲宇文軍的實力強大，而是此人說話的信心和情報的細緻入微。

洛其飛續道：「宇文軍顯然在與李密一戰時損失慘重，只從其騎兵用的是長弓而非角弓，便可知曉。」

兩人聽得茫然相顧。

任媚媚道：「其飛他以前曾爲隋將，在軍中專責打點裝備，所以在這方面非常在行。」

洛其飛解釋道：「長弓是專供步兵之用，多以桑拓木製成。騎兵用的該是筋角製的復合弓，形體較長弓小，最方便於馬上使用，所以宇文軍的騎兵要用上長弓，該是因缺乏角弓的逼不得已之舉。」

寇仲嘆道：「像洛兄這麼有見識的探子，實在少有。」

任媚媚笑道：「其飛不但輕功高明，還精通易容改裝之術，由他當探子，當然比任何人更出色。」

洛其飛道：「兩位大爺勿再稱小人作洛兄，喚我名字便可，以後其飛會不計生死，爲兩位大爺効命，有甚麼吩咐，一句話交下來便足夠。」

徐子陵問道：「照其飛的看法，宇文軍的眞正實力如何？」

洛其飛道：「除中軍的四千人外，其他該是訓練不足的新兵。若我沒有猜錯，明天黎明前他們會開始攻城。」

寇仲愕然道：「這麼急？」

洛其飛道：「因爲自前晚開始，他們每逢紮營休息，工程兵都輪更修整攻城設備，若非要立刻攻城，怎會如此不讓兵士休息，大可待來到城下安頓完妥之後再動手也不遲！」

任媚媚問道：「他們攻城的器械齊備嗎？」

洛其飛道：「算是齊備的，有雲梯車二十輛、投石車百輛、弩車十乘、擋箭車七十餘輛、巢車四台，足夠攻城有餘。」

寇仲狠狠道：「若宇文化骨要於黎明前攻城，那宇文無敵今晚會詐作佯攻，以動搖我們軍心，務令我們力盡筋疲，哼！」

徐子陵道：「能否把他的攻城裝備說得更詳細點？」

洛其飛如數家珍的道：「飛雲梯車是裝在六輪上的雙身長梯，梯端有雙轆轤，可供敵人枕城而上；投石車是在車上放有巨大的投石機，以槓桿將巨石投出，摧毀牆垣；弩車則是以絞車張的強弩，可一次發射八枝鐵羽巨箭，射程遠達千步，非常厲害；擋箭車是四輪車，上面蒙著厚厚的生牛皮，戰士藏於後面，然後推車前進，可擋格矢石，使能直抵城下。巢車則是於八輪車上置高台，既可察敵又可將箭射入城中。」

寇仲雙目一亮道：「我們能否傾下火油，放一把火將他娘的甚麼牛皮熟皮、弩車梯車全燒掉呢？」

洛其飛搖頭道：「宇文化及這兩天正是派人將特製的防燒藥塗在所有攻城器械上，這種藥如遇日曬雨淋，效用會消退；故必須在塗藥後儘快應用，所以我才猜他會在抵達後立即攻城。」

兩人這才恍然。又大感頭痛，敵人攻城的器械如此厲害，但他們守城的工具卻簡陋得不能再簡陋，相去太遠。引兵出城拚搏嗎？則如送死無異。

就在此時，遠方山頭亮光猛閃三次。

寇仲知是己方探子以鏡子反映陽光報訊，暫時拋開煩惱，哈哈笑道：「辛苦其飛了！任大姐先帶其飛去安頓好，我們搶得糧草，再和你們敘話。」

寇仲和徐子陵領著二百輕騎，從東門出城，繞個大圈子，剛馳進一個位於敵方前哨營寨東面的密林，徐子陵忽然叫停。

寇仲愕然勒馬，揮手要眾人停下，問道：「甚麼事？」

徐子陵神色凝重地道：「我覺得很不妥當，自轉到城東北的平原，我就有被監視的感覺，恐怕我們中了敵人的奸計，他們這次運糧只是個陷阱。」

兩人把馬兒推前十多步，抵達密林邊緣處，朝外窺看。在漫天陽光下，林外是個長草原，左方有個墳起的山丘，右面丘坡連綿，前方半里許處再有片疏林，林後該是敵人運送糧草的所經路線。

他們早在敵人後軍處布下探子，只要敵人糧車離營，他們便中途截擊，搶奪糧草。

寇仲道：「你的感覺總是對的，我們是否該立即撤軍？」

徐子陵從容笑道：「假設你是宇文無敵，會怎樣布置這個陷阱？」

寇中以馬鞭遙指前方的疏林道：「當然是在林內布下陷坑絆馬索一類的東西，但除非他老哥是活神仙，否則怎知我們會從那裏取道去截糧？」

徐子陵道：「說得好，宇文無敵或者是一名猛將，但絕非擅玩陰謀手段的人，這運糧陷阱亦該出於其手下謀臣的獻計。照我猜想，他會在丘坡高處伏有箭手，騎兵則暗藏林內，我們不如來一招引虎離林，作戰目標則是取宇文無敵的狗頭，你看如何？」

寇仲興奮道：「斬下他的狗頭，就高懸城外，這樣就不愁宇文化骨不立即連夜攻城。」

徐子陵訝道：「你似乎很希望宇文化骨今晚立即攻城，究竟你有何打算？」

寇仲大笑道：「山人自有妙計，今晚你自會曉得，哈！遊戲愈來愈有趣哩！」

寇仲和徐子陵領著手下策騎進入草原，快馬加鞭，朝兩列丘坡間的疏林區馳去。驟眼看去，誰都不知道他們有二十人留在林裏，設置陷阱。

到了草原中段，寇仲打出停止手號，衆人連忙勒馬。

寇仲裝模作樣地喝道：「我先去探路，見我手勢才可跟來。」

徐子陵道：「我隨你去！」

兩人拍馬續行，轉瞬來到疏林區邊緣處，驀地寇仲大喝道：「有埋伏！」

話猶未已，前方有人喝道：「放箭！」

兩邊山頭箭矢像雨點般灑來，他們已疾風般掉頭狂馳。

由於兩人是有備而來，敵人又是倉卒發射，箭矢紛紛落空。

在兩人奔回原路時，數百敵騎從疏林馳出，帶頭者正是老朋友宇文無敵。寇仲方面的手下裝出烏合之衆手足無措的模樣，亂成一團，不辨東西的左衝右突，最後當然全都回到密林去。宇文無敵見狀一往直前的緊追而至，五百多騎疾馳的聲音雷鳴般震動著草原的空間。

寇仲和徐子陵先後衝進林內，拔身而起，藏於樹蔭濃密處。只十多息的時間，宇文無敵的騎兵旋風般捲入林內，在兩人下方馳過。接著是戰馬失蹄慘嘶的連串聲音，敵人不是跌進陷坑，便是被捲馬索弄翻坐騎，又或被勁箭命中，這次輪到敵人亂成一團，四散奔逃。寇仲徐子陵像天兵神將般從天而降，見敵便痛施殺手，毫不留情。他兩人的手下亦從四處殺出，原來氣勢如虹的敵人立時潰不成軍，雖人數佔多，卻是全無鬥志，只知亡命奔竄。

宇文無敵知道不妙，高呼撤退，領著十多名近衛奪路出林，忽地前方人仰馬翻，他也算及時知機，棄馬騰身竄上樹梢，正要掠往另一株樹顛之際，寇仲現身該樹幹的橫丫處，橫刀微笑道：「瓦崗城外，宇文兄斃了我們的愛馬灰兒和白兒，那令人心碎的情景，如在昨天發生般深切難忘，現在終有個彼此了斷的機緣。」

宇文無敵有如銅鑄的臉上露出猙獰神色，額上肉瘤微顫之下，冷笑道：「我不過幹掉兩頭畜生吧！又不是姦殺了你的親娘，忘不了只是你的愚蠢，怪得誰來。」

寇仲雙目閃過森寒的殺機，想起自己和徐子陵首次擁有並以眞金白銀買回來的兩匹乖馬兒，更想起傅君婥，狠狠點頭道：「好！我本想生擒你去換點東西，現在決定不再留情，誓把你的臭頭斬下來。」

宇文無敵狂喝一聲，手中長矛幻出無數矛影，橫竄過兩樹之間的虛空，向寇仲攻去。只要寇仲閃避少許，他便有機會逃出林外，與趕來援手的步兵會合。

寇仲冷靜得如石雕般瞧著宇文無敵斜衝而來的龐大軀體，默默運聚功力。整個天地像忽然改變了，他感官的靈敏度以倍數在提升，不但可準確的計算和把握宇文無敵的每一個動作細節，還可清楚知道樹下的徐子陵正大展神威，截著每一個想逃出林外的敵人，好搶奪寶貴的戰馬。

兩人目光交擊。在一刹那間，他看到宇文無敵深心中的畏懼。對方已被他冷酷的鎭定所震懾。

「呼！」井中月在空中畫出一道妙若天成近乎神奇的軌跡，嵌入宇文無敵的萬千矛影裏。

「噹！」宇文無敵心內的震駭再沒有任何言語可以形容。因他曾和寇仲、徐子陵交過手，故雖聞得他們武功不斷大有精進，心中仍不大相信，只以爲傳聞誇大。可是當他無論如何施盡變化，仍給寇仲大巧若拙的一刀把他的所有虛招完全破掉，終眞正知道寇仲的實力。他乃身經百戰的人，還想欺寇仲功力火候及不上自己，把家傳絕學冰玄勁運至矛尖處，希望能借力橫飛開去，不求有功，但求無過。豈知刀劈處雖是矛尖，但他的胸口卻如驟中萬斤巨錘，冰玄勁氣像輕煙般被疾風吹散，而敵人狂猛無比的螺旋勁則如疾矢勁箭般直侵心脈。「啊！」宇文無敵長矛脫手，直墜樹下。寇仲亦被他的反震之力衝得晃了一下，吐出小半口鮮血。

他不以爲意地還刀鞘內，另一手抹掉嘴角的血漬，高喝道：「得手了！我們走！」

寇仲遙望城牆外平原遠處像千萬隻螢火蟲般不斷顫動的火把，嘆道：「眞痛快！我從沒想過一刀劈出，會是這麼痛快的，勝負決定於瞬眼之間，沒有半點僥倖，忽然間，我已爲灰兒和白兒報了仇。」

在燦爛的星空覆蓋下，梁都卻是烏燈黑火，城頭的軍民在黑暗中等待敵軍的來臨。

初更的梆子聲響起。敵人的擋箭車推進至城牆百步許處，停了下來，重整陣勢。

戰鼓聲自黃昏開始響個不停。

徐子陵道：「你不是要把宇文無敵的首級高懸示衆嗎？爲何最後對他的屍身棄而不理呢？」

寇仲沉聲道：「我只是說說吧！」

此時陳家風來到他旁，報告道：「已依寇爺吩咐，把枯枝乾草撒遍城下。嘿！寇爺此計確是精采絕倫，最厲害處是料敵如神，預估到對方會連夜攻城。」

寇仲道：「贏了再說吧！你教所有人緊守崗位，聽我的指示。」

陳家風欣然去了。

寇仲道：「今天我們強搶對方近二百匹戰馬，使我們襲營一計，勝算大增，宇文化骨啊！你恐怕作夢也沒想過會飲恨梁都吧？」

戰鼓驟急。敵人高聲呼喊，近百輛投石車蜂擁而來，接著是擋箭車和弩車。車輪聲，喊殺聲，塡滿城牆外的空間，聲勢駭人至極點。寇仲和徐子陵卻絲毫不為所動，冷冷注視敵人的先頭攻城部隊不斷向城牆逼近。持盾的步兵分成三組，每組千人，各配備有兩台飛雲梯，隨後而至。宇文化及的騎兵在更遠處列陣布防，作好支援攻城部隊的準備。巨石和火箭像飛蝗般往牆上投來，火光燃亮夜空。城上軍民紛紛躲在城牆或防禦木板之後。轟隆聲中，巨石投中城牆牆頭，一時石屑橫飛，動魄驚心。

寇仲大喝道：「柴枝對付！」

牆頭全體軍民一聲發喊，負責守城的五千軍民，除了近千配有強弓的箭手發射還擊外，其他人只管把儲在牆頭的柴枝往城下拋去，亦有人負責擲石。喊殺震天。近牆一帶柴枝不斷堆積，在黑夜裏敵人怎弄得清楚那是甚麼回事，還以爲守城者缺乏箭石，故以粗樹枝擲下來充數。

寇仲和徐子陵則心叫「好險」，若沒有寇仲此計，強弱懸殊之下，說不定只一晚就給敵軍攻破城池。

敵人終殺到牆下，飛雲梯一把接一把的搭往牆頭。

寇仲見形勢緊迫，狂喝道：「放火！」

拋下的不再是柴枝，而是一個個的火球。

埋身肉搏的牆頭攻防戰劇烈展開，堆積在城牆下的柴枝乾草被火球引發，紛紛起火，迅速蔓延。寇仲和徐子陵在牆頭來回縱躍，刀矛齊出，把爬上牆頭的敵人殺得血肉橫飛，倒跌落城。守城的軍民見主帥如此奮不顧身，又見下方烈火熊熊，把敵軍和甚麼投石車、弩車全陷進火海去，均知勝算在握，更是萬衆一心，奮勇拒敵。

宇文化及知道不妙，吹響撤退的號角時，已是回天乏力。城牆下七百步內盡成火海，燒得敵人慘叫連天，變成無數在烈火中打滾哀叫的火團。轉眼間，牆頭上再無敵人。幸而沒有被火波及的敵人，潮水般退卻。

寇仲躍下牆頭，向任媚媚道：「這裏交給你！」

任媚媚愕然道：「你們要到哪裏去？」

寇仲微笑道：「出其不意，攻其不備，明白嗎？」

寇仲、徐子陵領著四百騎兵，與宣永的千餘騎士，在戰場東北一座約好的坡丘上會師，人人戰意高昂，精神抖擻。

宣永由衷佩服道：「我和一衆兄弟旁觀寇爺和徐爺以妙計燒掉宇文閥攻城的先鋒軍和器械，殺得他棄戈曳甲而逃，無不心服口服，嘆爲觀止。差點按捺不住想揮軍直搗敵陣。」

寇仲出奇地謙虛道：「只是場小勝吧！但卻大大挫折敵人的鋭氣，不過若敵人明天捲土重來，必會小心翼翼，不作躁進，那時我們便有難了。」

徐子陵接口道：「縱使把城池守住，傷亡必然慘重，所以我們必須趁勢於今夜一舉擊垮敵人，斬殺宇文化骨。」

宣永雖是智勇雙全的猛將，且行事膽大包天，亦聽得呆了半晌，愕然道：「我還以爲此去只是偷襲對方的後營陣地，只求多收些擾亂敵人軍心的戰果呢！」

蹄聲由遠而近，善於探聽敵情的洛其飛馳上山坡，來到三人馬前，報告道：「果如寇爺所料，宇文軍受重挫後，於營寨外重重布防，怕我們乘勝襲營。」

寇仲大笑道：「知我者宇文化骨是也，他更瞧準我們是缺糧乏兵。」

宣永皺眉道：「既是如此，我們如何再施奇襲？」

寇仲胸有成竹道：「不是有招喚作圍魏救趙嗎？讓我們兵分二路，由你負責攻打其後防營壘，以衝車破其寨壁，火箭焚其營帳，至緊要把聲勢弄大一點。後營乃宇文化骨的命脈，是他不能不救的。他帶領援軍來時，由我在途中伏擊，包保可殺他娘的一個血流成河，落花流水。」

宣永嘆服，再無異議。

要知寇仲最厲害處，是伏有宣永這支爲宇文軍茫然不知其存在的奇兵。故倘見後營被襲，怎肯容寇仲奪取糧草，且在新敗之後，又知寇仲兵力薄弱，不足爲懼，必揮軍來救，以求反敗爲勝，那就正中寇仲的圈套。

寇仲道：「成功失敗，就看此役！」

言罷各自揮軍去也。

寇仲和徐子陵偕四百騎兵，埋伏在前後兩個敵寨間的一處密林內，靜待敵人自投羅網。在他們計算下，敵人來援者必是清一色騎兵，而軍力只在千餘騎間，理該不難應付。附近的山頭均有放哨，只要左方三里外宇文化及的主力軍有任何異動，他們會瞭若指掌。

驀地右方里許外敵方後營處喊殺連天，火光熊熊，沖天而起，蹄聲響個不停。

寇仲道：「最好是宇文化骨以爲我們已傾巢而出，一方面派快騎來援，另一方面再發動手下二度攻城，就最理想不過。」

「轟！」後營處傳來硬物撞擊的聲音，看來宣永的衝車戰術已然奏效。

此時洛其飛如飛掠至，大喜報告道：「兩位大爺這次又是料敵如神，宇文化及已盡起戰騎來援，眨眼即至。」

「蓬！蓬！蓬！」敵人同時敲響攻城的戰鼓。

徐子陵微笑道：「宇文化骨也想來一招圍魏救趙，若我們快手一點，說不定可在他攻城之前再來一招前後夾擊。」

話猶未已，蹄聲逼至。敵騎出現在密林外的平原，形成一條長龍，朝後營方向狂馳而去。

寇仲直等對方龍頭奔到一處坡丘上，全軍完全暴露在攻擊之下，大喝一聲，率先疾衝。各人早彎弓搭箭，當馬兒馱著敵人進入射程，勁箭破空而去，敵人紛紛中箭翻倒。敵騎立時陣勢大亂，硬被斷爲首尾不能相顧的兩截。

寇仲和徐子陵各領手下，噬著敵隊前後殺去，擋者披靡。一邊本是新敗之軍，更是疲憊之師；另一方卻是連場大勝，士氣如虹，將士用命，相去實不可以道理計。幾乎是甫一接觸，宇文軍便只懂四散竄逃，不敢應戰。一番追逐後，部分敵人折返宇文化及的陣地，另一批則被寇仲和宣永兩方的人重重圍困，正作負嵎頑抗。外圍的人高舉火把，照亮整個戰圈。寇仲的井中月在黑夜裏黃芒大盛，見人便斬，手下沒有一合之將。

「噹！」井中月硬被架住。兩人打個照面，寇仲大笑道：「原來是成都兄，爲何這麼巧竟在這裏遇上？」

在兩人怒目相視之時，宇文成都僅餘的十多名手下已被斬瓜切菜的給斬下馬來，只剩下他孤零零的匹馬單騎。宇文成都被圍在核心處，臉上陣紅陣白，眼中射出驚懼神色。

寇仲一對虎目精芒電閃，冷笑道：「當日你以卑鄙手段暗算崔冬，可有想過會有今朝一日。」

倏地從馬背躍起，飛臨宇文成都上方，井中月狂風驟雨般往下攻去。宇文成都大駭下竭力運劍抵擋，卻被寇仲含恨出手的狂猛刀法殺得左支右絀，汗流浹背。四方圍攏過來的人愈來愈多，人人見寇仲神勇若此，高聲吶喊，爲他打氣。呼喊喝采聲直透星空。

「噹！」餘音裊裊之際，寇仲還刀鞘內，以一個優美的空翻回到馬背上，直至此刻，他仍是足未沾地。宇文成都臉上露出難以相信的表情，接著長劍掉地，眉心處現出一道寸許長的血痕，「砰」的一聲倒跌地上，揚起一蓬塵土。眾人紛舉兵器致敬，歡聲雷動。

寇仲朝剛趕來的徐子陵瞧去，後者俊目射出豐富的感情，顯是因報得崔冬之仇，給勾起前塵往事。當年宇文成都在東溟號強搶賬簿，徐子陵和寇仲哪曾想過以後竟能在戰場上將他斬殺於刀下？

宣永趨前道：「敵營已被攻破，糧草全在控制之下，下一步是否直搗敵人大本營呢？」

寇仲大喜搖頭道：「形勢已變，現在擔心糧草的是敵而非我，何況他的騎兵給我們殺得七零八落，我們就多付點耐性，讓他重嘗糧盡後爲李密所敗的慘痛苦果好了。」

眾人轟然應諾，相率回城。

「敵人撤走了！退兵哩！」梁都城頭上軍民同聲歡呼，直上霄漢。

寇仲、徐子陵和宣永三人奔上牆頭，朝敵陣瞧去，只見營寨雖在，但敵人已移往通濟渠旁，以數十艘筏舟爲墊，用粗索穿縛，建成簡單的浮橋，迅速渡往對岸，萬多人大半成功渡河。

此著確出乎所有人意料之外，但又是理所當然。這三天接連的打擊，使宇文化及損失慘重，不但折去宇文無敵和宇文成都兩大猛將和兄弟，近半的攻城器械被燒毀，大部分騎兵被殲，損兵折將近七千之衆，加上糧草被奪，撐下去實與自殺無異。

寇仲正猜到宇文化及會退兵，還定下以快騎追擊的計畫，只是沒想到對方會連夜退走，且是先渡往對岸，扼河之險以障安全。

寇仲臉上陰晴不定，徐子陵的手探過來緊抓他肩頭，雖帶點頹喪卻肯定地道：「我們絕不可因一己私仇，要全城人爲我們犯險，報娘的仇也不爭這一天半日，終有日宇文化骨會以血來償還血債的。」

寇仲像洩氣的皮球般露出苦笑，無奈地點頭。敵人退而不亂，又有通濟渠之險，而軍力則是自己的數倍，這樣倉卒追去，就算能取得最後勝利，亦必付出慘重損失。就當是宇文化骨氣數未盡吧！

黃昏時分，天上下著濛濛細雨，寇仲和徐子陵卻躲在一間酒鋪內喝悶酒，善後工作交由宣永和任媚媚等人去處理。

在爭霸天下來說，寇仲的大業已現曙光，但何時才能殺死宇文化及，卻是遙遙無期。眼看成功在望，大仇得報之際，忽然發現竟功虧一簣，最是令人悵然若失。

對喝兩杯悶酒，寇仲斜睨徐子陵一眼道：「一向以來，你是不大愛喝酒的，爲何到達洛陽後，每次我勸酒你都不拒絕？」

徐子陵呆了半晌，想起在洛陽與李靖重逢時的惡劣心境，苦笑道：「酒的一個好處是使人忘記冷酷無情的現實，沉醉在夢鄉中，只可惜無論我喝多少酒，仍忘不掉素姐的不幸。剛才我偷空問過任大姐有關香玉山的事，她的答案不提也罷。」

寇仲拿起酒壺，骨嘟骨嘟地灌了十多口，任由唇角瀉出的酒花灑得襟前盡濕，然後急促地喘氣道：「我決定甚麼事都拋到一旁，立即趕往巴陵救出素姐，誰阻我便斬誰！」

徐子陵搖頭道：「這只是下下之策，你不是常說上兵伐謀嗎？上上之策，則是由我一人前往接素姐，而你則裝出要與蕭銑衷誠合作的姿態，教他不敢不對我禮數周到，讓他以為奸計即將得逞。」

一陣風雨刮進酒舖來，吹得燈搖影動，十多張無人的空桌子忽明忽暗下，倍添孤淒清冷的感覺。街上雖充滿歡欣狂歡，慶祝勝利的城民，與這酒舖裏卻像兩個隔絕的世界。

寇仲呆怔半晌，像是自言自語般道：「我現在該怎麼辦？」

徐子陵見他直勾勾瞧著門外熱鬧的情景，兩眼卻空空洞洞，傾前少許沉聲道：「你現在首要之務，是論功行賞，安定梁都軍民之心，並趁現在李子通、徐圓朗無暇理會你，宇文化骨又慘敗北返之際，先行確立好根基。至於如何解飛馬牧場之危，寇帥似不用小弟教你該怎樣做吧？」

寇仲一震後，雙目回復神采，探手過來緊握徐子陵置於檯上的一雙手，沉聲道：「你一定要將素姐母子帶到飛馬牧場，我們已失去了娘，不能再失去素姐。」

徐子陵肯定的點頭道：「我一定不負你所望。」

寇仲道：「你何時走呢？」

徐子陵道：「喝完這杯酒立即起程。」

寇仲鬆開雙手，挨向椅背處，眼中射出深刻的感情，好一會點頭道：「假設蕭銑和香玉山敢害你和素姐，我會把他娘的甚麼大梁帝國夷爲平地，殺他一個雞犬不留，若違此誓，教我永不超生，長淪畜道。」

徐子陵淡然笑道：「放心吧！我徐子陵已非昔日吳下阿蒙，要殺我豈是如此容易。」

寇仲望往門外，沉吟道：「我仍是有點擔心婠妖女。事實上到現在我仍不明白爲何她肯與我們罷戰，難道楊公寶庫內那件東西，對她們眞的那麼重要嗎？」

徐子陵道：「我也想過這問題，照我猜估，她們的轉變是因爲你大挫從未吃過敗仗的李密，使她們認定你是唯一配作李世民對手的人，而李世民則是師妃暄欽選出來的眞命天子，所以婠妖女改而支持你。」

寇仲愕然道：「支持我？若是如此，婠妖女爲何聯同邊不負來對付你呢？」

徐子陵道：「正因她要對付的是我而非你，我才生出這個想法。試想假若她能把我生擒，勢可以佔盡上風，不愁你不答應她們的要求和條件。那晚在梁都她雖是乘人之危，但開出的條件卻是絕對可以接受的；又明著幫我們一把，殺得窟哥的馬賊心膽俱喪。所以歸根到柢一句話就是陰癸派看上你。」

寇仲冷哼道：「那只是她們的愚蠢，我遲早要她們派滅人亡。」頓了頓，嘆道：「無論任何人做任何事，均有清楚分明的目標或理想。即使平民百姓，亦追求生活溫飽，養妻活兒，安居樂業，又或追求財富權力，甚或成帝王不朽的功業。可是我從不明白婠妖女追求的是甚麼？只像唯恐天下不亂，不住攪風攪雨。」

徐子陵道：「所謂一山不能藏二虎，慈航靜齋和陰癸派的爭鬥持續近千年，現在因出了祝玉妍和婠妖女，使陰癸派出現中興之象，也到了兩派要分出勝負的時刻。帝王寶座的爭奪戰只是其中一個戰場罷了！也是我們所可覺察得到的，因為我們已捲入這個漩渦裏。」

寇仲大訝道：「你倒看得很通透。」

徐子陵道：「這叫旁觀者清。」

寇仲抓頭道：「你若是旁觀者，那誰才是局內人。」

徐子陵微笑道：「素姐的事，宇文化骨的仇，我便是局內人，其他的我只是旁觀者的身分，仲少明白嗎？」說罷長身而起。

寇仲哈哈一笑，拿起酒杯道：「祝陵少一路順風，馬到功成。」

徐子陵欣然拏起酒杯，「叮」一聲和他碰一記，舉杯飲盡，飄然去了。

寇仲瞧著他沒進街外不顧風雨的人潮裏，才把烈酒盡傾到喉嚨裏去。

梁都市中心總管府的西廳內，寇仲和手下重要將領，舉行第一個重要會議。與會者包括宣永、任媚媚、洛其飛、陳家風、謝角、和隨同宣永來投誠的瓦崗舊將高自明和詹功顯，後兩人均在這場戰事中表現出色，論功行賞下被提拔為宣永這梁都總管的左右先鋒將。

寇仲首先婉拒連日來不斷有人提出要他稱王的提議，道：「我們所以能建立梁都的根據地，完全是機緣巧合，故得以在各大勢力的隙縫裏生存，純屬異數，所以愈能不惹人注目，愈是理想。稱王之議，在眼前實是有害而無利。」

任媚媚肅容道：「在現今的形勢下，無論你如何低調收藏，梁都始終是緊扼通濟渠的咽喉，別人也不肯放過梁都。不如豁了出去，公開稱霸，憑著寇爺的威望，自有遠近豪傑紛來投附，壯大我們的聲勢。」

寇仲從容一笑道：「任大姐的話當然有道理，不過卻該在我們進一步擴展勢力後始可實行。現在當務之急，是趁徐圓朗、宇文化骨和竇建德在北方糾纏不休，王世充忙於接收李密地盤之際，向自顧不暇的李子通抽點油水，好鞏固和擴張我們的領土。」

陳家風雙目射出興奮的神色，道：「我們應該找李子通哪座城池開刀呢？」

寇仲見宣永一直含笑不語，道：「宣總管有甚麼好的提議？」

宣永從容道：「守城容易，攻城困難，若非李子通把軍隊抽調往江都，憑我們現在的實力，根本一籌莫展，但現在卻仍有幾分成功希望。」

接著展開圖卷，攤放桌面，續道：「眼前有三件要事，必須同時進行，首先就是鞏固城池，確立根基；其次是重建彭城，以梁都彭城兩地為中心，把周圍數百里的十多座城鎮和以百計的村落，納入版圖內。到最後才是在東海、鍾離兩座大城中選其一為用軍目標，擬定進取策略。」

洛其飛道：「東海和鍾離，均是有高度戰略性的大城。前者可令我們得到通往大海之路，更可與沿岸城市交易；後者依傍淮水，提供往西南經略的立足點，在重要性上各有千秋。但以目前的形勢來說，宜先取東海，那在心理上對李子通打擊最大。」

頓了頓，又道：「但我卻支持任大姐先前請寇爺稱王的提議。所謂言不正名不順，附近十多座城池，大部分均為地方勢力所把持，他們之所以不肯投附李子通或徐圓朗，皆因認為他們難成大器。但若以寇爺的威望，只要振臂一呼，必望風而從。寇爺必須對此議重作考慮。」

高自明和詹功顯均附和此議，並以當年翟讓瓦崗聚義作例說明稱王的重要性。

寇仲微笑道：「我有個折中之法，何如不稱王而稱帥，那既正定名分，又可於這人人稱王的時勢中予人嶄新的印象，不致那麼容易與各方勢力弄成針鋒相對，勢不兩立的樣子，辦起事來更靈活百倍。」

眾人紛紛稱善。

謝角提議道：「不如就叫龍頭大帥，這名字挺威風哩！」

寇仲失笑道：「這名字太霸道才真，又有點烏賊頭子的味兒，還是稱作少帥吧！你們就是少帥軍，令人在感覺上更為和易與親切些。」

眾人見他隨口說出這麼恰當的一個名稱，知他早有定見，同聲讚好。

寇仲道：「宣總管剛才提議的三件當務急事，很有見地。鞏城固地，由任大姐負責吧，在彭梁一帶，誰不識彭梁會美艷的三當家呢？」

眾人起哄大笑，任媚媚橫他一眼道：「仍是那麼饒舌。」

寇仲笑道：「我這種人是不會變的，權力名位對我來說只是鏡花水月，過眼雲煙。在這爭霸天下的鬥爭中，能令我關心的只是平民百姓能有太平安樂的日子，和鬥爭本身的艱苦過程，否則渾渾噩噩的過日子有啥意義。」

眾人均聽得肅然起敬。

寇仲轉向陳家風道：「重建彭城的責任，以陳家風為主，謝角為副，有事由我們的任大姐負責所有資源的調配。」

謝角道：「這就沒有比三當家更為適合的人選，以前任當家正是我們的司庫。」

任媚媚道：「不要再稱我作三當家了，以後再沒有彭梁會，只有少帥軍。」

寇仲道：「東海、鍾離兩郡，我們先取東海，以宣永爲主帥，其飛爲副，自明和功顯則負責招軍練軍，依照我給的圖樣製作攻城器械，盡三個月的時間準備好一切，以宣永總全局指揮之任。」

宣永愕然道：「少帥你自己又幹甚麼？」

寇仲淡然道：「我要到飛馬牧場借人借馬，建立一支天下無敵的騎兵隊伍，當我回來時，就是攻打東海的時刻。」

第五章

絕世簫技

黃易作品集

第五章　絕世簫技

當夜徐子陵離開梁都，連夜獨駕輕舟沿通濟渠南下，到達通濟渠和淮水交匯處，此時沿渠南下不半天可抵江都，若西轉入淮則幾個時辰到達鍾離，本來交通非常方便。只可惜李子通於此駐有戰船，又以鐵鍊横渠，不准任何船隻通過。徐子陵不想節外生枝，在那裏棄舟登陸西行，展開腳法，過鍾離而不入，改為南行，只要抵達長江，可設法坐船西上，省時省力。沿途他飲用的是山泉的水，餓了摘兩個野果子果腹，歇下來時便鑽研魯妙子傳他的手抄秘本。不但毫無寂寞感，還有自由自在，忘憂無慮的輕鬆感覺。現在既下定決心去把素素母子救出，反可拋開心事，不再朝這方面去鑽牛角尖。

途上不時遇上荒廢的村落，滿目瘡痍，瞧得他黯然神傷！遂專找荒僻無人的山野走，翻山越嶺，在他腳下，窮山絕谷如履平地般方便。値此盛夏時節，處處鮮花盛放，風光綺麗。兼之河南一帶氣候溫和，雨量充沛，不同種類的樹木組成大片樹林，覆蓋著山坡草原。梅花鹿、金絲猴、各種雀鳥等棲息繁衍，充滿自然的野趣和生氣，使他渾忘人世間的淒風慘雨。

這天正午，他越過一座高山，抵達長江北岸物產富饒的大平原，舉目碩果盈枝，鮮花不敗，心情大佳，走到一個小丘之頂，極目四望。南方不遠處有座奇山，岩色赤如硃砂，奇峰怪崖，層出不窮，極盡幽奇。半山處隱見廟宇，忽發遊興，心想横豎順路，遂朝奇山馳去。

不片晌，他來到山腳處，一道河澗蜿蜒流過，竟有橋跨河，連接盤山而上的幽徑。徐子陵心生好奇，想不到在這裏人跡全無的荒山野嶺，竟有如此勝境。但回心一想，人家於此建觀，正是要避開俗世，自己如此登山遊覽，說不定會擾人清修，正要打消原意，改道而行，忽然一陣清越的簫音，從山上遠處傳來。徐子陵聞音動容。

寇仲和宣永在總管府的書房內，研究梁都一帶的十多張地勢圖。

宣永道：「以我們現在的實力，直接攻打東海，必是鎩羽而歸的結局。但若好好運用眼前的有利形勢，說不定我們可不費一兵一卒，將東海據爲己有，少帥便不用長途跋涉的到飛馬牧場招援。」

寇仲大感興趣道：「說來聽聽。」

宣永指著彭城東隔著呂梁山和嶧山的一個大湖道：「這湖叫駱馬湖，乃河道交匯處，不但魚產豐富，其湖岸區更良田萬頃，是附近各鄉縣的命脈。只要攻佔下邳，可控制此湖，那時不用少帥開聲，附近的所有城郡全要乖乖歸降。」

寇仲訝道：「竟有這麼便宜的事？下邳現由誰人控制？」

宣永道：「下邳現落入了一批叫駱馬幫的強徒手上，幫主叫都任，手下達三千之衆，不但去打魚的要向他繳交費用，經過的船隻旅客也要付買路錢，更不時四出搶掠，早弄得天怒人怨。假設我們能取而代之，又施行仁政，以少帥現時的威望，自是人心歸向。到那時再取得東海西北的懷仁、琅琊、蘭陵、良城四郡，及西南的沭陽、漣水、淮陽三郡，加上下邳，可完全斷去東海郡的陸路交通，那時東海勢成我們囊中之物。」

寇仲動容道：「小永確是有見地的人，此計不但妙絕，且是我們力所能及的，對重建彭城更是大有幫助。」

宣永見計策被接納，精神大振道：「如此下屬立即派洛其飛到下邳摸清楚都任的底子，看看如何可一舉將他除去。」

宣永去後，寇仲正想取出魯妙子的秘笈出來用功，親衛來報，揚州桂錫良和幸容求見。

寇仲大喜，連忙出迎。

簫音在大自然風拂葉動的優逸氣氛中緩緩起伏，音與音間的銜接沒有任何瑕疵，雖沒有強烈的變化或突起的高潮，但卻另有一股糾纏不已，至死方休的韻味。徐子陵不由駐足細聽，空靈通透的清音似在娓娓地描述某一心靈深處無盡的美麗空間，無悲無喜，偏又能觸動聽者的感情。吹奏者本身的情懷就像雲鎖的空山，若現欲隱，是那麼地難以捉摸和測度。柔而清澈的妙韻，如若一個局內人卻偏以旁觀者的冷漠去凝視揮之不去的宿命，令人感到沉重的生命也可以一種冷淡的態度去演繹詮釋。

簫音忽斂。徐子陵彷似從一個不願醒覺的夢裏驚醒過來，決定登山一看。他知道吹簫者是何方神聖。只有她才能奏出如此清麗優美、不著半點俗意的簫音。

寇仲把曾是兒時同黨玩伴的桂錫良和幸容迎入書齋。一番敘舊後，桂錫良欣然道：「見到你這小子眞好，自聽到你大敗宇文化及的消息，我們立即兼程趕來，最怕你忽然又溜到別處去。」

幸容崇慕地道：「現在沒多少人能像你和小陵那麼出名了！唉！若早來兩天便可見到小陵。」

寇仲待兩人用過香茗，笑嘻嘻道：「兩位大哥的消息確是靈通，小弟踢了宇文化骨幾下屁股都瞞不過你們，這次有甚麼可以提挈小弟？」

桂錫良呆瞧了他半晌，好一會嘆道：「人說發財立品，你這傢伙已是名滿天下，可是骨子裏那分賴皮卻和以前毫無分別，像是永不改變似的。」

寇仲捧腹笑道：「優良的本性是說改便能改的嗎？像你這混蛋，當上個香主四處充大哥，不也和你以前愛充場面一脈相承嗎？分別只在你的是劣根性吧！」

桂錫良招架不住，沒好氣地笑道：「大家一場兄弟，這麼都不放過我？」

幸容笑得人仰馬翻，開懷道：「也不知多久沒笑得這麼痛快了！」

寇仲舉起茶杯道：「來！讓小弟敬兩位大哥一杯。」

三人收斂笑容後，桂錫良正色道：「這回我們趕來，實有至關緊要的事和你商量。」

寇仲笑道：「以你現在的身分地位，總不會爲雞毛蒜皮的小事來找我？」

桂錫良佯怒道：「你再要我便揍你一頓，哪管你如今有多厲害。」

寇仲投降道：「桂大哥息怒，請問有何吩咐？」

幸容插入道：「自當年在江陰城給你和小陵打得晴、雨、露三堂的人落花流水後，我們在邵軍師的領導下整頓幫會，由於你和宋家的關係，良哥當上露竹堂堂主，嘿！小弟都撈了個副堂主來玩兒。」

寇仲嘆道：「我還知道錫良得到邵大小姐蘭芳委身相許，唉！你這小子眞個艷福不淺。」

桂錫良老臉一紅道：「又來耍我？」

幸容怕兩人糾纏不休，忙截入道：「在宋家的支持下，這幾年我們有很大的發展，重新在江都建立好地盤，否則也不能這麼快得悉你和小陵先後大敗李密和宇文化及的消息，幫內衆兄弟都以你們爲榮。」

寇仲笑道：「不要瞎捧，至少麥雲飛那小子不會以我們爲榮。對嗎？」

當日在江陰，麥雲飛不知是否因視桂錫良爲情敵，對寇仲和徐子陵很不客氣，結果吃了小虧，給兩人弄得灰頭土臉，面目無光。

桂錫良冷哼道：「理他個鳥！有邵軍師作主，哪輪得到他說話。」

這麼一說，寇仲便知桂錫良和麥雲飛仍是勢如水火。

幸容道：「邵軍師著我們來請你當幫主呢！」

寇仲愕然道：「甚麼？」

徐子陵背負雙手，踏上登山之路，展開腳法，不片晌抵達半山，奇松虬枝横撐下，有座八角小亭，靠山一邊有道小泉，清流涓涓，另一面是崖緣，可西瞰落日蒼莽虛茫、變幻多端的美景。

徐子陵駐足觀賞之際，山腳處傳來一聲尖嘯，接著是另一聲回應，比先前的尖嘯離他接近多了。憑直覺他感到前後兩下嘯聲，充滿暴戾殺伐的味道，令人聽到時心頭一陣不舒服。徐子陵心中一動，騰身而起，躲往附近一株大樹的枝葉濃深處，靜伏不動。

桂錫良興奮道：「自你和小陵刺殺任少名後，連帶我們竹花幫亦聲名大盛，不但不斷有新人入幫，更有地方的小幫會主動要求和我們合併。說出來你或者仍不相信，現在長江一帶誰不給我們幾分面子，李子通亦要籠絡我們。」

寇仲一呆道：「李子通？」

幸容道：「邵軍師和李子通很有交情，不過我們請你回去當幫主一事，卻與李子通無關，而是幫中兄弟一致的決定。」

寇仲低喝道：「且慢！」

兩人愕然齊聲道：「甚麼事？」

寇仲雙目精芒閃閃，來回掃視兩人幾遍，看得他們心中發毛，寇仲斂起一直嘻皮笑臉的輕鬆神態，沉聲道：「你們究竟信我還是邵令周？」

桂錫良爲難道：「這個嘛……嘿！」

幸容斷然道：「當然信你寇仲，我自少便知你和小陵最夠義氣。」

寇仲目光落在桂錫良臉上，緩緩道：「你在這裏說的任何話，不會有半句洩漏出去的，還怕他娘的什麼？」

桂錫良無奈道：「他對我有提拔之恩，又肯把女兒嫁我，我……唉！當然是信你多一點啦。」

寇仲得意洋洋的道：「總算你兩個傢伙明白親疏之別。現在我們可以開始一個有趣的問答遊戲，我問你答，若有任何隱瞞，最後的受害者必是你們無疑。」

兩人嚇了一跳，又是半信半疑，只好待他發問。

衣袂破風聲才從山路處傳來，那人已到亭內，呼吸仍是那麼靜細悠長，可知是內外兼修的一流高手。在此荒山野地，見到這個級數的高手，任誰都會感到訝異，可是徐子陵早為吹簫者的出現而驚奇過了，再沒有其他人物可令他驚心動容，且明白到吹簫者是故意憑簫示意，告訴來人她正在某處恭候。

亭內的人身法雖迅捷，仍瞞不過他的銳目，那是個勁裝疾服的大漢，背插特大鐵鐧，勾鼻深目，有種說不出的邪惡味道，一看便知不是甚麼好路數的人物。最古怪是頭上戴著個帝皇始用冕板冕旒俱全的通天冠。

思索間，又有一道來勢絕快的人影，晃眼抵達亭外，冷哼道：「丁九重終肯從你那地洞鑽出來嗎？希望你在那三十六招鐧法外另有新招，否則說不定小弟要送你到九重地府去時後悔無及哩！」

徐子陵心忖原來兩人是宿敵，所以甫見面即劍拔弩張，一副隨時翻臉動手的樣子。

亭內的丁九重陰惻惻笑起來，慢條斯理的悠然道：「不見周老嘆你足有二十年，想不到火氣仍是這麼大，難怪你的赤手淡始終不能達到登峰造極的境界，聽說那賤人的女兒已得乃母眞傳，希望你不用飲恨齊雲觀內吧！」

周老嘆的外貌，比丁九重更令人不敢恭維，臉闊若盆，下巴鼓勾，兩片厚唇突出如鳥喙，那對大眼睛則活似兩團鬼火，身形矮胖，兩手卻粗壯如樹幹，雖身穿僧衲，卻沒有絲毫方外人的出世氣度，只像個殺人如麻的魔王。他頸上還掛著一串血紅色節珠子，尤使人感到不倫不類。

從他們的對答，可知他們對吹簫的石青璇是充滿敵意的。

驀地周老嘆吐氣揚聲，發出一下像青蛙般嘓鳴，左足踏前，右手從袖內探出。駭人的事發生了。他本已粗壯的手倏地脹大近半，顏色轉紅，隔空一掌朝亭內劈去。周遭的空氣似是被他膨脹後的血紅巨手全扯過去，再化成翻滾腥臭的熱浪氣濤，排山倒海般直捲進亭內去。

徐子陵已對他有很高的猜估，但仍沒料到他的赤手談如此邪門霸道，不由爲石青璇擔心起來，心想自己怎都不能坐視不理。

「蓬！」亭內的丁九重悶哼一聲，周老嘆則只是身子微晃少許，顯是在掌力較量上，丁九重吃了點暗虧。

周老嘆收回赤手，「呵呵」厲笑道：「可笑啊可笑！堂堂『帝王谷』谷主丁九重丁大帝，竟淪落至給我輕輕一按，差點給我擠出卵蛋來，可笑啊！」

勁風疾起。徐子陵只見人影猛閃，亭內的人搶了出來，巨鐵鐧照頭往周老嘆砸去。乍看只是簡單直接的一記強攻，但落在徐子陵眼中，卻看出這一擊不簡單，不但手法玄妙，且變化多端，寬厚的鐧身不住擺動，眞勁迭有增長，速度亦在遞升，其鐧法已到出神入化的境界。

周老嘆雖說得輕鬆，神情卻凝重之極，兩隻暴脹轉紅的手從袖內滑出，化作漫天談火般的赤手掌影，迎上巨鐧。「蓬！」勁氣交擊，四周立時樹搖花折，枝斷葉落。

周老嘆往左一個蹌踉，丁九重退回亭內，獰笑道：「我丁大帝新創的『五帝鐧』第三十七式『襄王有夢』滋味如何？」

周老嘆此時剛告立穩，臉上陣紅陣白，也不知是他運功的情況，還是因爲羞慚而來的現象。徐子陵卻是暗暗心驚。這兩人隨便找一個到江湖去，都是橫行一方的霸主級人物，現在竟然有兩個之多，怎不教人驚異。

以他目前的身手，要應付任何一人，都會感到吃力，更不要說同時與他們對敵。

周老嘆尚未來得及反唇相稽，一陣嬌笑聲從山路傳來，嬌嗲得像棉花蜜糖的女子聲音接著道：「我的大帝哥哥，老嘆小弟，二十年了！仍要像當年那樣甫見面便狗咬狗骨，不怕被我金環眞扭耳朵兒嗎？」

徐子陵心中差點叫娘！這些退隱二十年的魔頭一個接一個的不知從哪裏鑽出來，爲的該都是和石青璇母親碧秀心的陳年瓜葛，自是怨恨極深，她是否有能力應付呢？而自己又有沒有幫助她安渡難關的本事？幸好他爲人灑脫，並不會爲此心煩，更不會計較成敗得失，只下定決心，要爲尙未謀面的俏佳人出一分力。

人影一閃，一個千嬌百媚的彩衣艷女出現周老嘆之旁，還作狀向周老嘆挨過去。

周老嘆如避蛇蠍地橫移兩丈，到了上山的路口處立定，駭然道：「你要找人親熱，找你的丁大帝吧！」

丁九重乾笑道：「老嘆兄恁地好介紹，還是留給你吧！」

徐子陵聽得糊塗起來，忽然間，周老嘆和丁九重又變爲言笑晏晏的老朋友，再沒半分火藥味兒。

金環眞宮裝彩服，年紀乍看似在雙十之間，要細看方知歲月不饒人，眉梢眼角處隱見蛛網般往鬢髮放射的魚尾紋。但其眉如遠山，眼若秋水，終是不折不扣的美人胚子，只是玉臉蒼白得沒有半點血色，活像冥府來的美麗幽靈。

只見她跺足嗔道：「你們算是甚麼東西，竟敢將我『媚娘子』金環眞來個你推我讓的。總有一天我要教你們跪在地上舐老娘的腳趾。」

震天長笑自遠而近，一把本是粗豪的聲音卻故意裝得陰聲細氣的「緩緩」道：「他們不敢要你的，讓我『倒行逆施』尤鳥倦照單全收吧！」

徐子陵終於色變。

寇仲在桂錫良和幸容誠惶誠恐的等待下，沉吟道：「錫良你和邵令周的女兒有沒有正式拜堂成親？」

桂錫良有點尷尬地囁嚅道：「只是定下親事，嘿！你不要多心，邵軍師說待我練成他傳授的『太虛勁』，才可和蘭芳小姐成親，因爲這種內家功夫最忌女色，邵軍師是一番好意的。」

寇仲斜眼兒著他，瞧得他渾身不自在時，始啞然笑道：「你好像是第一天到江湖來混的樣子，被人像傻子般耍，還沾沾自喜以爲有便宜可佔。能不能用你的小腦袋想想，他存心把寶貝女兒嫁你，爲何又要傳你這不能去洞房的甚麼娘的太虛功？」

桂錫良又羞又怒道：「不要胡說！否則我們連兄弟也做不成。」

幸容也拔刀相助道：「邵軍師對錫良眞個是好得沒話說。若論資排輩，雖說良哥是先幫主的弟子，但至少還差半條街然後輪得到他來當露竹堂的堂主。」

桂錫良又狠狠道：「你這小子，總愛以小人之心度人家君子之腹。若邵軍師是那種卑鄙小人，就不會虛幫主之位待賢，自己早坐上去！對嗎？」

寇仲苦笑道：「若我像你們兩個那麼天眞，早給李密、王世充那些老奸巨猾之輩吞下去祭五臟廟，哪能坐在這裏和你們說話。告訴我，邵令周知不知道我曾派人到江都求援？」

兩人愕然互望，由桂錫良答道：「應該不知道吧？如果知道他定會告訴我的。」

寇仲淡淡道：「你充其量不過是他的準女婿，若你有甚麼三長兩短，婚約自動報銷。唉！若我沒有猜錯，露竹堂定是人丁實力皆最單薄的一堂。而麥雲飛那渾蛋則是晴竹堂或雨竹堂其中之一的正堂主，邵令周這個君子之腹確是特別點，這麼愛任用私人。」

兩人啞口無言，顯是給他猜個正著。

好一會幸容頹然道：「麥雲飛當上晴竹堂堂主。」

寇仲不屑道：「那傢伙唯一的長處是夠狂妄自大，試想想吧！如非麥雲飛知道這只是一時權宜之計，怎肯爲此罷休？而邵蘭芳一向是他的相好，怎會忽然甘心嫁給你。姐兒愛俏，你良哥雖算不錯，但麥雲飛該比你英俊點吧？」

幸容不由點頭道：「小仲的話不無道理！事實上我當時也覺得事情來得太突然，只是見良哥那麼喜翻了心的樣子，故不敢說話。」

桂錫良臉色陣紅陣白，搖頭道：「不會是這樣的。邵令周爲何要害我？就算不把女兒嫁我，我也做不出任何於他不利之事。」

寇仲探手過去，拍拍他肩頭道：「大丈夫何患無妻，他不是要籠絡你，而是要籠絡宋閥，且是退而求其次，因爲我本要宋閥捧你作幫主。邵令周怕的是『天刀』宋缺，接下來就是小弟。不過他現在有李子通作靠山，局面登時迥然有異。」

頓了頓加重語氣道：「試想想，爲何他會把總舵移往揚州？正因他與李子通互相勾結，現在更著你們來引我回揚州受死。一世人能有幾兄弟？你們不信我小弟也沒有辦法。」

桂錫良發呆片刻，像鬥敗公雞般垂下頭來道：「我的心被你說得很亂！」

幸容道：「我卻愈想愈覺得小仲的話有道理，試想想爲何蘭芳不隨她爹返揚州，而要留在江陰呢？」

寇仲插入道：「她是連向你稍假以詞色亦不屑為之嘛！」

桂錫良怒道：「閉嘴！」

寇仲呆了半晌後，忽地捧腹大笑道：「好小子終於想通了！」

桂錫良苦笑道：「你這小子真殘忍，粉碎我的美夢，唉！現在怎辦好？」

寇仲問幸容道：「風竹堂堂主是沈北昌，那麼雨竹堂由誰當家？」

幸容道：「當然是本為風竹堂副堂主的駱奉，沒人比他更有資格。」

寇仲道：「兩個都是我老朋友，邵令周有沒有找些荒誕的藉口把他們調往別處，俾可方便些對付我呢？」

桂錫良和幸容面面相覷，好一會前者道：「這回我是真的服了，他們兩個現在均不在揚州，他娘的！邵令周竟敢害我，此恨此仇不能不報。」

寇仲笑道：「想報仇雪恨嘛！容易得很，只要有些兒耐性便行。」

接著雙目精芒閃爍，沉聲道：「我有能力教李密永不翻身，自然也有辦法將你捧為幫主，叫邵老頭放遠眼瞧清楚吧！」

徐子陵的吃驚是有理由的。要知人在全速馳掠之際，體內血氣真勁的運行都處於巔峰，若同時揚聲說話，自然而然會說得既亢促又迅快，表裏一致。能達一流高手境界者，均有本領保持聲調的平和，倘如來人般說話的速度和奔行的速度截然相反，不但既緩且慢，又是故作陰聲細氣，正顯示出他可違反天然的常規，臻至可完全控制氣功和聲音的發放。這個「倒行逆施」尤鳥倦，肯定其武功已臻達大師級的境界。

透過枝葉瞧下去，由徐子陵的角度，只能看到俏立崖邊的「媚娘子」金環眞，當尤鳥倦聲音傳來時，她先是玉容微變，隨之綻出媚笑，可知亦可能像徐子陵般心中震駭。

倏地，一道人影挾著凌厲的破風之聲，現身在五丈高處，然後像從天上掉下來般，筆直下降，落在金環眞之旁，著地時全無聲息，似乎他的身體比羽毛還輕。徐子陵屏息靜氣，一動不動，運功收斂毛孔。只要一個不小心，會惹起來人的警覺。

「倒行逆施」尤鳥倦臉如黃蠟，瘦骨伶仃，一副行將就木的樣子，眉梢額角滿是淒苦的深刻皺紋，但身量極高，比旁邊身長玉立的金環眞高出整個頭來。他的鼻子比丁九重更高更彎，唇片卻厚於周老嘆，眉毛則出奇地濃密烏黑，下面那灼灼有神的眼睛卻完全與他淒苦疲憊的面容不相襯，明亮清澈如孩子，然而在眼神深處，隱隱流露出任何孩子都沒有的冷酷和仇恨的表情，令人看得不寒而慄。他所穿的一襲青衣出奇地寬大，有種衣不稱身的彆扭，背上掛著個金光閃爍的獨腳銅人，理該至少有數百斤之重，可是負在他背上卻似輕如毫毛，完全不成負擔。金環眞下意識戒備地挪開少許。

尤鳥倦雙手負後，環目一掃，仰天發出一陣梟鳥般難聽似若尖錐刮瓷碟的聲音，以他獨有的陰聲細氣瞇著眼道：「二十年哩！難得我們逆行派、霸王谷、赤手教、媚惑宗這邪功異術四大魔門別傳，又再聚首一堂。廢話少說，人是我的，至於那枚『邪帝舍利』你們喜歡爭個焦頭爛額，悉從三位尊便，尤某不會干涉。」

丁九重冷厲的聲音從亭內傳出道：「你打的確是如意算盤，先把人要去享用，待我們爲爭舍利拚個幾敗俱傷後，再來撿便宜。世上有這麼便宜的事？」

尤鳥倦眼中閃爍著殘忍凶狠的異芒，怪笑道：「丁九重你的邪帝夢定是仍未醒覺，看來還得由尤某人親自點醒你。」

先前與丁九重本是水火不相容的周老嘆插入道：「尤鳥倦恰好錯了！丁大帝不但不是帝夢未醒，反是因太清醒而看出你居心叵測，眞妹子怎麼說？」

金環眞媚笑道：「周小弟的話姊姊當然同意哩！」

忽然之間，先到的三個人突然團結一致，抗衡尤鳥倦這個最強的大魔頭。

尤鳥倦若無其事地道：「既然三位愛這麼想，我尤某人不好勉強，勉強亦沒有好的結果。就讓我們把舍利砸個粉碎，人則讓我先拔頭籌，之後你們愛如何處置她，本人一概不聞不問。」

金環眞「哎喲」一聲，無比嫵媚地橫他一眼道：「尤大哥何時學懂這麼精打細算，人給你糟蹋後，我們還有油水可撈嗎？」

尤鳥倦仰天大笑道：「左不行，右不行，你們三個二十年來難道仍然不知長進？不明白世上有弱肉強食的道理？是否要我大開殺戒才乖乖依從本人的吩咐？」

丁九重陰惻惻道：「小弟妹子，人家尤大哥要大開殺戒，你們怎麼說？」

周老嘆倏地移到金環眞旁，探手挽著她的小蠻腰，還在她臉蛋上香一口怪笑道：「妹子怎麼說，哥哥我自然和你共進同退，比翼齊飛啊！」

金環眞在他攬抱下花枝亂顫笑道：「當然是和你同生卻——不共死哩！前世！」

當她說到「不共死」時，語調轉促，一肘重撞在周老嘆脅下去。周老嘆發出驚天動地的慘嘶，整個人拋飛開去，滾往一撮草叢去。旁窺的徐子陵哪想得到有此變化，一時看得目瞪口呆。

同一時間破風聲起，丁九重從亭內疾退後遁，而尤鳥倦則箭矢般往他追去，兩個人迅速沒入亭後依峭壁而生的密林去。

金環眞悠悠地來到俯伏不動的周老嘆旁，嬌嘆道：「周小弟你確是沒有絲毫長進，二十年這麼久仍不知親夫怎及姦夫好的道理。念在一場夫妻的情分，就多贈你一腳吧！」

「砰！」周老嘆應腳滾動，直至撞上徐子陵藏身的大樹腳根處，才停下來。金環眞逕自上山，沒有回頭。徐子陵瞧得頭皮發麻，如此凶殘狡猾、無情無義的男女，他尙是初次得見。正不知應否立即追上去幹掉金環眞時，忽感有異。本該死得極透的周老嘆，竟從地上若無其事地彈起來怪笑道：「不長進的只會是他，這次還不中計。」言罷得意地怪笑著去了。徐子陵驚異得差點渾身麻木，深吸一口氣後戴上岳山的面具，跳下樹來，追著尤鳥倦和丁九重的方向攀山而去。

寇仲在總管府的書齋內見宣永、任媚媚和陳家風三人，道：「良好的開始，是未來成功的要素，故絕不能掉以輕心。每一個政權新興之際，總有一番可喜的氣象，就像一顆種子，從發芽到含苞待放和開花結果。」

三個人並不明白他想表達甚麼，只好唯唯喏喏的側耳恭聽。

寇仲露出思索的神情。三人還以爲他是組織要說的話，其實他正在猶豫該不該把魯妙子那本歷史秘笈掏出來翻翻「政治興衰得失」的一章。

寇仲終決定不露出底牌，乾咳一聲後續憑記憶，再加靈活變通侃侃而言道：「但當支持這新政權背後的精神衰落，便會出現腐朽頹壞的情況，所以我們定須時常反省，看看自己有沒有讓權力腐蝕，例如任用私人，排斥異己，不肯接納反對的聲音等，嘿！」

三人怎想得到寇仲有這麼一番道理，大感意外。

寇仲道：「我是順口說遠了，事實上我只要你們做到『貴精不貴多』這句話，不但政治架構須精簡，兵員更要務精不務多，能做到此點，就是個良好的開始，也是我們少帥軍得以興起的精神。」

宣永老臉一紅道：「幸好少帥說清楚，否則下屬還以爲少帥想大振旗鼓，有多少人就招聘多少人哩！」

寇仲搖頭道：「我們當務之急，是鼓勵生產，若人人都去打仗，誰來耕田？而我們的糧餉更不足應付龐大的開支。人民不會管你是誰，只要你能保得他們安居樂業，豐衣足食，便肯甘心爲你賣命，其他甚麼都是多餘。」

任媚媚動容道：「想不到少帥有這麼高瞻遠矚的治國大計，我們定會依少帥旨意辦事。」

寇仲微笑道：「我這些道理，讀過歷史的人都知得，但實行起來卻並不容易，且很易受客觀的形勢影響。所以我須擬定大方向的策略，首先就是如何鞏固根基的問題，這事可由宣總管細述。」

宣永於是把商量好先取下邳和駱馬湖，再以城市包圍東海郡的策略說出來。任媚媚和陳家風聽得精神爲之一振。

寇仲道：「對於軍隊的編制組織，你們是出色當行，但對政府架構的安排，你們心中有甚麼理想的人選？」

三人你望我眼，均不知誰能當此重任。

寇仲胸有成竹道：「那是非常繁重的一項任務，一個不好，會犯上指揮不靈、權力分配不均和冗員繁生的錯失。幸好我心中已有人選，這個人叫虛行之，現到了飛馬牧場去，我已派人召他回來。只要有他主持大局，我們可以無憂！」

宣永三人見他對每件事都是智珠在握的樣子，無不信心倍增。

寇仲道：「第二個問題，是如何促進經濟和貿易，縱然我們將來得到東海這海外貿易的重鎮，仍需一支屬於我們的，航海經驗豐富的船隊，才可發揮東海郡的作用。」

三人瞠目以對，當然不知如何去弄這麼一支船隊出來。

陳家風提議道：「只要我們降低河道往來的稅收，或者可以鼓勵多些船到我們的地盤來做生意。」

寇仲豎起拇指讚道：「確是極好的提議！趁著我們兵微將寡，開支不大的時刻我們不但要降低買路錢，還要免去人民須付的各項苛捐雜稅，你們彭梁會這些年來該刮下不少油水，拿出來支撐大局好了！」

任媚媚俏臉微紅，白他一眼道：「這個不用少帥提醒，我們也知道該怎辦的。不過重建彭城經費不菲，我只怕若稅收減少，我們積下來的錢財恐撐不到半年便花個精光。」

寇仲笑道：「這個由我去擔心，只要我把楊公寶藏起出來，一切問題將迎刃而解。至於船隊方面，我心中亦有周詳的計畫，遲些再教你們知曉。」

接著向宣永道：「你設法替我送一封信給王世充一個手下叫陳長林的人，若有此人為我們主理東海郡，必能使該郡成為最興旺的對外貿易重鎮，於我們益處之大，會是無法估計。江都若非因海外貿易而生機不斷，李子通早已完蛋。」

宣永點頭道：「我也聽過這個人，只不知原來他精於海上貿易。」

寇仲道：「他的先祖歷世從事海上貿易，還精於造船，這種人才，現在想找半個都困難，故此事非常重要，照我猜他該回到東都，大小姐應有方法查悉他的行蹤。」

宣永道：「此事包在我身上。」

寇仲又問了有關竄哥敗軍的去向。

任媚媚道：「他一直往大海方向逸去，沿途殺人搶掠，該已重返海上。」

寇仲點頭道：「軍情第一，有洛其飛主持這方面的事，我是很放心的。」

陳家風拍胸道：「在彭梁一帶，沒有人比我們消息更靈通，甚麼風吹草動，絕瞞不過我們。」

寇仲伸個懶腰道：「那我們靜待其飛的好消息。我們另一個好開始，就由宰掉駱馬幫叫都任的那傢伙算起吧！」

三人轟然應喏。

扮成岳山模樣的徐子陵，負手大搖大擺地踏上登廟的山路。窄路忽地開闊，在斜陽夕照下，一彎山溪在密密層層、挺拔粗壯的楠樹林中蜿蜒而來，潺潺流動。最動人處是林木間有三條小巧又造型各異的小木橋，互為對襯，各倚一角，形成一個三角形的小橋組合空間，罩在通往寺廟的唯一林間通路處。

徐子陵現在最少可算半個建築學的專家，心中讚賞，知這必是出於此中高手的設計。他早渾忘即將遇上的危險，抱著尋幽探勝的閒逸心情，依循林路小橋漫遊其中。山路一轉，前方赫然出現另一小亭，建於危崖邊緣處，面對著山外廣闊無盡的空間和落日雄壯的美景，教人胸襟懷抱從幽深擴展至似與宇宙並行不悖的境界。劇烈的變化，令徐子陵震撼不已，呆立亭內，好一會後，始收拾心情，繼續登山。山路斜斜深進山中，穿過另一座密林後，是近百級石階，直指廟門。

這座沒有名字的古廟，依山坐落在坡台之上，石階已有破毀損裂的情況，野草蔓生，顯是荒棄了一段日子，在黃昏的幽暗中多了分陰森的感覺。徐子深吸一口氣，拾級登階。這四個邪門至極的凶人的出現使他深切體會到人外有人，天外有天這兩句話的含意。也令他有耳目一新的感覺。他日若能周遊天下，增廣見聞，偶遇奇人異士，該是很有趣的事，可令生命更多采多姿。若非他挑選偏僻的荒野，這回也不會有這麼刺激奇特的遇合。他並不太為石青璇擔心，她既敢以簫聲驚動四個凶人，自然多少有點把握去應付，否則若落在任何一人手上，將是生不如死。

石階盡於腳底，洞開的廟門內裏黑沉沉的，透出腐朽的氣味。徐子陵沒有絲毫猶豫，跨過門檻，踏進廟內。燈火倏地亮起。徐子陵定神一看，只見一位長髮垂腰的女子，正背對著他燃亮佛台上供奉菩薩的一盞油燈。佛像殘破剝落，塵封網結，一片蕭條冷寂的氣氛。

徐子陵環目一掃，正奇怪為何尤鳥倦等人一個不見，石青璇那清越甜美的聲音在他耳旁輕輕響起道：「請問前輩是哪一位高人？」

徐子陵見她仍以玉背對著自己，淡淡道：「姑娘轉過身來一看，不就可知老夫是誰嗎？」

石青璇柔聲道：「前輩武功雖然高明，卻非我等待的人。若只是偶然路過，聽得簫音尋來，那晚輩要奉勸前輩立即遠離，否則將捲入毫無必要的江湖恩怨裏。」

徐子陵怪笑道：「我偏不信邪，要在旁看看，姑娘不用理會老夫的生死。」

說罷逕往靠門的一角，貼牆挨坐。

石青璇仍是背對門口，凝望燈芯上跳動的火燄，上半身似若熔進油燈色光裏去，不但強調出她如雲秀髮的輕軟柔貼，更使她有若刀削的香肩益顯優美曼妙的線條。只是她亭亭玉立的背影，便使人感到她秘不可測，秀逸出塵的奇異美麗。

她始終沒轉過身來，幽幽淺嘆。似是再沒有興趣去管徐子陵的行止。夕陽的餘暉終於消失在寺外遠方地平的遠處，佛台上的一點光燄成了暗黑天地唯一的光明，映得石青璇更孤高超然，難以測度。蟬唱蟲鳴的聲音，盈滿廟外的空間，既充實又空靈，而雜亂中又隱含某一種難以描述的節奏，使本是死寂的荒廟黑夜充滿生機。

異音驀地在廟外響起。初聽時似是嬰兒哭啼的聲音，接著變成女子的慘呼哀號。以徐子陵的修養，又明知是有人弄鬼作怪，都有毛骨悚然的反應，不由想起祝玉妍以音惑敵的邪功。石青璇卻置若罔聞，依然是那麼閒雅平靜的姿態。徐子陵本不明白爲何自己看不到她的容顏表情，卻仍能清晰無誤地感覺到她的情緒，經過思索和反省後，始悉然悟到自己是從她背影微妙的動靜，掌握到她內心的情況。包括她在衣服下肌肉和血脈那些常人難察的動靜反應。對於自己這份洞察力，徐子陵也吃了一驚，這確是以前夢想不到的進步。

外面的魔音再起變化，從忽前忽後，左起右落，飄忽無定，變成集中在廟門外的廣場，且愈趨高亢難聽，變成鬼啾魅號，若定力稍遜者，不捂耳發抖才怪。那就似忽然到達修羅地府，成千上萬的慘死鬼，正來向你索命，魅影幢幢，殺機暗蘊。

「子陵！」凄厲的叫聲響徹徐子陵耳鼓內。

徐子陵心中大懍，暗忖這不是素素的呼喚聲嗎？登時大吃一驚，知道差點被魔音侵入心神，忙排除萬念，守心於一。

石青璇又幽幽輕嘆，不知從何處取出一枝竹簫，放到唇邊，卻沒有吹奏出任何聲音。

徐子陵正感事有蹊蹺時，一絲清音，似在地平的遠處緩緩升起，然後保留在那遙不可觸的距離，充滿生機地躍動，無論鬼啾聲變得如何扭曲可怖，刺耳凌厲，鋪天蓋地，彷似能把任何人淹沒窒息的驚濤駭浪，可是石青璇奏出的音符，卻像一葉永不會沉沒的小扁舟，有時雖被如牆巨浪沖拋，但最後總能安然徜徉。

徐子陵心中亦翻起千重巨浪，因爲他首次親歷以音破音的超凡絕技，得益之大，實難以盡述。他終於把握到一個可以抗衡祝玉妍魔音的可能性。這對他和寇仲跟陰癸派的鬥爭，有著決定性的重要作用。他再次完全迷醉在石青璇動人的簫音裏。

從她的音韻裏，他清楚感到石青璇是一位眞正的淑女，似是平凡的音韻，卻是無比的動人，沒有絲毫做作地溫柔的挖掘和撫拂著每個人內心深藏的痛苦，不受時空和感情的侷限。每個音符，都像積蓄著某種奇詭的感人力量，令你難以抗逆，更難作壁上觀。徐子陵完全渾忘了她吹奏的技巧，至乎音韻組成的章句；而只著力在每一個從竹管的震盪發出來的鳴響。這是從未有過的出奇感覺。簫音愈來愈靈動迅快，彷彿一口氣帶你狂飆十萬八千里；音色變幻萬千，錯落有致，音韻更不住增強擴闊，充盈著無以名之的持續內聚力、張力和感染力。啾啾鬼聲卻不住消退，直至徹底沉寂下來，只餘仍是溫柔地充盈於天地令人耳不暇給的簫音。簫音忽止。

石青璇淡淡道：「貴客既臨，何不入廟一晤，石之軒和碧秀心之女石青璇在此恭候四位前輩法駕。」

風聲疾至。燈火倏滅。接著是怪異尖銳的呼嘯聲和勁氣交鋒的連串驟響，不絕如悶雷迸發。然後所有交手的聲音像驟然發生時那麼突兀地消斂。燈火再度亮起。石青璇仍面佛而立，美目落在偌大佛殿空間唯一的一點燄火上，濛濛紅光彷彿與她融合為不可分割的整體。另一邊近門處是「媚娘子」金環眞，此時披頭散髮，臉色蒼白，顯是在適才交手時吃了暗虧。

石青璇柔聲道：「適才金宗主已被我簫音所傷，仍要逞強出手，實在太不自量力。走吧！遲恐不及。」

金環眞驚異不定地瞥了靜坐一角的徐子陵一眼，厲聲道：「他是誰？」

石青璇淡淡道：「我怎知道？」

尤鳥倦那把可令任何人終身難忘，似刀刮瓷盤般聽得人渾身不舒服的聲音，慢條斯理地在廟外響起道：「還以為你這丫頭盡得碧秀心的眞傳，且聰明總頂，原來只是個蠢丫頭，竟不知世上有一將功成萬骨枯的千古至理名言，這淫婦只是派來摸你底細的先頭部隊，現在你有多少斤兩，已盡在本人計算中。」

徐子陵聽得目瞪口呆，不是奇怪天下間竟有像尤鳥倦這種人，而是不解為何金環眞被人這般擺布侮辱，仍能甘然受落。一個願打，一個願捱。旁人有甚麼話好說的。

石青璇仍是神態閒雅，從容自若道：「想不到名列邪道八大高手之一的『倒行逆施』尤鳥倦是如此膽小和淺薄之徒，只徒逞口舌之快，卻無膽登堂入室，是否顧忌這位偶然路經的前輩呢？」

徐子陵糊塗起來，弄不清楚石青璇究竟是為他開脫，抑或要將他捲入漩渦。

金環眞發出一陣銀鈴般的嬌笑，道：「尤老大，放心吧！這位老前輩絕非『天刀』宋缺，不過休想我會爲你出手試探。」

尤鳥倦的聲音到了廟頂上，厲嘶道：「爲甚麼不肯？」

金環眞聳肩道：「老娘怕了他嘛！若惹得兩個人夾攻我一個，你又見死不救，那時我豈非自尋死路，老娘犯不著爲你這麼做。」

徐子陵此時始知有『天刀』宋缺牽涉到這件事內，難怪以尤鳥倦那麼厲害可怕的魔功，仍如此畏首畏尾。

「轟隆！」廟頂破開一個大洞，隨著木碎瓦屑，尤鳥倦從天而降，落在金環眞和石青璇間的位置，利如鷹隼的目光直射徐子陵。

徐子陵暗忖是時候了，就在對方雙腳觸地的同一剎那，猛地起立，與尤鳥倦針鋒相對地四目交投，啞聲笑道：「尤小鬼終於肯來丟人現眼嗎？」

尤鳥倦顯然不認識岳山，聚精會神地瞧他好片晌後，皺起眉頭道：「老頭子的口氣眞大，給本人報上名來，看看你是否有資格喚我作小鬼。」

徐子陵爲之啼笑皆非，像尤鳥倦般沒種的宗師級高手確是世間罕見；但亦更見其卑鄙無恥的性格。倘一旦給他摸清底細，其恃勢凌人的手段亦將會是空前絕後的狠毒殘忍。

心中同時想到一個和眼前一切毫無關係的另一個問題。就是誰才是祝玉妍和岳山生的女兒。

岳山在三十年前因被宋缺所敗，聲威盡喪，從此銷聲匿跡，所以尤鳥倦這些較後起之輩，才會不認識岳山。

而祝玉妍若懷下岳山的女兒，該是發生在三十年前的事，若事實如此，婠婠便該不是祝岳兩人的女兒，因爲年紀不符。她們兩人之所以看似酷肖，可能是因同修天魔大法，故氣質相近，令他生出錯覺。憑直覺觀之，婠婠的年齡該在雙十之間。那誰才是他們的女兒？

一邊思索，一邊隨口答道：「老夫成名之時，你還在吃著你娘的奶子。少說廢話，老夫今天口饞得很，就把你宰了來吃，出手吧！」

尤鳥倦可能這輩子都未聽過有人敢如此向他說話，一時愕然以對。當然，若非他眼光高明，感應到徐子陵強大的信心和強凝至莫可與之匹敵的氣勢，致令他舉棋不定，早痛施殺手。

陰惻惻的笑聲從門外遠處傳過來道：「好笑啊好笑！尤鳥兒不如易名作『驚弓之鳥』，因爲你的小膽兒早在二十年前給宋缺嚇破。否則怎會厚顏至此，給人喊打喊殺，仍要把頭縮到龜殼內去？」

赫然是丁九重充滿嘲弄的聲音。

金環眞色變道：「尤老大你今天是怎麼搞的，區區一個丁大帝都收拾不了？」

徐子陵不待尤鳥倦作出反應，冷笑道：「小妹你不是亦毫無長進嗎？」接著大喝道：「周老嘆！你給老夫滾出來，讓你的小妹子看看。」

金環眞嬌軀劇震，與尤鳥倦面面相覷，愈發覺得徐子陵高深莫測。

「唉！你這老頭兒究竟是何方神聖？現在連我周老嘆都很想知道。」

聲音由遠而近，周老嘆垂著兩手，大踏步走進廟來，直抵金環眞身旁，全無顧忌地探手摟緊她的小蠻腰，視尤鳥倦如無物，還透過廟頂那破洞，仰觀夜空，悠然道：「看！今晚的天空就像二十年前那晚的天空般星光燦爛。」

金環眞挨入他懷裏，嗲聲嗲氣道：「比那晚的星空更要美哩！」

這回輪到徐子陵如墜迷霧中，大惑不解。

尤鳥倦忽地捧腹大笑道：「好淫婦！竟串謀來騙我，厲害！佩服！」

徐子陵恍然大悟，難怪金環眞殺不掉周老嘆，皆因兩人在演戲給尤鳥倦和丁九重看，目的自是希望尤鳥倦和丁九重鬥個兩敗俱傷。這些邪人的爾虞我詐，確非常人所能想像。

石青璇仍是背著各人沒有絲毫動靜，彷似背後發生的事，與她沒有半點關係。

頭頂帝冕的丁九重出現大門處，面無表情地盯著徐子陵，淡淡道：「外敵當前，我們是否應先解決敵人，才輪到算自家人的恩怨？」

「慢著！」

石青璇一聲輕喝，登時把所有人的注意扯到她身上去。這神秘的美女終於緩緩轉身，面向各人。

「篤！篤！篤！」

寇仲收起捧著細讀關於機關布置的秘本，道：「任大姐請進來！」

「咿呀」一聲，書齋的門打開，「艷娘」任媚媚煙視媚行、婀娜多姿的來到他旁邊的椅子坐下，親熱地道：「少帥怎知是人家來呢？」

寇仲微笑道：「任何人的足音，只要給我記牢，便不會忘記。」

任媚媚訝道：「我的足音難道時常保持不變嗎？例如人家剛才來時，儘量放輕腳步，原想嚇你一跳哩！」

寇仲點頭道：「足音除可快慢輕重不同外，還會隨心情生出變化，但無論如何改變，總保留其中某些不變的音韻，就像每個人走路的姿態亦有分異，只是一般人不留意吧！所以當我和小陵易容改裝作別人的身分時，會更改行止坐臥的形韻姿態，以免露出破綻，說來容易，但做起來眞的非常辛苦和吃力。」

任媚媚露出仰慕的神色，興趣盎然地問道：「哎喲！誰想得到其中竟有這麼大的學問，這究竟是怎麼學來的？」

寇仲指著腦袋，笑道：「是這個傢伙自己想出的，這叫自食其力嘛。」

任媚媚嬌痴地橫他一眼，道：「當年在賭場初遇，你兩個只是黃毛小子，一副手顫腳震，戰戰兢兢模樣，豈知數年之間，搖身一變而成叱咤風雲的年輕俊彥，姐姐也當了你的小卒子，當初怎麼想得到。」

寇仲順口問道：「巴陵幫在這一帶是否仍有勢力？」

任媚媚道：「明的都給徐圓朗拔掉，暗裏尙有三、四家妓院，只要你一句話，我可把它們連根拔起。」

寇仲搖頭道：「現在尙未是時候。嘻嘻！任大姐來找小弟，有甚麼特別的事？」

這像開透花朵般的艷婦媚態畢呈的白他風情萬種的一眼，嗲聲道：「定要有事才可找你嗎？」

寇仲哈哈一笑，伸手過去摸摸她的臉蛋，道：「我還以爲任大姐歷經變亂，已收心養性，原來仍是以前那副風流性子。」

任媚媚嬌嗔道：「人家是喜歡你嘛！且你正値壯年，總要女人來侍候枕席，不如讓姐姐悉心侍奉，保君滿意。」

寇仲的手移往她頸後，把她勾過來在唇上輕吻一口，微笑道：「我也知道大姐會令我非常滿意，但我正害怕因太過滿意而樂而忘返。由於我練的是來自道家的長生訣，不宜縱慾，值此開基創業的初期，更須克制。」

任媚媚撒嬌不依道：「人家陪你一晚該沒問題吧？」

寇仲非是不好色，更不是對任媚媚不動心，而是有過雲玉真和董淑妮的痛苦經驗，對放蕩的女人生出抗拒和戒心，不想因肉慾作祟而沉溺於男女魚水之歡中。

聞言湊到她耳邊柔聲道：「大姐太低估自己對我的誘惑力，只要有一晚，將會有第二晚和第三晚，不如親親你的甜嘴兒算啦！」

任媚媚嗔道：「你想勾死人嗎？不過就算被你拒絕，人家心中仍是很高興的。以前大當家因過分沉溺美色，致功力減退，否則不會內傷不癒而死。所以人家雖有點恨你，但也心中佩服，感覺真矛盾。」

寇仲輕吻她臉蛋道：「不要恨我，保持親熱的姐弟之情，會比男女肉體的快樂更恆久和動人。」

任媚媚回吻他一口，柔順地點頭道：「到現在姐姐才明白做大事的人是怎樣子的。難怪你能冒升得這麼快！好啦！人家不打擾你了。」

寇仲送她到門旁時，任媚媚挨入他懷裏，暱聲道：「陪你過夜未必需有交歡的，摟著人家睡覺也挺舒服哩！」

寇仲啞然失笑道：「摟著一團火還如何睡覺？差點忘記告訴你，我睡覺的時候，就是練功的時刻。」

任媚媚狠狠在他肩上咬一口，痛得他慘叫一聲，然後嬌笑著走了。

寇仲把門關上，嘆一口氣，爲自己再想出幾個可說服自己的理由後，正要掏出秘本再下苦功，足音再起。那千眞萬確是任媚媚的腳步聲，但寇仲卻湧起非常不妥當的感覺。因爲那和她先前來的足音全無分別。這是不可能的。一個是想來投懷送抱的任媚媚，一個是剛被自己拒絕的任媚媚，兩種天淵之別的心情下，怎會仍是那麼輕快？

「篤！篤！篤！」

寇仲的手拿起擱在椅旁几上的井中月，淡淡道：「進來！」

石青璇終別轉嬌軀，面向諸人。包括徐子陵在內，得睹她廬山眞貌，無不暗叫可惜。

本應是完美無瑕的美麗，卻給一個高隆得不合比例兼有惡節骨的鼻子無情地破壞，令人有不忍卒睹的惆悵！若能去掉此醜鼻，其他任何一個部分都可與婠婠、師妃暄那級數的美女相媲美，尤其是那對烏油油明亮如寶石的眸子，更有種像永恆般神秘而令人傾倒的風采；但這一切都被可惡的鼻子惡意干擾，難怪她羞於以正面示人。

尤鳥倦、丁九重、周老嘆、金環眞四人的凌厲目光一瞥後，從她的容顏移往她修長纖美的玉掌托著的一個金黃閃閃的小晶球上。四人同時劇震。接著尤鳥倦、丁九重、周老嘆、金環眞同時搶前，要往石青璇撲去，石青璇纖手一揚，金晶球脫手射出，穿過瓦頂的破洞，到了廟頂上空。四人沖天而起，撞破廟頂，緊追晶球而去，交手的掌風拳勁，爆竹般響個不停。

石青璇向徐子陵招招手，還微微一笑。接著繞往佛龕後方。徐子陵對石青璇友善的態度大惑不解，但此時豈容多想，忙追在她背後。

石青璇推開設在佛龕後的一道活壁，手上同時多出一盞燃亮的風燈，照出一道深進地下的石階，向來到身旁的徐子陵道：「隨青璇來！但每個落腳點均須全依青璇，否則會有殺身大禍。」

書齋房門洞開。千萬芒點，隨著勁厲至使人窒息的猛烈眞氣，暴風沙般刮進房來，裂岸驚濤地朝四平八穩安坐椅內的寇仲捲去。

若換了任何人，驟然面對如此驚天地泣鬼神的可怕攻勢，必千方百計先避其鋒銳，再設法重整陣腳，力圖平反劣局。但寇仲卻清楚知道那只是死路一條。因爲他和這刺客非是首次交手，清楚知道只要失去先機，讓對方把劍勢盡情發揮，自己休想有反擊的機會。

「鏘！」井中月刀鞘分離，右鞘左刀。同時眞氣直貫眼皮，消去壓力，芒點立時消失得無影無蹤。上戴黑頭罩，下穿黑色夜行衣的楊虛彥現出身形，手中長劍鋒尖變成一點精芒，以一個奇異的弧度，橫過房門至寇仲面門的丈許距離，以肉眼難察的速度朝他疾射而來。

寇仲還是首次得睹這麼迅快凶厲的劍法，仍大馬金刀穩坐不動，右手刀鞘往對方劍鋒疾挑。「叮！」就像兩道烈火撞在一起。楊虛彥有若觸電，四尺青鋒生出變化，幻起七、八道劍芒，似可攻向寇仲任何一個要害。「嚇嚓！」堅實的紅木椅寸寸碎裂。

寇仲哈哈一笑，強忍右手的痠麻，把刀鞘收回，雙腳猛撐，傲立而起，沉腰坐馬，井中月橫掃對手。「噹！」楊虛彥幻出的七、八道劍芒化回四尺青鋒，與寇仲的井中月硬拚一記。寇仲顯是功力略遜，往橫移退半步。楊虛彥一言不發，得勢更不饒人，劍法開展，化巧爲拙，如影附形的一劍劈出。

寇仲但感對手此招看似平平無奇的一劍，不但氣勢凶厲，且像帶著一股龐大的吸攝力，縱有心躲避也力不能及，雖明知對方是要逼自己硬拼，亦只好橫刀硬架。「鏘鏘」聲連響五下，楊虛彥竟是悶哼一聲，往後退開。

寇仲長笑道：「小子知道厲害吧！」

原來他這一著橫架，其中包含著玄奧之極的手法和眞氣的巧妙運用，在刀劍相觸時變化不定，連續封格他五劍，令楊虛彥招數使老，無以爲繼，只好退開。此消彼長下，寇仲井中月黃芒疾射，暴風激浪般往楊虛彥捲去。

打鬥和呼喝聲驚動了附近的人，四周均有人聲足音傳至。楊虛彥閃電般退出房間外，冷哼道：「今天算你走運！」

寇仲追出房門外，他已騰身而起，先落往書齋對面的樓房頂上，接著沒進暗黑裏。

寇仲呆立半晌，然後「嘩」地一聲噴出一口鮮血，搖頭苦笑道：「好傢伙，差點讓你成功了。」

石青璇提著的風燈，似若在黑暗的地道中充滿活力的精靈，在前方迅疾騰挪閃躍，左彎右曲，不住下降。百多級百階轉眼盡於腳下。

石青璇在一個明顯經由人手開鑿出來的圓洞停下來，舉起風燈照著追下來的徐子陵道：「歡迎到伏魔洞來！」

徐子陵往洞口瞧去，燈光掩映下，洞口兩旁竟鑿有字樣，左邊是「靈秀自天成」，右邊是「神工開洞府」。不由大訝道：「這是怎麼一回事？」

石青璇微笑道：「我本想憑一己之力收拾這四個凶邪，現在多你幫忙，自然更有把握。你究竟是徐子陵還是寇仲？」

徐子陵失聲道：「甚麼？」

石青璇聳肩道：「若非從岳山的面具猜到你是誰，我怎肯將你帶到這裏來。」

徐子陵百思不得其解道：「你就算看出這是岳山的假面具，但又從何可猜到我是徐子陵？」

石青璇淡然道：「道理很簡單，因爲我收到魯先生仙去前寄出的密函，知道你們和魯先生的關係。而且我親眼目睹岳山的逝世，所以絕不會誤認你是眞的岳山，更知道你非徐即寇。」

徐子陵舉手脫下面具，納入懷內，苦笑道：「原來被人揭破身分，感覺是這麼尷尬兼窩囊的。」

石青璇無驚無喜的仔細端詳他好半晌，點頭道：「現在我完全放心了！」

徐子陵愈發感到她的難以測度，愕然道：「你從未見過我，爲何只瞧幾眼便完全放心，我仍可以不是徐子陵的。」

石青璇似在細心傾聽上面入口的動靜，隨口應道：「我擅長面相觀人之術，故知你不是奸妄之徒，大可以放心。就算你不是徐子陵，也絕非壞人。」

驀地尤鳥倦令人心生煩厭的聲音從入口處傳下來道：「石小姐姑奶奶小賤人，你若不給我滾出來，要勞煩我下來找你，我會教你求生不得，求死不能。」

周老嘆接著怒吼道：「小賤人竟敢拿假舍利來騙我們，眞舍利究竟在哪裏？」

迴響轟鳴，聲勢駭人。

石青璇柔聲道：「眞正的邪帝舍利當然在我這裏，有本事下來拿吧！我要走了！」

向徐子陵打個招呼後，飄往洞內更神秘莫測的空間去。

眾人紛紛趕到靜立調息的寇仲身旁。

任媚媚見他安然無恙，鬆一口氣，問道：「來的是誰？」

寇仲好一會後，連續深吸三口氣，若無其事道：「是楊虛彥那小子。」

眾皆駭然。

率人四處追截不果的宣永匆匆回來，知道來人身世後，道：「我們要加強總管府的防衛才成。」

寇仲搖頭道：「此人的行刺方式層出不窮，且可在任何地方進行，不用爲他一人浪費精神人力。」

陳家風擔心道：「那怎辦才好？」

寇仲微笑道：「我並不怕他，只是怕他摸清我們底子後，把刺殺目標轉移到你們身上，以打擊我們的士氣、信心，削弱我們的實力。」

宣永道：「這事的確非常棘手，唯一方法是設法把他找出來，至少要把他趕離梁都，否則人人睡難安寢。」

寇仲點頭道：「這雖然非是易事，卻不是全無方法辦到，由於他的體型特別，易於辨認，所以只要通告全城軍民，留意這麼一號人物，他將難以藏身。」

任媚媚道：「說不定他仍留在總管府內等待機會？」

寇仲給她提醒，同意道：「我們費點功夫，先搜查總管府，肯定他不在這裏後，再在府內設置暗哨，擬定一套有效的警報方法，至少令敵人不會如入無人之境。」

宣永壓低聲音道：「假設他眞的仍在府中，我們——」

寇仲心中一動，截斷他道：「若是如此，便輪到我刺殺他哩！哈！」

衆皆愕然。

在風燈的映照下，徐子陵置身於一個像是放大千萬倍蜂巢般的奇異天地，在這個巨洞的前方，分布著七個洞口，各洞主支連接，其間洞洞往下深延，左彎右折，曲折離奇，洞內有洞，大洞套小洞，洞洞相通，令人如入迷宮。

徐子陵隨石青璇進入其中一個寬達丈許的洞穴，正要說話，石青璇湊到他耳邊道：「不要高聲說話，下面住了以千萬計的蝙蝠，一旦驚動牠們，那情景會把人駭死。」

徐子陵聽得毛骨悚然，暗忖若是如此，爲何仍要下來？

石青璇此時差點把半邊嬌軀挨進他懷裏，瞧穿他心事般道：「你知不知道爲何剛才路經的各洞沒有蝙蝠呢？」

徐子陵茫然搖頭，鼻內貫滿她清幽的髮香。

石青璇在他耳旁呵氣如蘭的道：「因爲那裏有種怪石，是蝙蝠的剋星，所以牠們都不敢到那裏去。」

入口處異響傳來，顯是尤鳥倦等正摸下洞來，不過行速甚緩，小心翼翼。

石青璇忽地轉過身來，勾著他脖子。徐子陵嚇了一跳，心想這可不是宜於投懷送抱的時機。

石青璇的身體仍和他保持寸許的距離，右手摸上他的頭髮，低聲道：「我把那些怪石研成的粉末塗在你的頭髮上，蝙蝠便不敢飛近至你三尺範圍之內，動手時將大大有利。」

徐子陵心中開始有點明白，同時為誤會她而有些不好意思。

石青璇續道：「我們要把他們引進蝙蝠集中最多的洞穴，那時就是他們的死期到了，你負責動手，我則負責以簫音的波動驅使蝙蝠，明白嗎？」

徐子陵泰然道：「一切謹依吩咐。」

石青璇道：「我要吹掉燈火！」

話尚未完，燈火已滅。

徐子陵先是眼前驟黑，接著斜下方竟逐漸亮起來，且色彩繽紛，以白色為主，伴有淺黃、棕黃、土黃、石綠多種顏色，光澤雖暗，但當他功聚雙目時，足可清楚視物，登時大為放心。石青璇領路前進，所過處果然群蝠受驚飛舞，卻沒有半隻敢飛近他們。洞穴層層深進，洞壁長滿鍾乳石、石筍、石柱、石花，有些從洞頂垂下，有的立於洞床，或託於洞壁，變化多端，類形千姿百態，閃閃發亮，熠熠生輝。徐子陵彷如置身一個光怪陸離、富麗堂皇、虛無縹緲的天宮神話世界裏。最妙是洞內並不覺特別氣悶，顯有穴口透往外間，並非密封的死洞。尤鳥倦的怪叫聲又從上方傳至，石青璇置若罔聞，逕自深進，由於蝙蝠飛動的聲音，故不虞敵人會追錯方向。

兩人俯身彎腰進入一個小洞後，眼前豁然開朗，現出一個廣似上面廟堂般巨大的空間，上方卻是黑麻麻一片，細看才知是倒掛著以千萬計的蝙蝠，瞧得徐子陵頭皮發麻。洞內的一切依比例較其他洞穴為大，粗大的石柱、石筍、石幔，構成錯綜複雜的形勢。四壁石枝石花密布，作針狀或團狀，一簇簇，一叢叢地依附於各方石壁，如花似錦，絢麗多姿。

石青璇附到他耳旁低聲道：「你自行選擇伏擊的位置，這四人全是死有餘辜的奸邪，殺一個世人會活得安樂一點，下手絕不可留情。若你不幸戰死，我會發動機關，封閉所有出口，和他們來個同歸於盡，爲你報仇。記著，我會爲你營造偷襲的機會。」

徐子陵心中大懍，朝她瞧去。石青璇美麗的眸子異芒閃爍，射出令人肅然起敬的神聖采光。

忽然間，徐子陵完全忽略了她醜怪的鼻子，低聲道：「姑娘長得眞美，在下定不負所託。」

石青璇爲他那兩句似是不大連接的話露出一霎錯愕神色，深深瞧他一眼後，轉身飄往另一洞穴去。

徐子陵無暇思索她眼內豐富的含意，收攝心神，躲到一條從洞床豎起的巨石柱後去。蝙蝠滑行急翔的聲音自遠而近，清楚指示出敵人潛來的路線和速度。徐子陵深吸一口氣，眞氣遍行全身經脈，全神蓄意，靜候最佳的偷襲時機。

第六章 窮凶極惡

作品集

第六章　窮凶極惡

寇仲穿上夜行衣，藏身一株參天古樹之巔，遙遙監視總管府的動靜。從這角度望去，只要有人從府內逃出，定瞞不過他銳利的眼光。府內的樹木均比他所處的為低矮，並不阻擋他的視線。

搜索行動進行得如火如荼，燈火映天，明如白晝。然後又沉寂下去，顯是徒勞無功。寇仲大感失望。

他之所以有信心認為楊虛彥會留在府內，是因為楊虛彥該知他受了內傷，只是想不到他會痊癒得這麼快；所以他理該自以為是的要趁此良機對他進行第二次刺殺。另一個有力的原因，是楊虛彥在兩次交手後，應清楚把握到他在這段時間內又再功力猛進，儘管他用的是拿手兵器，也難以輕易得手。換了是任何人，亦必然要趕在他進步至無法收服前，愈早愈好的把他宰掉。更難得是寇仲為保護其他人，不得不乖乖的留在府內。可是他竟估料錯了。

總管府的火把，燈光逐一熄滅，從動歸靜。寇仲暗嘆一口氣，正要離開，後方忽然破風聲起。他忙往後望，只見一道黑影來勢快絕的從附近一座屋脊斜衝而起，往他的大樹撲至。

足音清晰可聞，加上蝙蝠驚飛，和各種聲音撞上洞壁的多重迴響，使氣氛更趨凝重。徐子陵不禁奇怪來者足音似乎滯重一點，旋則恍然明白四人剛才搶奪假的「邪帝舍利」時，必是爭持激烈，以致無不負傷。心想石青璇確是智勇雙全，謀定後動，先以假舍利削弱四人的實力，再引他們進來加以殲殺，最不濟也可以來個同歸於盡。只不知此洞的機關，是否出於魯妙子的設計？

風聲驟響，四個邪人現身洞內，離開徐子陵只有兩丈許的距離，人人臉露狐疑之色，顯是知道此非善地。徐子陵忙重新戴上岳山的面具。

丁九重壓低聲音道：「我有種很不祥的感覺，不如先退出去，再想辦法。」

正傾耳細聽、查探敵蹤的尤鳥倦冷笑道：「不要耍把戲，你不過是想騙走我們，自己再潛進來擒人吧！哼！」

丁九重氣得不說話。

金環眞道：「小賤人定是躲在附近，我們分頭去搜索。」

尤鳥倦狠狠道：「休想我信你這淫婦，你得手時會留下來等我嗎？」

周老嘆怒道：「信也好，不信也好，這鬼洞危機四伏，我們若不同心協力，死透爛透仍不知是怎麼一回事。看看這些鬼蝠鼠，人說牠們晝伏夜出，現在是夜晚哩，爲何仍待在這裏，可知非常邪門。」

丁九重道：「幸好有牠們驚風發聲，否則小賤人從另外的出口遁了我們仍懵然不知。」

話猶未已，剛才石青璇進入的洞穴傳來一陣蝠翼振動的雜亂響音。四人同時發動，迫不及待的朝洞穴掠去，洞頂的蝙蝠受驚下大半四散狂飛，依循著牠們盤旋滑翔的飛行線路，密麻麻的繞洞狂飛，卻沒有兩隻會撞作一團，在幽暗詭異的色光中，既蔚爲奇觀，更令人看得汗毛直豎。

再次化身爲岳山的徐子陵閃電掠出，在蝠翼振動的聲音掩護下，無聲無息的一掌朝走在最後的丁九重印去。他所到處，亂飛的群蝠果然全避開去。他的掌勁積蓄不發，至右掌離對方後背心只三寸許時，始眞勁猛吐。「砰！」表面看他這一掌似乎印個結實，那任他是玉皇大帝，亦要一命嗚呼，但徐子陵卻心知事非如此。

當他手掌距離這個大帝後心只寸許時，對方生出反應，往左微晃，避過後心要穴，只讓徐子陵擊在右肩胛處。憑徐子陵現時的功力，對方又因內訌受創在先，怎也該可把敵人的肩胛骨擊個粉碎，豈知在觸衣的刹那，丁九重整個肩胛骨竟令人難以相信的連著手臂「塌縮」往前胸，同時生出一股強大的卸勁，化去他大半掌勁。接著丁九重慘哼一聲，往前蹌踉，但卻飛起後腳，往徐子陵下陰撐來，反擊之凌厲凶猛迅捷，無不出乎徐子陵意料之外。

尤鳥倦等回頭瞧了一眼，見兩人戰作一團，金環眞竟嬌笑道：「這人交由大帝應付吧！」三人就那麼不顧而去，沒有多看半眼的興趣。

「蓬！」徐子陵抹了一把冷汗，屈膝重重頂在丁九重往後踢來的撐陰腿處，結結實實地和他硬拚一記。螺旋勁山洪暴發般往這被遺棄的邪人攻去。直到此刻，他才明白爲何石青璇須抱著以身殉敵的心意，因爲這四個邪人實在太厲害，自己在這般有利的條件下，要殺死丁九重仍這麼困難。

「啊！」丁九重餓狗搶屎的往前仆跌，噴出一蓬血花。徐子陵知他拳腳功夫大遜於他出神入化的鋼法，豈容他有掣出兵器的機會，連消帶打，貼身追擊，撮掌成刀，疾斬失去平衡的丁九重後枕要穴。丁九重滾倒地上，欲轉身拔鋼時，徐子陵的掌刀已臨面門。這邪人嚎叫一聲，臉上現出奇異的鮮紅色，接著張口噴出一股血柱，直刺徐子陵胸口，竟後發先至。如此慘烈的邪功絕藝，徐子陵尚是首次遇上。

徐子陵知若不能速戰速決，便不能配合石青璇應付其他兩個凶人和功力最高的尤鳥倦。且一旦閃躲，讓對方爭得喘一口氣的機會，掣出兵器，要收拾他會非常費功夫，決意兵行險著。此時他身往前衝，竟就那麼往右側翻滾，以足尖支持整個人的身體重量，仍保持弓字形態，當血箭以毫釐之差擦胸而過時，倏又回滾過來，先前進攻姿態一成不變的繼續進行，只是整個人迅猛扭動一下。吱聲不絕，數十隻被血箭射中的蝙蝠，無不被衝得骨折翼斷，散往洞床。丁九重哪想得到敵人有此驚人怪招，不但能腳下生勁，硬是於驟然翻側時吸牢地面，還可既避過自己以爲必殺的一招，又可原式不變地攻來，縱有千百般邪功秘技，也來不及施展。「啪喇！」徐子陵的掌刀閃電劈在他前額處，順勢從他上方飆竄而過，沒入洞穴去。丁九重後枕重重撞在後方地上，立斃當場，帝冕甩脫，掉往一旁。

生死確只是一著之差。

雖然疾掠過來的夜行者戴上頭罩，但化了灰寇仲也一眼認出他是人人聞之色變，防不勝防的「影子刺客」楊虛彥。

寇仲此時無暇去想自己是否爲破天荒行刺楊虛彥的人，遽把任何可引起對方警覺的訊息完全收斂，口鼻呼吸斷絕，封閉毛孔，只打開一線眼簾，透過濃密枝葉的間隙，計算著他的落腳點。

由於此樹高達十七、八丈，無論楊虛彥輕功如何高明，這麼從兩丈高的房頂騰身而起，又要橫過近四丈的距離，落足處理該在樹身中段某一橫枝處，然後攀上樹頂，探看總管府內的情況。剎那之間，他腦中閃過無數突襲的方法，最後仍是決定以靜制動，等候對方升上來時才全力狙擊，殺他一個措手不及。驀地異聲響處，楊虛彥左手發出一個有倒鈎的尖錐，閃電般朝他腳下射來，寇仲大吃一驚時，尖錐子沒入離他腳底五尺許處的樹幹內，把連繫在錐尾只比蠶絲粗上少許的索子扯個筆直。楊虛彥改變方向，朝他腳下的位置斜衝而至。寇仲想也不想，嚴陣以待的井中月疾劈下去，刀鋒點在錐尾處。

「叮！」楊虛彥如若觸電，整個人被寇仲藉索傳入的螺旋勁撞得狂噴鮮血，往外拋跌。索子寸寸碎裂。

寇仲見偷襲成功，哪肯放過這千載一時的良機，猛提一口眞氣，從樹頂滑翔而下，游魚般往不住翻滾拋跌的楊虛彥凌空追去。楊虛彥確不愧爲名懾天下的高手，離黑暗的路面尙有兩丈許，已回復平衡，運氣加速下墜，險險避過寇仲本是必殺的一刀。「砰！砰！」兩人先後落在寂靜無人的總管府旁的長街，刀劍相拚。

楊虛彥舉袖抹去唇邊的鮮血，罩孔露出來的雙目閃閃生光，狠狠道：「寇兄此著確十分高明，竟使楊某首次在行動中負傷，足可自豪矣！」

寇仲嘻嘻笑道：「楊兄才是不凡，受小弟全力一擊，仍可站得這麼穩如泰山，無隙可尋。不過你若不找個沒人尋得到的秘處療傷，功力可能會大幅削減，下次作刺客時便不靈光。」

楊虛彥啞然失笑道：「有勞寇兄關心，不過小弟見寇兄影隻形單，怎捨得放過如此良機，只好捨命陪寇兄。看劍！」

言罷挺劍逼進三步，強凝的劍氣，狂湧過來。寇仲哪想得到他受創負傷，仍悍勇若此，竟想先發制人，但也不由心中暗讚，知這可怕的對手希望在傷勢迸發前，爭取主動，能速戰速決當然最理想不過，必要時抽身而逃也較容易。

寇仲雙眉上揚，手提井中月，虎目眨也不眨地瞪著對手，冷笑道：「楊兄若搶攻失利，明年今夜此時便是你的忌辰。」

楊虛彥淡淡道：「寇兄太高估自己。」

低叱一聲，出劍疾刺。「噹！」寇仲運刀架著，嘲弄的道：「原來楊兄的傷勢比我猜估的還要嚴重，竟使不出招牌的影子劍法。」

楊虛彥擋著他從刀鋒傳來一波接一波的螺旋勁，微笑道：「不是影子劍法，而是幻影劍法，留心看吧！」

橫劍推刀，硬把寇仲震退三步，然後劍勢擴展，變成漫空劍影，點點鋒芒，勁氣鼓盪，以雷打電擊的霸道威勢，朝寇仲狂捲過去。

被他運勁震退的剎那，寇仲便知糟糕，此人根基之厚，實到達出人意料的地步，竟可強把傷勢壓下，還功力十足，驟展強攻，自己一個失著，說不定會陰溝裏翻船，賠上性命。

寇仲無計可施下，唯有靠眞本領保命，猛撞入對方劍光裏，以攻對攻，施展出近身拚搏的捨命招數，務要引發對方傷勢，再一舉斃敵，至不濟亦可纏死對方，令他無法逃走。一時殺氣橫空，刀光劍影把兩人淹沒其中，無一招不是凶險萬分，動輒濺血當場。勁氣與刀劍交擊的聲音，爆竹般響起。刀劍相觸時，更是火花迸發，每個閃躲，均是間不容髮，以快打快，沒有半分取巧。

總管府處風聲疾起，顯示寇仲方面的人正聞激鬥聲迅速趕來。附近的樓房則不住傳來推窗的聲音，打鬥聲把熟睡居民驚醒過來。「噹！」形勢忽變。寇仲施出渾身解數，仍避不開楊虛彥神來之筆，被他奔雷掣電的一劍，逼得退往五步之外。

心叫不妙時，楊虛彥往後閃退，長笑道：「寇兄今日恩賜，小弟日後必有回報。」

寇仲見他退走的速度，心知追之不及，還刀入鞘抱拳道：「請代向小妮妮問好，小弟對她是沒齒難忘。」

楊虛彥猛然再噴一口鮮血，沒入橫巷去。

宣永等紛紛追趕。

寇仲伸手攔著，阻止衆人追去，若無其事道：「我們至少有幾個月不用擔心這傢伙了！」

簫音忽起，尖銳刺耳，起音已是高亢至極，但還繼續高轉上攀，迴響貫滿大小洞穴。千萬隻蝙蝠應音振翼亂舞疾飛，匯聚而成的轟隆巨響，像狂潮從每一個洞穴湧出，直有驚天裂地的駭人聲勢。

徐子陵早知石青璇能以簫音驅蝠，仍未想過會是這麼可怖的一回事，只見洞穴內滿是黑影，迎頭撲面，忙退出洞外，躲在出口旁。探頭看去，尤鳥倦三人逃命似地急退出來，瘋子般揮掌拍擊向他們撲噬的蝙蝠，這三個邪人功力何等強橫，大批蝙蝠應掌墜地，而他們主要是護著眼耳口鼻頸等較脆弱的部分，撲上身的，乾脆運功振衣將之震斃。可是蝙蝠多得像無有窮盡，無論他們如何痛施殺手，蝙蝠仍是前仆後繼的朝他們狂攻，像一團團黑雲般將他們覆罩淹沒，逼得三人不得不循原路抱頭鼠竄。徐子陵尚是首次知道蝙蝠會襲擊活人，且是如此凶厲，至此才明白石青璇在他頭上抹上石粉的妙用。

在民間的傳說中，有謂蝙蝠晝伏夜出，吸取鮮血，但對象只限於動物家禽，從未聽會拿人作目標。這洞穴迷宮中的蝙蝠或許是特別的一種，又或只因石青璇的簫音而失去常性。巨洞內的蝙蝠全部動員，洪流般擁進三人逃進的洞穴去，未及飛進的，便和從別的洞穴飛來的蝙蝠匯成大軍，在巨洞的廣闊空間狂飛亂舞，嘶鳴震耳，只是避開徐子陵左右三尺之地。但無論空中如何讓飛翔的蝙蝠塡滿，且飛得如何迅速，總沒有兩隻蝙蝠撞作一團，其飛行的弧線，看得徐子陵嘖嘖稱奇，同時有會於心。

勁氣狂催，大批蝙蝠骨肉分離地拋出穴口外。徐子陵心中一動，早一步橫過洞床，躲往原先進來的出口處，好待巨洞內張牙舞爪的蝙蝠進一步消耗三人的眞元。

怪叫連聲，尤鳥倦終於殺開一條血路，從洞中衝出。巨洞中以千萬計的群蝠像蜜蜂見到花蜜般蜂擁撲去，尤鳥倦活似被捲入由蝙蝠形成的龍捲風暴裏，寸步難移。

「嘿！」尤鳥倦不愧身列「邪道八大高手」的超級邪派高手，全身勁氣迸發，周遭數尺內的蝙蝠無一倖免，全被他震得折裂墜地。

周老嘆和金環眞此時搶出洞口，前者的兩隻手已漲大近倍，後者則披頭散髮，狀如瘋婦，狼狽不堪。簫音仍響個不絕，愈奏愈急，縱使洞穴貫滿隆隆迴音，仍不能將簫音掩蓋。

「砰！」金環眞發出一聲嘶心裂肺的慘叫，卻非因蝙蝠的襲擊，而是給壓力驟減的尤鳥倦覷空一腳踢在小腹處，整個人橫飛開去，鮮血狂噴。大批蝙蝠不知是否嗅到鮮血的氣味，棄下其他兩人，群起向金環眞追去。

徐子陵怎想得到在這種情況下，尤鳥倦仍會抽空向自己人施辣手，雖對金環眞毫無好感，也看得心中惻然。周老嘆狂喝一聲，顧不得向尤鳥倦報復，閃電掠走。

尤鳥倦哈哈大笑道：「天下間再沒有比這墓穴相連的福地更好作葬身之所，讓老子成全你們作一對同命鴛鴦吧！」

一手趕蝠，另一手遙擊一掌，發出的勁風遽襲周老嘆的厚背，手段之狠辣，教人瞠目結舌。

周老嘆不閃不避，弓背硬捱他一掌，借勢加速，橫過三丈的空間，把身上撲滿蝙蝠的金環眞在墜地前摟入懷裏，同時輸入眞勁，蝙蝠應勁從金環眞身上跌開。尤鳥倦似要衝過去再施毒手，周老嘆怪叫一聲，抱著金環眞荒不擇路地朝另一方的洞穴逸走，帶去大批蝙蝠。

其他蝙蝠又再向尤鳥倦攻來。這窮凶極惡之徒露出可惜的表情，往徐子陵的方向閃來，想逃返地面。徐子陵哪肯放過他，一拳轟出。

尤鳥倦大笑道：「早料到你哩！」

背掛的獨腳銅人來到手上，迎往徐子陵威猛無儔的一拳。「蓬！」徐子陵被他反擊之力震得血氣翻騰，往後踉蹌數步，而對方亦給他全力一擊，朝反方向跌退，重新陷進蝙蝠的戰陣中。

徐子陵和他正面交鋒後，心中駭然，暗忖若非他眞元損耗極鉅，又負有內傷，自己剛才未必可把他攔著。此時尤鳥倦手上重達百斤的獨腳銅人狂揮亂打，所過處蝙蝠無不骨折墜地，洞穴的蝠屍不住堆積加厚，情景詭異慘烈。洞內本已幽暗，全賴鐘乳石的光芒照明，蝙蝠卻把他的視線全遮擋著，爲徐子陵提供最佳的掩護。徐子陵閃往另一位置，一指戳去，指風透蝠而過，刺在尤鳥倦的背心要穴。尤鳥倦全身劇震，噴出一大口血花，發出一聲轟傳洞穴的狂叫，學周老嘆般往另一洞穴逃去。

徐子陵一陣力竭，剛才的一拳一指，損耗了他大量眞元，仍未能將這凶人擊倒，可知他內功深厚至何等地步。簫音忽止。石青璇從其中一洞掠出，臉上一片眞元損耗後的蒼白，可是那醜惡的鼻子卻色澤依然，沒有和她的臉色看齊。

「我們走！」

徐子陵訝道：「奸人尚未授首，就這麼放過他們嗎？」

石青璇啞聲喝道：「我要封閉洞穴，你想留下來嗎？」

徐子陵大吃一驚，忙追在她背後出洞去了。

徐子陵緊隨石青璇身後，心中充滿不解。先前明明聽到她說封閉出口，會以身殉，那當然是控制出口的開關設於洞內，一旦啓動，連自己都來不及逃出去，才有陪死的後果。但是石青璇剛才卻說得開關似就在門外，離開時順手閉門般輕鬆容易，前後矛盾。

石青璇此時橫過進口的無蝠大洞，忽然別過頭來，向他打個眼色。徐子陵乃玲瓏剔透的人，霍然而悟，才知是以詐語誘敵之計。不由心中佩服，只輕描淡寫的一句話，便將打算從其他出口溜走的敵人引回來。不過能否成功，尚在未知之數。因爲在蝠喧震洞的情況下，尤鳥倦耳目雖靈，怕亦未必能聽到。

這個想法還未過去，後方破風聲疾起。徐子陵想也不想，扭身一拳擊出。「蓬！」他感到不妥時，始知命中的竟是尤鳥倦的外袍。銅光一閃，尤鳥倦現身左側，獨腳銅人朝他掃至，極盡凶厲狠毒，威猛霸道之能事。徐子陵招式用老，只有往橫移開，心叫不好。

「叮！」石青璇輕風般飄過來，竹簫挑打劈掃，手法精奧玄奇，務要擋他一刻，好讓徐子陵有機會反擊。

尤鳥倦知這是生死關頭，施出壓箱底本領，獨腳銅人脫手朝石青璇擲去，人卻乘機閃出洞外。石青璇避過銅人時，徐子陵追至尤鳥倦身後，隔空一掌拍去。尤鳥倦倏地加速，看也不看，反手一掌，迎上徐子陵暗含螺旋的烈勁。「啊！」尤鳥倦再噴一口鮮血，傷上加傷，但也消沒在石階上。

「轟！」獨腳銅人此刻才撞上洞壁，砸碎了一團石花，可見這幾下交手起落速度之快，是何等驚人。

寇仲一覺醒來，在床上睜開眼睛，心中卻想著徐子陵。沒有這傢伙的日子眞不習慣，哪處能找人來說幾句粗話，或是傾吐心中煩惱。他究竟正在做甚麼呢？是否不眠不休的趕路？自己會不會因有志爭天下而令徐子陵終要遠離自己，遠赴域外追尋他喜愛渡過生命的方式。

無論帝王將相，英雄豪傑，生命總是彈指即逝。像過去幾年，若如作個夢般迅快輕易。人生只是無數選擇下產生的經驗和後果，只恨自己和最好的兄弟卻各自選擇不同的路向，使他們將終有分道而行的一天。

敲門聲起。寇仲暗嘆一口氣，從床上彈起來。

宣永的聲音在門外道：「驚擾少帥，其飛回來哩！有急事面稟。」

寇仲立即把所有感觸排出腦際，連忙喝道：「快進來！」

朝陽升離東山一座小丘之頂。徐子陵的手掌離開石青璇玉背，長身而起，走出藏身的樹林，來到林邊的小溪旁。溪水清澈異常，陽光斜照在水面上，映出他的樣子，才記起尚未脫下岳山的假面具，忙除下納入懷裏，蹲跪溪旁，掬水連喝數口，順手清洗塵污，那種清涼入心的痛快感覺，一洗因昨夜連番激戰帶來的勞累。

此時他始有機會欣賞四周的美景。這小林長於兩座小丘之間，內藏蝙蝠洞那座奇山落在東面地平遠處，被煙雲簇擁，半山流雲如帶，像個半掩著臉的美女。兩邊小丘地上花果處處，正考慮是否先摘兩個來果腹，還是待石青璇調息醒來再動手，水中除他之外，多了個影子出來。

徐子陵向著水中倒影微笑道：「石小姐這麼快回復過來，教人難以相信。」

石青璇來到他旁，漫不經意地踢掉鞋子，露出晶瑩如玉的一對纖足，自由寫意地浸到冰涼的溪水裏去，把竹簫置於身側草地上，凝望水面，輕輕道：「你昨晚為何會說我美呢？這樣子也可算是美麗嗎？」

徐子陵學她般凝視自己的水中倒影，聳肩灑然道：「我並沒有想到甚麼是美，甚麼是不美的問題，只是當時見到小姐俏臉像有一層神聖的光輝，美得不可方物，於是有感而發，衝口說出這句冒犯的話來，石小姐不要見怪。」

石青璇默然片晌，輕輕的道：「那我現在是否仍是那麼美麗？」

徐子陵點頭道：「愈看愈美麗，這是由衷之言，並不是要故意討好你。」

石青璇微嗔道：「不要說謊，你只是看穿我的鼻子是裝上去的，對吧！」

徐子陵苦笑道：「那是後來的事，小姐請勿多心，在下對小姐並沒有任何非分之想。」

石青璇微微一笑道：「我本打算讓你看看我脫下假鼻的樣子，但既然你這麼說，我要打消這念頭！」

徐子陵苦笑一下，沒再說話。

石青璇卻不肯放過他，別過頭來盯著他道：「你為何笑得這麼曖昧？」

徐子陵坦然道：「因為錯失了一個可目睹人間絕色的機會。小姐令我生出很大的好奇心，不說別的，只是小姐天下無雙的簫藝，就可讓小弟終生不忘，感到沒有白活。」

石青璇欣然道：「你這人哄女孩子的最高明本領，是可令女兒家絕不懷疑你的眞誠。更奇怪的是昨晚你遇到這麼多怪事，竟沒有開口問過青璇半句。唉！你究竟是怎樣的一個人？」

徐子陵再度苦笑道：「我不是不想知道，只是以小姐一副看透世情，拒人於千里之外的清冷模樣，我怕會碰釘子，索性保持點自尊，來個不聞不問。哈！我是否很可笑呢？」

石青璇愕然失笑，目光回到水面的倒影，點頭道：「這確是對付我的上策，累得青璇中計，反掉過頭來問你，眞可惡！」

徐子陵伸個懶腰，往後仰躺，瞧著藍天白雲，悠然道：「小姐的假鼻子，昨夜的破廟和山洞迷宮，是否出於魯先生設計？」

石青璇興致盎然地瞟他一眼，道：「全部猜對，若非有此蝠洞迷宮，我和你恐怕不能如此寫意在此談天說地。這四個人乃邪帝的嫡傳弟子，若非受咒誓所制，二十年來不敢出來作惡，這世間不知會有多少人給他們害死。」

想起尤鳥倦四人的殘忍狠毒，徐子陵便不寒而慄，猶有餘悸。假設四人肯同心協力，自己必然沒命，石青璇則至多辦到陪敵同死的目的。

「邪帝是甚麼東西？」

石青璇對他態度大有改善，「噗哧」笑道：「邪帝並非甚麼東西，而是邪派一個出類拔萃的人物，數十年前與『散人』寧道奇齊名，只是邪正有別而已！」

徐子陵猛地坐起，駭然道：「爲何從未聽人提起過他？」

在房內坐好後，洛其飛恭敬道：「我們得到確切的消息，駱馬幫的都任與窟哥結成聯盟，準備對我們展開反擊。」

宣永皺眉道：「此事相當棘手，若正面交鋒，恐怕我們不是他們敵手。」

洛其飛插入道：「我們已派人潛入下邳，暗中監視駱馬幫的動靜。」

寇仲沉吟片刻，問道：「照你看，他們會不會蠢得來攻打梁都？」

洛其飛搖頭道：「都任並非蠢人，宇文化及在你手下大敗而回，他怎會輕舉妄動？他這次之所以肯和窟哥結盟，是自保多於其他。」

寇仲嘆氣道：「那就麻煩透頂，唉！窟哥這群契丹馬賊不是神憎鬼厭嗎？怎會忽然間有人肯和他結盟呢？」

洛其飛道：「駱馬幫內有很多人反對這行動，只是都任一意孤行，其他人拿他沒法。」

寇仲一對虎目立時亮起來，大笑道：「這就有救了，讓小弟來當一次楊虛彥吧！」

石青璇淡淡道：「除邪派中人外，知道邪帝的人少之又少，見過他的更是絕無僅有。道理很簡單，因爲三十年前他退隱潛修魔門最秘不可測，無人敢練的功法，自此再沒有踏出廟門半步。」

徐子陵愕然道：「就是昨夜那破廟？」

石青璇點頭道：「那是魯大師一手爲他建造的，內中玄機暗藏，蝠洞迷宮只是其中之一。」

徐子陵聽得糊塗起來，喃喃道：「這是怎麼一回事？」

石青璇柔聲道：「若非看在你和魯大師的關係上，青璇絕不會向你洩露此中的來龍去脈。魯大師對你和寇仲推崇備至，認爲將來的天下將是你兩人的天下，現在既鬼使神差地讓你闖進這件事來，青璇當然要坦誠相告，最好能將那壓得人家透不過氣來的重擔子，轉移到你肩上去。」

徐子陵三度苦笑道：「你倒是好主意！」

石青璇開懷笑道：「難怪魯大師在給青璇的信中指出你們不像一般表面正氣凜然，擺出視天下蒼生爲己任的衛道之士，那時我還不大明白，現在自然一清二楚哩！」

徐子陵笑道：「我和寇仲兩個只是運氣好些兒的小流氓，初時的大志僅是如何出人頭地，撈個一官半職，趁亂世博取功名富貴。後來練成《長生訣》的奇功，思想開始變化，雖然有時口中說說要行俠仗義，實際上仍是爲自己著想居多，石小姐勿要誤會我們是甚麼俠義好漢。」

石青璇盯著他道：「既是如此，爲何昨晚你肯不顧安危的來助我？人家跟你是非親非故，更沒有美色給你貪圖，那時你該看不破我的鼻子是假的吧？」

徐子陵尷尬地道：「我倒沒想過由於某種原因才要這樣做？只是因對那四個奸邪看不順眼，這不仍只是爲自己嗎？」

石青璇含笑道：「假若公平決鬥，你有多少成把握可收拾尤鳥倦？」

徐子陵坦然道：「一成把握都沒有，極可能還有落敗之虞，這人實在太厲害。」

石青璇道：「明知自己有敗無勝，你還冒險捲入此事，這叫爲自己嗎？除非你是決心求死吧？」

徐子陵啞口無言。

石青璇柔聲道：「不要左推右卸哩！這擔子你是挑定的了。」

徐子陵嘆道：「小姐請賜示！」

石青璇沉默片刻，沉聲道：「此事非但玄妙異常，且牽涉到幾代人錯綜複雜的恩怨情仇，現在青璇只可告訴你一個簡略的大概，細節待有機會和你詳說。」

徐子陵正心切趕往巴陵，點頭答應。

石青璇把秀足從水中提起，移轉嬌軀，面向著他雙手環膝，姿態寫意放任，美目深注的道：「令邪帝向雨田歸隱潛修的魔門最高秘法叫『道心種魔大法』，其眞實情況，無人得知，只知古往今來魔門雖人才輩出，始終沒有一人能夠修成，最後落得魔火焚身的淒慘下場。」

徐子陵駭然道：「竟有這麼可怕的功法，那究竟是誰想出來的？若連創此大法的人也練不成，其他人還要去練，豈非可笑之極。」

石青璇皺眉道：「那有點像你的《長生訣》，誰都不知道是怎樣來的，但你們卻修練成功，這有甚麼可笑之處？」

徐子陵俊臉微紅道：「眞個沒有什麼可笑，但我習慣和寇仲這麼說話的，小姐見諒。」

石青璇眼神轉柔，輕輕道：「是青璇太認眞了！言歸正傳，邪帝向雨田有四個弟子，就是尤鳥倦、丁九重、周老嘆和金環眞。」

徐子陵愕然道：「眞教人難以想像，既有同門之義，爲何卻仍如此水火不相容，有機會便互相加害？」

石青璇微喟道：「主要是先天後天兩大原因，激發爭執的則是一個叫『邪帝舍利』的黃晶球。唉！此事說來話長。」

徐子陵好奇問道：「這東西是否仍在小姐手上？」

石青璇搖頭道：「我從未見過這東西。」

徐子陵失聲道：「甚麼？」

石青璇續道：「邪帝舍利自從落在魯大師手上後，便從沒有人見過，魯大師他老人家也因此東西與祝玉妍決裂，避居飛馬牧場。」

徐子陵思索道：「我在飛馬牧場魯先生的居所並沒有見到類似的東西，恐怕已陪他葬在地底深處。」

石青璇搖頭道：「邪帝舍利並不在他身旁，至於藏在哪裏，現在怕只有天才曉得。來！讓我領你到一個地方去，很近的呢！」

石青璇推開石屋的木門，別過俏臉來微笑道：「徐兄請進！」

徐子陵怔了半晌，跨過門檻，步入屋內，屋子以竹簾分作前後兩進，麻雀雖小，卻是五臟俱全，家具雜物等一應家庭的必須品，無不齊備，窗明几淨，清幽怡人。

石青璇淡淡道：「這是青璇的蝸居。」

徐子陵訝道：「石小姐不是隱於巴蜀嗎？」

石青璇請他在靠窗的椅子坐下，自己則揭簾步入內進去，邊道：「這間小屋並非青璇所建，原主人在五年前過世之後，青璇於是借來落腳，是貪圖它離邪帝廟只有半個時辰的腳程。」

透過竹簾望進去，隱約見到這獨特的女子在內進盡端榻旁的小几坐下，背著他面對一面掛牆的圓形銅鏡，朦朦朧朧間，一切都被簾隔淨化，更強調出她曼妙的體形和姿態。

徐子陵讚嘆道：「這眞是個避世的好地方。若非小姐帶在下來此，怕找一萬年都找不到。」

這小石屋位於蝠洞迷宮東南十多里的一座小峽谷內，背靠飛瀑小湖，屋前果樹婆娑，景致極美。

石青璇拿起梳子，爲她烏黑發亮的長垂秀髮輕柔地梳理，動作姿態，引人至極點。淡淡道：「你爲何不問問這屋的原主人是誰？難道你沒有好奇心嗎？」

徐子陵心中湧起溫馨寫意的感覺，就像和嬌妻共處安樂的小窩中，隔簾閒話家常，這是非常新鮮的感覺。

微笑道：「或者是性格使然吧！我少有非要知道某些事物不可的衝動。不過小姐既特別提出此事，可見此屋的原主人定是大有來歷，在下又給勾起好奇心啦。」

石青璇輕笑道：「青璇可否問徐兄一個唐突的問題？」

徐子陵一邊聆聽透窗傳入的雀鳥追逐嬉鬧的鳴叫，隨口答道：「小姐賜教！」

石青璇道：「敢問徐兄，在過去幾年闖南蕩北的日子裏，曾否害過很多女子對你傾情依戀呢？」

徐子陵愕然道：「我從沒有想過這方面的事，也該沒有這種事吧？」

石青璇欣然道：「終找到你這人不坦白的時候。暫時不和你算這筆賬；讓青璇把這問題反過來說，徐兄見過這麼多江湖上著名的美人兒，誰能令你傾心？」

徐子陵苦笑道：「小姐的問題比之任何奇功絕藝更令人難招架抵擋，小弟可否投降了事？」

石青璇放下梳子，「噗哧」嬌笑道：「沒用的傢伙！男子漢大丈夫自應敢愛敢恨，原來名震天下的徐子陵在這方面如此窩囊。」

徐子陵瀟灑地聳肩道：「小弟對男女之情看得極爲淡薄，也沒有甚麼特別的希求和期望，一切隨遇而安。如有所求，就是想落得自由自在，遍遊天下各處仙地勝景，無負此生。」

石青璇默然半晌，緩緩道：「你的想法和青璇非常接近，差別只在一動一靜，在青璇心中理想的生活方式，是隱居山林，鑽研喜愛的技藝和學問，以之自娛，平靜地度過此生。故此才有點迫不及待的欲把責任轉嫁到徐兄身上去。」

徐子陵點頭道：「小弟終於明白小姐的心意。說吧！只要我力所能及，定會爲小姐完成心願。」

石青璇嘆道：「唉！你就是這麼的一個大好人，令青璇也感有愧於心，不好意思。徐兄可否暫閉眼睛，人家要換衣服哩！」

徐子陵嚇了一跳，連忙閉上眼睛。

窸窸窣窣的解衣穿衣聲音不住從簾內傳出，石青璇從容自若的道：「『道心種魔大法』，確是魔門至高無上的功法，比之陰癸派的天魔大法勝上不止一籌。最奇怪是在修練的過程中，練者會在性格氣質上生出變化，由魔入道。據魯大師說，邪帝向雨田修此法雖功虧一簣，未竟全功，且落得魔火焚身的大禍。但在其慘死之前，猛然醒悟到過往殘害衆生的惡行，故力圖補救。」

徐子陵差點張開眼來，訝然道：「世間竟有如此功法，眞教人奇怪。」

《長生訣》雖能變化他和寇仲的氣質，總是依循他們各自性情的一個自然發展，非像「道心種魔大法」般，能把一個情性已根深柢固的人完全改變過來。

石青璇似是換好衣服，還揭簾走出外廳，卻沒有著徐子陵張眼，輕柔地道：「那時他唯一放心不下的，只是尤鳥倦四個惡徒，沒有人比他更清楚他們邪惡的天性，於是利用他們想取而代之成爲另一代邪帝的弱點，以『邪帝舍利』爲誘餌，逼他們立下在魔門有至高約束力的血咒，立誓只有拿到『邪帝舍利』，繼承邪帝之位後，才准開宗立派。另一方面則暗中知會祝玉妍，告訴她『邪帝舍利』已傳給四個劣徒，要他們背此黑鍋。」

徐子陵仍緊閉雙目，又看不到她說話的神情，特別有如在霧中的感覺，茫然道：「『邪帝舍利』爲何如此重要？」

石青璇悅目的聲音道：「那是邪極宗玄之又玄，自立宗以來便輾轉相傳的異術秘法，既象徵宗主的權位身分，更代表一種可怕的功法。『邪帝舍利』本身是以一種罕有的黃晶石打磨而成，自第一代邪帝開始，歷代邪帝在知道自己大限將至時，便以秘法把畢生功力凝成精氣，注進晶石之內，希望繼承邪石的人，可把元精據爲己用，令邪極宗一代比一代強大，獨步武林。噢！現在可張眼哩！」

徐子陵虎目猛睜，石青璇正把帽子蓋在束成髻子的秀髮上，完成男裝的打扮，還是一身遠行的裝束。她醜惡的鼻子消失無蹤，但肌膚變得粗糙黝黑，不過縱是如此，她仍是美得令人屏息。不知是否因特別留心和對比的關係，分外感到她脊樑挺直的嬌巧鼻子，令她更是貴秀無倫，完美無瑕。

她的美麗是冷漠和神秘的，這或者是由於她似是與生俱來的清傲，使人不敢親近，但又渴望得到她的垂青；加上先前的印象，徐子陵敢肯定這風格獨特，言詞大膽的美女，絕不遜色於師妃暄或婠婠那級數的絕世佳人。

石青璇微笑道：「爲甚麼目不轉睛的盯著人家，是否覺得青璇變醜了！」

徐子陵啞然失笑道：「小姐該讀到我內心的話。嘿！剛才你說的話假如屬實，那邪極宗早該遠超越陰癸派，爲何實情卻非如此。」

石青璇嘆道：「眞正的情況複雜異常。先告訴我，你準備到哪裏去？」

徐子陵說了後，石青璇欣然道：「我們將有兩三天同路而行的時光，抵達大江後，你過江南下，我則坐船西去，在途上再說好嗎？」

徐子陵怎想得到會忽然多出一位女伴來，不過和這美人兒相處的每一刻，都將是令人畢生難忘的美麗經驗，點頭微笑道：「小姐若不介意，我們立即起程趕路。」

駱馬湖位於山東第一大湖微山湖東南處，被泗水貫通串連。駱馬湖水闊天空，一望無際，碧波蕩漾，漁產和水產物豐富，盛產鯉魚、鯽魚、青魚和蝦蟹；水產物有菱角、鮮藕、蒲口草等。每逢天氣良好，漁舟出沒在煙波中，迎棹破浪，鷺翔鷗飛，風光迷人。

駱馬幫的根據地下邳城在駱馬湖西北方十多里處，乃泗水、沂水、汴水三大水系交匯的要塞，重要處尤勝在只是大半天船程，位於汴水上游的彭城。交通的便利，使下邳成為駱馬湖和微山湖間的轉運站，緊扼全區的水道往來，為下邳帶來大量的貿易，更使駱馬幫肚滿腸肥，聲勢壯大。與契丹馬賊的結盟，正提供駱馬幫主一個擴展影響力和野心的機會。

寇仲與洛其飛和十名手下扮成來這有魚米之鄉稱謂的駱湖區購糧的商旅，安然進入下邳。為他們打通關節的是當地的糧油巨賈沈仁福，他一向與彭梁幫關係密切，雖與駱馬幫表面保持交情，暗裏卻對都任的苛索無度，恃強橫行非常不滿。洛其飛的消息情報，便是從他而來。

沈仁福乃精於計算的生意人，本不願捲入地盤的紛爭去，可是都任與窟哥的結盟，卻令他忍無可忍，皆因他親弟一家男女老幼，均命喪於窟哥手上，仇深似海。但最重要的是他對寇仲的仰慕和信心，於是一說即合，決意全力助寇仲對付都任和窟哥。

寇仲與洛其飛抵達沈府，三人隨即在密室內舉行會議。沈仁福個子魁梧結實，頭髮呈鐵灰色，自信而隨和，透亮的寬臉上有對明亮的眼睛，長著濃密的髫鬚，年紀在四十許間，予人精明果斷又敢作敢為的印象。

客氣過後，沈仁福介紹形勢道：「得到窟哥的支援後，都任大事招兵買馬，準備大展拳腳，弄得附近各鄉城人人自危，怕他和窟哥聯同四出殺人放火，攻城掠地。」

寇仲皺眉道：「窟哥只得區區數百馬賊，爲何都任卻像多了個大靠山似的？」

沈仁福嘆道：「在仲爺眼中，窟哥當然是個全不足道的小人物，可是在附近一帶，誰不聞契丹馬賊之名而色變。若再加上窟哥留在沿海附近的賊衆，其人數可達千餘之多。這些契丹馬賊人人武技高強，好勇鬥狠，馬上功夫勝人一籌，兼且來去如風，除了曾在仲爺你手下吃過大虧外，從來都是所向無敵。現在多了都任給他提供消息和根據地，確是如虎添翼，使我們人人自危，只望仲爺能出來主持正義，爲被殘殺的人報仇雪恨。」

寇仲從容道：「沈老闆放心，只是令弟全家被害一事，我已不能坐視，必教這群惡賊永遠回不了家鄉。不知窟哥現在何處落腳，都任總不敢引狼入室，與窟哥共被同眠吧！」

沈仁福見寇仲如此給他面子，感激得差點掉下淚，拜謝一番後道：「窟哥與手下藏在下邳西面十多里澤山山腳的一個牧場內，等候應召而來歸隊結集的其他馬賊，至於他和都任有何圖謀，小人仍未探到甚麼消息。」

寇仲伸個懶腰，吁出一口氣道：「沈老闆知否駱馬幫中，誰人對此次結盟反對得最激烈呢？」

沈仁福想也不想地回答道：「當然是二當家『小呂布』焦宏進，此人英雄了得，甚受幫衆愛戴，卻深爲都任所忌。此次結盟，都任至少有一半原因是針對他而發。自反對結盟不果後，焦宏進晚晚流連青樓，藉酒消愁，照我看他已萌生去意，否則說不定會給都任害死。」

寇仲大喜道：「呂布不愛江山愛美人，希望小呂布長進一點，我們從他入手，說不定可不費一兵一卒，將整個駱馬幫接收過來，那時可保證契丹馬賊死無葬身之所，而我們則多了一批訓練精良的戰馬，這個算盤打得響嗎？」

沈仁福欣然道：「小人和焦宏進頗有點交情，一切由小人安排便成。」

寇仲搖頭道：「沈老闆仍不宜出面，人心難測，誰都不知焦宏進會如何反應，其飛有甚麼提議？」

一直旁聽不語的洛其飛同意道：「沈老闆可以不出面當然最好，但怎樣可與焦宏進秘密接觸？」

寇仲微笑道：「這個由我見機行事。他最愛到甚麼地方去，我便到那裏和他見面。若他不肯助我，順手一刀把他宰掉，然後輪到都任。」

他的口氣雖大，沈仁福和洛其飛卻覺得是理所當然的事。比起任少名和李密，都任該算是甚麼東西呢。

想了想，寇仲向兩人道：「既然誰都不知道都任和窟哥下一步會怎樣做，我們索性幫他們個大忙，散播點謠言，好使附近各城人心惶怕。那一旦我們幹掉都任，人人加倍感激，這麼用幾句話把人心買回來，哈！還有比此事更划算的嗎？」

兩人點頭稱善，暗忖果是「盛名之下無虛士」，這樣的計策都可給他想出來。

寇仲沉吟道：「謠言必須合情合理，不如就說，呀！沈老闆，還是你熟悉一點，附近的人最怕是甚麼呢？」

沈仁福恭敬答道：「都任一直有意奪取微山湖旁的留縣和沛縣，那他就可在微山湖旁取得立足的據點，從而攻取微山湖附近的各大鎮，謠言可否在此事上做功夫？微山湖北通昭陽、獨山、南陽三湖，首尾相接，猶如一湖，一旦落入都任手內，整個山東的經濟命脈會落在都任控制之下。」

洛其飛道：「要取微山湖，必須先奪彭城，所以我們只要訛稱都任要進攻彭城，其他人可憑想像推測到他的野心和大計。」

寇仲發噱道：「此事愈說愈眞，連我都有點相信哩！不如再加油添醋，說會由窟哥打頭陣，以報爲我所敗之辱，所以會見人便殺，如何！」

兩人同時叫好。

寇仲笑道：「老都老窟兩位大哥啊！看你們尚餘多少風光的日子吧！」

沈仁福一臉興奮地道：「爲仲爺辦事分外痛快，小人現在立即依計而行。」

寇仲道：「且慢！謠言的散播最好由外而內，那都任想查都查不到，你派人立即到附近城鎭……。咦！不如改爲向水道上來往的商旅做功夫，消息會傳播得更快更廣。」

沈仁福領命去了。

寇仲再伸個懶腰，向洛其飛道：「你查查我們的小呂布爺會去哪間青樓打滾，我睡醒覺後去找他摸著酒杯底談這筆生意。」

又打個「呵欠」，嚷道：「倦死我哩！」

黃昏。徐子陵的岳山和石青璇扮作父子，來到歷陽西北的另一大城合肥，離長江尚有兩天路程，那當然是以他們迅快的腳程計算。

此城乃江淮軍的領地，但豎起的卻是輔公佑的旗幟而非是杜伏威。合肥城外的鄉縣，到處均是田野連綿，秧苗處處，鮮黃青綠，一望無盡，令人心神清爽。繳稅入城後，長江流域迷人的水鄉景色，更令他們賞心悅目。街道均以青石板或磚塊舖砌，古意盎然，房子小巧雅致，粉牆黑瓦，木門石階，樸實無華，在這戰火連綿，廢墟千里的時代，分外令人看得心頭寧和。

穿過一道窄窄長長，兩旁密密麻麻排列著尋常人家的里弄後，在途中沒有說過半句話的石青璇笑道：「我本打算吃過晚膳立即離城，明天將可趕抵大江，不知如何入城後忽然生出懶倦之意，現在只想投店休息，夜後再出來趁趁熱鬧，徐兄意下如何？」

徐子陵微笑道：「趕路也不在乎一晚半晚，況且我們實在要好好睡他一覺，故此全無異議。」

兩人遂在附近覓得一間乾淨素雅的客棧，要了兩間比鄰的房子，各自到澡房沐浴梳洗，然後聯袂到城中熱鬧處用膳。在菜館一角坐好後，由石青璇點兩味齋菜，他們的話題再回到邪極宗一事去。

石青璇不想被鄰桌的客人聽到他們的對話，坐到徐子陵身旁，背向其他人，親熱地湊近他耳旁道：「問題出在從沒有人能從舍利得到任何好處，但卻成了邪極宗歷代宗主臨終前一個傳統，把精氣注進舍利內去，到向雨田，除了因橫死者不能履行此事外，共有十一位宗主對舍利獻出元精。」

徐子陵心中湧起不寒而慄的感覺，暗忖邪派中人的行事，確是詭異難測。

石青璇續道：「到向雨田時，才出現轉機。向雨田是首位悟通如何借舍利修練魔功的人，使他成為排名尤在祝玉妍之上的邪派絕代宗師，可惜過不了『道心種魔大法』這一關。臨終前，他分別把如何憑舍利練功的秘法告訴四個有弒師之心的劣徒和陰癸派的祝玉妍，另外則把『邪帝舍利』託魯大師藏在秘處。最妙是他故弄玄虛，使尤鳥倦等誤以為『邪帝舍利』已交予祝玉妍，而祝玉妍則相信它落在四人手上，引來的後果可以想見。」

當然是鬥個你死我活，而尤鳥倦等則以慘敗收場，不敢露面，此計確是邪門狠辣，可知縱使向雨田性情大變，仍非是甚麼菩薩心腸，且隱含懲戒惡徒的心意。

石青璇續道：「紙終包不住火，到兩方面的人都知道『邪帝舍利』是在魯大師手上時，雙方已結下深仇。」

徐子陵不解道：「爲何此事會牽連到小姐身上？」

石青璇嘆了一口氣道：「我可否賣個關子，暫且不說。」

徐子陵微笑道：「小姐既有難言之隱，不說也罷。不過我們明天便要分手，小姐是否還有事吩咐呢？」

石青璇搖頭道：「不是明天分手，而是今晚。」

徐子陵爲之愕然。

寇仲歇過午息，單人匹馬的來到下邳城最熱鬧的大街上，興趣盎然地四處遛達。爲了掩人耳目，他沒有攜帶終日和他形影不離的井中月，且扮作風流公子的樣兒，充滿紈袴子弟的味道。

街上不時見到一群群身穿藍色勁服的武裝大漢走過，一副橫行霸道的樣子，正是駱馬幫的幫衆，但並沒有惹事生非。在這戰亂的時代，人民就是人力物力的來源，都任約束手下，是常規而非例外，否則人民跑了，城市將成廢墟。華燈初點下，街上人車爭道，除了規模較小，其熱鬧可媲美洛陽的天街而不遜色。

睡了近三個時辰，寇仲的體力精神回復過來，精力充沛，恨不得找幾個惡人來揍揍。暗忖若有徐子陵在旁笑語閒聊，說幾句粗話，會更是寫意。過了兩個街口，他在一所招牌寫著「小春光」的青樓外停下，接著深吸一口氣，大搖大擺裝出內行人模樣走進院門。把門的大漢以爲來了肥羊，忙把他引進款客的大堂，交由老鴇招呼。寇仲擺足款子，巧妙地讓對方認爲他是外地來做生意的大豪客，又隨手重重打賞，然後指名道姓要最當紅的秋月姑娘。

叫青姨的老鴇面有難色道：「大爺這次眞不巧哩！秋月今晚給另一位大爺約下了。不如讓秋蓉陪大爺吧！無論聲色技藝，她也不會遜於秋月的。」

寇仲把半兩金子塞進她手裡，低聲道：「第一個小姐便請不到，意頭太不好哩！青姨可著秋蓉來陪酒，但怎都要把秋月請來喝一杯，在下另有半兩黃金作打賞。」

出手如此豪爽的貴客天下少有，青姨貪婪的眼睛立時放亮起來，但仍是猶豫難決。

寇仲湊到她耳旁提議道：「我純是取個意頭，不如這樣吧！你安排我到她陪客的鄰房去，只要聽到她傳過來的歌聲，可當還了心願，那半兩金子仍是你的。」

青姨暗忖世間竟有這麼一個肯花錢的傻子，欣然領他登樓。

石青璇烏黑的「玉容」綻出一絲似若陽光破開烏雲的笑意，柔聲道：「你莫要多心，我只是改變主意，想從陸路回川。」

徐子陵點頭道：「好吧！膳後我們一道離開，能快點到巴陵去，更是理想。」

石青璇靜靜地瞧他好半晌，輕輕道：「你的體型確是非常酷肖岳老，只是欠了他的霸氣和霸刀，你想不想扮得更似他一些？」

除子陵淡淡道：「無論外表多麼肖似，動手時亦將無所遁形，所以不用多此一舉。」

石青璇抿嘴笑道：「我說的似一些，當然包括他的刀法和霸刀，你忘記他過世時人家是陪在他榻側嗎？」

徐子陵想得頭都大起來，道：「岳山和你該是怎都難拉到一塊兒的兩個人吧？」

從這個角度瞧去，見到的是石青璇側面的輪廓，如刀削般清楚分明，線條之美有若鬼斧神功，令人嘆爲觀止。尤其因易容膏粉掩蓋了她的冰肌玉骨，更讓徐子陵的心神集中到她靈秀的線條上去。

石青璇美目綻出深思緬懷的神色，玉唇輕吐道：「三十年前，岳老慘敗於天刀宋缺手下，負傷千里來見我娘，本只是打算在死前瞧娘最後一眼，但娘卻拚著眞元損耗，以金針激穴之法保住他的性命，使他多活二十多年，但卻保不住他的武功。」

接著瞥徐子陵一眼，淡淡道：「爲何那麼緊盯著我？」

徐子陵忙移開目光，尷尬道：「我聽得入神，自然而然盯著你，你不喜歡的話，我不看你好了。」

石青璇露出一個小女孩般可愛的嬌憨神態，抿嘴笑道：「我是故意作弄你的，你和其他男子不同，無論人家扮得怎麼醜，你總像可發現些甚麼動人之處，現在青璇的肌膚又黑又粗糙，你看來作甚麼？」

徐子陵差點要捧頭叫痛，苦惱道：「你好像很怕別人欣賞你的姿容似的，但那已是個不能改變的事實。」

石青璇微笑道：「我是因娘的前車之鑑嘛，自懂事以來，我從未見過娘的笑容。不要岔開說別的事了，剛才我說到哪裡？」

徐子陵心道明明是你自己岔到別處，卻說成像老子才是罪魁禍首那樣。不過他當然不會計較，答道：「你說到岳山保得住性命，但保不住武功……」

石青璇一拍秀額，輕呼道：「對！細節不提了，自我懂事後，岳老便在我們居住的幽林小谷外結廬而居，我不時到那裡陪他，聽他說江湖的事，所以對他的事非常清楚。他閒來無事，就把他稱為『七十二候』的刀法著而為書，如果我轉贈給你，你連他的武功都可冒充哩！」

徐子陵心中一動道：「你可知岳山和祝玉妍有個女兒嗎？」

石青璇道：「那是岳老平生的一大憾事，初時他還以為祝玉妍對他另眼相看，情有獨鍾，豈知祝玉妍……唉！我不想說了。」

徐子陵抗議道：「這是你的習慣嗎？總在惹起人的好奇心後，便不說下去。」

石青璇莞爾道：「終肯說實話哩，我最恨的就是你那事事不在乎不要緊的可惡態度，這次放過你吧！」頓了頓後續道：「魔教中人，行事往往違反人情天性，像生兒育女這種倫常天道，他們也會視之為障礙。祝玉妍之所以會挑選岳山作一夜夫妻，皆因她本身討厭岳山，所以縱使發生男女的關係，也不虞會愛上對方，致難以自拔，你說這是否有乖天理？」

徐子陵聽得目瞪口呆，無言以對。

石青璇默然片刻後，輕輕道：「你替我把尤鳥倦和周老嘆殺死，我就邀請你到我的小谷來，以眞面貌全心全意的為你吹奏一曲，這條件你感到滿意嗎？」

來陪寇仲飲酒的秋蓉果然姿容不俗，且青春煥發，毫無殘花敗柳的樣子。她見寇仲虎背熊腰，儀容俊偉，立即春情蕩漾，像蜜糖般把他黏著，施盡渾身解數，以討他歡心。寇仲表面上雖然非常投入，但耳朵卻在監聽著隔鄰廂房「小呂布」焦宏進和秋月的對答。此時秋月猜拳贏了，輪到焦宏進飲罰酒。寇仲心想該是時候，正要登門造訪，忽地一陣急劇的足音自遠而近，來勢洶洶，嚇得秋蓉離開他的懷抱，駭然失色。

十多人的足音經房門而過，止於鄰房門外。「砰！」不知誰踢開房門，接著是焦宏進的聲音訝然道：「大當家！」

寇仲心中一震，知是都任來了，只不知甚麼事令他如此氣沖沖的，絲毫不給焦宏進情面。

一把低沉沙啞，帶著沉重喉音的男聲喝道：「其他人滾出去！」

焦宏進默然不語，秋月的足音離開廂房，忽重忽輕，顯是駭得腳步虛浮不穩。

房門關上。「砰！」都任拍檯喝道：「告訴我，誰把我們進攻彭城的計畫洩露出去？」

寇仲聽得目瞪口呆，心想怎會這麼巧，同時暗讚沈仁福傳播謠言的高效率。

焦宏進不悅道：「我不明白大當家在說甚麼？」

都任盛怒大罵道：「你不明白，那誰來明白？攻打彭城的事，只有你知我知窟哥知，但現在外面傳言四起，連我們聯軍攻打彭城的先後次序都說得繪影繪聲，若不是你口疏說出去，難道是我或窟哥嗎？你來告訴我吧！」

焦宏進沉聲道：「我焦宏進跟大當家這麼多年，何時說過半句謊話？我說沒有，就是沒有，大當家不相信也沒辦法。」

一陣難堪的沉默後，都任猛地起立，連說了三聲「好」後，像來時般一陣風的去了。

寇仲幾次想出手，最後仍是打消念頭，因為若如此下手刺殺都任，便很難作出和平接收駱馬幫的部署。

倏地起立。秋蓉剛驚魂甫定，又給他嚇一大跳，扯著他衣袖道：「客官要到哪裏去？」

寇仲在她臉蛋捏一把，隨手放下一錠金子，微笑道：「我要安慰一位朋友受創傷的小心兒，你給我乖乖留在這裏，不要去偷別的男人。」

徐子陵點頭道：「我只能答應你盡力而爲，想想吧！那晚在蝠洞迷宮，在那麼有利的條件下，仍給他們逃去，可知這兩個邪人是多麼厲害，小姐以後也應小心點。」

石青璇雙目異采漣漣，瞧他好一會後，露出編貝般雪白的牙齒微笑道：「你今天辦不到的事，不等於明天辦不到，只要你肯答應就行。」

這時齋菜端來。

石青璇起箸夾起齋菜送到他的碗裏去，道：「這一餐算是我爲你壯行色，故由小妹請客，噢！眞開心，自娘仙去後，青璇從未這麼開懷過。」

徐子陵只好苦笑以對。

石青璇像想起甚麼似的道：「我差點忘記告訴你到川中找人家的方法，否則你眞的會找一萬年都找不到。嘻！不知爲甚麼，我發覺自己很愛捉弄你，看看你尷尬難過的樣兒。」

徐子陵還有甚麼話好說。兩人你一箸我一箸，不片晌把檯上齋菜掃個精光。看著乾淨的碗碟，他們都有好笑的感覺。

石青璇搶著結賬，來到街上，石青璇道：「你有沒有東西留在客棧？」

徐子陵搖頭表示沒有。

石青璇道：「這麼晚，城門該已關閉，我們只有踰牆而出，你是否眞的送我一程？」

徐子陵笑道：「這個當然。」

石青璇喜孜孜道：「那隨我來！」轉身朝城西的方向走去。

徐子陵追在她身後，道：「你有很多事只說一半，是否該趁分手前說清楚點？」

石青璇搖頭道：「那些事很煩，怎麼說都說不完，遲些你來找我再說好嗎？你還是第一個被邀請的客人呢。」

徐子陵皺眉道：「我恐怕有一段很長的時間無法分身啊！」

石青璇漫不經意地微聳香肩道：「當然是有空才來。」

徐子陵正要說話，驀地健馬狂嘶，一輛馬車在對街緊急停住。「轟！」車頂破開，一道人影從廂內沖天而起，落在兩人身後，聲勢驚人至極點。徐子陵和石青璇交換個眼色，都不知發生甚麼事。『霸刀』岳山，竟然是你！」

徐子陵聽得頭皮發麻，心中暗叫冤枉。

耳中傳來石青璇的聲音道：「不用怕，是你的老朋友左游仙，我說一句，你說一句，明白嗎？」說罷趁機走到一旁。

徐子陵緩緩轉過身去，依著石青璇的指示淡然道：「自長白一別，轉眼四十多載，游仙兄風采依然，實是可喜可賀。」

寇仲推門而入。

焦宏進淩厲的目光朝他電射而來，聲音卻出奇地平靜，淡淡道：「你是誰？」

此人不負小呂布之名，長得英偉漂亮，高大勻稱，舉手投足，均顯示出他充滿自信。

寇仲淡淡一笑，在他對面坐下，道：「小弟寇仲，焦兄你好！」

焦宏進虎軀劇震，探手要拿放在桌上的連鞘大刀。

寇仲低喝道：「且慢！」

焦宏進手按刀把，卻沒有拔出來，壓低聲音道：「難道你只是來找我喝酒猜拳嗎？」

寇仲攤開兩手，以示沒有攻擊的意圖，哂道：「若我要殺人，剛才你的大當家便不能生離此地，對嗎？」

焦宏進冷靜下來，仔細端詳對方，點頭道：「為何你不動手？」

寇仲答道：「因為我要給焦兄點面子嘛。」

焦宏進一怔時，足音驟起，自遠而近，至少有數十人之衆，分從房外兩邊廊道傳來。

寇仲從容道：「都任要殺你哩！」

焦宏進一個翻身抽出大刀，彈離椅子，移到廂房望往後院的槅窗，尚未站穩，已怒吼一聲，往後彎腰仰身。「嗤嗤」連聲，七、八枝勁箭在他後仰的面門上方數寸間閃電掠過，插進廂房牆壁和樑柱去。

箭簇仍在晃顫之際，門外傳來的步音驟止。

「砰！」房門被重重踢開，手持利器的大漢如狼似虎般二話不說衝入房來。

寇仲一聲長笑，學焦宏進般從椅子翻起，卻雙手握緊椅背邊沿，兩腳閃電後撐，在敵人斬腳前，正中當先兩人胸口。胸骨碎折的聲音驚心動魄的響起，兩名大漢七孔噴血，兵器脫手，像被狂風刮起般往後斷線風箏地拋擲，把後面正向門口擁進來的大漢撞得人仰馬翻，骨折肉裂，倒下六、七個，沒有半個可以爬得起來。尖叫聲在鄰房傳至。

寇仲雙足落地，向一臉憤然的焦宏進道：「讓我們引走敵人，免得他們誤傷無辜。」身子往上騰起，破頂而出。焦宏進聽得呆一呆，然後循他撞破的洞口來到瓦面處。

寇仲正把埋伏在瓦面的箭手殺得狼奔鼠竄，紛紛從兩邊簷頂滾下去。樓房和院牆間的空地滿是火把，喊殺喧天，但卻沒有人能直接威脅到他們。焦宏進移到寇仲左旁，決然道：「焦宏進的命從此賣斷給寇爺。」寇仲扯他伏下，避過十多枝從地面射上來的勁箭，邊觀察形勢，邊笑道：「爲何忽然如此錯愛？」

焦宏進心悅誠服道：「在這種情況下，仍能顧及無辜，宏進不跟寇爺還跟誰？」

寇仲哈哈一笑，伸手緊攬他肩頭一下，放開手道：「好兄弟！來吧！」箭般貼著瓦背竄下瓦簷，游魚地朝下方投去。他的速度快至肉眼難察，兼之事起突然，敵箭全部射空，他則如虎入羊群，先迅電般奪過一枝長矛，接著左挑右刺，見人便殺，守在位置的三十多名敵人頓時潰不成軍，四散奔逃。焦宏進躍落地面，寇仲大喝道：「來！我們順手宰掉都任。」

敵人的援軍分由兩邊殺至，喊殺聲和樓房內姑娘的尖叫聲渾成一片，情況混亂至極點。

寇仲和焦宏進一先一後，朝前院大門處車馬匯集的廣場殺去。由於受院內建築空間限制，很難形成重重圍攻的局面，對人少的一方自是有利無害。寇仲一馬當先，依著沿樓而建的走廊硬闖，手中長矛化作千萬道閃電般的光芒，擋路者無一倖免，不是被掃得側跌出走廊的圍欄外，便是被挑飛拋後，撞在己方的人身上，確是威風八面，擋者披靡。焦宏進的武功亦相當高明，大刀上下翻飛，砍翻多個追來的敵人。

「噗！」寇仲的長矛像一道電光般掃打在一面盾牌上，震得那人連盾牌狼狽往後跌開，寇仲接著又連追帶打，撥開兩枝刺來的長槍，但心中卻無絲毫歡喜之情，還大叫不妙。此時他只差十多步，就可轉入正院大門入口處的小廣場，豈知忽然從轉角間擁出無數刀盾手和長槍手，配合無間的截斷去路，先前攔路的烏合之衆則紛紛翻出圍欄，好讓生力軍來對付他們。這批槍盾手人人武功不俗，最厲害處是訓練有素，兼具防守和強攻的優良能力，寇仲本來有如破竹的聲勢，登時化爲烏有，漸漸變成爭道之戰。

後面的焦宏進立時壓力大增，在且戰且走中變成陷入重重圍困，浴血苦戰。焦宏進厲叫道：「都任全心殺我，這是他的親衛槍盾團，人數達五百之衆，寇爺快走！不用理我，遲則不及。」

寇仲倏地退後，避過三枝疾刺而來的長槍，貼上焦宏進背脊，叫道：「要死便死在一塊兒。」銳眼偷空一掃，只見走廊的圍欄外除潮水般擁過來的盾手槍手外，尚有一重十多人的弓弩手，心叫不好，大喝道：「隨我來！」

「轟！」寇仲硬是撞破牆壁，滾進青樓的迎客大廳去。

左游仙身量高眺，腦袋幾乎光禿，鬢角邊卻仍保留兩撮像簾子般垂下的長髮，直至寬敞的肩膊處，形相特異。

他的年紀至少在六十開外，可是皮膚白嫩得似嬰兒，長有一對山羊似的眼睛，留著長垂的稀疏鬚子，鼻樑彎尖，充滿狠邪無情的味道。他身上穿的是棕灰色道袍，兩手負後，穩立如山，左肩處露出佩劍的劍柄，氣勢逼人。他雙目射出深銳的目光，由上到下的打量扮成岳山的徐子陵，冷冷道：「當然不及岳兄可躲起來享清福，岳兄變得眞厲害，連形影不離的寶刀也無影無蹤，又改了聲音，改變眼神，小弟雖有同情之意，但舊賬卻不能不算，只要你肯自斷右手，小弟可任你離開。」

接著向護送座駕的十多名躍躍作勢的江淮軍喝道：「你們給我清場，自己都要滾得遠遠的。」事實上，街上的行人早四散避開，躲往店鋪和橫巷去。

徐子陵耳內響起不知藏在何處的石青璇的指示，忙啞聲一笑，雙目厲芒電閃，凝視兩丈外的左游仙，淡然道：「左兄有輔公祏撐腰，難怪說話神氣得多。換了我未曾修成『換日大法』之前，只憑你這句話，就要教你血濺十步之內，左兄是否相信？」

左游仙臉色微變，眼中掠過半信半疑的神色，沉聲道：「小弟剛把『子午罡』練至第十八重功法，正苦於無人作對手，此次與岳兄相逢於道左，可知必是道祖眷顧，給小弟如此試法良機。」

徐子陵的岳山假臉隨他面具後的肌肉帶動露出一個詭異的笑容，而事實上他卻是以笑來拖延時間，淡淡道：「『子午罡』乃貴派『道祖眞傳』兩大奇功絕藝之一，與『壬丙劍法』並列爲鎭派祕技，不過自貴祖長眉老道創派以來，從沒有人能眞正把子午罡完美融合的運用到劍法上去，左兄小心畫虎不成反類犬。只要給本人找到在配合上的任何一個小破綻，左兄的試法將變成殉法，莫怪岳某人沒有事先明言。」

左游仙顯然是毫無懷疑地把他當作眞岳山，冷笑道：「想不到岳兄對敝傳的小玩藝有這麼深的認識，至於小弟的劍罡同流是否仍有破綻，正要請岳兄指點。」「鏘！」左游仙寶劍離鞘，登時生出一股無堅不摧的凜冽罡氣，發自遙指徐子陵的劍鋒處，既凌厲霸道，又邪異陰森。

徐子陵心中叫苦，從石青璇以聚音成線貫入他耳鼓的指示中，得知左游仙乃邪派八大高手之一，當年排名尙在尤鳥倦之上。動起手來，自己只有全力出手保命的份兒，那時不「眞相大白」才是奇蹟。

幸好石青璇的聚音示音又到，聽畢忙運功針鋒相對的抗衡著這元老級邪門高手的尖銳劍罡，仰首望天，從容道：「現在是酉戌之交，左兄的子午罡該是氣流於心腎之交，看指！」當他說到心腎之交時，左游仙立即臉色微變，罡氣減弱三分。

「噗！」兩人同時晃動一下。徐子陵仰天啞聲大笑，發出一陣難聽之極的聲音，搖頭嘆道：「左兄果然有點門道，神雖在心腎，罡炁卻周流於督脈，神炁分離，深得往復升降，借假得眞之旨，左兄仍要以身試法嗎？」左游仙終於掩不住驚容，厲聲道：「你怎知敝派神炁分離之法。」這次連隱於一側巷內的石青璇都大惑不解，不明白爲何徐子陵只和對方作試探式的略拚一招，便像洞穿對方肺腑似的把握到箇中玄虛。左游仙自然更是驚駭欲絕。

豈知徐子陵和寇仲均有只他兩個懂得的獨門祕技，就是能藉入侵對手體內的勁氣，探測對方經脈的虛實，所以天下間點脈截脈的手法雖千門萬類，但卻沒有一種手法能瞞過他們。剛才那一指他是故意在指風中暗藏微若遊絲的螺旋勁，在對方似知非知間鑽入對方經脈去，探察出敵情來。那也是左游仙劍罡同流的唯一破綻，就是神炁分離，使他在某一種形勢下，劍罡會出現斷層式的空隙，知情者自可利用這一良機，令他落敗。其中情況微妙至極點。

捫心自問，徐子陵自知沒有本領可逼得左游仙露出如此破綻，但因從石青璇的指示中知此老道生性多疑，故以岳山的身分擺出吃定對方的姿態，好能從容「逃命」。這時見左游仙中計，忙依石青璇繼續傳入耳內的指示再來記軟的，好讓雙方均能體面地步下台階，冷哼道：「左兄與小弟的所謂過節，只是意氣之爭，左兄若對多年前的舊事仍介懷在意，岳某人絕對奉陪，不過左兄該知本人的習慣，一旦出手，不死不休。」

左游仙的面容冷靜下來，狠狠盯著徐子陵，好一會兒才像洩了氣般點頭嘆道：「岳兄責怪得好！說到底我們總曾是朋友，只不知岳兄這次重出江湖，是否要找宋缺雪那一刀之恨？」

徐子陵冷哂道：「若非岳某人以宋缺爲重，今天肯這麼低聲下氣，對你好言相勸嗎？」

左游仙不知是否一向聽慣岳山這種說話方式，不以爲忤的道：「理該如此！逢此風雲四起之際，個人恩怨只是小事。岳兄有沒有興趣坐下來飲兩杯水酒，看看有甚麼可合作的地方。」

徐子陵淡淡道：「待我斬下宋缺的首級，再來找左兄飲酒慶祝。」啞笑兩聲，飄逸瀟灑的轉身溜之大吉。

尖叫四起。剛從樓上逃下來的妓女賓客，見兩人破牆進入迎客大堂，怕殃及池魚，又往樓上逃回去，狼狽混亂，彷如世界末日來臨。

寇仲先彈起來，長矛連環掃劈，把從破洞追進來的敵人硬逼得退出去，正要乘勢殺出，一群弩箭手從洞開的大門搶進來，焦宏進見勢不妙，掀翻置於迎客大堂一張以紅木和雲石鑲嵌而成的大圓桌，以作擋箭之用。

「篤篤」連聲，十多枝弩箭全射到桌面做的臨時擋箭牌去。「砰！」另一邊的後門被撞開，擁入無數以刀盾手和槍矛手爲骨幹的駱馬幫衆。

寇仲迅速移到另一圓桌處，拋開長矛，兩手抓牢桌沿，先運功震碎桌腳，然後狂喝一聲，運起螺旋勁，平胸推出。歷史再次重演，只不過把鐵鈹換上雲石桌面，聲勢威力則尤有過之。只見圓桌面在離開寇仲雙手後，立即風車般轉動起來，自自然然循著一道妙似天成的弧線曲度，橫過大堂，迎上敵人。骨折肉裂的聲音與慘叫聲，兵器盾牌墜地聲與狂呼痛喊，爆竹般連串響起。在至少撞斃砸傷三十多人後，桌面「蓬」的一聲撞在後門處，反震往側，又傷了另三個倒楣的傢伙，確是擋者披靡。

敵人心膽俱喪，以比擁進來遠勝的高速，踏著己方人的屍身，潮水般往後門退出去。

燈火在寇仲的指風下逐一熄滅，當迎客大堂陷進黑暗中，另一張桌面又被擲出，把從前面撲進來的弩箭手撞得人仰馬翻，抱頭鼠竄。不過寇仲亦氣衰力竭，無力擲出第三張桌面，躲到焦宏進的桌面後。整個大堂倏地靜下，只有火把從前後兩門和破壁處映照進來，並有不住閃跳的光影，與獵獵燃燒的響音。

寇仲這石破天驚的奇招，一時把敵人鎮懾住，暫時再無人敢闖進來。焦宏進忽地嘆氣。寇仲喘著氣道：「焦兄何事嘆息？」

焦宏進在半明半暗中露出一絲苦澀的笑意，道：「剛才逃返樓上的人中，其中一個是秋月那婆娘，想不到曾和我作過山盟海誓的人，在我有難時逃得比任何人都要快。而寇爺和我只是初次見面，卻義無反顧，漠視生死，心中怎能沒有感觸？」

寇仲失笑道：「焦兄定是個非常看重感情的人，在這種情況下竟還有空去想這種事。」

驀地都任的聲音由正門的方向傳進來，大喝道：「叛徒焦宏進和你的同黨聽著，你們已被我們重重包圍，插翼難飛。識相的立即棄械投降，否則我放火把這樓子燒掉。」這恐嚇的話，頓時惹起樓上可憐的賓客和姑娘們震天的哭叫和求饒聲，情況混亂。

寇仲此時回過氣來，湊到焦宏進耳邊教路，焦宏進忙大喝回應道：「一人做事一人當，都任你休要殃及無辜旁人。你先命手下退後，我從正門出來，當著你眼前自刎。」他的聲音遠遠傳開去，裏裏外外，頓時鴉雀無聲。

寇仲低聲道：「焦兄確是有兩下子，說得這麼壯烈感人，哈！」

焦宏進爲之啼笑皆非，但亦暗自佩服，有多少人能像寇仲般在這樣的劣境仍可談笑風生。

都任喝叫傳來道：「且慢！先報上你同黨的姓名身分，否則立即點火。」

寇仲聽得不住點頭，喃喃道：「只聽他的聲音，便知他的功力及不上焦兄，難怪要趁機扳倒你。」

焦宏進見他一副好整以暇的樣子，皇帝不急急煞太監般皺眉道：「我怎樣回答他呢？」

寇仲驀地長笑道：「都幫主請站穩！小弟姓寧名奇道，乃『散人』寧道奇的祕密兒子。焦宏進壯烈捐軀後，你可得放我走，否則我爹不認我這兒子是一回事，報不報仇卻是另一回事，明白嗎？」焦宏進還以爲他有甚麼奇謀妙計，豈知竟是亂說一通，登時愕住。

都任的冷笑傳來道：「不知死活的傢伙，給我火箭伺候！」

樓上登時又傳來震天哭喊聲。

寇仲一拍焦宏進肩頭，笑道：「拖延時間大功告成，我們到別處喝酒去吧。」

豹子般彈起來，朝最近的大桌撲去。

第七章

錯恨難返

作品集

第七章　錯恨難返

徐子陵與石青璇卓立一座小丘之上，後方遠處隱見合肥城的燈火。

石青璇微笑道：「我早猜到那妖道不敢動手。因爲他只練至神炁分離而非神炁渾流的境界，絕勝不過你虛張聲勢的『換日大法』，何況你竟能知他神藏何處，氣歸何方？你怎會知道的？」

徐子陵灑然聳肩道：「那純是氣機接觸後的一種感應，探到他的心力集中在心腎時，罡炁卻在督脈處澎湃不休，蓄勢待發，玄妙異常。若非親身體會，眞不相信有這種奇功，卻原來尚欠一點火候才臻達最高境界。」

石青璇露出緬懷回憶的動人神色，美眸深注覆蓋大地的夜空邊緣處，悠然神往道：「幸好青璇不會忘記娘所說的任何一句話，否則便不能助你渡此難關。左妖道名列邪派八大高手之七，武功尤勝榜末的尤鳥倦，你的武功雖高，但若和他硬拚，鹿死誰手尚是未知之數。」

徐子陵動容道：「原來是你娘告訴你的，她定非平凡之輩。」

石青璇露出引以爲傲的神色，柔聲道：「娘當然是非凡之輩，否則尤鳥倦等不致要等到娘過世的消息傳出，才敢來奪取『邪帝舍利』。」

徐子陵很想問問關於她爹的事，但因屬對方私事，只好壓下好奇心，改而問道：「難道祝玉妍也不敢惹你娘嗎？」

石青璇傲然道：「這個當然。娘乃祝玉妍深切顧忌的人之一，否則魯大師絕不會宣稱把『邪帝舍利』交給了她啊！」

徐子陵動容道：「這世上除慈航靜齋的人和寧道奇外，竟尚有能教祝玉妍害怕的人，眞令人意想不到，難怪那天我聽到你以簫聲破去金環眞的魔音，隱隱感到那是剋制祝玉妍『天魔音』的一個方法。」

石青璇驚異地瞥他一眼，點頭道：「魯大師確是言不虛發，徐兄悟性之高，使人驚訝。」接著微微笑道：「娘並非靜齋和寧道奇以外的任何人，而是她根本出身自靜齋，是現任齋主的師姊。」

徐子陵聽得目瞪口呆，只是拿眼瞧她。

石青璇向他作出一個罕有頑皮嬌俏的小女兒表情，習慣地賣個關子道：「就告訴你那麼多。唔！是時候分手了！別前讓青璇告訴你尋找幽林小谷的方法，可別忘記啊！」

當焦宏進以爲寇仲要重施故技，震碎圓桌的木腳架，擲出桌面以傷敵時，寇仲抓著其中一桌之腳，單手把重達二、三百斤的雲石桌斜舉半空。而由於雲石桌傾斜的角度剛好使兩邊重量平衡，所以他只需有足夠的承托力便成，一派舉重若輕的寫意樣子。同時大喝道：「大當家請聽小弟一言，事實上我確是亂說一通，都幫主果然英明神武。」一邊說話，一邊向從大門看進來瞧不見的角度往大門潛去，焦宏進只好緊追在他身後。

都任不耐煩的聲音傳來道：「我沒時間和你胡纏……」

寇仲暴喝道：「遲了！」這一喝含勁發出，等若不同版本的「天魔音」，雖不能像祝玉妍般使敵幻覺叢生，卻可震得人人耳鼓發痛，既收先聲懾人之效，又蓋過都任指示發射火箭的命令。在門外蓄勢待發的數百駱馬幫眾在聞喝後驚魂未定之際，寇仲掄起雲石桌從大門衝下門階，焦宏進則猛一咬牙，抱著捨命陪君子的心情，追在他後。數以百計的火箭從院牆上的狙擊手和扇形布在廣場上的敵陣射出。

寇仲哈哈一笑，桌面降下，放在地上，把前方封個滴水難進，然後騰出雙手，向焦宏進喝道：「你左我右！」「嗤嗤篤篤」之聲不絕如縷，九成以上的火箭不是射空，就是射在桌面上，其他從側射至的勁箭則給兩人分別侍候，刀打手撥，紛紛墜地。擋過第一輪勁箭，寇仲哪敢怠慢，舉起雲石桌，掄上半空，殺往敵陣去。

敵方來不及掄箭上弓，雙方已陷進混戰的局面。都任與十多名親信高手立在外院門處指揮大局，見狀色變喝道：「給我殺無赦！」左右十多名高手同時衝出，加進攔截圍殺之戰。

寇仲愈舞動桌子，愈是得心應手。起始時，他以爲憑功力最多只可支持半柱香的時間，便要力竭棄桌。到眞正運行起來時，發覺只要趁桌子重量平衡的一刻，再藉桌子本身的重量掄攻敵人，可收四兩撥千斤之效。而每一次攻擊後，可憑步法令桌子自然而然到達下一個平衡點，使他得到刹那喘息回氣的機會。桌子到處，煞是痛快。只見盾裂矛折，刀劍離手甩脫，被桌子邊沿砸到的敵人，那怕只是沾上點邊兒，無不骨折肉裂的拋擲翻跌，絕無一合之將。焦宏進信心頓增，大刀使得虎虎生威，掩護他的後方。

此時敵方高手到了，一人凌空下撲，另一人趁焦宏進阻截向寇仲右方攻來的兩枝長矛，從寇仲左側閃入，手中雙斧一斬寇仲背脅，另一照頭頸劈下。寇仲殺得興起，夷然不懼。桌子先風車般上砸，騰空的手一拳轟向偷襲者面門，拳未到，拳風先到，那人駭然欲退，寇仲底下飛起一腳，靴尖點在對方小腹處。上方和右面兩高手同時慘叫。凌空來襲的給桌子掃個正著，骨折肉裂的墜往遠處，持雙斧者則吐血仰拋，撞跌三個敵人。桌子再度橫掃，逼開擁來的十多名刀盾手，但寇仲的眞氣亦已見底，只有作最後的孤注一擲。

寇仲扭腰把桌子扯往右後側，接著狂喝一聲，全力把桌子旋往外門的方向。此時兩人殺至離外院大門不到二十步的距離，桌子到處，敵人駭然四散躲避，來不及的被撞得橫飛仰跌，狼狽不堪。寇仲和焦宏進知這是唯一逃命的機會，兩人閃電般追在急旋的桌子後，往外院門搶去。都任等見勢不妙，欲趕來攔截，卻被己方潮水般湧向兩旁避禍的人硬逼開去，坐失良機。

「轟！」桌子猛撞在緊閉的外院大門，桌與門同時破裂粉碎。寇仲來自《長生訣》的真氣雖能循環往復，生生不息，但由於損耗過急過鉅，每一下都是全力出手，補充不及，此刻已到油盡燈枯的惡劣境地，只能提起最後一口真氣，衝出門外。焦宏進隨後撲出，見他腳步虛浮，大吃一驚，忙掠到他旁，探手扶著。就在這危急存亡，生死一線之際，對街處和屋瓦頂上現出無數箭手。

兩人心叫我命休矣時，「嗤嗤」之聲響徹無人的長街，勁箭在他們上方和左右擦過，目標卻是從院門擁出來的追兵和高踞牆上的敵方箭手。十多名盾牌手撲到街上，把兩人團團環護，其中一名大漢喜叫道：「二當家，我們來哩！」焦宏進鬆一口氣，向寇仲道：「是我的人。」

最要都任命的失著，非是與窟哥的結盟，更非欲置焦宏進於死地，而是因寇仲的干預致錯失殺死焦宏進的機會。在駱馬幫中，焦宏進是比都任更受尊敬和愛戴的人物，都任與窟哥的結盟，更進一步失去幫內的人心。事實上駱馬幫正徘徊於分裂的邊緣，所以都任先發制人。寇仲散播的「眞謠言」，等於替乾旱的枯葉和柴枝燃起烈火。駱馬幫是趁舊朝崩潰的形勢崛起的幫會，會衆多來自下層的市井之輩，帶有強烈的地方色彩。要他們縱容外人殘害鄉里同胞，是萬不容許的。

都任要與窟哥結盟，亦有他的苦衷。無論他如何夜郎自大，也心知肚明鬥不過寇仲，唯一方法是趁寇仲陣腳未穩前，借窟哥的復仇之心，大肆擴展勢力，至乎攻陷梁都，把寇仲新興的勢力連根拔起。打的本是如意算盤，只差未想過會反被寇仲動搖他的根基。

第一個知道都任要收拾焦宏進的人是奉寇仲之命在旁監視的「鬼影子」洛其飛。此人頗有智計和眼光，立即通知沈仁福，再由他向其他與焦宏進關係親密的駱馬幫頭領通風報訊，登時惹得群情洶湧，趕來反把都任和他的親衛兵圍困在妓院裏。此時形勢逆轉，寇仲和焦宏進被簇擁往對街處，人人歡聲雷動，高喊焦宏進之名。

焦宏進不知如何是好時，寇仲湊到他耳旁道：「先數他罪狀！」焦宏進抓頭道：「甚麼罪狀？」

此時都任出現在正門處，似要強衝出來，寇仲忙大喝道：「放箭！」眾人早躍躍欲試，只欠「上頭」的一聲命令，且還有點懾於都任的餘威，聞言立即千箭齊發，射得都任等抱頭鼠竄退回院內。

眾人又是一陣震天歡呼，盡情發洩對都任的不滿。都任的驚喝聲傳出來道：「焦宏進欲叛幫自立，你們……」

寇仲大喝道：「閉嘴！都任小兒你可知自己有三大罪狀，再不配為本幫幫主。」

都任厲喝道：「你究竟是誰，竟敢混進我幫來扇風點火？」

寇仲暗踢旁邊的焦宏進一腳，後者忙大喝道：「都任你不要岔到別處去，你的第一項大罪，是勾結契丹馬賊，殘害同胞。」在場的過千駱馬幫眾齊聲喝罵，都任連辯駁都辦不到。

眾人情緒激烈至極點，焦宏進已無以為繼，寇仲連忙教路。

焦宏進精神大振，氣勢如虹的大喝道：「第二項大罪，是不分是非黑白，陰謀殺害本幫兄弟。」眾人又是喊殺震天，把都任的叫聲全掩蓋過去。

焦宏進湊向寇仲道：「第三項大罪是甚麼？」

這次輪到寇仲抓頭，他隨口說出三大罪狀，只因覺得三大罪狀說來口響些兒，當時哪有想過是哪三項罪狀。周圍的幫眾都代他兩人緊張著急，感同身受，偏是愈急愈想不到，在呼喊聲逐漸歇斂之際，忽然沈仁福的頭從人叢裏探進來道：「第三項罪將就點便當是損害本幫聲譽吧！好嗎？」焦宏進覺得這或許算不上是甚麼嚴重罪行，寇仲腦際靈光一閃，狂叫道：「第三項罪就是爲逞一己之私，竟想放火把小春光無辜的姑娘賓客燒死，此事鐵證如山，受害者請立即揚聲，否則我們便……嘿！沒甚麼！」他本想說「否則我們便不來救你們」，幸好懸崖勒馬，沒有變成見死不救的惡人。小春光主樓上的「受害者」立時高聲發喊，紛紛指責都任。

寇仲見時機成熟，大喝道：「兄弟們！從今天開始，焦宏進才是我幫幫主，焦幫主萬歲！」一時「焦幫主萬歲」之聲，響徹雲霄。

寇仲再喝道：「院內的人聽著，只要你們棄械投降，焦幫主一律不追究，大家仍是好兄弟。」話聲才止，院內街上立即肅然靜下，只餘火把燃燒和呼吸的聲音。不知院內誰人先擲下兵器，接著叮噹聲不絕，誰都知都任大勢已去，地位不保。

寇仲長笑道：「都任小兒！還不滾出來受死！」

都任狂喝一聲，持矛衝出，朝焦宏進立身處直撲過來。「嗤嗤」聲響個不絕，數以百計的勁箭像雨點般向他射去。都任身上不知中了多少箭，在街心頹然傾倒，立斃當場。

日夜趕路兩天後，徐子陵終抵久違了的大江。

寬闊的江面上出奇地不見片帆隻船，惟見江水滔滔，自西而東，滾流不休。儘管是長江這樣的大河，當然難不倒徐子陵，不過他並不急於渡江，遂順道往上游掠去，希望找到江道較窄處，好省回點氣力。日落西山下，夕陽的餘暉照得江水霞光泛彩，有種淒艷的美態。拐了一個彎後，上游四、五里許處赫然出現一個渡頭，沿岸尙泊有九艘中型的帆船，飄揚書有「大江聯」的旗幟。

徐子陵好奇心起，暗忖長江聯盟是由鄭淑明當家，以清江、蒼梧、巴東三派和江南會、明陽幫等爲骨幹的聯盟，爲何會在此聚集？心念電轉間，他腳下跑了兩里多路，穿過一片疏林野樹，登上一個小丘頂，把長江聯於渡頭方面的活動，盡收眼底。大地逐漸沉黑下去，九艘帆船都沒有亮燈，透出鬼祟神秘的味道。忽然上游處有艘大船從河彎處轉出來，全速駛至。

徐子陵定神一看，心中登時打個哆嗦，因爲這艘船他絕不陌生，是他和寇仲曾度過一段時光，巨鯤幫幫主雲玉眞的座駕船。他心中湧起很不妥當的感覺。

寇仲挺坐馬上，從高處遙望星月下一片荒茫的平原林野、起伏的丘陵。宣永和焦宏進分傍左右，後面則是十多名手下將領，泰半是來自駱馬幫的人。小春光事變，都任慘死，消息傳出，竄哥聞風慌忙逃往大海的方向，希望憑著馬快，能在被寇仲截上前，回到海上。豈知寇仲胸有成竹，以擅於察探的洛其飛沿線放哨，精確地把握他撤軍的路向，又任他狂逃兩天兩夜，然後在這支孤軍必經之路上，集中軍力，蓄勢以待。

蹄聲響起，洛其飛策騎穿過坡下的疏林，來到寇仲馬前，報告道：「敵人終於捱不住，在十里外一處山丘歇息進食，好讓戰馬休息吃水草。」

寇仲雙目寒芒電閃，沉聲道：「照其飛猜估，這批契丹狗賊是否仍有一戰之力？」

洛其飛答道：「契丹狗賊雖成驚弓之鳥，但他們一向刻苦耐勞，縱是倉皇逃命，仍散而不亂，陣勢完整，兼之專揀平原曠野趕路，一旦被截，亦可憑馬快突圍。」

寇仲點頭讚道：「其飛所言甚是，這次我們雖仗熟識地形，人數士氣均佔盡優勢，故勝券在握。但如何可攫取最大的戰果，把我們的傷亡減至最低，這才划算得來。」

焦宏進以馬鞭遙指後方十里許高山連綿處，道：「飛鷹峽乃到大海必經之路，我們只要在那裏布下伏兵，保證可令窟哥全軍覆沒。」

寇仲笑道：「窟哥雖不算聰明，卻絕不愚蠢，且行軍經驗豐富，當知何處是險地。」

洛其飛點頭道：「少帥明察，窟哥一夥本有餘力多走十來里，卻在這時間歇下來休息，自是要先探清楚地理形勢，然後決定究竟應穿峽而過，還是繞道而行。」

宣永皺眉道：「假若他們繞道而走，由於他們馬快，可輕易把我們撇在後方，那時沿海一帶的鄉鎮可要遭殃哩。」

寇仲搖頭道：「他們是不會繞道的，因爲能快點走他們絕不會浪費時間，我們不如來個雙管齊下，不在飛鷹峽布下一兵一卒，只在他們後方虛張聲勢，扮作追兵殺至的情景，令他們在得不到充分休息的劣況下倉皇逃命。」

焦宏進愕然道：「那我們在甚麼地方截擊他們？」

寇仲斷然道：「就在峽口之外，那時窟哥的心情剛輕鬆下來，人馬亦均洩氣，我們就給他來個迎頭痛擊兼左右夾攻，只要把他們趕到峽內去，這一仗我們將可大獲全勝。」接著微笑道：「不把窟哥生擒活捉，怎顯得出我寇仲的本領。」

巨鯤號燈火熄滅，緩緩靠近。

待雲玉眞的座駕船貼近大江聯的其中一艘戰船，兩船距離縮窄至三丈許，十多人騰身而起，落在雲玉眞的座駕船上。此時徐子陵剛從水內探出頭來，伸手抓住船身，五指硬是嵌進堅固的木壁去，就那麼附在那裏。

巨鯤號移離江岸，拐彎掉頭，其他戰船紛紛開航緊隨。甲板上戒備森嚴，即使以徐子陵的身手，亦無把握能瞞過對方的耳目潛進船艙去，也犯不著冒這個險。

他把耳朵貼在船壁，功聚於耳，聽覺的靈敏度立時以倍數提升，把船內諸人的足音說話，甚至粗重點的吸氣喘息，戰船破浪的異響，均一絲不漏的收進耳裏。徐子陵閉上眼睛，心神在這個純粹由聲音組成的天地搜索目標，當他聽到鄭淑明和雲玉眞熟悉的語聲，自然而然地把其他聲音過濾排除，等於眼光集中凝注於某一物件，其他景象會變得模糊起來一樣。他們該是進入艙廳的位置，由於徐子陵對巨鯤號的熟悉，腦海中毫無困難的勾劃出她們在廳內分賓主坐下，而雲玉眞的心腹俏婢雲芝以香茗奉客的情景，有如目睹。

幾句場面話說過，雲玉眞轉入正題道：「這回得貴聯與我大梁結成盟友，攜手合作，朱粲朱媚父女，授首之期將不遠矣。」

徐子陵心中恍然，自稱「迦樓羅王」的朱粲和其女「毒蛛」朱媚，一向恃勢橫行，無惡不作，無可避免地威脅到大江聯的存在，故不得不向勢力漸從長江以南擴展至江北的蕭銑投靠依附，以對抗朱粲父女的迦樓羅國。而雲玉眞正是穿針引線之人，說不定是在洛陽時談妥的。暗忖這等事不聽也罷，正欲離去，鄭淑明道：「雲幫主說要借儆聯的力量清除幫內叛徒，事情當然是非常嚴重，可否指示清楚，使我們能效犬馬之勞。」徐子陵心中劇震，立即把握到卜天志在與雲玉眞的鬥爭中正落在下風，陷身險境。

蹄聲轟傳峽谷，愈趨響亮，使本已綳緊的氣氛更為凝重。

藏在一片長於山坡的密林內的寇仲卻是出奇地平靜，因整個戰場都在他掌握之內，一切依他的擺布進行和發生，無有例外。他以前儘管曾向徐子陵侃侃談論「戰爭如遊戲」之道，但直至今夜此刻，才確切地體會到那種「遊戲」的奇異感受。從將帥的任用到卒伍的徵募、選取和編伍，由訓練、旗鼓、偵察、通訊、裝備至乎陣勢、行軍、設營、守城、攻城，戰術的運用，均令他有與人對奕的感覺。目標就是要作那最後的勝利者。

旁邊的洛其飛低呼道：「來啦！」寇仲冷然注視，契丹馬賊現身峽口，風馳電掣的策騎奔上峽口外的古道。果如寇仲所料，經過近十里急急有如喪家之犬的飛馳，又穿過險要的峽谷，敵人已是強弩之末，盡洩銳氣，速度上明顯放緩。

窟哥一向的戰術是「來去如風」四字眞言。打不過就溜，教人碰不著他的尾巴。而他能縱橫山東，實與熟悉地理風土的「狼王」米放有莫大關係。來到這人生路不熟的地方，窟哥有如目盲的瞎子，而米放則是引路的盲公竹。米放之死，使窟哥只能循舊路退軍，再無他途，正好陷進寇仲的天羅地網去。

此時大半馬賊已走出峽谷，忽然前頭的十多騎先後失蹄，翻跌地上。埋伏在兩邊新編入少帥軍的駱馬幫眾同聲發喊，在戰鼓打得震天劇響中，兩邊林內的箭手同時發箭，取人不取馬，契丹馬賊紛紛墜地，亂成一團。接著槍矛手隊形整齊的從兩邊分四組殺出，每組五人，一下子就把敵人衝得支離破碎，斷成數截，首尾不能相顧。埋伏在峽口的箭手則朝出口處箭如雨發，把尚未出峽的小部分敵騎硬逼得逃返峽內。

寇仲知是時候，大喝一聲，率領二百精騎從密林衝出，正面朝敵人殺去。

無論契丹馬賊如何強悍，馬術如何高明，在折騰了兩日後，兼且是新敗之師，士氣低落至極點，在這種四面受敵的情況下，終失去反擊的能力，四散奔逃，潰不成軍。

徐子陵傾耳細聽，雲玉真冷哼道：「成幫立派，講的是仁義誠信，現在卜天志私通外敵，陰謀叛幫，不顧信義，是死有餘辜，絕不足惜。枉我這些年來對他照顧有加，把他提拔作只我一人之下的副手，可說要風得風，要雨得雨，他這樣對不起我，從哪方面說都饒他不過。」

一把低沉的男聲道：「雲幫主何須為這等奸徒痛心，卜天志伏誅在即，我們已依雲幫主之言，以一筆大生意為餌，誘他到茱子湖商議，到時以戰船快艇把他重重圍困，保證他要屍沉江底，便宜水中的魚兒。」

鄭淑明壓低聲音道：「卜天志知否雲幫主在懷疑他呢？」

雲玉真淡淡道：「當然不會讓他知道，我還故意委以重任，使他仍以為我像以前那麼信任他。這回我特意不調動手下親信，交由貴聯出手對付他，更令他全無戒心。至緊要手腳乾淨，不留任何活口，那我更可趁卜天志的餘黨全無防備下逐一清除，免留無窮後患。」

鄭淑明道：「雲幫主放心，這只是一件不足掛齒的小事，只要給我們賺上船去，卜天志和他的人休想有半個能漏網。」

徐子陵聽得暗抹冷汗，又大叫僥倖。若非給他適逢其會碰上此事，卜天志的小命就要危乎殆哉。

船隊忽然減速，拐向右邊的一道支流，逆水北上。目的地當然是雲玉眞欲置卜天志於死地的菜子湖。

寇仲在宣永、焦宏進、洛其飛等一眾手下將領簇擁中，巡視臣服於他軍力之下的戰場劫後情景。這股肆虐多年的契丹馬賊，終被剿滅。戰利品除了近八百匹良種契丹戰馬，弓箭兵器無數外，尚有一批重達三千兩的黃金。只是這批財富，足可重建半個彭城。

寇仲卻沒有自己預期中的欣悅。屍橫遍野的情景他雖非初次目睹，但這次的戰況卻是他一手造成的。他現在的反應純然是一種直接觸景生情式的反應，對四周死亡景象有麻木的感覺。

寇仲勒馬停定，凝視以極不自然姿勢扭曲於地上的三具契丹馬賊冰冷僵硬的屍身，不遠處尚有一匹馬屍。其中之一該是背心中箭後從馬背摔下，頭部浸在一灘凝結成赭黑色的血液中，在晨光的照射下，本是充滿生命的肌膚呈現出噁心的藍靛色。宣永等見他呆瞪地上的屍骸，只好在旁耐心等待。

寇仲苦笑道：「你們說是否奇怪，剛才我從未想過或當過他們是人，但現在見到他們伏屍荒野，又忽然記起他們像我一樣也是人，有他們的家庭、親屬，甚至朝夕盼望他們返回契丹，關心著他們的妻子兒女。」

宣永沉聲道：「少帥很快會習慣這一切，在戰場上不是你死就是我亡，心軟點也不行！」

寇仲嘆道：「我並非心軟，就算整件事重頭再來一次，我仍會絕不留情地把這些窮凶極惡之徒殺得半個不剩。只是人非草木，總會有些感觸罷了。」

此時手下來報，找不到窟哥的屍身。

寇仲冷哼道：「算他命大！收拾妥當後，我們立即趕返下邳，下一個目標該輪到李子通的老巢東海郡啦！」

眾將齊聲應命。

寇仲催馬便行，忽然間，他只想離得這屍橫遍野的戰場愈遠愈好！

菜子湖遠比不上在東面不遠處的巢湖的面積，且形狀很不規則，但風光之美，卻出乎徐子陵意料之外。此時他從雲玉真的巨鯤號轉移到鄭淑明的戰船上，躲附在吊於船身其中一艘小艇的船底下，欣賞水清浪白，映碧盈翠的湖上風光。巨鯤號和大江聯的戰船，分別駛往預定包圍截擊的藏船地點，只餘鄭淑明這艘藏滿高手的帥船往赴卜天志之約。

湖上帆影翩翩，如行明鏡之上。岸邊碧油油的山色融入清澄的湖水，令人分不清究竟是湖水染綠山色，還是山色染綠湖水，再加上蕩漾於湖面煙霞般的薄霧，更是疑幻疑眞，似是一個錯失下闖進了平時無路可入的人間仙界。半個時辰後，船速漸減。

徐子陵深吸一口氣，內勁透過艇身，傳入吊索。吊索寸寸碎裂。小艇往湖水掉去時，徐子陵翻進艇內。「蓬！」小艇降落湖面，只下沉尺許，便在徐子陵腳勁巧控下回復平衡。

敵船喝喊聲起，但一切都遲了。槳櫓提起又打進水裏，小艇像箭矢般越過母船，超前而去。里許外處卜天志的戰船正緩緩來會。徐子陵迎風挺立，一邊操舟，一邊縱目四顧。恬靜的湖面水波不興，山湖輝映，碧水籠煙，清風徐來，使人心胸開闊，耳目清新，精神暢爽。

鄭淑明的驚呼從被拋後二十多丈的戰船甲板上傳來，嬌喝道：「徐子陵！」

徐子陵頭也不回的答道：「鄭當家走吧！江湖上的殺戮還不夠嗎？結下解不開的仇怨，捲入別人幫派的鬥爭，於大江聯有何好處？」再不理她，逕自催舟，迎向卜天志的帆船。他幾可肯定鄭淑明必以打退堂鼓作收場，縱使大江聯有能力殺死他徐子陵，亦須付出沉重之極的代價，且要結下像寇仲那種近乎沒有人敢惹的勁敵，豈是區區大江聯承擔得起。況且徐子陵的出現，可讓她向雲玉眞作得交代，不是突然反悔。

在失去大江聯的支持後，雲玉眞除了落荒而逃外，再無他法。一場風波，勢將就此了結。可是與蕭銑和香玉山的鬥爭，卻是剛剛開始。

寇仲返回下邳，尚未坐暖，已開始接見來自附近各城縣的頭臉人物，投誠者中不乏李子通的離心將領。其中一個叫李星元的，年約三十歲，長得高大威武，不但是李子通的同鄉，還是下邳和東海間另一大城沭陽的守城將，他肯把沭陽拱手奉上，等於有半個東海郡落進寇仲的袋子裏。

寇仲大訝問故，李星元冷哼道：「李子通刻薄寡恩，用人論親疏而不論才具，眼光短淺，非是有大志的人。不過坦白說，星元本仍猶豫難決，可是手下諸將和商農領袖，由老至少，均一致贊成投奔少帥麾下，星元這才明白甚麼叫萬眾歸心。」

寇仲失笑道：「星元倒夠坦白，我就是喜歡你這種爽直的漢子，不知東海現況如何呢？」

李星元道：「東海郡現在由李子通親弟李子雲主理，絕不會向少帥投降，且糧草充足，一年半載也不會出現問題。」

寇仲皺眉道：「李子雲是個怎樣的人？」

李星元不屑道：「他除了懂得欺凌弱小，搾取民脂民膏外，還懂得甚麼？李子通正是知他有勇無謀，所以特派壞鬼書生童叔文作他軍師，此人極工心計，不像李子雲只是草包一個。」

寇仲饒有興趣的追問道：「爲何星元喚他作壞鬼書生？」

李星元咬牙切齒道：「童叔文最愛自鳴清高，對人自稱他讀的是聖賢之書，學的是帝皇之術，終日仁義掛口，骨子裏卻貪花好色，不知敗壞多少婦女名節，連屬下的妻妾女兒都不放過，若非本身武功高明，又得李子通兄弟包庇，早給人碎屍萬段。」

寇仲心想這該是李星元離心的重要原因，不禁暗幸自己不是好色之徒，點頭道：「要得東海，此人該是關鍵所在；如能將他除去，李子雲挺惡也只不過是一隻無牙老虎，星元有甚麼好提議？」

李星元臉露難色道：「東海沒有人比童叔文更害怕刺客臨身，所以不但出入小心，行藏詭祕，就連睡覺的房間都每晚不同，要刺殺李子雲反而容易些。」

寇仲沉吟道：「星元來見我的事，李子雲是否知曉？」

李星元道：「童叔文雖在我處布下眼線，但怎瞞得過我，此行更是特別小心，他們理該還不曉得。」

寇仲喜道：「那就成啦！星元立即潛返沭陽，不動聲息，待我擬好全盤大計，才與你配合作出行動。」

李星元點頭答應，接著眼中射出熱切的期望，道：「星元有一個不情之請，萬望少帥俯允。」

寇仲欣然道：「現在大家兄弟，有甚麼心事話兒，放膽說吧！」

李星元低聲道：「我希望少帥手下留情，不要禍及東海郡的平民百姓。」

寇仲啞然笑道：「這豈是不情之請，而是既合人情，又合天理。星元放心，若要殺人盈城才可奪得東海，我寇仲絕不爲之，如違此誓，教我寇仲不得好死。」

李星元劇震拜跪，感動得說不出話來。

寇仲忙把他扶起，約下聯絡的方法後，李星元匆匆離開。

他後腳才去，陳長林的前腳便踏進府門來，寇仲大喜出迎。他現在最渴求的，就是人才。

夕陽下，漁船緩緩泊往巴陵城外的碼頭。

扮成漁民的卜天志湊到正凝望城門的徐子陵耳旁低聲道：「子陵務要小心，蕭銑近年聲勢大盛，兼且財力豐厚，招攬了江南江北一帶數不清那麼多的高手，香玉山乃他的寵臣，又因曾成楊虛彥刺殺的目標，所以必有高手貼身保護。」

徐子陵在疤臉大俠的面具遮蓋下，那憂鬱但熾烈的眼神毫無變化，淡然道：「據志叔所知，有甚麼特別須注意的厲害人物？」

卜天志答道：「算得上是一等一好手的有五個人，首先是『大力神』包讓，此人的『橫煉罡』在大江流域非常有名，他從鐵布衫這種下乘的外家硬功，練至現在別闢蹊徑的上乘內家眞氣，是南方武林津津樂道的一個練功奇譚。此人生性暴戾，仇家遍地，這回肯投靠蕭銑，該是爲了避禍。」

徐子陵心中暗唸包讓的名字，沒有作聲。

卜天志續道：「第二個是『惡犬』屈無懼，此人原是肆虐奧東的馬賊，因惹怒宋閥的高手，千里追殺下僅他一人孤身逃出，不知如何會忽然成了蕭銑的人。他的凶名直追『大力神』包讓，擅長兵器是一對名為『玄雷轟』的大鐵錘，非常厲害。唉！能不動手，還是不動手的好。」

徐子陵冷然道：「誰人阻我接回素姐和她的孩兒，誰便要死！」語氣中自然而然透露出一往無回的決心。

卜天志知道勸說不會起任何作用，只好道：「另三個人雖及不上這兩者的名氣，但在南方均是響噹噹的人物，分別是『亡命徒』蘇綽，用的是鋸齒刀；『素衣儒生』解奉哥，三十八招掩月劍法，被譽為南方後起一輩中最佳劍手；至於最後一個『牛郎』祝仲，使的是齊眉棍，自創的牛郎一百零八棍，變化萬千，絕不可掉以輕心。」

漁船泊岸。徐子陵一言不發，登岸入城。

陳長林大步趨前，兩手探出抓著寇仲的肩頭，眼中射出熱烈的神色，欣喜道：「當日我聽到寇兄和徐兄差點被王世充那忘恩負義的老賊加害的消息，立即趕返東都質問老賊，怎可對兩位恩將仇報，和他大吵一場，當然沒有結果，只好憤然離去，幸好不久後聽到你們在梁都以少勝眾，憑烏合之眾大敗宇文化及的精銳雄師，遂兼程趕來，不巧是寇兄剛離城，要等到今天才見到寇兄，子陵呢？」

寇仲咋舌道：「原來是你自己尋來的，我還四處打鑼般找你，長林兄真大膽，竟敢頂撞世充老鬼……」直到此刻，他始知陳長林是個外冷內熱的好漢子。平時木訥寡言，但遇上看不過眼的事，絕對義無反顧。更想不到他視自己和徐子陵爲好友。

陳長林放開雙手，冷哼道：「王世充還不敢殺我，因爲推薦我的人是夷老，一天他未眞的當上皇帝，他仍沒有開罪整個白道武林的膽量，子陵兄呢？」

寇仲摟著他肩頭，朝大堂走進去，邊行邊道：「小陵到巴陵去辦點事，長林兄來了眞好，便讓我們爲天下蒼生盡點力，長林兄則順便幹掉沈綸那畜牲以報毀家之恨。」

陳長林一對眼睛立時亮起來。

徐子陵沿街不徐不疾的朝香玉山的大宅走去，巴陵風貌如昔，只是人更多了。他的心境出奇地平靜，自踏進城門後，他一直以來對素素的擔心和渴望重見的期待，均因抵達目的地而擱在一旁，剩下的只有如何去完成目標，清楚而肯定，再不用花費精神到別的方面去。

要把素素母子弄出巴陵並不困難，問題只在如何去說服素素，那需要向她揭露殘忍的眞相。

長街古樸，樓閣處處，在巴陵城貫通南北的大道上，徐子陵步過重重跨街的牌坊和樓閣，一路回溯當日楊虛彥刺殺香玉山不果的舊事，終於抵達香府的大門外。

書齋內，陳長林聽罷寇仲的話，把手中香茗放到椅旁小几處，點頭道：「海上貿易絕不困難，只要有利可圖，商人會像螞蟻般來附，困難只是我們必須保證海域河道的安全。那我們必須有一支精良的水師，把領地的水道置於控制之下。」

寇仲同意道：「我也想過這問題，巨鯤幫的卜天志已約好率手下船隊依附小弟，據他說只是五牙巨艦便有五艘之多，全是從舊隋搶回來的戰利品，其他較小的戰船二十多艘，貨船更是數以百計。」

陳長林精神大振道：「這就完全不同啦！最難得是忽然多出大批不怕風浪的老到水手，只要再給以水戰的訓練，改善舊戰船，因應水道形勢建造新艦，終有一天我們可雄霸江河，一統天下。」

寇仲一呆道：「你似乎比小弟更有信心。」

陳長林微笑道：「那是因為我對寇兄有信心嘛！刻下當務之急，是要徵召一批優良的船匠，先對舊船進行改裝的工作。待預備妥當時，我們可封鎖東海郡的海上交通，斷去東海郡與江都的海上連繫，那時東海只有捱揍的份兒，絕無還手之力。」

寇仲皺眉道：「哪裏去找這麼一批船匠呢？」

陳長林拍胸道：「當然是小弟的故鄉南海郡，我們陳姓是南海郡的巨族，族人不是曾當舊朝的水師就是慣做海上買賣，且多與沈法興父子勢不兩立，只要我偷偷潛回去，必可帶回大批這方面的人才，為寇兄建立一支天下無敵的水師，那時沈法興父子的時日將屈指可數。」

寇仲拍檯嘆道：「得長林兄這幾句話，天下有一半落進小弟的袋子啦！」

徐子陵過門不入，繞往宅後去，心中暗叫不妙。憑著近乎通靈的聽覺，他把握到香府外馳內張的形勢。香府附近的幾座房舍，均布有暗哨，監視香府的動靜，反是香府本身死氣沉沉，像宅內的人早遷往他處，只餘幾點燈火。徐子陵不禁大惑不解，因為眼前的布局分明是個陷阱，還似是針對他而設的。照道理香玉山和他的關係仍未惡劣至如此地步，就算收到雲玉眞的飛鴿傳書，尚未需一副如臨大敵的樣子。

驀地連串劇烈的咳嗽聲，從牆內傳出。徐子陵虎軀劇顫，此時他已尋得如何避過暗哨耳目的路線，從小巷貼地竄出，到達香府後院牆腳處，才貼壁翻入宅內。果然素素虛弱的聲音從一座小樓的二樓傳來道：「把陵仲抱出去！快！」徐子陵那還按捺得住，迅即扯下面具，騰身疾起，穿窗直入。

素素俯坐床上咳得昏天黑地，每咳一次，手上的巾子便多灑上幾點怵目驚心的鮮血。憔悴的病容沒有半點血色，本是烏黑精亮的秀眸更失去昔日的輝采。徐子陵撲往榻沿，手掌按到她背心上，眞氣源源輸入，熱淚盈眶，哽咽道：「素姐！」素素嬌軀一顫，奇蹟似地停止咳嗽，剎那間美眸回復神采，朝他瞧去，不能相信地叫道：「小陵！這不是眞的吧？」

徐子陵強忍淚滴，搖頭道：「這一切應該都不是眞的，我們實不該讓素姐離開我們身邊。」

素素雙目奇光迸射，探手愛憐地撫摸他英俊無匹的臉龐，像完全康復過來般平靜溫柔的道：「終於盼到你們回來啦！小仲呢？不過即使他因事未及前來，有你在這裏已令素姐心滿意足。」

徐子陵的心直往絕望淒苦的無底深淵墜下去，一切都完了，從輸進素素的眞氣，他探知素素生機盡絕，當他的手離開她背心的一刻，就是她玉殞香消之時。所有熱切的渴望和期待，都被眼前這殘酷和不可接受的命運徹底粉碎，盡成泡影。

素素別轉嬌軀，無限溫柔地邊爲他拭淚，邊道：「好弟弟不要哭，姐姐一直在盼你們來，現在好啦！你知否那乖寶貝喚甚麼名字？」

徐子陵瞧著她嘴角飄出那絲充盈著母性光輝的笑意，心頭卻似被尖錐一下一下無情地狂插，勉力收攝心神，輕輕道：「是陵仲嗎？」

素素歡喜地道：「這名字改得好吧？每次喚他，我都記起你們一對乖弟弟，將來他必定像你們那麼乖的。」

徐子陵差點要仰天悲嘯，熱淚再控制不住從左右眼角瀉下，淒然道：「爲甚麼會這樣，香玉山到哪裏去了？」

素素玉容沉下去，輕垂螓首低聲卻肯定的道：「姐姐本早捱不下去，但爲了等待你們來，勉強撐到這一刻，過去發生的事，讓它過去算了，姐姐走了後，小陵你給姐姐帶走陵仲，把他養育成像你們般英雄了得。姐姐是姓方的，他便叫方陵仲吧！」

徐子陵雙目閃過駭人至極的濃烈殺機，沉聲道：「香玉山究竟對你做過甚麼？」

素素凝望著手上的血巾，淡淡道：「不要怪他，要怪就怪姐姐不信你們對他的看法，不懂帶眼識人。」

徐子陵深吸一口氣，以所能做到最冷靜的神態語氣道：「他在哪裏？」

素素朝他瞧去，搖頭嘆道：「他要姐姐給你們寫一封信，姐姐拒絕後，他對姐姐冷淡下來。唉！這些不提也罷。」

素素伏入他懷裏，柔聲道：「提來又有甚麼意思呢？姐姐能遇到你們，已感沒有白活。人生難免一死，遲點早點並沒有甚麼分別，姐姐現在很開心，死亦無憾。小陵！給我敲響几上的銅鐘好嗎？」

徐子陵這才注意到榻旁几上置有一座銅鐘，鐘旁放著一根敲打的小銅棒。

徐子陵發出一記指風。「噹！」銅鐘的清音催命符的遠傳開去。

素素虛弱地道：「扶我坐好！」

徐子陵知她到了油盡燈枯，迴光返照的時刻。強忍內心無可抗禦的悲痛，扶她坐好，手掌不敢有片刻離開她粉背。

足音拾級而上。

素素向入門處勉力道：「小致不用驚惶，我的好弟弟來探我哩！」

一聲驚呼後，戰戰兢兢的小婢抱著方陵仲出現在房門處，駭然瞧著徐子陵。

徐子陵伸手道：「把陵仲給我，然後回到樓下去，但不可以離開，明白嗎？」

小婢給他凌厲的眼神一瞥，立即渾身哆嗦，那敢不從，忙把嬰孩交給徐子陵，自己則腳步不穩的走了。

徐子陵把熟睡中胖嘟嘟的小陵仲送入素素懷抱裏，心中湧起莫以名之的深刻情緒，就像這不知親娘快要離他而去的嬰孩和他的血肉已連接起來。

素素美目深注到懷內的孩子去，俏臉泛起聖潔的光輝，愛憐無限的道：「你有兩個爹，一個叫寇仲，另一個叫徐子陵，娘曾想過嫁給他們，天下間只有他們才配作你的爹。」

徐子陵猛地想起劉黑闥請他轉交素素的玉鈪『賀禮』，連忙取出，爲她戴在腕上，心中又酸又痛的低聲道：「這是劉大哥託我送給姊姊的……唉！」

素素的美目亮起，摟著小陵仲歡喜的道：「呵！是李大哥送的嗎？」

徐子陵知她誤『劉』爲『李』，欲言無語。

素素呼吸轉速，喘著道：「告訴李大哥，素素從沒怪過他。」說罷嬌軀一軟，含笑而逝。

徐子陵出奇地沒有表現出任何激動，輕柔地把素素的屍身平放榻上，抱起好夢正酣，茫不知發生了骨肉分離的人間慘劇的小陵仲，撕下布條，把他紮在懷裏。

他把注意力全集中在每一個動作上，竭盡全力不去想素素的死亡。樓外靜寂無聲，素素的消逝是那麼寧謐和令人難以覺察。窗外廣袤深邃的天空嵌滿星星，似乎這人世間除去黑絲緞般的夜空，他受到打擊重創的破碎心，素素的遺孤和她的死亡外，再無他物。接著他以棉被捲起素素的遺體，本要發出一聲驚天動地的悲嘯，好把所有絕望痛苦的悲愴情緒，盡渲於遠近的夜空去，可是為怕驚擾懷內小陵仲的美夢，他只能輕輕悲嘆一聲，穿窗疾走。

當他把素素和小陵仲交給卜天志安置時，就是他回來的一刻。香玉山必須以死來償還他欠的債。警告的煙花訊號箭在後方高空爆出朵朵光花，不過已錯失良機，本是天衣無縫的陷阱，因不能識破徐子陵的眞面目，又因徐子陵的聰明機智神不知鬼不覺地潛進宅內，使香玉山的卑鄙詭計終落得棋差一著。否則若徐子陵因素素母子的負累，在衆多高手的圍攻下，定難僥倖。

寇仲忽然心驚肉跳，坐立不安，送陳長林上路後，回到名為「少帥府」的大宅，召來洛其飛問道：「有沒有徐爺的消息？」

洛其飛見他神色有異，搖頭道：「徐爺究竟到哪裏去呢？屬下可派人去打聽。」

寇仲站起來在書齋內來回踱步，好一會兒才停下來嘆道：「他到巴陵去，你知否蕭銑那小子的情況？」

洛其飛答道：「目下大江一帶，論實力除杜伏威、輔公祐外，便要數他，稱帝後蕭銑先後攻佔鬱林、蒼梧、番禺等地，並不斷招兵買馬，兵力增至四十餘萬之衆，雄據南方，兩湖之地無人敢攖其鋒。」見他皺眉不語，忍不住關心問道：「少帥是否在擔心徐爺？」

寇仲心煩意亂的道：「我也不知自己在擔心甚麼，或者是徐爺，又或者是其他。唉！北方有甚麼新的動靜？」

洛其飛如數家珍的答道：「現在最引人注目的當然是竇建德與徐圓朗之戰，剛收到的消息，是徐圓朗的主力大軍不敵劉黑闥，損兵折將無數，看來時日無多，若給竇建德盡取徐圓朗的屬土，杜伏威和沈法興的聯軍又攻陷江都，我們會陷進兩面受敵的劣局。」

寇仲閉上虎目，收攝心神，好一會兒才輕描淡寫道：「立即給我喚宣永和焦宏進來，我要在十日內攻下東海，否則我們的少帥軍只好解散了事。」

漁舟泊岸，陳老謀和十多名巨鯤幫的精銳好手從隱伏的樹林中湧出來，發覺徐子陵捧著素素的遺體，爲之愕然。徐子陵像整個麻木似的，面無表情的向陳老謀道：「有沒有辦法保住素姐的屍身，在不變腐壞前送至梁都？」

卜天志把剛醒過來的小陵仲接過後，交給本是預備沿途侍候素素母子的奶娘和小婢，欲語無言。

陳老謀伸手抓緊徐子陵肩頭，惻然道：「小陵要節哀順變，這事可包在我身上，就算一年半載亦不會出問題。我立即使人去採辦需用的藥物香料，弄妥後立即出發。」

徐子陵親自把素素遺體安放在馬車上，再和卜天志和陳老謀走到一旁道：「你們在這裏弄妥素姐的事後，不用等我，立即依原定計劃趕往梁都，若我死不了，自會追上你們。」陳老謀和卜天志是老江湖，只聽他的語氣，知勸之無用，只好點頭答應。徐子陵強忍去瞧小陵仲的欲望，回到漁舟，轉瞬遠去。

焦宏進道：「現在東海附近懷仁、琅琊、良城、蘭陵、沭陽諸城均向我們投誠，東海的陸上交通完全斷絕，若換了別的城市，早要棄械投降，可是東海郡一向以海上交通爲主，故實質上影響不大。」

寇仲向皺起眉頭的宣永道：「我們有多少可用之兵？」

宣永肅容道：「假設我們眞可速戰速決，可盡起手上八千之衆，其中二千是騎兵，只是我們雖士氣昂揚，但在訓練和支援上仍是稍欠完善，所以嘛！嘿！」

焦宏進接口道：「李子雲有勇，童叔文有謀，兼且東海乃李子通的根據地，數年來不斷加強城防，以我們的兵力，短時間內絕無可能把東海攻陷，長時間則又非我們負擔得起；當務之急，該是鞏固戰果，集中精神在召募和訓練新兵上。」

寇仲道：「最好的訓練，就是戰場上的訓練，我的功夫就是這麼打打殺殺下練出來的。你們大可放心，我絕不會蠢得揮軍攻城，我們現在最大的缺點，是兵力薄弱，根基未穩，擴張過速，不過這也正是我們的優點。李子雲乃好大喜功的狂妄之輩，而童叔文則自負智計，兩個人加起來，恰是最理想的敵人，只要善加處理，勝利可期。」

宣永嘆道：「少帥總是能人所不能，聽少帥這麼分析，雖仍未知究竟，但已令人充滿信心。」

寇仲灑然笑道：「關鍵處在沭陽的李星元，若我沒有猜錯，他該是童叔文派來的奸細，因爲照道理他怎都該先採觀望態度，看看我們是否眞有前途，才會來歸降。要知沭陽與東海唇齒相依，李子通若信不過他，怎肯讓他坐鎭沭陽，至少李星元的親屬會被留在東海，若他背叛，李子雲可把他的家人殺得半個不留，故此事必然有詐。」

焦宏進訝然道：「我還以為少帥對李星元完全信任，原來少帥心中另有打算，表面上卻一點看不出來。」

寇仲淡然道：「他最大的破綻，是親自前來見我，從沐陽到這裏，來回最少要三天吧？逢此大戰一觸即發的時刻，他怎能隨意抽身離開，又怎樣向李子雲交待解釋？哈！竟敢把我寇仲當傻瓜辦。」

洛其飛大喜道：「既是如此，我們該如何著手？」

寇仲微笑道：「當然是來一招將計就計，引虎出洞哩。」心中卻無法按捺地浮起素素清美善良的玉容。

徐子陵伏在瓦背暗黑處，凝視下方街上剛入城的車馬隊。雲玉真的帥艦剛回來，現在極可能是被接往見香玉山，那他就可循蹤找到這忘恩負義的卑鄙之徒。逢此三更半夜的時刻，街上寂靜無人，只有車輪與道路磨擦的響音，夾雜在馬蹄起落的嘚嗒聲中，點綴了這長江大城的深夜。

徐子陵閉上眼睛，注意力全集中到那兩輛馬車擦地的音量上，迅快分辨出只尾後的一輛載人，另一輛則是空的，音量的輕重雖微，卻瞞不過他這特級高手。他之所以會起疑心，皆因他清楚和了解香玉山的為人，其能得到素素芳心，全在他工於心計。如果可以這麼容易依從這些線索找到香玉山，是絕對不合理的。卜天志的背叛，應使香玉山和雲玉真曉得奸謀敗露。現在他和寇仲已非昔日吳下阿蒙，誰人與他們結下深仇，都會是睡難安寢，香玉山豈能例外。

不過他也算厲害，看準徐寇兩人會不顧一切來找他，向他要人。於是布下天羅地網，又故意留下素素母子在羅網中作餌，使他遽然上釣。只是棋差一著，想不到他會易容而至，更看破他的卑鄙手段。

一計不成另計又生。新的誘餌就是雲玉眞。徐子陵幾可肯定車上坐的是雲玉眞的俏婢雲芝，而雲玉眞根本沒有登車。在數十名巴陵軍的護送下，車隊逐漸去遠。徐子陵深吸一口氣，靜伏不動。

到蹄聲輪聲都微不可聞時，兩邊風聲驟響，徐子陵心中大懍，定神瞧去，街心處多出兩個人來，身法迅如鬼魅。高的一個背負長劍，腰板筆挺，三十上下，眉清目秀，作儒生打扮，蓄著小鬍子，面容冰冷，不用見面介紹都知這必是蕭銑新招聘的高手「素衣儒生」解奉哥，以一手掩月劍法，威震南方。矮的那個手持長棍，當是「牛郎」祝仲，他與解奉哥是完全不同類型的人，五短身材，寬額大耳，蒜頭鼻子，眉濃膚黑，驟眼瞧去，頗有樸實鄉農的感覺，留意下才看到他眼神淩厲，渾身霸氣，不是好惹的人。

徐子陵在刹那之間，從對方微妙的動作中，精確地把握到兩人的斤兩。

此時「牛郎」祝仲冷哼道：「玉山爺這回似乎算錯，我早說那傢伙不敢到我們這裏來撒野的。」

解奉哥微笑道：「只要他聽得我們祝大哥在此，還不夾著尾巴有多遠逃多遠嗎？」

祝仲失笑道：「拍我馬屁有啥用，省點氣力去侍候自以爲不可一世的包讓吧！」

解奉哥不屑道：「他也配？我們回去吧！」

祝仲點頭道：「不回去難道在這裏繼續喝西北風嗎？那小子累得我們眞慘，這兩晚沒一晚好睡的，現在怎都要找個標緻的娘兒暖暖被窩。」

浪笑聲中，兩人展開腳法，迅速遠去。

宣永和洛其飛離開後，焦宏進獨留下來，陪寇仲來到園子裏，這位少帥仰首凝視星光燦爛的夜空時，焦宏進忍不住問道：「原來少帥打開始便看穿李星元的居心。但當時我們眞的半點不曉得，還以爲少帥對他推心置腹，只需試一試他即可完全信任。」

寇仲木無表情的道：「若騙不過你們，怎騙得倒他。唉！這也只是吹牛皮，當時我至少信了他九成，這李星元定是個一流的騙子，言詞懇切，音容俱備。他娘的！」

焦宏進方知高估他，愕然道：「那少帥爲何忽然又覺得他有問題？」

寇仲苦笑道：「今晚不知如何總有些心驚肉跳的不祥感覺，肯定是在某處出現問題。於是把這兩天的事逐一推敲，然後想到問題出在這傢伙身上，若誤中奸計，我們必無倖免。」

焦宏進佩服道：「少帥果是非常人，故有此異能。」

寇仲岔開話題問道：「還有見秋月那美人兒嗎？她的歌喉挺不錯的。」

焦宏進不屑道：「不能共患難的女人見來幹嘛？」

寇仲點頭道：「說得好！貪戀美色的豈是創邦立業的人。夜啦！回去睡吧！明天將會是非常忙碌的一天。攻下東海後，李子通在北方的據點將盡喪落我們手上，那時我們說甚麼話，他只有恭聽的份兒。」

徐子陵無聲無息的從簷下斜掠而下，朝正要進入大宅的解奉哥和祝仲勁箭離弦般投去。啓門的數名大漢由於面對徐子陵奔至的方向，首先察覺，可是徐子陵的速度實在太快，在他們臉現駭容，張口欲呼，尚未傳出聲音前，徐子陵掩至解祝兩人身後丈許處，發動攻擊。解奉哥和祝仲的反應完全在徐子陵意料之內，在勁風壓體下，左右竄開，好爭取反擊的空間與時間。把門衆漢當然是巴陵軍中的好手，紛紛掣出兵器，力圖阻截。

徐子陵冷哼一聲，晃身避過當胸刺至的穿心一劍。「叮！」曲指扣在另一刀處。持刀大漢觸電般退開，徐子陵如虎入羊群般殺進敵陣裏，在另一劍快砍上他右肩前，起腳踢中敵人下腹，震得那人拋跌遠方。在剎那之間，他隨著迅快和飄忽的步法，閃左避右，把門的七名漢子無一倖免的不是被拳打，就是應腳飛拋，重傷墜地。縱使在仇恨驅使下，他落手仍是極有分寸，對手只傷不死。

院內一片昏沉，整個廣場只靠掛在主宅台階上大門前的一個巨大燈籠映照，若非有解奉哥和祝仲引路，表面看確難猜到香玉山會躲到這麼一所前後只有三進的中等人家的宅舍中。叱喝連聲，宅旁左右各奔出十多人，往他撲來。這可說是殺死香玉山的最佳時機，因爲巴陵軍最厲害的人物，不是守在以雲玉眞爲餌的那個陷阱處，就該是往保護更重要的人物蕭銑。只要能解決正從後方追入門來的解祝兩大高手，他便有機會對付香玉山。

徐子陵一聲悲嘯，不進反退，剎那間嵌進解奉哥和祝仲兩人間的空隙去。解祝兩人立時魂飛魄散。他們重整陣腳，穿門追來，已想過幾個會面臨的可能性，但都估不到他會改進爲退。那絕非他們蠢至想不及此，而是因對自己的眼力和判斷過於自信。任何人在疾衝的高速中，若要反向後退，必須經過換氣、減速、止衝三個階段，縱使是第一流高手，可使所有步驟發生在眨數下眼之間，但仍會有跡象可尋，那時解祝可立即作出應變。豈知徐子陵源自《長生訣》與和氏璧的眞氣，完全不依常理，順逆隨意，要退便退。

兩人的反應已是一等一的快捷，掩月劍和齊眉棍迎勢攻去，希望可憑聯手之力，把徐子陵拒於劍棍圈外，再部署攻勢。

徐子陵的背脊似是長了眼睛般，僅以毫釐之差前晃一下，避過祝仲的齊眉棍，待他招式使老，背脊硬撞在棍子中央處，螺旋勁沿棍湧攻，震得祝仲慘哼一聲，橫跌兩步，露出足夠的空間，使徐子陵閃過直刺背心的掩月劍，嵌到兩人間稍後少許的死角位置。

看似簡單輕易的一個動作，其中實包含極高明的戰略、智計和玄妙的絕藝，也決定了解奉哥和祝仲兩人的命運。「砰！」「蓬！」徐子陵在解奉哥駭然避閃前，身子往他挨去，左肘重重擊在他脅下。解奉哥掩月劍脫手甩飛，脅骨斷折，斷線風箏的橫拋一旁，重傷倒地。

徐子陵另一手閃電探出，抓著祝仲試圖爲解奉哥解圍匆急下掃來力道不足的一棍，扭身起腳，在拖得祝仲失去平衡時，左腳撐在他的小腹處。祝仲被徐子陵以巧妙絕倫的手法抓到棍身時，已知大事不好，待要棄棍逃命，徐子陵的螺旋勁卻像隻隨棍而來的魔手般把他抓個結實，駭絕欲死下，小腹像給個萬斤重錘擊中，全身經脈似裂，鮮血狂噴下輕飄飄的離地倒飛，直跌出院門外去，再爬不起來。

徐子陵暗叫僥倖，只看自己全力出手，兩人仍是只傷不死，便知他們功底如何深厚，之所以有此驕人戰果，全因早先曾對他們有深入的觀察，又肯以命搏命，否則若纏鬥下去，勝敗仍是未知之數。一聲長嘯，徐子陵再次前衝，把攔截的二十多名大漢殺得左仆右跌，手下竟無一合之將。雖在盛怒之下，但徐子陵在動手時，心靈自然而然晉入井中月的境界，在刀光劍影中飄閃進退，敵人的兵器總是以釐毫之差而沾不上他半點邊兒，使他如入無人之境。

「砰！」「砰！」兩名敵人應拳飛擲，拋在台階處。他此時殺至台階下，四名本守在宅門外台階上的勁裝大漢猛撲下來，刀劍斧矛，四種兵器聲勢洶洶的殺至。

「砰！」宅院上方夜空處爆響煙花火箭，顯是香玉山知情勢危急，發訊求援。

這四人身手高明，遠勝其他守衛，且精通聯擊之術，若給他們硬拒於門外，那時不要說殺不了香玉山，連逃命都怕有問題。

對於應付群戰，徐子陵是經驗豐富，狂喝一聲，竟沖天而起。那四人兵器刺空，尚未弄清楚徐子陵到了上方何處，「卜」的一聲，大門處掛著那唯一照明的燈籠倏地熄滅，由明變暗，四人刹那間睜目如盲，徐子陵已落在四人身後。慘叫連起，四人紛紛倒在台階上。

「轟！」大門破裂，燈光透出。守在大門後是香玉山武功最高強的八名近衛，待要一擁而出，一名暈倒的大漢已給徐子陵以重手法擲進來，頓時撞得他們滾作一團，潰不成軍。

徐子陵旋風般衝入宅堂裏，在擊飛兩人後，大喝道：「香玉山何在？」

「砰砰！」兩個悍不畏死，從大門追進來的大漢，硬給徐子陵以凌厲無匹的隔空拳，震得旋轉拋飛，直跌出門階外去。此時門內門外遍地死傷，徐子陵挺立如山，確有不可一世的氣概。

臉色蒼白如死的香玉山退至後進入口處，十多名手下擋在他身前，人人面露驚容，竟沒有人敢衝前動手。

徐子陵雙目殺機森森，遙瞪著人牆內的香玉山，一步一步逼過去。「砰！」他看也不看，飛起後腳，撐中朝他擲來的長矛尖上，長矛閃電般倒飛而回，插入偷襲者心臟要害，狂猛的衝力，帶得那人屍身仰後拋擲，撞倒另一個想衝進來的敵人身上，兩人同時滾往石階下，情況慘烈至極點。

香玉山再按捺不住心中的恐懼，一聲發喊，掉頭便走。

「轟！」徐子陵騰衝直上，破瓦而出，一個空翻，疾電般投到兩進間的天井去。「砰砰！」徐子陵發出連續幾記劈空掌，擊倒香玉山左右護衛，落到香玉山之旁，長笑道：「香玉山你可想到有今天一日嗎？」

香玉山大駭橫移，手上短劍電疾急刺，又狠又毒。

徐子陵猛一旋身，衣袂飄飛下生出一股強大的氣漩，迫得其他人踉蹌跌退，這才從容不迫的一指點出，正中刃鋒。所有的憤怒不滿，盡洩於指勁之內。

香玉山短劍甩手墜地，人則拋跌開去，背脊猛撞在天井的西壁處，眼耳口鼻全滲出鮮血。

徐子陵如影附形，劈手抓著他胸口的衣服，把他整個人提得離地數寸，壓貼牆上，衆手下見主子被制，都不敢攻來。

「子陵不要！」雲玉眞的尖叫聲從後傳至。

徐子陵狀若天神，雙目威稜四射，直望進香玉山的眼睛裏，頭也不回的喝道：「閉嘴！」

香玉山全身經脈受制，幸好尚有說話能力，忙道：「徐大哥請聽小弟一言，這純是……」

徐子陵內勁透入，香玉山頓時說不出話，臉上一片死灰色。徐子陵一對虎目射出深刻的仇恨，一字一字緩緩道：「枉我們還當你是兄弟，你卻打開始便居心不良。要對付我們，放馬過來好了，爲何卻以卑鄙手段去害無辜善良的素姐。」

雲玉眞在他身後丈許處顫聲道：「素素是自己染上惡疾，與玉山沒有關係。」

徐子陵發出一陣充滿悲愴的笑聲，然後冷冷道：「素姐的病是怎樣來的呢？放心吧！今天我只報一半的仇，先取他半條命，另半條人命，會留給寇仲。雲幫主最好找遠一點的地方躲起來，因爲寇仲絕不肯放過任何害死素姐的人。」說罷騰身而起，香玉山則渾身劇震，貼牆頹然滑坐地上。

叱喝四起，剛聞訊趕來包括蕭銑在內的巴陵軍高手紛紛追截，卻是遲了一步，給徐子陵凌空換氣，橫移往空虛處，消沒不見。

雲玉眞搶前扶起仍不住抖顫的香玉山，急切問道：「你怎樣啦？」

香玉山慘然道：「他好狠！竟把我打回原形，變回他兩人治好我傷勢前的惡劣情況。」

雲玉眞立時頭皮發麻，首次認識到徐子陵的眞正實力，這種手段比之當年治好香玉山的傷勢，更要加倍困難。

商議好攻打東海後的三天，匯集在下邳的少帥軍緊鑼密鼓，整軍備戰。

這天早上，寇仲在宣永和焦宏進的陪同下，巡視只有五艘較大戰船的薄弱水師，登上其中一艦時，寇仲指著船帆道：「水戰以火燒爲主，不過火箭力強，射上帆蓆時一逕透穿，往往燒不起來，但只要在箭身處用竹枝紮他一個十字交叉，可留附帆上，燒他娘的片帆不留。」衆皆稱善。

焦宏進心悅誠服的道：「這麼簡單的方法，我們偏是想不到，少帥的腦筋實超乎常人。」

寇仲暗忖這只是魯妙子的腦筋超乎常人吧！當然不會說破，欣然笑道：「還有更厲害的玩意兒，比火箭更厲害，是一種憑手力擲出的引火暗器，就叫『火飛抓』吧！」

宣永對水戰並不在行，訝然問道：「那是甚麼東西？」

寇仲道：「那等於一個木製的大爆竹，作棒槌形，自頂上用刀將內中挖空，裝滿爆竹煙花的火藥，周圍共雕七八個孔用以出火，加以倒鬚釘釘之，外糊油紙以防水濕，臨敵時點燃藥引，用手擲去，或高釘帆上，或釘在艙板，保證可燒得敵人只懂喊救命。」

宣永和焦宏進同時動容。

此時三人登上船樓望台處，寇仲朝東望去，深吸一口氣道：「東海郡乃臨海大郡，守軍必長於水戰，其人數規模更非我們能望其項背，所以如果我們似是蠢得以水師全力進犯，李子雲和童叔文必會傾巢以迎，那時我們這些把戲就可派上用場！」

宣永和焦宏進恍然大悟，至此方明白爲何寇仲要檢閱根本不足一觀的水師艦隊。

寇仲苦笑道：「我們的水師船是用來作壯烈犧牲用的，哈！該是找李星元那傢伙的時刻啦。」

追上卜天志和陳老謀等人後，徐子陵沒說過半句話，終日坐在靈車內陪伴素素用藥泡浸過的遺體，只是間中去看望另一車內由婢子和奶娘侍候的小陵仲。每次看到這失去母親的孩子，他的心都在滴血。素素悽慘的結局，他和寇仲要負上全責。傷心、絕望、自責、悔恨的情緒，像潮水般衝激蠶食他心靈的礁岸，使他痛苦之極。極度的失落和痛苦，使他很想藉酒消愁暫作逃避，但又知必須振作，以應付等在前途的任何危險。人死不能復生，無論他如何悲憤，始終不能改變鐵般的現實。到抵達淮水，登上接應的三艘巨鯤幫戰船後，他的心才安靜下來。

起航後的翌日黃昏，他首次離開停放素素靈柩的艙房，來到船尾處，迎風默思。黑沉沉的濃雲垂在低空，幾隻寒鴉在岸旁林上盤旋哀鳴，更增添他的憂思。卜天志大著膽子來到他身後，關切的道：「人生誰不是難逃一死！子陵最緊要節哀順變，不要鬱傷過度，壞了身體，影響得之不易的修爲。」

徐子陵艱難地啞聲道：「我很想遠遠離開這個地方，到沒有人認識我的地域去，甚麼都不去想，忘記一切已發生的事。」

卜天志惻然道：「我明白子陵的心情，但逃避並非辦法，每一個人都會有難以避免的悽酸經歷，或者可以因日久而淡忘，但總會多多少少留下不能磨滅的痕跡，人生就是這樣的啊！」

徐子陵記起師妃暄所說煉丹僮的故事，苦笑道：「我不是逃避，而是在追求一種理想，跋鋒寒曾告訴我：西域有一望無際的草原和大漠，至熱至寒的天氣，長年冰封的山川，閃爍無垠的沙海，當你孑然一身踏足那些世間最奇怪的地方時，你會感到捨自己外世上再無他物，大自然會令你忘掉一切，包括自己在內。」頓了頓，嘆道：「人的最大負擔就是自己，是這個『我』！」涼颼颼帶著水氣的河風從船首方向吹來，刮得兩人衣衫獵獵作響。

卜天志怎想到他因憶起煉丹僮的故事有感而發，他的思考遠及不上徐子陵的深刻和透徹，一時間再不知該說甚麼話。

幸好徐子陵岔開道：「副幫主是否準備正式和雲玉眞決裂？」

卜天志冷哼道：「如此不顧仁義的人，怎有資格當我們幫主，以後我們隨寇爺去打天下，幹些轟轟烈烈的大事。」

徐子陵皺眉道：「我始終覺得雲玉眞的本質不是如此不堪。所以那天我明明有殺她的機會，最後都無法狠下心來，不過我看寇仲絕不肯饒過她。」

卜天志嘆道：「這兩年她變得很厲害，否則我們不會生出離意。」

徐子陵不解道：「她是否受到香玉山的影響？」

卜天志眼中射出古怪的神色，不答反問道：「子陵覺得『多情公子』侯希白此人如何？」

徐子陵愕然反問道：「難道你覺得問題出在他身上嗎？」

卜天志嘆道：「這個我只是懷疑，卻不敢肯定。自雲玉眞與他湊巧的碰上後，雲玉眞便失魂落魄，性情大變。江湖上像侯希白那樣在花月叢中打滾，遊手好閒的人比比皆是，但似他般守身如玉，又以護花使者自居；武功高明至那種地步，偏又出身來歷祕而不宣，卻是只他獨家一號。你說我是否該懷疑他呢？」

徐子陵心中大懍。他心知肚明自己有個很大的缺點，是凡事總向好處中去想，對侯希白亦然。

卜天志沉吟道：「能練成上乘武技者，都是心志堅毅，百折不撓，有理想有抱負的人，侯希白能有今天的成就，絕非他現在表現出來的行爲性格可以追求得到，表裏不一，實是非常詭祕危險。」

徐子陵點頭道：「志叔的看法非常獨到，我記起來哩，跋鋒寒亦曾心中生疑，追問他美人扇製成的質料。我當時聽過便算，現在回想當時的情況，確有點問題。」

卜天志道：「陳公曾猜測他要對付的是師妃暄，但再想又覺不是，因爲他到處留情，任何女人也會覺得這類男人難以偕老。」

陳公就是陳老謀。

徐子陵皺眉道：「志叔所說的『對付』，是否指奪取師妃暄的芳心，那不大可能吧？」

卜天志沉聲道：「此人邪門之極，我們絕不可輕忽視之。且迄今爲止，侯希白仍是唯一得到與師妃暄相偕共遊這份榮幸的年輕男子。假設侯希白確被我們不幸言中，那他定是出身魔門，是婠婠外魔門中新一代出類拔萃的高手。」

徐子陵苦惱道：「我眞不明白世上怎會有專門做壞事的人，就算窮凶極惡的大盜，也總有諸般理由爲自己開脫，不會當自己在做壞事的。」

卜天志道：「我想魔門的人也從不會覺得自己在幹傷天害理的事。這很可能是練功的法門問題，又或與其信奉的教條或事物有關，才會出現慈航靜齋和陰癸派的分歧。」

徐子陵雙目精光爍爍，點頭道：「不管侯希白是正是邪，我也要提醒師妃暄，著她留神。」

一陣勁風吹至，雨點隨之灑下，淮水一片昏濛。徐子陵嘆一口氣後，低聲道：「志叔回去休息吧！我還想在這裏多站一會兒。」

七艘戰船，開離下邳，沿沐水朝沭陽的方向起航。

寇仲傲立帥艦的看台上，自有一股君臨天下的氣概，旁邊的「小呂布」焦宏進雖亦是高大威武，體型慓悍，不過並肩相比，只能是襯托牡丹的綠葉。這不單是寇仲特別的形相氣質，更因爲他穩立如山、淵渟嶽峙的姿態和有如閃電而長駐於眼內的銳利眼神，及其傳遞出來的強大信心。對手下諸將兵來說，他既是一個戰無不勝的統帥領袖，更是所向無敵的絕代刀手，這兩個看法加起來，使他這少帥像天神一般的受到尊敬和崇拜。

驟眼看去，船上滿載兵員，事實上每船不過百人，合起來也未達一千之數。自三天前洛其飛聯絡上沭陽的李星元，告知進軍東海的大計後，駐在下邳的少帥軍便作出弄虛作假的動員，以騙過敵人的耳目。眞正的作戰主力是由宣永率領的一千輕騎兵和洛其飛的探子隊，其他人只是擺出佯攻的姿態，包括寇仲這支不堪一擊的水師在內。

朝陽在前方緩緩昇高，大地充滿朝氣和生機。兩岸田疇處處，綠野油油。

寇仲的心神似是飛越往眼前景象外的某一遙遠處時，忽然問道：「你說童叔文是否會中計？」

焦宏進苦思片刻，答道：「若論實力，東海郡既有達三十艘大戰船的水師，總兵力又比我們多上數千人，兼之我們是勞師遠征，更不熟當地形勢，全賴李星元這根不可靠的盲公竹引路，假若我是童叔文，就算明知我們使詐，也樂於迎頭痛擊。」

寇仲點頭道：「說得好！所以這回我們致勝之道，全在險中求勝。除了奇兵和偵騎的完美配合外，最重要是選擇伏擊的位置，屆時再以祕密武器應敵。只要能破去東海郡的水師船隊，就可把東海郡李軍的靈活性完全癱瘓，不但不能從水路迅速支援沭陽，還令他們的海防崩潰，使我們能在水陸兩路封鎖東海城，哈！那時李子雲和童叔文只有跪地求饒的份兒。」

焦宏進暗中舒一口氣，慶幸自己不是寇仲的敵人。任何超卓的統帥，即使是李密、李世民、杜伏威、竇建德之輩，其作戰方式總是有跡可尋。例如李密愛使詐用伏；李世民則是軟硬兼施，擅於把握形勢，以守爲攻；杜伏威的江淮軍來去如風，以戰養戰。可是寇仲的作戰方式卻全無成法，彷如天馬行空，教人全無方法測度，既集衆家之長，又別出樞機，膽大包天得叫人吃驚兼叫絕。如此敵手，誰不生畏？

寇仲搖頭笑道：「假若我沒有猜錯的話，敵人該待我們過沭陽後出海之前的河段迎擊我們，那時李星元斷去我軍後路，我們便只有全軍覆沒的結局。不過我也正想到最好是李童傾巢而來，在兩岸伏下重兵，那我們不但可輕易偵知他們截擊的正確位置，還可一舉摧毀敵人的主力，那是多麼理想！」

焦宏進點頭應是。

表面上，他們的計劃是分水陸兩路進逼東海，以沭陽作支援。水師在出海後，會配合陸路來的少帥軍和李星元的沭陽軍，把東海重重圍困。但骨子裏當然是另一回事。

寇仲露出一個充滿自信的微笑，伸手摟著焦宏進的肩頭，嘆道：「說不定後天晚上我們便可在東海城喝祝捷酒哩！」

第八章

江湖激戰

黃易作品集

第八章　江湖激戰

小陵仲在艙廳軟綿綿的墊褥上被小婢和奶娘逗著玩兒，不住發出陣陣嘹喨愉悅的笑聲，坐在一隅的徐子陵表面上含笑注視，心內卻是絞扭作痛，呼吸不暢。

幸好此時卜天志來了，兩人從旋梯登上望台，卜天志道：「收到最新的消息，仲爺把自己正名為『少帥』，麾下的衆兵將叫少帥軍，十多天前攻取下邳，又大破窟哥的契丹馬賊，把以前本是附從徐圓朗或李子通的城鄉收歸己有，現在山東除了東海外，盡是少帥軍的天下，仲爺果沒有辜負我們的期望。」

徐子陵暗忖寇仲終於發威。看來天下間除李世民、杜伏威、竇建德、劉武周和蕭銑這幾個特別出衆的軍事霸主外，碌碌餘子實難是他的對手。問道：「那現在他是否仍在下邳？」

卜天志道：「這個可能性很大，所以我們正想改變行程，沿淮水東行，經洪澤湖和成子湖後，北轉泗水，再越淮陽後便可抵駱馬湖，下邳就在駱馬湖的西北處，如他已返梁都，我們可折往西去。」

徐子陵皺眉道：「這樣走路程會遠了兩天，更須闖過鍾離城一關，你有把握嗎？」

卜天志微笑道：「李子通的水師力量本就薄弱，又屢受挫於杜伏威，故並不足懼。兼且我們一向和他有交易往來，他怎都要賣點面子給我們。」

徐子陵道：「蕭銑和李子通關係如何？」

卜天志道：「蕭銑一直在暗中支持李子通，目的在拖杜伏威的後腿。但子陵不用擔心李子通做蕭銑的走狗，因爲李子通頂多只是一頭自顧不暇兼絕不稱職的走狗。我們雖然只是區區三艘戰船，但性能超卓，又有駕船高手把持，鍾離的水師唬唬一般商船漁船或者綽有餘裕，絕攔不住我們。」

若在平時，徐子陵根本不用考慮安危的問題，可是爲了小陵仲的安全和免致素素的遺體受到驚擾，卻不得不謹愼小心。他再問清楚卜天志種種應變之法，終於放下心來，點頭同意。當日黃昏，船抵鍾離，出乎徐子陵意料之外，鍾離水師沒有留難，任他們揚長而過。到達洪澤湖時，麻煩來了。

船隊緩緩拐個彎，轉入直道，河面突然收窄，水流變得急促。寇仲的帥船領先航行，他和焦宏進立在望台上，凝視前方。大地隨西沉的太陽逐漸昏暗。半個時辰前他們駛過沭陽，進入寇仲判斷爲最危險的河段，只要三個時辰，可通抵大海，朝北沿岸再駛個許時辰，就是東海城。

在沭陽時，船隊作過短暫的停留，跟登船的李星元商議進攻東海城的大計，互相欺騙一番後，船隊即兼程趕路。

焦宏進低聲道：「這河面似乎靜得有點不合情理，爲何不見一艘漁舟，這時該是出海捕魚的漁夫趕著回家的時刻呢。」左方燈光亮起，忽明忽暗，發出約定的其中一種訊號，顯示敵人的水師正作某種部署，並沒有像預期的前來搦戰。

焦宏進和寇仲面面相覷，均大感不妥。

寇仲環目一掃，問道：「前面是甚麼地方？」

焦宏進沉聲道：「四里許處是毒龍峽，峽內兩邊山勢陡峭，崖岸盡是礁石，水流湍急，不過洛將軍早派人埋伏在那裏，敵人若有任何布置，絕瞞不過我們耳目。」

寇仲搖頭道：「情況不妙之極，我們該是低估了童叔文這傢伙。」

焦宏進皺眉道：「他們在前方既沒有埋伏，水師船也沒有開來搦戰，能怎樣對付我們？」

寇仲神色凝重的道：「正因我們猜不破他的布置，所以非常不妥當。」接著發出命令，著船隊泊岸。

焦宏進低聲道：「我們會不會冤枉了李星元？他眞的是想投靠我們。」

寇仲斷然道：「我絕不會錯看此人。咦！」

焦宏進跟他回頭後望，在日沒前的昏暗裏，其他六艘船艦已隨帥船減速，準備泊岸，河道看來安寧平和。

寇仲忽然笑道：「好傢伙，這回我們的水師船要完蛋哩！」

洪澤湖上戰雲密布，瀰漫緊張的氣氛。在星空的覆蓋下，這名列中原第四大的淡水湖向四周無邊無際地擴展開去。十多艘不懷好意的戰船以扇形陣勢出現湖面上，形成包圍合攏之勢。洪澤湖最大的特色，是蘆葦處處，幾乎遍布全湖，繁茂處船隻難以航行，且湖底淺平，坭坡起伏，最深處不過兩丈，一般的水深只在十尺之內，所以縱使跳水逃生，亦難避過敵人的強弓勁箭。敵人此舉，顯是深謀遠慮，計劃周密的行動。至此他們才恍然明白，爲何鍾離城的李軍肯這麼輕易放行，因爲來到這裏只能在茫無邊際的平湖中作混戰，而於敵衆我寡，抵擋不住時即難以離水登岸尋路逃生，正是針對徐子陵這特級高手而布的陷阱。

卜天志一震道：「來的竟是大江會的船。」

徐子陵皺眉道：「是否由『龍君』裴岳和『虎君』裴炎主持的大江會，而非鄭淑明當家的長江聯？」

當年他和寇仲捨常熟的雙龍幫「賊巢」運私鹽入長江，給裴炎偕王薄的兒子「雷霆刀」王魁介啣尾追來，全賴噴放黑煙，才能脫身，想不到今日再次遇上。

此時陳老謀來到徐子陵另一邊，代答道：「正是『蛇犬二君』這兩個無惡不作的傢伙，料不到他們竟蠢得會投靠李子通這走下坡的一夥，眞令人難解。」

卜天志搖頭道：「這兩個小人最勢利，投靠的只會是蕭銑，哼！我們和他們打場硬仗吧。」

徐子陵道：「可否施放黑煙惑敵，再伺隙逃走？」

陳老謀搖頭道：「風太猛兼又在湖上，放煙幕只是徒費精神人力。」接著振臂大喝道：「弟兄們！準備作戰。」戰鼓立時轟鳴震天，遠遠傳開。

寇仲湊到焦宏進耳旁道：「你看看我們的船身靠水的地方。」接著大喝道：「繼續航行，愈慢愈好！」

焦宏進定神看去，劇震道：「好傢伙！竟在我們的船上弄下手腳。」只見浸在水中的一截船身，沾滿火油，不問可知是在沐陽附近某處，給人把火油傾倒河上，船過時被沾上了。

焦宏進道：「若這是產自巴蜀的火油，可入水不熄，更不怕水澆。這一招果然非常厲害。」

寇仲整個人輕鬆起來，笑道：「最厲害處是我們中招後仍懵然不知，不用說東海的水師船隊必是躲在沐陽附近的分支水道，現正啣尾追來，我們的計劃只需改個方向便行，哈！準備棄船！」

三艘巨鯤幫的戰船燈火倏滅，速度則不斷提昇，朝湖西的方向品字形駛去。

卜天志古拙修長的面容冷靜如常，淡淡道：「流往洪澤湖的河水集中灌入湖的西部，主要有我們途經的淮河，其他則是濉河、汴河和安河，出湖的水道有三條，分泄入長江和入海的主要河道，敵人封鎖我們東去之路，我們就和他們來個追逐戰，比比誰對洪澤湖更熟悉，看看誰的夜航本領更高明。」

陳老謀補充道：「洪澤湖的整個形狀很像一頭昂首展翅的大鵝，據古書所載，湖的前身乃泄水不暢的低窪地，後渚水成湖，故湖底淺平多泥，是舟師作水戰大忌之一。」

徐子陵瞧著正從後方追來的敵船，問道：「還有那些是水戰大忌？」

卜天志如數家珍道：「大勝小、堅剋脆、順風勝逆風、順流勝逆流，防淺、防火、防風、防鑿、防鐵鎖，此水法九領，若犯其一，亦要落得舟覆人亡之禍。」

徐子陵恍然道：「難怪志叔要先逆流朝西駛去，搶到湖西水道入湖之處，再掉頭迎戰，變成順流勝逆流了。」

陳老謀微笑道：「子陵果然是孺子可教。所謂據上流以藉水力，欲戰者難以迎水流，等於陸戰的居高臨下，明顯占盡優勢。不過我們從未試過與大江會的裴氏昆仲交手，他們當不是易與之輩，天志必須小心。」話猶未已，湖西的方向現出七點船影，赫然是大江聯的戰船。

忽然間整個形勢又逆轉過來，變成前方的來敵占盡上流水利，而後無去路，陷入腹背受敵，敵強我弱的劣境中。

三十多艘戰船快似奔馬的出現於後方，順流朝寇仲的少帥水師追來，若依其速度，剛好在毒龍峽中追上寇仲，由於少帥軍水師的船體本身早沾染火油，只要再以火箭攻擊，保證能使勞師遠來的少帥水師全軍覆沒，計算精確，手段狠辣。就算遠攻不成，因爲順水順風，兼之東海的水師船大且堅，自可勝寇仲方面小而脆的弱小船艦，若再乘風勢與水流下壓，將如車輾螳螂，鬥船力而不鬥人力，穩操勝券。可見東海水師待少帥軍過沐陽後順流追來，實深符水戰之法，掌握致勝的關鍵。

此時李子雲、童叔文和李星元站在帥船的看台上，瞧著正逐漸被追近的七艘敵船，均是烏燈黑火，只在船首處掛上照亮前方水道的風燈，船上旗幟如林，使人看不清船上的情況。

李子雲年在三十許間，長相高大威武，戟指笑道：「人說寇仲如何厲害，照我看只是蠢蛋一個，那有人並排行舟的，豈非一心要方便我們聚而殲之，弟兄們準備。」

戰鼓聲起，最前頭的三艘戰船上人人點燃火箭，彎弓待發。

李星元卻湊到童叔文耳旁低聲道：「似乎有點不妥！」

乍看似是長得道貌岸然，仙姿飄逸，但卻生了對壞盡一切的三角眼的童叔文冷冷笑道：「似有不妥又如何？即使他們岸上布有伏兵，我們船上有生牛皮和擋箭鐵板足可應付，何況毒龍峽兩旁山勢險峻，縱想設伏亦只是痴心妄想。所以這回我們是立於不敗之地，問題只在能否把寇仲殺死，好根絕禍患而已！」

李星元細想之下也覺是自己多疑，只好乖乖閉口。

此時前方寇仲的少帥水師駛臨峽口，水勢轉急，雙方追逃的船隻均呈一瀉千里之勢。

眼看勝利在望的一刻，最不可能發生的事發生了。

七艘少帥戰船忽然在湍急的河面停步不前，一字排開，硬把整條沐河像橫江船鎖般攔著，不但船與船間鎖連一起，更有纜索把此條船鏈縛往兩岸的大樹處，封閉了入峽的水口。

李子雲、童叔文等瞠目結舌時，七艘敵船同時起火焚燒，烈燄沖天。

雖明知是自投火海，但前方的七、八艘船那收得住勢子，驚呼連天中，硬是撞往火船去。緊隨在後方的東海水師忙往兩岸靠去，以爲可避過險境，兩岸殺聲震天，由當代第一巧器大師魯妙子原創的「火飛抓」和「十字火箭」，雨點般從岸上往送上門來的敵船擲射，火燄火屑四濺，燃亮了黑夜中的河道，兼之轟隆有聲，熱鬧壯觀，但對東海和沐陽聯軍來說，卻是敲響催命的符咒。

李子雲等終於知道誰是眞正的蠢蛋。

巨鯤幫的三艘戰船改往北行，試圖在對方完成合圍之勢前，從缺口逸出去。

徐子陵大訝道：「不是順風勝逆風嗎？爲何我們卻要逆風往北，而非順風南逸？」

卜天志一邊細察變得從兩邊合攏過來的敵艦，從容道：「敵人先前既猜到我們會搶占上流，自亦可猜到我們會順風逃走。我們就來個反其道行之，教他們所有布置，均派不上用場。」

陳老謀大喝道：「豎板降帆！」鼓聲響起，傳遞命令。

徐子陵微一錯愕時，以百計的擋箭鐵板已豎立在上下層艙壁的兩側，大大增強對矢石火箭的防護。

當風帆落下時，巨大的船身露出掣棹孔，每邊各探出十八枝長槳，快速起落下划進水裏去，充盈著節奏、力氣和動感，煞是好看。

少了風帆的阻礙，三艘戰船輕鬆地逆風疾行，倏地超前，只需片刻便可從缺口逃出敵人的包圍。

徐子陵至此才明白水戰實是一門很深的學問，甚至可把不利的形勢變爲有利，非是表面看來那麼簡單。現在沒了船帆這易於被火燃燒的最大目標，根本不懼對方的火攻。

敵方戰鼓響起，放下五十多艘快艇，啣尾窮追，槳起槳落，速度比大船快上近倍，且進退靈活，更不怕會給巨鯤幫的戰船仗船大木堅所撞沉，戰略巧妙。

卜天志發出命令，三艘戰船從品字形變為一字排開，似是沒有應付良策時，陳老謀大喝道：「撒灰！投石！放箭！」

戰鼓響徹星夜覆蓋下的湖面。

三艘戰船首先在船尾處於夜色掩護下撒出大團大團的石灰粉，隨著湖風似一堵牆壁般朝敵艇捲壓過去。同一時間矢石齊發，狂襲追至十丈內的敵人。慘叫痛哼之聲不絕響起，猝不及防下有泰半敵人被石灰滲入眼去，餘者掩眼別頭之際，矢石已像雨點般往人艇招呼侍奉，本是來勢洶洶的快艇群，立即被打得七零八落，潰不成軍。艦上戰士歡呼喝采時，三船終逸出重圍，朝北逃逸。

卜天志喝道：「升帆！」

徐子陵此時對卜天志和陳老謀的水戰之術佩服得五體投地，暗忖難怪巨鯤幫能成八幫十會的一員，尊敬地問道：「為今是否要改為順風行舟呢？」

卜天志點頭道：「若不順風南行，如何可往下邳去，不過若不再施點手段，始終會給敵人追上。」語畢發出連串的命令。逸出包圍網的三船向東彎出，直往蘆葦密集的東岸駛去。

在陳老謀的指示下，三船均在兩舷處加設浮板，形如雙翅伸延，大大增加船體所受的浮力，以應付淺平的湖底。

卜天志鬆一口氣道：「成哩！」

風帆猛地張展滿盡，順著湖風，往東南方近岸處迅疾馳駛，船頭到處，蘆葦散碎，三船有如在綠色的水波紋上滑行，轉瞬遠遠拋離對手，沒入湖光與星光的水波交接處。

毒龍峽口一役，東海、沭陽聯軍全軍覆沒，李子雲、李星元和童叔文戰死當場。少帥軍則氣勢如虹，進軍沭陽，居民開門迎接。東海郡的殘軍亦知大勢已去，乘船逃往江都，把這對外貿易的重鎮，拱手讓與寇仲。

至此寇仲真正確立他王國的根基，領地東抵大海，西至梁都，南迄下邳，北達方與，把微山、駱馬諸湖附近富饒的農田區置於轄境內。

將東海、沭陽交與焦宏進管轄後，寇仲與宣永、洛其飛立即趕返梁都，準備應付盛怒下的李子通。船抵梁都，才知虛行之應召來了。寇仲大喜，忙與他到總管府的書齋商議。

聽罷寇仲詳述這些日來的發展，虛行之卻眉頭大皺道：「少帥擴展得太急太促，很可能會出問題。」

寇仲吃了一驚道：「那怎麼辦才好？」

虛行之道：「幸好少帥沒有攻取鍾離，否則定會惹來江淮軍的攻擊。現下唯一方法，是要與李子通修好，助他擊退杜伏威和沈法興的聯軍，再利用他作南面的防衛；那時就算王世充或竇建德揮軍來攻，我們也不用兩面受敵。唉！目前我們少帥軍雖似威風八面，事實上仍是不堪一擊，根本沒有足夠的防守或進攻能力。」

寇仲苦笑道：「我剛宰掉李子雲，李子通怎肯和我修好？」

虛行之微笑道：「即使你是他的殺父仇人，在形勢所迫下，他也不得不作修好談和之計。」

寇仲點頭道：「我們可用之兵，大約在一萬五千人間，不過絕算不上精兵，還需一段時日訓練。照行之意見，是否該停止攻占土地，先設法鞏固領土的防衛？」

虛行之搖頭道：「現在我們有如逆水行舟，不進則退。既然不能往南北發展，我們就來個橫面的擴張，明擺出來的目標是竟陵，暗裏眞正圖謀的卻是襄陽。用的是從竟陵退往飛馬牧場的精銳。那我們便可不怕因空巢而出以致防守薄弱。」

寇仲拍案叫妙，順口問道：「飛馬牧場和商場主那邊情況如何？」

虛行之道：「那邊的情況異常複雜，簡言之就是三大寇跟朱粲和飛馬牧場之爭再加上虎視眈眈的蕭銑和杜伏威來的壓力。但這形勢對我們卻是有利無害，說不定還可藉機把一向中立的飛馬牧場爭取到我們的陣營來，那將是另外一個局面。嘿！飛馬牧場的上下人等，均對少帥和徐爺有很好的觀感，認爲你們是眞正的英雄好漢。」

寇仲眉頭大皺道：「聽得我有點糊塗了。行之可否把我們該做甚麼，依次序先後作個詳述。」

虛行之沉吟片晌，斷然道：「我是打算固內攘外兩方面的事同時進行，固內是建立一個對新舊領地完善的管治與防衛系統，務使百姓安居樂業，政令通行；攘外就是避強取弱，用一切辦法避免與李子通、杜伏威、竇建德又或王世充等正面交鋒，把矛頭指向我們力所能及的襄陽，只要能在東都之南奪得據點，我們便有機會北上爭霸，不用退守一隅。」

寇仲待要說話，敲門聲起。

宣永略帶抖顫的聲音傳來道：「徐爺……回來……」

寇仲豹子般從太師椅彈起拉開房門，看到宣永蒼白的面容，色變道：「發生甚麼事？子陵是否受了傷？」

宣永含淚搖頭，哽咽道：「不是他，是素素……」

寇仲猛地探手抓著他肩頭，搖撼道：「是素姐……啊！」倏地從他身旁搶往大堂。

宣永在後方悲泣道：「素素仙去了！」

寇仲如若觸電，眼中射出不能相信的神色，雙腿一軟，跪倒廊道之中。

素素火化後第二天的清晨，徐子陵和寇仲神色木然的坐在大堂內。

翟嬌容色冰冷地在兩人對面坐下，沉吟片晌，苦嘆道：「想不到我翟嬌遠有喪父之痛，近有失妹之痛，蒼天待我何其不公！」

寇仲立時熱淚盈眶，垂首啞聲道：「我終有一天會揮軍渡江，血洗巴陵，爲素姐追討血債。」

翟嬌冷然道：「報仇還報仇，但切不可意氣用事。素素的骨灰暫時歸我保管，至於小陵仲，我會帶返北方，視如己出，你們可以放心。」

徐子陵往她瞧去，欲語無言。

翟嬌長身而起道：「宣永已安排好我北返之路，爲避人耳目，你們不用相送，當我安置好小陵仲後，自會派人通知你們。」兩人慌忙起立。

翟嬌終忍不住蘊在眼內的淚水，撲前與兩人緊擁後，揮淚匆匆去了。兩人頹然坐回椅內。

不知過了多久，寇仲忽地苦笑道：「人對生死的感覺眞奇怪，本來好像該是永不會發生的，但忽然間卻成爲不能逆轉的事實，難有分毫更改。雖說不能指望天下所有的好事都給我們占盡，但爲何老天先已收回了娘，現在卻再是素姐，一坯黃土埋葬了我們所有的期待和希望。」

徐子陵嘆道：「我早想得腦袋似不是屬於自己的那樣子，所以也要勸你節哀順變，現在你的皇圖霸業尚是剛起步，百廢待舉，最緊要振作起來，不要只懂頹喪悲苦。」

寇仲霍地立起，扯著徐子陵往外疾走道：「說得好！我們找個地方喝杯解慰酒，喝他娘的一個天昏地黑，不知世事，之後再重新振作，把甚麼楊公寶藏起出來，直殺進巴陵去。」

「砰！」酒杯掉到地上，破成碎片。徐子陵駭然瞪著寇仲，只見他臉上再無半點血色，失聲道：「這次糟哩！」這間他們屢次光顧的飯店尚未啓門營業，最適合給他們徵作私用。徐子陵放下酒杯，皺眉道：「甚麼事這麼大驚小怪的？」

寇仲嘆道：「你眞是聰明一世，懵懂一時。試聯想一下，把魯妙子、邪帝舍利、祝玉妍，楊公寶藏這四方面綜合起來，只有一個結論，就是我們中了婠妖女的奸計，辛辛苦苦都只是替奸人作嫁衣裳。」

這次輪到徐子陵色變道：「你說得對，我定是因素姐的事而神智迷糊，其實一直以來沒有人能找到邪帝舍利，皆因魯先生把它放到楊公寶藏內去，但祝玉妍怎會知道呢？恐怕只是瞎猜吧！」

寇仲取過另一只酒杯，自斟自飲後，沉吟道：「是猜對或猜錯也好，假設那他娘的邪帝舍利果眞在寶庫內，我們是否向婠婠履行諾言？」

徐子陵舉酒盡傾口內，平靜問道：「你說呢？」

「砰！」寇仲把另一酒杯擲往地上，長笑道：「我們兄弟是何等樣人，答應過的絕不反悔。管他婠妖女得到邪帝舍利後能夠遁地飛天，我也不怕。」

徐子陵豎起拇指道：「這才是我的兄弟。」

寇仲舉起酒壺，對著壺嘴連灌幾口，任由嘴角瀉下的酒滴濺濕衣襟，淒然道：「可惜素姐走了，否則若有她在此陪我們喝酒，該是多麼痛快的一回事！」

徐子陵頽然道：「終有一天你和我也會步她後塵，假設死後甚麼都沒有，便一了百了；假設仍有點甚麼的，我們不是仍有相聚之時嗎？」

寇仲苦笑道：「問題是機緣難再，譬如眞有輪迴，到我們死時，素姐早投了胎，經歷另一個生命，這就是陰差陽錯的眞義。」接著輕輕道：「坦白說！我眞的很感激你，留下半個香玉山給我可快意雪親仇，使我的悲痛不致沒有渲洩的地方。」

徐子陵搖頭道：「到現在我仍弄不清楚爲何素姐會給惡疾纏身，此事我們定要查個明白。」

寇仲灑淚道：「自從在滎陽再見素姐後，她從未有一天眞正快樂過，遇上的總是無情無義的男人。」

徐子陵爲他斟滿另一杯酒，道：「現在是來喝解慰酒的，哭喪是昨天的事。」

寇仲一手拭淚，一手喝酒時，徐子陵道：「侯希白這人有點問題。」遂把卜天志和自己的懷疑說出來。

寇仲點頭道：「打開始我便不大喜歡他。初時還以爲是自己心胸窄嫉忌他，現在始知原來是有先見之明。石青璇說的甚麼『邪道八大高手』，除祝玉妍、尤鳥倦、左游仙外，還有何人？」

徐子陵苦惱道：「不知是否她蓄意耍我，甚麼事都只說一半，其中有一個肯定是化身榮鳳祥的辟塵，其他四個嘛，恐怕要找師妃暄問問哩！」

寇仲再乾一杯，奇道：「爲何我愈喝愈精神，沒他娘的半點醉意，究竟石青璇比之師妃暄如何？她的娘可眞是師妃暄的師伯。」

徐子陵無奈道：「她連樣貌也只肯讓我看到一半，縹緲難測，不過和她在一起日子倒不難過。」

若換了以前，寇仲定會硬派他愛上人家，但眼前哪還有這種心情，默然片晌後，道：「現在我少帥軍唯一的出路，就是攻下竟陵和襄陽兩重鎭，順道找朱粲和三大寇開刀，而欲要完成如此艱鉅的目標，必須有楊公寶藏到手才成，你說我該怎麼辦呢？」

徐子陵道：「坦白點說出來吧！答應過你的事，我絕不會反悔的。」

寇仲長身而起道：「我正在等桂錫良和幸容兩個小子的消息，收拾邵令周後，便是我和李子通談條件的時刻。」

當日黃昏，竹花幫固然有人來，卻不是桂錫良或幸容，而是由副堂主升作堂主的駱奉。

寇仲忙在大堂接見，坐下後，滿臉風塵的駱奉神色凝重的道：「江都形勢危殆，隨時會陷落，杜伏威和沈綸聯手進逼江都，輪番攻城，照看李子通捱不了多久。」

寇仲懍然道：「老杜和小沈的兵力形勢如何？」

駱奉答道：「杜伏威駐軍清流，兵力達七萬之衆；沈綸屯駐於揚子，兵力也有五萬人。李子通盡調各方兵馬，軍力亦只在四萬人間，若非江都城牆高壁堅，早已失守。」

寇仲暗忖這場仗如何能打，自己就算傾全力往援，亦只是白賠的份兒，杜伏威乃身經百戰的老狐狸，絕非等閒之輩。不過若李子通完蛋，下一個將是他的少帥軍。

駱奉濃眉上揚，道：「這回老哥是奉有邵軍師密令，來和少帥作商議，看看可否借助少帥的力量，以解江都之危。」

寇仲點頭道：「自家人不用客氣，我只想知道此事是否李子通授意的。」

駱奉道：「這個當然，否則我豈肯作說客。」

寇仲記起虛行之的話，啞然笑道：「李子通果然是爲求保命，不顧親仇的人。不過此事他仍是存心不良，希望藉杜沈聯軍削弱我的實力，駱大哥怎麼說呢？」

駱奉點頭道：「老哥曾和沈老、錫良商量過，均知這叫借刀殺人，可是一旦江都陷落，少帥恐也難保辛苦得來的江山，這才教人頭痛。」

寇仲沉吟道：「我怎樣都要保住江都的，否則就把領地盡獻老杜，免致無辜的百姓平民受兵災的蹂躪。」

駱奉動容道：「少帥確是眞正的英雄豪俠，能爲百姓不計較本身的得失利益。」

寇仲想起魂兮去矣的素素，嘆道：「得得失失，便如短促的生命，彈指即過，只要能行心之所安，已可無憾。」

駱奉猶豫片晌，猛下決心道：「事實上我和沈老兩人都反對邵軍師與李子通過從太密，李子通此人性格多變，非是可與長共事的人，只是他不肯聽我們意見罷了！」

寇仲乘機問道：「駱大哥覺得麥雲飛此人如何呢？是否有做堂主的資格？」

駱奉苦笑道：「不用我說，少帥也知麥雲飛是甚麼料子。錫良至少人緣比他好，兼又是先幫主的嫡系，又有玉玲夫人全力支持。麥雲飛則全賴邵軍師一手捧起來，沈老曾爲此與邵軍師激烈爭辯。」

寇仲心忖原來桂錫良也有那麼一點點的名望地位，淡淡道：「知道沈老和駱大哥的心意就成啦！現在我幫幫主之位仍然虛懸，而小弟則不宜坐上這位置，駱大哥可有好的提議？」

駱奉道：「現在最有資格坐上幫主位置的人，不是邵軍師，就是沈老，錫良現時無論才具德望仍難服衆，只是礙於宋閥的意向，才把幫主之位懸空。但卻引致邵軍師靠向李子通，使我幫陷於分裂的邊緣，整件事異常複雜，甚難處理。」

寇仲道：「假若由沈北昌他老人家坐上幫主之位，錫良則出任副幫主，駱大哥認爲是否行得通？」

駱奉愕然道：「邵令周怎會答應？」

寇仲雙目寒芒電閃道：「生死存亡之際，那容他不答應。錫良現在差的只是顯赫的功績，若我讓他去破杜沈的圍攻，他由此威名大振，便理所當然的可成其副幫主，誰敢異議？」

駱奉難以置信的瞥他一眼，說不出話來。寇仲當然知他以爲自己在吹法螺，微笑道：「駱大哥可否答我一個問題？」駱奉點頭。

寇仲淡淡道：「假設江都被攻陷，那究竟是杜伏威的江淮軍乘勝北上，還是沈法興的江南軍揮軍北進呢？」駱奉爲之啞口無言。

杜伏威和沈法興之所以肯聯手對付李子通，皆因他占領了南北最重要的重鎮江都，雙方均希望能除掉這絆腳大石和眼中釘，一旦攻下江都，便輪到雙方因利益作正面衝突。

寇仲哈哈笑道：「這正是我們致勝的關鍵。麻煩駱大哥回去向李子通、邵令周坦白說出此議。若他們首肯，立即著錫良來與我商議大事，若說只有錫良才可解開江都的困局，他們也會像駱大哥一樣不肯相信，所以定會答應，哈！如此不可能的事也變得可能，眞有趣！」駱奉瞠目以對。

寇仲送走駱奉，返回總管府，原來陳長林剛趕回來，正和徐子陵在大堂內敘舊，大喜道：「長林兄回來得正好，這回你報仇有望哩。」

陳長林精神大振，連忙追問。

寇仲解釋形勢後，陳長林頽然道：「李子通現在自身難保，我們的實力又不足應付杜伏威或沈綸任何一方的勢力，我如何可以報仇？」

寇仲使人去請虛行之，順便問及陳長林回去徵召族人的事宜。

陳長林見他一副成竹在胸的樣子，又知他足智多謀，有鬼神莫測之機，信心回增，奮然道：「我此行形勢大好，比我想像中好得多，尤其風聞少帥奪得東海，族人紛紛乘船北來，估計至少有二千少壯來參加少帥軍，另外族中操船高手和造船的巧匠要來投效者絕不少於五百人，我只是先一步來向少帥報訊，待會兒須連夜趕赴東海，接應他們。」

寇仲喜道：「那二千少壯曾否服過兵役？」

陳長林道：「大部分均曾在舊朝參軍，現隸於沈軍麾下的亦不在少數。」

寇仲欣然道：「這就成啦！長林兄務要把他們盡數遣來梁都，愈快愈好。」

此時虛行之來了，聽畢後拈鬚微笑道：「少帥此計大妙，以江南人打杜伏威，當杜伏威誤以爲被沈綸偷襲而還擊，我們再乘機攻打沈綸，江都之圍自解，對吧？」

寇仲嘆道：「虛先生果然是諸葛武侯復生，一眼看破小弟的用心。」

徐子陵亦點頭表示佩服。

陳長林一對眼睛亮起來，霍地立起道：「我現在立即趕往東海，如攻打沈綸，長林願作先鋒。」

寇仲扯著他衣袖道：「且慢！長林兄先要指導我們的衣匠如何製作沈軍的軍服才成。」

虛行之笑道：「若沈綸眞要偷襲杜伏威，怎肯讓自己的士卒公然穿著沈軍的招牌軍服去行事，只要是江南人便成，那更能使杜伏威入信。」

寇仲拍額道：「是我糊塗，哈！這次連製衣費都可省回。」

陳長林神色激動的去了。

陳長林走後第三天，桂錫良和幸容風塵僕僕的趕來，寇仲和徐子陵設宴爲他們洗塵，陪客尙有虛行之、陳家風、謝角和從彭城回來匯報情況的任媚媚。

酒過三巡後，寇仲道：「席上全是自己人，說話不用顧忌。」

桂錫良臉色立時沉下去，道：「那我也不用客氣。你硬把我擺到枱上去，說甚麼我能解江都之圍，累得我終日給邵令周的人冷嘲熱諷，日子難過到極點。現在好啦！邵令周已正式公告全幫，假若我可辦成這根本不可能的事，那我桂錫良就不只是副幫主，而是榮登幫主之位。我的奶奶，你教我這次怎麼下台。」

幸容也不悅道：「邵令周此舉擺明要羞辱大哥，雖沒說過辦不到又如何，但誰都知道若江都城陷，良哥只有自動引退一途。」

寇仲微笑道：「『根本不可能的事』這句話究竟是邵令周在公告上白紙黑字寫的還是錫良老哥你湊興補上去的呢？」

桂錫良氣道：「是我補的，難道補錯了嗎？」

任媚媚等為之莞爾，知他們自少相識，故可坦誠對話。

寇仲好整以暇道：「假設以前我告訴你可幹掉任少名，大破李密，趕跑宇文化骨，你是否會以相同的言詞去形容？」

桂錫良漲紅了臉，額現青筋的怒道：「這些事與眼下的形勢怎可相提並論。唉！你來告訴我有甚麼方法可解江都之圍好了！」

看到徐子陵忍俊難禁的模樣，寇仲笑道：「由小陵來告訴你吧！你信他多過信我吧！」

徐子陵擺出置身事外的態度，聳肩道：「又不是我把良哥擺上檯的，解鈴自須繫鈴人，少帥請！」

任媚媚終忍不住「噗哧」嬌笑，媚態撩人，看得初睹她艷色又不像桂錫良般「心有所屬」的幸容呆上半晌。

任媚媚勾引男人的經驗何等老到，立時順便再拋他一記欲拒還迎的媚眼。

寇仲笑徐子陵一句「小子又耍我了」後，湊到桂錫良耳邊說了整刻鐘，到桂錫良容色舒緩，更不住點頭，寇仲才坐直身體，左手舉杯，右手猛力重拍桂錫良肩頭，哈哈笑道：「各位太守將軍、江湖好漢、鄉親父老、兄弟姊妹，讓我們為竹花幫未來的桂幫主喝他娘的一杯。」眾人連忙起哄祝賀。

徐子陵雖有舉杯，卻沒說話，暗忖無論是娘的過世，到素姐的病歿，寇仲總能比他更快從打擊中回復過來，這或者就是要作天下霸者其中一個必具的先決條件吧。

翌日桂錫良和幸容神采飛揚的坐船返回江都，與來時的垂頭喪氣，有著天淵之別。同行的尚有扮成疤臉大俠的徐子陵和洛其飛，一個是要十二個時辰貼身保護這位未來的竹花幫幫主；另一個則負責組織偵察隊伍，以熟悉當地情況的竹花幫眾爲骨幹，配之以十多個少帥軍中的探察高手，好收集有關杜沈兩軍的情報。

膳後徐子陵獨自一人溜到船尾，觀看星夜下運河的美景，想起素素的不幸，又悲從中來，深深嘆氣。

素素的逝世對他是比傅君婥的死亡打擊得更深更重，後者的死是悲壯轟烈，突如其來得使他尚未了解清楚便成爲過去。但對素素他本是充滿企盼和期待的，忽然間一切努力和希望均化爲烏有，那種失落、無奈和懊悔，像鑽入臟腑的毒蛇嚙噬他的心靈。

他不知何時如寇仲般回復過來，人說時間可沖淡一切，可是他卻知道素素將永遠在他心上留下不能磨滅的傷痕。

每次憶起她歿前的音容說話，他的心會產生一陣痙攣！像要用盡全身的力氣，苦抗那龐大無比的傷痛和壓迫。他已麻木得不想去恨任何人，包括李靖或香玉山在內。但他也絕不會阻止寇仲向香玉山作出最嚴酷的報復。

而他更知道天下間再沒有人能阻止寇仲去爲素素討債。

令素素致病的因由極可能是長期的積鬱所引起；遠因是李靖，近因則是香玉山。這是他和寇仲心知肚明的事，但都沒有說出口來，更不願談論。

這幾天來，他們一句不敢提到素素，那實在太令人心酸！

桂錫良此時來到他旁，乾咳一聲道：「嘿！我有些話想和你說的。」

徐子陵勉強收攝心神，點頭道：「自己兄弟嘛！說吧！」

桂錫良有點難以啓齒的，沉吟片刻後才道：「你道小仲爲何總要把我捧作幫主呢？坦白說，我很清楚自己有多少材料，當個堂主已相當了不起，幫主嘛！唉！」

徐子陵淡淡道：「那你本身是否想當幫主呢？」

桂錫良苦笑道：「人望高處，水向低流，想當然是想啦！但若名實不符，會是吃力不討好的一回事。」

徐子陵道：「只要想就行了。現在你欠的只是信心，有寇仲全力支撐你，還怕甚麼？他絕不會害你的，你也該清楚他的爲人，少時我們跟人打架他從未試過先溜的，總是留到最後。」

桂錫良苦惱道：「我當上幫主對他有甚麼好處？就算做幫主，我也指不動邵令周和沈北昌那幾個老頭兒，麥雲飛更會和我作對，這樣有名無實的幫主當來幹嘛？」

徐子陵淡淡道：「那你早先爲何不坦白點把這番話告訴小仲，豈非不用再爲此煩惱嗎？」

桂錫良嘆道：「小仲這麼瞧得起我，我怎能令他失望，何況邵令周已截斷我的回頭路，只好硬撐下去，唉！這是否叫自相矛盾？」

徐子陵柔聲道：「要取得或保持權位，從來不是一件容易的事，小仲已非以前的小仲，他自有手段令你成爲名實相符的竹花幫幫主，甚至可安插幾個能人到幫內劻助你，以支持他爭雄天下的大業。看看吧！以李子通和邵令周那樣的老狐狸，還不是給他玩弄於股掌之上嗎？你可多點聽小容的意見，他的冷靜多智，足可補你之不足。」

接著摟上他肩頭道：「夜了！早點休息，明早到江都後，可能會有很多意外的事，需我們費神應付的。」

寇仲趕至大門，迎上劉黑闥笑道：「我正不知用甚麼方法去聯絡劉大哥，想不到貴客已大駕光臨。」

劉黑闥哈哈一笑，挽著他手臂，踏進大堂，親切的道：「不是你找我，便是我找你，現在天下誰不聞寇仲之名而傾倒。」坐好後，待所有人退出大堂，劉黑闥道：「夏王本想另派人來和你說項的，但我堅持親自來一趟，免得弄致好兄弟失和，最後還要兵戎相見就壞事哩！」

寇仲搖頭道：「劉大哥放心好了，兄弟便是兄弟，怎會不以美酒相饗而改以兵刀相待呢！來！先喝一杯，祝我們兄弟之情永遠長存。」乾杯後，寇仲問道：「北方戰情如何？李密是否歸降了李世民？」

劉黑闥變色道：「竟有此事？」經寇仲分析後，劉黑闥神色轉為凝重，沉吟道：「李世民確是眼光遠大的人，李密手下戰將如雲、謀臣如雨，只是這批人材，足可令李閥實力劇增，更難對付。」

寇仲道：「李密或會寧死不降。唉！不過李密忍功了得，說不定眞會忍他娘的一會兒，詐作降李，避過覆滅之禍，再圖打算，這可能性實在不小。」

劉黑闥默然不語。

寇仲道：「聽說徐圓朗給劉大哥你打得七零八落，不知何時可攻入他的老巢任城呢？」

劉黑闥坦然道：「事情怎會如此簡單。徐圓朗正力圖反攻，以收復失地。最可恨是他向高開道和宇文化及求援。宇文化及先後為李密和你所敗，目下自身難保，可以不理。但高開道有突厥在後面撐腰，本身又勇武蓋世，其大將張金澍擅用騎兵，不容小覷。」

寇仲把高開道和張金澍兩個名字反覆唸了數遍後，忽然問道：「有一事我眞不明白，爲何你們會揀這個時候向徐圓朗動刀子的？」

劉黑闥聳肩道：「道理很簡單，因爲徐圓朗一向依附李密，現在他靠山既倒，我們再無顧忌。此事差點忘記謝你。來！讓劉大哥敬你一杯。」

「叮！」酒杯相碰，各盡杯中美酒。

寇仲嘆道：「我現在才明白甚麼叫牽一髮而動全身，何況李密肯定不只是一根頭髮。」

劉黑闥道：「徐圓朗這人最沒骨氣，一方面向高開道和宇文化及求援，另一方面又暗與王世充眉來眼去，故形勢並非對我們完全有利。」

寇仲沉吟道：「有甚麼小弟可以幫忙的呢？」

劉黑闥欣然道：「只要你肯和我們做生意便成。其他的，不用我說，你也會設法扯住王世充或杜伏威，這對我們已有天大好處。」

寇仲苦笑道：「劉大哥眞坦白，說到底你和你的夏王根本就不用怕我這支勢孤力弱的少帥軍能耍出甚麼花樣。」

劉黑闥坦然道：「你雖是當今寥寥幾個我看得起的人之一，可是在現今的形勢下，仍難有甚麼作爲。現在我當然很難說服你歸附竇爺，但你千萬別硬充好漢，一旦江都城破，又或王世充東來，你最緊要別忘記我劉黑闥是曾和你共患難生死的兄弟，只要捎個信來，我定會全力助你，到時我們並肩縱橫天下，豈不快哉。」

寇仲嘆道：「想想確很快意，劉大哥也確是魅力非凡的說客，不過我也不知是否該盼望有那種日子的來臨。話說回來，劉大哥想和我做甚麼生意？」

劉黑闥爽快答道：「我們給你戰馬武器，你則供應我們蔬菜米糧，對雙方有利無損。」

寇仲啞然失笑道：「說到底，你們的竇大爺終是希望我能多撐一段日子，對嗎？這麼好的提議，我寇仲怎能拒絕。」

劉黑闥伸出大手與他緊握，低聲道：「小心點！記著『留得青山在，哪怕沒柴燒』這句話，我要走哩！遲些會派人和你聯絡。」

寇仲愕然道：「你不是準備今晚和我同床共話嗎？」

劉黑闥無奈道：「我是在不能分身的情況下分身來此的，爲何不見小陵？」

寇仲陪他往大門走去，邊道：「他到了南方去，來！讓我送你出城。」

劉黑闥神色一黯道：「他是否到巴陵去找令姐呢？」

寇仲像被錐心鋼針刺了一記，猶豫半晌，點頭答道：「是！」

船抵揚州。

徐子陵從左舷眺望在晨靄中這臨海的貿易大港，滿懷感觸！就如一個離鄉的浪子，經過了萬水千山和重重劫難後，終於回歸到起點處。奇怪的是上一次到揚州見著煬帝那昏君時，卻沒有眼前的感受。就是那令人神傷魂斷的船程，讓素素作出貽誤終生的選擇。

徐子陵心中絞痛。

旁邊的幸容嘆道：「揚一益二，若論全國貿易，始終是我們的揚州居首，否則我們竹花幫就不能成為南方巴陵幫外的另一大幫。所以在兜兜轉轉之後，始終把總舵遷回這裏，邵令周這麼賣李子通的賬，自有其前因後果。」

「揚」是指揚州，「益」指益州，即四川蜀郡。揚州江都等若中原的洛陽，是通匯各地的水陸樞紐，尤其水路方面，處於運河與長江的交匯點，又是長江的出海海岸，其地理的優越性可以想見。陸路方面，揚州乃東達山東、西至四川，南延湖廣的驛路大站。

各方面合起來，使她成為海、陸、河的樞紐要地，南北水陸轉運的中心。自隋以來，大量的米鹽、布帛經此北運供應中原與冀陝地區。而她本身亦是國內數一數二的龐大城市，主要經營的貨物有珠寶、鹽運、木材、錦緞、銅器等。

當年煬帝被以宇文化及為首的叛軍所殺，杜伏威的江淮軍遲來一步，坐看李子通奪得這南方最重要的大城，確是棋差一著。

像長江這種匯集天下水道的大河，誰也沒有能力完全又或長期封鎖。要把揚州重重圍困，更非容易。杜伏威所以肯與沈法興合作，皆因要借助他有豐富海上作戰經驗的水師船隊，而沈法興的水師，則是以海沙幫的龐大船隊作骨幹。

海沙幫幫主本為「龍王」韓蓋天，於偷襲常熟新成立的雙龍幫大本營時，被徐子陵重創，內傷一直不能痊癒，最後讓位於愛妾「美人魚」游秋雁，以「胖刺客」尤貴和「闖將」凌志高分任左右副幫主，重整陣腳，稍露中興之勢。

江都揚州是由「衙城」和「羅城」兩城合組而成，城池連貫蜀崗上下。

衙城是皇宮所在，也是總管府和其他官衙集中地，等若東都洛陽的皇城，位處蜀崗之上，易守難攻。當年若非宇文化及竊裏反，有獨孤閥全力保護的煬帝亦未必那麼輕易遭弒。在衙城之下擴展的商業和民居的地區爲羅城，就在這長方形的城池內，聚居近二十萬人，其數之衆，乃南方諸城之冠。

街垂千步柳，霞映兩重城！羅城南北十一里，東西七里，周四十里。徐子陵和寇仲揉集了奮鬥和艱難的珍貴童年歲月，就在這方圍八十里許的城內渡過。舊地重遊，人事全非，豈能無感。

另一邊的桂錫良見徐子陵眼露奇異神色，還以爲他因不見有圍城兵馬而奇怪，解釋道：「這年多來一直是打打停停，江都三面臨江海，港口深闊，要圍城談何容易？兼且李子通在另一大城鍾離置有重兵，不時從水道來偷襲圍城的敵人，所以杜伏威和沈綸每次於輪番攻城後，都要退軍重整生息，好恢復元氣，否則李子通怎捱得到今天？」

徐子陵心中暗暗佩服寇仲，杜沈兩軍之所以不願聯手攻城，正因各自猜疑，而寇仲則把握到他們間至關重要的矛盾，於是從容定下離間計策。他卻不知首先想到此關鍵的人，是虛行之而非寇仲。

城外碼頭處雖遠不及以往的千帆並列，帆檣蔽天，但亦靠泊了百艘以上的大小船隻，似乎要趁這短暫的和平時光，狠做買賣。

他們的船緩緩靠岸，來迎的只有駱奉和十多名幫衆，另外尚有小批李子通麾下的兵將。

只看這種款待，便知李子通和邵令周對桂錫良毫不重視。

徐子陵往後退開，免得那麼惹人注目。

洛其飛移到他身旁道：「看來會有點小麻煩。」

徐子陵點頭道：「只好隨機應變。」

風帆終於泊岸，駱奉首先登船，帶點無奈的語調向桂錫良道：「大王有令，所有抵江都的船隻，都要徹查人貨，驗證無誤後，始可入城。」

桂錫良色變道：「連我們竹花幫的人都不能例外，我這回可是為大王辦事哩！」

駱奉探手抓著他肩膊道：「忍耐點！大家心知肚明內裏是怎麼一回事就成。」目光落在扮成「疤臉大俠」的徐子陵等十七人處，問道：「這些貴客是否來自少帥軍的兄弟。」

徐子陵弄啞聲音，抱拳道：「小弟山東『風刀』凌封，見過駱堂主，此行正是奉少帥之命，聽候桂堂主差遣。」

駱奉當然從未聽過山東武林有這麼一號人物，心中嘀咕，表面只好裝出久聞大名的樣子，然後道：「查驗人貨的事合情合理，該不是有人故意刁難，望凌兄諒察，否則如何與少帥合作。」回頭向岸上的李軍打個手勢，著他們上來查船。徐子陵心中暗嘆，知道麻煩才是剛開始。

回到揚州，就像回到一個久遠但卻永不會遺忘的夢裏。

無論城內城外，隨處可見戰火留下怵目驚心的遺痕，坍塌破損的城牆、燒焦廢棄的各式各樣攻城工具，沉沒的戰船，路上乾黑的血跡，大火後的廢屋，頹垣敗瓦更是隨處可見。但人們對這種種景象都習以為常，除了負責修補城牆的民工外，其他人如常生活。由於缺乏戰馬，衆人入城須倚賴雙腿，緩步細察滿目瘡痍的情景。

竹花幫的總舵重設於羅城緊靠蜀崗之下的舊址，建築物卻是新的，規模比以前更宏偉，由七組建築物合成，各有獨立隔牆，以門道走廊相連，其中四組分別是風、晴、雨、露四堂。

未抵總舵之前，駱奉和桂錫良領先而行，不住低聲說話，徐子陵和幸容則在隊尾，當經過揚州最著名的花街「柳巷」時，幸容湊到徐子陵耳旁道：「玉玲夫人重開天香樓，現在已成了揚州最有名的青樓，天香雙絕更是南方最有名的兩位才女，等閒人想見她們一面都不容易，今晚讓我帶你去見識一下。」

柳巷之西是橫貫南北的舊城河，橫跨其上有如意和小虹兩道大橋，兩岸風光旖旎，長堤柳絲低垂，芳草茵茵。再遠處是與舊城河平衡的另一道大河汶河，沿汶河向東而築的大南門街，就是揚州最興旺繁盛，商舖集中的主道。

徐子陵此時充滿觸景生情的情懷，那有興致去想青樓的事，但亦興起一種異樣的感覺。想起當年只可用偷窺的方法去欣賞天香樓的姑娘，現在卻可登堂入室去扮闊大爺，可知今昔有別，他們已是長大成人。對少時的寇仲和徐子陵來說，揚州城是捉迷藏或四處逃命的好地方。在煬帝把揚州發展成江都前，城區內的房屋大多自發形成，結果是布局毫不規則，斜街彎道，蕪雜交錯，除了幾條主大街外，眞是九曲十三彎，歧路處處，成爲揚州的特色。

兩人當年最愛混的除大南門街外，尙有與大南門街十字交錯的緞子街，不但售賣錦、緞、絹、綢的店舖成行成市，尙有出售飾物和工藝的店子，故最多腰纏萬貫的豪客到這裏蹓躂，對當時的寇仲和徐子陵來說，則是肥羊的集中地。

幸容見徐子陵沒說話，還以爲他已同意今晚去逛青樓，轉往另一話題道：「駱堂主對我們算是最好的了！只有他肯幫我們說兩句話。」

徐子陵愕然道：「那沈北昌呢？」

幸容壓低聲音道：「沈老頭很陰沉，誰都不知他眞正想的是甚麼，我看邵令周對他很有顧忌。」

徐子陵皺眉道：「玉玲夫人對我們竹花幫有沒有影響力？」

幸容道：「當然有哩！她對我們很支持，可是她從不插手幫務，在幫內更沒有實權。故她的影響力只是來自幫中兄弟對她的尊重，遇到重大的事情時便難生作用。」

此時一行五十多人剛進入院門，邵令周和沈北昌兩人聯袂而出，截著駱奉和桂錫良。四人圍作一團說話，事實上桂錫良只有垂首恭答的份兒，眞正對話的是邵令周和駱奉。接著駱奉揮手召喚隊尾的徐子陵過去，先介紹與邵令周和沈北昌認識，然後邵令周以帶點不屑的眼光打量他道：「陵兄能否代表少帥說話。」

徐子陵淡淡道：「當然可以！否則少帥不會派我隨桂堂主回來。」

邵令周露出懷疑的神色，好片晌點頭道：「好！請陵兄立即隨邵某到總管府見大王，他要和能代表寇少帥的人說話。」

又向桂錫良和駱奉道：「兩位堂主不用隨行，有老夫和沈老便成啦！」

陳長林在虛行之這個老友陪同下，進書齋見寇仲，這位少帥正捧著魯妙子的《機關學》秘本在用功，看得眉飛色舞，見陳長林到，大訝道：「長林兄竟可以這麼快回來？」

兩人坐下後，陳長林道：「輕舟順流，到東海不過大半天，回程時順風，也不過費了一晚多幾個時辰。長林幸而不負所託，千五江南子弟兵，今晚即可抵梁都，他們用的全是自備的兵器。」

虛行之補加一句道：「是江南各大鐵器老字號打製，要冒充都冒充不來。」

寇仲收起秘本，欣然道：「如此就更好，這次我們只是要離間敵人，而不是眞的去攻擊老杜的江淮軍，有甚麼方法可既不會損折我方的人，偏又可撩起老杜的誤會和怒火呢？」

虛行之從容道：「詳細計畫，雖待聽得其飛的情報才可釐定細節。但最好是能在某一特別的形勢下，刺殺杜伏威旗下某一重要的愛將，不論成功與否，都不愁他們不引起猜疑，進而翻臉大動干戈。」

陳長林不解問道：「甚麼特別形勢？」

虛行之解釋道：「現在杜沈兩軍是輪流攻打江都揚州，可以想像無論是誰攻城，必是全力以赴，希望能先入城飲那口頭啖湯，其中兩方面自有協議。據江都來的消息說，上一次剛好是沈軍攻城，攻守雙方均損折甚鉅，待江淮軍再攻城時，便極有破城的可能，我們需要的，正是這種形勢。」

寇仲拍案叫絕道：「此計妙絕，正好提供了沈綸破壞合作的動機，就是怕江淮軍先一步入城，盡收勝利成果。」接著使人去召卜天志來。

虛行之道：「現在我們唯一要解決的問題，是如何避過杜沈兩軍，甚至李子通的耳目，因為這樣浩浩蕩蕩的出動過千人，行蹤上極難保密。」

寇仲笑道：「原本沒有可能的事，現在卻變得大有可能。哈！救星來啦！」

卜天志匆匆來到，弄清楚後，拍胸保證道：「此事可包在我身上，我和各個碼頭的龍頭大哥多少有點交情，只要長林的人扮作我的手下，我可分批把他們送至江都附近我們一個秘巢內，等待行動的良機。」

虛行之喜道：「那就萬事具備，只欠情報這東風了。」

寇仲道：「不如我們把行刺的對象改為老杜本人，不是更一針見血嗎？橫豎我們根本不求成功，只要虛張點聲勢，遺下些江南老字號的箭矢兵器，大叫幾聲江南口音的話就大功告成。」

三人無不點頭稱善。

陳長林關心的卻是另一問題，道：「假設杜伏威眞的中計反擊沈綸，我們又如何利用這情勢？」

虛行之道：「杜伏威的實力遠勝沈綸，必可予沈綸軍士沉重的打擊，那時沈綸只有循江南運河退返毗陵一途，我們可於運河上截擊沈綸，攻他一個猝不及防，莫知所措。」

寇仲望向卜天志，問道：「此事可行嗎？」

卜天志欣然道：「對江南的分歧水道，我們瞭若指掌，可保證當我們的戰船突然於運河出現時，江南軍始如夢初醒，只要我們能搶上沈綸的帥船，長林兄將可手刃沈綸。」

寇仲哈哈笑道：「事不宜遲，我們立即進行準備的工夫，到時我會親自陪長林兄上船拜會沈綸那小子，看看老天爺是否肯主持公道。」

陳長林劇震道：「我的性命由今天開始，交給少帥哩！」

抵達總管府接客的外堂，值勤的隊長著三人等候，道：「大王正在見客，請三位稍候片刻。」

坐下後，徐子陵閒著無聊，功聚雙耳，探聽只隔一道門戶的大堂內的聲息，剛好捕捉到一把帶著外國口音的熟悉聲音道：「戰馬可於十天內運至江都，讓大王重整騎兵隊伍，而我則只要寇仲項上的人頭。」聲音雖細至幾不可聞，基本上他仍可聽得個一字不漏。

徐子陵嚇了一跳，認得正是窟哥的聲音。

李子通乾笑兩聲，得意道：「契丹戰馬，天下聞名，王子放心，這五百匹優質良馬我絕不會白收的。只要寇仲肯領軍南來，形勢恰當時，寡人會請王子親率奇兵，配合我們的勁旅，狠狠予這小賊重重一擊，教他永不能超生。」

另一把難聽如破鑼的聲音道：「寇仲和徐子陵威風得太久哩！弄至仇家遍地，梁王昨天通知我們兄弟，他已派出『大力神』包讓、『惡犬』屈無懼和『亡命徒』蘇綽三大高手，到來協助對付這兩人，到時配合吳王旗下的衆多高手，任他兩人三頭六臂，也難逃此劫。」

李子通笑道：「只要有大江會仗義幫忙，何愁大事不成。」

徐子陵知道那難聽的聲音若非「龍君」裴岳，就是「虎君」裴炎，禁不住心中好笑，若李子通知他能以靈耳偷聽，必然非常後悔。

李子通又道：「現在寇仲派來的人正在門外等候，待我摸清寇仲的底子，再和各位商議。那小賊好大喜功，總以爲自己是無所不能，不放任何人在眼內，我就利用他這點，許以些許甜頭，引他入彀。」

接著是窟哥等從後堂離去的聲音。徐子陵心想該是輪到自己上場表演的時刻了。

寇仲拉著陳長林，到總管府的花園去漫步，懇切地道：「長林兄的性命是自己的，不需給我，更不用給任何人。大家走在一起，最重要是理想和利益一致；那我可爲你而死，你可爲我而亡，但分別在仍是爲自己。一旦出現分歧，便各自上路，哈！多麼理想。」

陳長林苦笑道：「少帥和王世充絕對是兩種不同類的人，他要的是盲目的忠心，把個人的利益完全拋開，只以他的利益爲先。」

寇仲笑道：「那是歷史上所有帝皇對臣子的要求。我怎同呢！對小弟來說，上下之分只是一種方便；最好是大家能似兄弟湊興般向某一崇高的目標邁進，爲受苦的百姓幹些好事，挑戰各種欺壓人民的惡勢力。」

陳長林道：「少帥的想法非常偉大特別，令人感動。」

寇仲忽地停步，負手細察小徑旁的一株盤栽，沉吟一會兒後，道：「現在我們的少帥軍已略具雛形，兵卒的編伍訓練有宣永和焦宏進主持，政府的運作有虛行之，偵察通訊有洛其飛，財務糧草有任媚媚，水戰有卜天志，假若再有長林兄爲我主理海上河上的貿易和建造優良的戰船和貨船，將可令少帥軍如虎添翼。」

陳長林心悅誠服道：「少帥果然是高瞻遠矚的人，不像沈法興之輩，得勢後只顧鞏固權力，搾取人民的血汗，掠奪錢財糧草，短視無知。少帥放心，長林定不會辜負你的期望。」

寇仲道：「有長林兄我自是放心哩！但我們最大的問題是時日無多，一旦給李小子平定了關西的其他義軍，便是他出兵東下之時，所以我們必須搶在那日子來臨前，建立起一支有龐大水師輔助卻以騎戰爲主力的軍隊，才有望可與關中軍決戰沙場。在船舶的建造上，長林兄有甚麼好的提議。」

陳長林點頭道：「水戰的主要裝備是戰船，它等若城廓、營壘、車馬的混合體。好的戰船以戰則勇，以守則固，以追則速，以衝則堅，能達到勇、固、速、堅，方能稱爲好的戰船。不過水戰中戰船極易折損，所以不僅數量要多，還要在性能上各式各樣具備，以應付千變萬化的戰鬥。」

寇仲轉過身來，欣然道：「長林兄對水戰確很有心得，我便從未想過這些問題，少時聽人說書，便有『青龍百餘艘，黃龍數千艘』之語，還以爲是誇大之詞。」

陳長林笑道：「與少帥談話既輕鬆又有趣，談笑用兵，恐怕就是這樣子。不過水戰上動用數以千計的戰船，是確有其事，例如果漢時馬援伐交趾，便將樓船二千餘艘，梁朝與北齊作戰，在合肥一戰就燒齊船三千艘。」

寇仲一震道：「梁朝是否就是蕭銑先祖的梁朝？」

陳長林點頭應是。

寇仲恍然道：「難怪蕭銑如此重視卜天志的背叛，因爲他事事學足先人，深明水師的重要性。哼！所以欲要擊垮巴陵幫，除了要封香小子的青樓斷其情報來源外，尚要先破他們的水師，此兩項缺一不可。」

陳長林只好聆聽，深感寇仲的思想有如天馬行空，難以測度。

寇仲想了想又問道：「憑我們現在的人力物力，要建造一隊由五百艘戰船組成的水師，需多少時間？」

陳長林爽快答道：「若一切從頭開始，最少要十五年。」

寇仲愕然道：「那怎麼行？」

陳長林胸有成竹道：「少帥放心，其實大多數戰船與民用貨船在船體結構上並沒有大差別，無論楫、棹、篙、櫓、帆、席、索或沉石，都是同樣的東西。只要將民用貨船加上防衛設施與武器裝備即可轉爲軍用。再配以精於水戰的將領士卒，便規模具備。故不用一年我可替少帥弄出一支有規模的水師艦隊。」

寇仲喜出望外道：「又有這麼便宜的事。長林兄還有沒有辦法使人在平時看不出它們是戰船，到作戰時才露出眞面目，那更可成水上的奇兵。」

陳長林道：「我可以想想辦法。」

寇仲摟著他肩頭，朝大堂方向走去，壓低聲音道：「此事須量力而爲，並以不擾民爲主。待我起出楊公寶藏後，會有大量眞金白銀去收購民船。現時不妨將就點先改裝彭梁會和駱馬幫的舊船，那怎麼都有百來二百艘，加上巨鯤幫投誠的數十艘大小船隻，該可應個景兒吧！」

李子通高踞龍座之上，斜眼睨著在邵令周和沈北昌陪伴下步入大堂的徐子陵，似要把他看穿看透。大堂內左右排開共十八張太師椅，此時左邊的首三張均坐著李子通手下的心腹，椅後是兩排持戟的侍衛，甲胄鮮明，威風凜然。這樣的氣派，在皇宮內擺出來是恰如其分，但在總管府大堂便有虛張聲勢之嫌。不過李子通也是迫於無奈，要放棄被大火肆虐過的皇宮而改用總管府，且爲表示與昏君有別，更不敢入住其他爲享樂而建的行宮。

門官唱喏下，邵令周和沈北昌只依江湖禮數晉見，徐子陵有樣學樣，省卻很多麻煩。

李子通賜坐後，冷然問道：「凌先生在少帥軍中身居何職，有否令符信物，能否代表寇仲和徐子陵說話？」坐在下面的三名將領，均以冷眼緊盯徐子陵，看他如何應對。李子通的容貌明顯地比當年相遇時消瘦憔悴，鬢髮花斑，可見爭天下須付的代價。

徐子陵淡然道：「我軍因倉卒成立後，征戰連連，很多方面無暇顧及，令符文書，一概未備，請吳王見諒。」

李子通眉頭大皺道：「那凌先生如何證明可代表他兩人說話？」

邵令周插入道：「大王明鑑，敝幫桂錫良，親口向老夫證實凌將軍乃寇少帥的全權代表。」

李子通「哦」的一聲，挨往太師椅去，神態悠閒的介紹三名將領與徐子陵認識，依次序是左孝友、白信和秦文超。

徐子陵心中湧起奇異的感覺，早在揚州當小混混，他和寇仲已聽過三個人的名字，還心生仰慕。尤其是左孝友，更曾是其中一股義軍的領袖，在大業十年於蹲狗山起義後，威風過一段日子，後來歸降比他遲一年崛起的李子通。三將中亦以他年紀較大，在四十許間，高瘦精矍，滿臉風霜。白信和秦文超均是年輕威猛，典型山東漢子高大過人的體型，對徐子陵的神態隱含敵意，只是微微頷首為禮，冷淡而不客氣。

「砰！」李子通一拍扶手，喝道：「既可代表他們說話，凌將軍請告訴我，你們為何要攻打東海，殺我親弟，動搖我李某人的根基？」

徐子陵絲毫不讓地回敬他凌厲的眼神，淡淡道：「吳王該是明白人，在這爭雄天下的年代，非友即敵，而敝軍先禮後兵，曾派出彭梁會的任二當家，來江都謁見大王，商討聯盟之事，卻為大王所拒，致由友變敵，責任豈在我方。兼之發覺沐陽李星元竟來詐降，只好將計就計，先發制人。」

話尚未說完，李子通已霍地立起，戟指厲聲喝道：「大膽！來人！給寡人把他推出去斬了。」李子通兩旁侍衛蜂擁而前。

徐子陵的手按住刀把上，邵令周和沈北昌手足無措時，左孝友跳起身來，大喝道：「且慢！」衆衛士倏地止步。

左孝友向李子通道：「合則兩利，分則兩亡，大王請息怒。」李子通氣呼呼的狠盯徐子陵好一會兒後，坐回台階上的龍椅內去。衛士退回他左右兩旁。

左孝友坐下後，向徐子陵道：「少帥這次派陵將軍來，究竟有甚麼好的提議？」

徐子陵由於早先偷聽到李子通對窟哥等人說的話，心知肚明對方是採用一硬一軟的方法，製造壓力，以在談判中占得更大的好處。暗覺好笑，仍是那副好整以暇的姿態道：「左將軍說得好，合則兩利，分則共亡。杜伏威可與沈法興結盟，我們少帥軍當然亦可與貴方聯手。假若大王認爲此議尙可行，我們繼續談下去，否則本人只好立刻離開，回報敝上。」

李子通冷笑道：「寇仲誇口能解我江都之危，是否眞有此言？」衆人的目光全集中到徐子陵身上。

徐子陵從容笑道：「確有此言！」

秦文超長笑道：「杜伏威稱霸江淮，敝主雄踞山東之際，寇仲和徐子陵仍只是揚州城的小混混，在竹花幫中連一片竹葉的資格也沒有。現在雖稍微得勢，但憑甚麼能耐可擊退江淮與江南的聯軍呢？」

徐子陵啞然失笑道：「比起李密的縱橫中原，杜伏威算得上是老幾？問題是大王能否像王世充一樣，至少在破李密之前，大家衷誠合作吧了！大王可以辦得到嗎？」

李子通臉色立變，因爲徐子陵言下之意，自是寇仲既可破李密，自亦可不把杜伏威和李子通放在眼內，而與李子通的合作更只止於解江都之危，其後雙方再分高下勝敗。

白信怕李子通忍不住怒火，插入道：「我們怎知貴上有合作的誠意？」

徐子陵哈哈笑道：「敝上寇仲和徐子陵均是一言九鼎之人，你們何時聽到他們做過任何背信棄義的事？」大堂內一片繃緊了的沉默。

李子通的手指一下下敲響扶手，沉聲道：「空口白話，說來何用之有？寇仲究竟有何妙計，可解江都之危？」

徐子陵微笑道：「只要大王肯解除對運河的封鎖，從鍾離向我方提供糧草補給，再予我們有關敵人精確的情報消息，我們即可揮軍偷襲敵人的後方陣壘營寨，教他們首尾難顧，腹背受敵。當年李密就是以此法，教宇文化及的十萬精兵疲於奔命，況於杜伏威區區數萬江淮軍乎？」

左孝友道：「當時李密戰將如雲，兵力雄厚，現在少帥軍只是初具規模，怎可相媲？」

徐子陵答道：「這正如江淮軍亦難與當時宇文化及的精兵相比，且聽說杜伏威和輔公祐並不和睦，此事究竟是眞是假？」眾人到這刻始知遇上了個雄辯滔滔的說客，一時語塞。

李子通直截了當的道：「寇仲可發動多少人馬來助我？」

徐子陵斷然道：「二萬軍馬又如何？」

李子通緊接道：「先告訴寡人，你們打算怎樣處置在東海我們李姓的族人。」

徐子陵微笑道：「大王是明白人，該知大家如在合作上沒有問題，大王的族人自可隨意離開。」

李子通大笑道：「好！就這麼決定吧！」

徐子陵早知這是最後必然的結果，如此對李子通百利而無一害的建議，對方怎能拒絕呢？

第九章

飛輪鬥艦

作品集

第九章 飛輪鬥艦

徐子陵回到露竹堂，幸容迎上來道：「駱堂主和錫良哥在內堂說話，你……」

徐子陵拍拍他肩頭低聲道：「我要先和其飛交代兩句，稍後才去見他們。」幸容連忙引路。

徐子陵見過洛其飛後，到內堂會駱奉和桂錫良，還未坐定，駱奉欣然道：「原來是子陵你，那我就放心哩。」

徐子陵既愕然又尷尬，不明白桂錫良爲何如此相信駱奉，桂錫良解釋道：「奉叔一向最關照我和小容，瞞誰都可以，卻絕不可瞞他。」

駱奉道：「李子通有甚麼話說？」

徐子陵回過神來，微笑道：「當然是冠冕堂皇的動人說話，雙方結成聯盟，共拒大敵，不過我們亦早準備和他合作，所以一拍即合。」

駱奉皺眉道：「李子通並不是言而有信的人，子陵你要小心點。」

幸容道：「那等若與虎謀皮。」

徐子陵不敢洩漏太多，低聲道：「這方面我們也有準備的。放心好了。」

駱奉眉頭大皺道：「子陵你來告訴我，寇仲爲何要誇言錫良可破去杜沈的聯軍，現在給邵令周拿著這點大做文章，教錫良如何下台？」

徐子陵稍微放心，知桂錫良並沒有托出全盤計劃，點頭道：「所以我要來了解形勢，說不定需奉叔大力幫忙。」

駱奉呆了半晌，嘆道：「現在的幫爭變成是靠向李子通還是寇仲的鬥爭，邵令周這回眞失策。」

徐子陵不解道：「他是否想當幫主呢？」

幸容冷哼道：「這個當然不在話下。問題是小仲和你已在幫中建立了崇高的威望，又有宋閥在後面撐腰，使他不敢輕舉妄動，怕惹來你們和宋閥的反擊。直至現在有了李子通這大靠山，他始神氣起來。」

徐子陵問道：「究竟沈堂主是站在哪一邊的？」

駱奉露出奇怪的神色，徐徐道：「若非有他點頭，我怎會坐在這裏聽你們說話，爲你們擔心？」

三人聽得愕然以對。

駱奉嘆道：「事實上這是少壯派和元老派之爭，本來少壯派根本不是對手，但因有寇仲和子陵你的支持，把整個形勢逆轉過來。除了邵令周的嫡系外，年輕一輩無不以錫良和小容馬首是瞻，因爲你們代表的是一種新興進取的力量，目標遠大。我和沈老有見及此，更怕竹花幫會因而四分五裂，遂分頭行事，力圖平息干戈。唉！豈知邵令周竟投向李子通，令事情惡化至難以挽回的地步，以後該怎麼辦？恐怕沒有人知道。」

頓了頓續道：「邵令周最錯的一步是把囂張狂妄的麥雲飛捧爲堂主，令我和沈老感到他不只愛任用私人，還目光短淺，不明白人心之所向。」

接著攤手道：「你們現在明白了嗎？」

桂錫良呼吸困難的道：「原來如此。」

徐子陵點頭道：「事情確到了難以挽回的境地，眼前邵令周完全站在李子通的一邊，大家只有彼此周旋下去，直至另一方坍台。」

駱奉道：「我不宜在這裏逗留太久，若有新的消息，須立即通知我。」

駱奉去後，三人你眼望我眼，都有不知從何說起的感慨。

最後幸容長身而起道：「這些事愈想愈令人心煩。不如我們重溫兒時的舊夢，到外面去把臂夜遊，來個不醉不歸如何？」

夜幕降臨，華燈初放，大南門街五光十色，交相輝映，日市結束，夜市繼開，眞有晝夜不絕之盛。兼之有著名的緞子街和其他坊巷與之交錯，酒樓歌榭分布甚密，不愧被稱爲天下的煙花勝地，連綿的戰事似對之沒有半分影響。

在燈燭輝煌的長街上，人流如潮，摩肩接踵，店舖內則有各具特色的玩物商品，鋪列紛陳，令人目不暇給。

三人像變回以前在揚州的小混混，你推我擁，在人流中爭先恐後，四處蹓躂。

徐子陵大訝道：「似乎比以前更興旺哩！」

幸容笑道：「昏君死了，自是興旺。」

桂錫良擠入兩人中間，左右摟著他們肩頭，興高采烈道：「你這叫來得及時，每逢江淮兵或江南兵退兵後，各地的商販潮水般湧進揚州城來做買賣，每天有過百的船隻從各地駛來，否則哪有這麼熱鬧。」

沿街不但店鋪林立，與店鋪緊相呼應的是擺設攤子的攤販，買賣貨物更是五花八門，應有盡有，由日用品、裝飾物，以至看相占卦、筆硯字畫，還有沿街叫賣的行販，他們推著小車，又或挑擔頂盤，各施渾身解數，高聲吆嚷，招徠顧客，都想把小吃、玩藝剪紙花樣，五色花線等零食玩藝賣出去。

那種熱鬧的情景，教人耳根難淨，眼花撩亂。

到了貞嫂曾擺攤賣包子的市集，又是另一番情景，隨處可見人東一攤、西一攤的設場賣藝，說書的、裝神弄鬼的，耍傀儡、演武術，吸引了數以千計來逛遊的觀衆，氣氛熾烈，充滿醉生夢死，於戰亂中及時行樂的味兒。

三人你要我，我耍你，笑語聲中，來到熱鬧絕不遜色於大南門街的柳巷。

雖名之爲「巷」，但只比大南門街窄小了三分之一，亦是車水馬龍，尋芳客不絕如縷。

柳巷最大特色是羅列兩旁連串延伸的紅紗燈籠，那是青樓門前的當然標誌，吸引著各色人等進進出出，傳出來的笙歌絲竹響徹夜空，浮雜著沸騰聲浪，充盈長街。更有鴇母姑娘，在激烈競爭下爲使生意興隆，各出奇謀在門前拉客，鶯鶯燕燕，媚眼笑語，更爲花街平添無限春色。

徐子陵雖不愛逛青樓，但因舊地重遊，大覺有趣。指指點點之際，不覺來到天香樓的門前，把門的漢子見三人來到，恭迎道：「桂大爺和幸大爺請！」

徐子陵大叫一聲「且慢」，拉得兩人退後兩步，苦笑道：「喝酒的地方隨處均是，不用到窰子內去喝吧！」幸容和桂錫良被他逗得大樂，左右把他夾起，直闖院內。

自有人領路登樓，把三人帶到朝著窗外可俯瞰舊城河兩岸夜色，景致絕佳的豪華廂房中。俏婢擺下酒杯碗筷，端上小吃，在桂錫良吩咐下退出房外。

幸容笑著爲兩人斟酒，嘆道：「想當年我們日日望著天香樓的大門望洋興嘆，羨慕每一個有資格跨過門檻的人。現在卻能坐在樓內最華麗的廂房舉杯痛飲，上天待我們實在不薄。」

桂錫良舉酒勸飲，大笑道：「浮生如夢，人生幾何，亂來知酒性，一醉解千愁，今晚我們三兄弟定要喝個痛快。」

徐子陵給他的「浮生如夢，人生幾何」勾起悼念素素的心事，悲從中來，舉杯一飲而盡。桂錫良和幸容覆杯桌上，拍掌怪叫。

徐子陵搖頭道：「你兩個小子定是晚晚到這裏來廝混的哩！」

幸容故作神秘的湊到他耳旁道：「荊曼和尤杏兩位姑娘並稱天香雙絕，艷蓋江都，未曾聽過她們彈琴唱歌的不算來過揚州。幸好你兩位兄弟尙算有點面子，特別請玉玲夫人安排她們抽空來唱他娘的兩曲小調，保證你的眼睛和耳朵同樣有福氣。」

桂錫良亦在另一邊壓低聲音道：「最糟是你要扮疤臉大俠，否則憑我們徐公子原來那張小白俊臉，說不定可打動人家姑娘芳心，和徐公子攜手巫山，共渡春宵哩！哈！」

兩人捧腹狂笑時，環佩聲響。桂錫良和幸容精神一振，齊叫「來了」。

寇仲與陳長林巡視了長長一截運河水道後，趕返城內，在酒樓晚膳。閒聊幾句，話題又轉回水戰上。寇仲問道：「有甚麼方法可封鎖水道呢？」

陳長林皺眉道：「那只是在水道中設置各種障礙，以阻止船隻通行，例如在水底設立木柵、尖柱或攔江鐵鍊一類的東西。但諸如此類的措施只能收一時之效，消極被動，一旦給對方偵知，對方可設計破去，故從沒有人眞能鎖河封江。」

寇仲想起自己當年乘船下竟陵，江淮軍以鐵鍊橫江，給自己一刀斬斷，欣然道：「這就成了，我最怕被李子通鎖我後路，令我們的水師難以北歸。」

陳長林道：「但鎖江之法，若配合得宜，亦確可收奇效，不可輕忽。」

寇仲忍不住道：「想不到長林兄除了海上貿易外，對水戰這麼在行。」

陳長林微笑道：「要做貿易，首先須防海上的盜賊，甚至和海盜沒甚麼分別的舊隋水師，對此道不在行怎成？行走大海的商船同時是戰船。嚴格來說，河道的水戰實非我所長，我精的是海戰。」

想起海戰，寇仲猶有餘悸，道：「海戰確和江河之戰大不相同。」

陳長林點頭道：「大海之戰，全憑風力，風勢不順，雖隔數十里猶如數千里，旬日難到。」

寇仲沉吟道：「若我們能控制海岸，不但可把兵員迅速運送，更可阻截敵人的水師。」

陳長林搖頭道：「那是不可能的！要在大海尋上敵人，是名副其實的大海撈針。況且若讓船隊終日在大海巡弋，一旦遇上風暴，便要全軍覆沒。所以海戰首重天時，無風不戰，大風不戰。颶風將至、沙路不熟、賊衆我寡、前無泊地，皆不戰。及其戰也，勇力無所施，全以矢石遠擊。唉！船身簸蕩，要擊中敵船，會比在江河上難上百倍。且我順風而逐，賊亦順風而逃，既無伏可設，又無險可扼，能破其一二船，已屬萬幸，要稱霸茫茫大海，談何容易。」

寇仲雙目精芒亮起道：「長林兄對水戰之道果然是深有認識，嘿！若從海上登陸去攻打敵人，敵人豈非無從攔截嗎？」

陳長林信心十足道：「若由我設計航線，保證敵人摸不著我們的影子，登岸時再能準確把握風勢與潮汐的漲退，更可收奇兵之效。」

寇仲呵呵笑道：「這就成哩！我一直在擔心如何可把長林兄的千多子弟兵秘密送往江都，志叔雖蠻有把握的樣子，但我素知老杜的厲害，一個不好，妙計難成。現在有長林兄海上奇兵這一招，將可解決所有問題。」

陳長林霍地起立，道：「我現在立即要去和志叔商量，今晚就要趕去截住正趕來梁都的船隊，此計肯定萬無一失。」

寇仲一把扯著他道：「回程時可否順手搶沈法興的一批商船戰船回來呢？你們對他的水師那麼熟悉，只要船出大海，對方只有徒嘆奈何，可省卻我們很多功夫。」

陳長林道：「假若能出其不意，應該可以辦到的，但頂多只能偷七、八條船，但冒的風險卻非常大，似不甚划算。」

寇仲道：「那只好放棄這貪撿現成便宜的想法，長林兄先坐下，讓小弟給你看一樣東西。」

陳長林重新坐下，接過寇仲遞上來機關巧器的秘本。

寇仲低聲道：「請翻往一百零一頁。」

陳長林依言翻到該頁，愕然道：「這是甚麼船？」

寇仲指著秘本內的圖樣得意地道：「這叫飛輪戰船，利用水對船產生的反作用力推船前進，比用槳更省力和有效，就算在無風時，亦可日行百里，是一種裝上『車輪』的船，於左右舷下置輪激水，翔風鼓浪，疾若掛帆席，製造省易又持久耐用。」

接著指著圖樣下的文字道：「你讀讀這幾句，飛輪戰船，傍設四輪，每輪八楫，四人斡旋，日行千里。千里當然是誇大吹牛皮，我打個折扣，能日行百里也不錯啦。」

陳長林動容道：「是誰想出來的。」

寇仲再讀下去道：「以輪激水，置人於前後，踏車進退，上中下三流，回轉如飛，敵人只能相顧駭愕。」

寇仲輕輕道：「就是魯妙子魯大師，你聽過嗎？」

陳長林長嘆道：「當然聽過，小子服啦，我立即著人依圖改裝，密藏於船腹下，有了這麼一批輪動戰船，天下水道還不是任我們橫行嗎？」

兩人對視一眼，齊齊縱聲長笑。

推門而入的並非桂錫良和幸容期待的荊曼、尤杏二女之一，而是風韻迷人，艷色不減當年的玉玲夫人。由於她身分特殊，三人忙起立恭迎。

玉玲夫人含笑端詳徐子陵，柔聲道：「你是小陵吧？我認出你的眼神，且若是外人，神態不會跟小良和小容般如出一轍。」

徐子陵心中微懍，灑然笑道：「早知瞞不過夫人。」

玉玲夫人道：「坐下再說。」衆人安坐後，玉玲夫人妙目掠過三人，輕輕道：「見到你們，像見到自己的子姪。我已從沈老處知悉令周的作爲，有像小仲和小陵你們這些對本幫立有大功的自家兄弟而不爭取，反投向山東以馬賊起家的外人李子通。」頓了頓續道：「李子通爲人多疑反覆，昔年初起義時，曾投奔長白王薄，繼而渡淮與杜伏威結盟，旋又與杜分裂，據海陵稱將軍，這種人怎能與之合作呢？」

桂錫良和幸容聽慣她說話，倒沒有甚麼特別驚奇。但徐子陵卻大爲訝異，想不到這能使煬帝慕名求愛，並得先幫主迷戀的青樓奇女子，如此卓有見地，辨識大體。

玉玲夫人接著問道：「聽說小仲有助錫良破杜沈聯軍的妙計，對嗎？」

徐子陵點頭道：「確有此事。嘿！夫人明白了嗎！」

玉玲夫人笑罵道：「此計定是小仲那傢伙想出來的，他自小便詭計多端。唉！看到你們長大成材，我雖然歡喜，但心中亦不無感傷。希望能重返被你們在旁偷看的日子。那時起碼不用擔心明天會變成甚麼樣子。」

徐子陵心中亦一陣感觸，這次重回舊地，無論人和地，處處均勾起他對往昔的懷念！他同時更把握到玉玲夫人爲何會全力支持他們，因爲對她來說，只有這群她從自小瞧著長大成人的孩子，才能令她絕對信任和放心。且竹花幫乃江東地道的大幫會，有強烈的地方色彩，對外人並不信任。三人在這位「尊長」之前，只有俯首恭聆的份兒。

玉玲夫人忽然淡然道：「麥雲飛和邵蘭芳今午回來哩！」

三人愕然。桂錫良的臉色直沉下去。他身爲邵蘭芳的未來夫婿，不但對未婚妻的回來一無所知，且還是和他的情敵聯袂而回，他的面子可放到哪裏去？

玉玲夫人向桂錫良道：「他們都不敢告訴你，我卻覺得必須讓你知曉，明眼人都可看出這是邵令周的緩兵之計。哼！」

幸容伸手抓著桂錫良肩膊，語重心長的道：「大丈夫何患無妻，這種女人忘了她吧！」桂錫良頹然嘆氣，沒有答話。

此時菜餚來了，婢子退走後，玉玲夫人奇道：「爲何仍不見曼曼和杏杏兩個女兒來呢？待我去催催看。」離房之前，向徐子陵回眸笑道：「這回不用在旁偷看了！只可惜你這張疤臉太不討人喜歡哩！」

徐子陵只好苦笑以報，卻另有一股粗獷醜陋的奇異魅力。

卜天志和陳長林奉召匆匆趕到內堂見寇仲，後者把一封信遞給兩人看，興奮道：「這是剛收到其飛送來的飛鴿傳書，新鮮出爐，小陵眞行，竟可聽到這麼重要的消息。」兩人看罷，均精神一振。

寇仲道：「無論如何，我們也要把五百匹契丹良馬劫到手上，此事於我們的成敗有關鍵性的影響。」

卜天志擔心道：「由契丹運馬到江都，必是經由大海，除非知道準確的航線，否則如何攔途截劫？」

寇仲問道：「要運送五百戰馬，需多少條船？」

陳長林計算道：「爲了防止馬兒因捱不住風浪致死，又因要補充糧草，所以可肯定用的是樓船級的大舫，其上可策馬往來，且需沿岸泊站。」

卜天志接口道：「若是大如舊隋的五牙巨艦，那只需兩艘，可足夠運載五百戰馬，如不運馬而載人，每舫可載二千戰士。」

寇仲懷疑道：「契丹人有沒有這麼大的船呢？」

陳長林道：「那並沒關係。契丹人大可向高麗人借船。南朝時梁朝的陸納曾造過三艘巨艦，名之爲

「三王」，「青龍」和「白虎」，高達十五丈，淨重一萬斛，煬帝遠征高麗，把大量戰船和船匠失陷高麗，使高麗在航海業上飛躍猛進，兼之高麗人對我們仇恨頗深，我們是愈亂愈好，故必會慷慨借船。」

卜天志點頭道：「窟哥能乘船沿海搶掠，說不定是高麗人在背後撐腰的。」

寇仲想起傅君婥，一時說不出話來。

陳長林哪知他心事，分析道：「現在東海已落在我們手上，契丹人要運馬到江都去，只能在琅邪或懷仁泊岸，那兩個地方雖名義上投誠於我們，卻是我們尚未能眞正控制的城池……」

寇仲截斷他道：「若現在立即趕到琅邪或懷仁，至少要三、四天時間，可能會失之交臂，不如我們在東海南面，認定他們可能泊岸的地點截擊，便可萬無一失。哈！他們既不能泊東海，惟有在東海南方最接近的碼頭泊站，這在猜度上可容易一點，不像現今不知他們是要泊琅邪還是懷仁。」

卜天志和陳長林齊叫道：「鹽城！」

玉玲夫人很快回來，沉著俏臉道：「你們聽後不要激動，因爲麥雲飛是全心來攪事的。」三人愕然。

玉玲夫人坐下道：「麥雲飛硬把曼曼和杏杏召去，那兩個丫頭一向都對他有意思，所以連我這做娘的話都不聽。又以爲那小子可護住她們，遲些我再和她兩人算賬。」

徐子陵心中一動道：「和麥雲飛來的尚有甚麼人？」

玉玲夫人答道：「是姓包、屈、蘇的三個生臉江湖人，眼神邪惡淩厲，絕不會是好人。」

徐子陵淡淡道：「姓蘇的那個用的是否鋸齒刀？」

玉玲夫人回憶道：「確是用刀的，但刀藏鞘內，不知是否有鋸齒，但刀子確比一般刀闊上數寸。」

徐子陵心中恍然，知是蕭銑派來對付他和寇仲的「大刀神」包讓、「惡犬」屈無懼和「亡命徒」蘇綽三人，想起素素的血仇，立時殺機大盛。

桂錫良奇道：「你認識他們嗎？」

徐子陵長身而起，微笑道：「認識與否不打緊，麥雲飛既然把這麼好的一個機會奉送給小弟，不好好利用實在太可惜，請問夫人，他們在哪一間廂房呢？」

玉玲夫人關心道：「那三人看來很不好惹，你有把握嗎？」

徐子陵露出沖天豪氣，灑然笑道：「沒把握也要去做。現在幹掉他們，邵令周和李子通只能啞子吃黃連。」

玉玲夫人點頭道：「英雄出少年，難怪你和小仲能稱雄天下。他們就在同一邊隔兩間那向西的尾房，照我看縱使你們不過去，他們也會過來撩事生非，那是否更理想呢？」話猶未已，足音傳來。

徐子陵微笑坐下，低聲道：「一切由我來應付，你們可置身事外。」

卜天志的三艘戰船在星月映照下，開離梁都。

寇仲在望台上瞧著梁都逐漸在後方消淡的燈火，慶幸道：「若非我們早作好今晚往東海的準備，要待至明早起行，說不定會坐失良機。」

卜天志、陳老謀和陳長林均點頭同意，若窟哥所說的可在十天內把五百戰馬運往江都，包括了靠站補給的時間在內，運馬船就算尚未過東海，也該在懷仁和東海之間的海道上，他們現在全速趕去，時間上仍頗為勉強。

陳老謀道：「高麗馬的質素絕不下於契丹馬，這五百匹馬很可能有部分是高麗馬，那就更理想。」

寇仲憧憬道：「得到這些戰馬後，我們可選取精壯的運到飛馬牧場配種，以後將不愁沒有良馬補充。」

卜天志笑道：「夜哩！我們不如好好休息，否則出海後風浪轉大，想睡一覺好的也不易。」

寇仲聞言打了個呵欠，點頭道：「我已不知多少晚沒覺好睡了，咦！」眾人循他目光後望，只見星夜下，一艘輕快風帆正全速追來。來者究竟是友還是敵？

麥雲飛的聲音在門外響起道：「小弟遠道回來，尚未有機會拜會錫良兄和容兄，怠慢之罪，請原恕則個，雲飛可否進來呢？」

只聽此子的聲調語氣，可知他不但輕視桂錫良和幸容兩人，也不把玉玲夫人放在眼內。

徐子陵哈哈笑道：「原來是麥堂主，少年得志，難怪在奪人心頭所愛後，仍要有風駛盡幃，在人家門外耀武揚威。」

麥雲飛聲音轉冷道：「口出狂言者究是何人？」

徐子陵冷哼道：「本人『風刀』凌封，聽清楚沒有？」

麥雲飛尚未答話，一把雄壯的聲音從尾廂方向傳來道：「『風刀』凌封，這是甚麼一號人物，為何我們幾兄弟從未聽過這個名字？」接著是一陣嘲弄的哄笑聲。

麥雲飛也笑得猛喘氣道：「凌兄請勿見怪，我們這裏恐怕找遍全城也沒人聽過你的名字。看在桂幸兩位正副堂主份上，淩兄若要欣賞曼姑娘和杏姑娘的歌藝，請稍移大駕，小弟和三位好友必竭誠款待諸位，別矣！」足音漸去。那邊又再一陣哄笑，這回還多了兩女的嬌笑聲。

玉玲夫人氣得俏臉煞白，狠狠道：「小子連我也敢折辱，邵令周太好家教哩！」

徐子陵緩緩抽出大刀，淡然自若道：「殺人的時機到了。」

風帆逐漸趕上。眾人嚴陣以待，寇仲忽然驚喜叫道：「是飛馬牧場的船。」兩船逐漸接近。一條人影騰身而起，連續三個空翻，落到甲板上。眾人捧場似的一陣采聲。

寇仲大喜迎上，笑道：「駱方兄你好！」

駱方和他緊擁一下，道：「幸好給我追上仲爺，飛馬牧場形勢危急，我是奉場主之命到來求援的。」

眾人色變。寇仲道：「發生甚麼事？」

駱方道：「朱粲、朱媚父女和三大寇結成聯盟，正調集兵馬，準備大舉進攻牧場，聽說背後有蕭銑在暗中撐腰，只要攻陷牧場，就會進攻杜伏威的竟陵，全力北上。」

寇仲倒抽一口涼氣，深切體會到難以兼顧分身不暇之苦。眾人知道他爲難處，目光全集中在他身上，待他決定。

寇仲深吸一口氣，望向陳長林道：「長林兄有沒有把握完成劫馬和襲杜兩項任務呢？」

陳長林肯定道：「若有志叔助我，可有八成把握辦到。」

寇仲道：「一於如此決定，我和駱兄趕返梁都，調集兵馬，一邊擺出進軍援助江都之勢，其實卻以快騎趕往飛馬牧場，以奇兵在三大寇和朱粲會師前，先鏟除三大寇，再向朱粲開刀，否則若讓蕭銑渡江北來，天下的形勢將會改寫。」眾將轟然應諾。

徐子陵甫踏出房門，差點想立即退返房內，那並非他忽然改變主意，又或殺機驟斂，而是因爲感覺到面臨極度的危險。在剎那之間，他已知身分被識破，敵人正布下天衣無縫的絕陣，讓他自動獻身的失陷其中。

長達七、八丈的廊道空無一人，當他把身後的門掩上，便只有每邊四道緊閉的門，和左方東端的花窗、右方西端盡處通往樓下的梯階。晚風從東窗處徐徐吹進廊內，搖晃著照明廊道的三盞宮燈。管絃絲竹、笑語喧嘩之聲隱隱從其中五間廂房透出，西端與他們廂房處於同一邊敵人所在的廂房，更有曼妙的箏音傳來。

表面上一切是那麼歡欣動人，旖旎香艷，但徐子陵由《長生訣》引發的靈覺，卻使他絲毫不誤地掌握到針對他而設的重重殺機。他把刀收到背後，將動作放緩，同時腦筋飛快轉動。他眼前最大的問題是不能一走了之。除了要保護桂錫良和幸容外，還有個不懂武功的玉玲夫人。

首先想到的是因何竟會暴露身分。魯妙子製的面具可說是全無破綻，絕對可以亂眞，否則怎能騙倒祝玉妍？再緩緩來至長廊中，深吸一口氣，目光落在西端的最後一間廂房處。就算李子通、邵令周等因他的行藏而生出疑心，亦不能百分之百肯定他是由徐子陵改裝的，只要有一絲懷疑都不敢在這非常時期冒險殺他，因假若錯殺旁人，將會遭到寇仲和眞正的徐子陵的報復。

再向深處想，對李子通來說，保住江都乃頭等要務，縱使明知他是徐子陵，亦不會輕舉妄動，免致因小失大，本末倒置。排除了李子通這可能性外，只剩下蕭銑的一方，心中同時泛起雲玉真的顏容。很多在先前仍是模糊的意念，立時清晰起來。

適才他踏出房門，感覺到有五個敵人正伏在暗處，準備予他致命一擊。兩人埋伏於西廂房門後兩旁處，而另兩人則分別藏於兩間空房的門後。但最具威脅的敵人，卻是伏在東端花窗之外；此人武功之高，比之他徐子陵應更是有過之而無不及，他幾可確定此人正是「多情公子」侯希白。這並非因雲玉真而來的聯想，而是一種感覺。一種沒法解釋的感覺，總而言之他打開始便感覺到侯希白在東窗外某處對他虎視眈眈，就像那趟他在洛陽閉上眼睛，仍有如目睹侯希白和跋鋒寒兩人對壘那樣。

至於其他四名敵人，則是因他們身體發出無形而有實的真氣，致惹起他的警覺。他甚至可測知個別敵人的強弱，甚至於從箇中微妙的變化對他們的「意圖」掌握無遺。所有這些思量和計算，以電光石火的速度閃過他的腦海，徐子陵已邁開步子，朝西廂房走去。敵人的殺勢立時進一步提升和凝聚，除其中一人外，都是極有節制和計算精微的，要待他踏入被圍攻的死門位時，他們的功力會剛臻至最顛峰的狀態，俾能對他作出最後厲的攻擊，置他於萬劫不復之地。

例外者當然是麥雲飛，他功力不但與侯希白有天壤雲泥之別，且遠遜「大力神」包讓、「惡犬」屈無懼和「亡命徒」蘇綽三人，他幾乎是立即把內功提至極限，且不能保留在那種狀態中，呈現出起伏波動的現象。徐子陵直至此刻連一個敵人的影子都未見過，卻能完全把握到敵人的虛實布局，甚至可從而推算到當他再踏前五六步，敵人會對他發動攻擊。

而他更心裏明白，知道歸知道，他是絕沒有可能同時應付包括侯希白在內的五個敵人。假如是正面交鋒，只對著包讓、屈無懼和蘇綽，他也全無勝算。唯一的一線生機，是利用侯希白「不能曝光」的隱祕身分。除非侯希白肯定能「殺人滅口」，否則他絕不會現身出來與徐子陵爲敵。這當然只是一種估計，如果猜錯了，他徐子陵須以性命作抵。

「哧！哧！哧！」徐子陵連續踏出三步，經過左邊第一道藏敵的廂房。從那放射性的橫練罡氣，可肯定門後正是一身橫練的「大力神」包讓。對方雖蓄意收斂隱藏，但怎瞞得過他近乎神異的感應靈覺。

要知高手對壘，除了實質的動手過招外，更大的關鍵是無形的交鋒，那是精氣神三方面的比拚，故對徐子陵這類感覺特別靈異的高手來說，根本沒有偷襲這回事。只要對方心起殺機，立生感應。即使以楊虛彥這樣精於刺殺潛藏之道的特級高手，亦瞞他不過。何況像包讓這類並非專家，只是臨時急就的刺客。

此時徐子陵踏出第五步，來到右邊內藏敵人的門外。衆敵的氣勢立時加速凝聚，使他準確知道再依目前速度踏出兩步，到達那「死亡點」時，敵人勢將全力出手。徐子陵感覺到在這門後該是來自「亡命徒」蘇綽鋸齒刀的鋒寒之氣，忙收攝心神，進入無人無我、玉靜至極的精神境界，再朝前邁步。生死勝敗，決定於兩步之間。

風帆掉頭向梁都駛回去，寇仲與駱方立在船頭處，商討要事。

駱方道：「蕭銑以手下頭號大將董景珍爲帥，派出近三萬精兵進駐夷陵，還徵用民船，隨時可渡江北上。」

寇仲皺眉道：「那爲何他還未渡江，是否怕便宜了李子通？」

駱方顯然答不了他的問題，搖頭道：「這個我不太清楚。不過蕭銑除顧忌杜伏威外，尚須應付洞庭的林士宏，一天未平定南方，他也難以全力北上。」

寇仲苦思道：「蕭銑、朱粲及三寇究竟是甚麼關係，難道朱粲和曹應龍不知道若讓蕭銑在江北取得據點，他們以後再不用出來混嗎？」

駱方對這方面是熟悉多了，滔滔不絕地答道：「現時河南江北一帶，形勢複雜至前所未有的地步。自杜伏威攻下竟陵後，一直按兵不動，轉而與沈法興聯手猛攻江都，明眼人都看出他是要分東西兩路北上。所以一旦江都失陷，他該會以竟陵作根據地向我們牧場和朱粲、曹應龍等用兵，好阻截蕭銑渡江。在這種形勢下，朱粲和曹應龍肯與蕭銑暫時合作，絕不奇怪。」

寇仲道：「誰都知道牧場沒有爭天下的野心。對牧場有野心的人該是為取得你們的戰馬，故若眞的攻陷牧場，利益將會歸誰？」

駱方搔頭道：「這方面不太清楚，他們自該有協議的。」

寇仲搖頭道：「這是不會有協議的。得到數以萬計的戰馬後，誰肯再交出來，所以我看蕭銑、曹應龍和朱粲仍是各懷鬼胎，各施各法，而此正是關鍵所在；也是我們的致勝要訣。我們說不定可把對付沈法興的一套，搬去對付朱粲和曹應龍，保證可鬧得他們一個個灰頭土臉。」

駱方精神大振道：「甚麼方法？」

寇仲伸手搭上他肩頭，微笑道：「回到梁都再說吧！如果今晚可安排妥當，明天我們全速趕往牧場，那時再仔細研究好了！」

心中忽然浮起商秀珣絕美的玉容，心中流過一片奇異的感覺。

徐子陵似要往前邁步，用右手握在背後的刀，手腕扭轉向外，成為反手握刀，橫刀身後，刀鋒向著內藏敵人的房門。積蓄至頂峰的眞氣在手心爆發，龐大無匹的勁力借手腕疾發，長刀似是化作一道閃電般，破門而入。

同一時間，徐子陵沒有半絲停留的改前進為飛退，彷似鬼魅的在肉眼難察的高速下，退到「大力神」包讓處，扭身朝這只有一門之隔的敵人全力一拳轟去。所有這些連續複雜的動作，在眨眼間完成，敵人始生警覺。

首先生出反應的是藏身東窗外的侯希白，他的殺氣倏地提升至巔峰，眞氣激射，但已遲了一步。

「颼！」鋼刀像穿透一張薄紙般毫不費力地破門而入，直沒至柄。

幾乎是同一時間，徐子陵的拳頭似若無力，輕飄飄的擊在「大力神」包讓立身於後的木門上。「喀喇！」木門產生以中拳處為核心蛛網般的裂痕，寸寸碎落，現出包讓鐵般粗壯的身形和他驚駭欲絕的面容。

「呀！」慘嘶聲從刀鋒破入的門後傳來，接著是另一下窗門破碎的激響，慘叫聲迅速遠去。「蓬！」徐子陵的一拳轟在包讓倉皇擋格的交叉手處，陰柔的螺旋勁氣聚而成束的眞力由慢轉快的像個椎子般破開包讓仗之橫行南方的橫練氣功罩，直鑽進他的經脈去。

包讓悶哼一聲，應拳踉踉跌退，猛地張口噴血，背脊重重撞在與房門遙對的木槅窗處，掉往樓下去。整個二樓的所有人聲與樂聲，倏地斂息。「砰！」麥雲飛和「惡犬」屈無懼這才搶門而出。

徐子陵移到長廊中間，面向的雖是麥雲飛和兩手各提一柄大鐵錘的屈無懼，心神卻全放在後方的侯希白身上。麥雲飛的武功比以前進步很多，步法劍術配合無間，刺來的一劍實而不華，頗有一往無前之勢。

屈無懼則狡猾得多。此人身材高瘦，又長著令人不敢恭維的長馬臉，雙眼細窄如線，與鼻嘴疏落隔遠的散布於長臉上，驟看還以爲碰到從地府溜出來的吊死鬼。他故意落後少許，顯是讓麥雲飛作先鋒去硬撼徐子陵，自己再從旁撿便宜。

徐子陵暗叫一聲謝天謝地。假若兩人齊心合力的捨命出手，逼得他要全神應付，那時伺伏在後的侯希白將有可乘之機，但屈無懼的乖巧，卻使侯希白失去難得再有的機會。

徐子陵猛地晃身，不但避過麥雲飛搠胸刺來的一劍，還閃進兩人間的空隙處。

麥雲飛和屈無懼大吃一驚時，徐子陵已化出漫空掌影，分別拍打在變招攻來的長劍和一對鐵錘處。兩敵踉蹌退開去。麥雲飛功力遠遜，旋轉著跌進原先包讓藏身的房內去，虎口震裂，長劍墮地。屈無懼不愧高手，兩錘雖如受雷擊，仍勉強撐住，邊往長廊西端梯階退走，邊化出重重錘影，防止徐子陵乘勝追擊。

本來就算徐子陵全力出手，屈無懼也可撐上十招八式，問題是他見到蘇綽和武功尤勝於他的包讓亦要受傷遠遁，早生怯意，又給徐子陵以神奇的身法閃到近處，無法展開和發揮鐵錘的威力，心膽俱寒下，再接招便敗走。徐子陵並不追擊，卓立廊中，同時清楚知道侯希白已離開。

天香樓之戰就那麼不了了之。翌日黃昏，往探敵情的洛其飛回來向徐子陵報告道：「剛接到少帥密令，計劃有變。」

徐子陵嚇了一跳，連忙追問。

洛其飛把情況說出後，道：「少帥問徐爺你可否抽身陪他往飛馬牧場？那邊形勢非常危急，朱粲和曹應龍分別攻打遠安、當陽二城，使飛馬牧場難以分身，若全軍盡出，更怕敵人乘虛而入。」

徐子陵想起商秀珣、馥大姐、小娟、駱方、柳宗道、許老頭等一眾好朋友，心中湧起濃烈的感情，自素素身死，他特別珍惜人世間因生命而來的情義，因爲那是如此令人心碎的脆弱！淡淡道：「洛兄怎麼看呢？」

洛其飛道：「我們這裏是鬥智不鬥力，一切事盡可放心交給我辦。牧場那邊卻是硬仗連場，極需徐爺的援手。唯一的問題是要找個好的藉口敷衍住李子通，免致橫生枝節。」

徐子陵暗爲寇仲高興，只看洛其飛敢把如此重任攬到身上，便知他是個有膽色的人，這種人材，實可遇而不可求。

現在寇仲手下已有不少能人，虛行之、宣永、焦宏進、洛其飛、卜天志、陳老謀、陳長林、任媚媚均是其中的佼佼者，各有所長。這些本是桀驁不馴的人，都肯甘心爲寇仲賣命，當然是因寇仲過人的魅力和通天的能耐，但更重要的是寇仲是眞心對人好，絕不像王世充般只是自私自利的在利用人。

凝思片刻後，徐子陵點頭道：「這個容易，我來此只是負責傳信接洽，現在完成任務，自可離開。」頓了頓又道：「你和竹花幫的人在合作上是否有問題？」

洛其飛苦笑道：「我當然信得過桂爺和幸爺，但卻不敢擔保其他人不是邵令周布下的奸細，所以我打算和眾兄弟隨徐爺一起離去，然後潛往與卜副幫主等會合，否則若給人步步監視，整盤妙計勢將盡付流水。」

徐子陵點頭答應，心想該是找桂錫良和幸容兩個小子說話的時候。

迷茫的月色下，徐子陵展開腳法，沿淮水南岸朝西疾走，趕往與寇仲約定會合的地點。辭別了桂錫良和幸容，再正式知會李子通，他和洛其飛等乘船離開。當然最後只剩得一條空船開返梁都，徐子陵和洛其飛等先後在途中離船，趕赴不同的目的地。

徐子陵離船處是邗溝和淮水的交匯處，全速趕了近六個時辰路程，披星戴月地終於抵達鍾離郡東南方嘉山山腳處的密林區。他亮起火熠，打出訊號。半里外的山頭處立時有回應，先是亮起一點火芒，接著是另兩點燄光，指示出寇仲藏身之處。

徐子陵心中流過一片溫暖，素素的不幸，跋鋒寒的遠去，使他更添與寇仲相依爲命的感覺。同時亦不無感觸，只是區區個多月，寇仲已成功地建立自己的實力，聚在他身旁的再不是胡亂湊來的烏合之衆，而是有組織和高效率的雄師。那不單顯現在訊號的準確傳遞，而更在其能於這麼短促的時間，揮軍渡河越野，一口氣從梁都趕了近百里路抵達此處，只是這行軍速度，足可教人咋舌。

轉瞬他奔進密林邊緣的疏林區，暗黑裏密布著倚樹休息的少帥軍，人人屏息靜氣，馬兒則安詳吃草。在一名頭目的帶領下，徐子陵奔上一座小丘，寇仲赫然出現在明月下，旁邊是宣永和十多名將領。看著寇仲淵亭嶽峙的雄偉背影，徐子陵心中生出異樣的感覺。

寇仲再非以前的寇仲，當然更不是在竟陵城上面對江淮兵的千軍萬馬而心中不斷打著退堂鼓的寇仲。現在寇仲已成視戰爭爲棋戲，談笑用兵的統帥，以後群雄勢將多出個與他們爭霸天下的勁敵。

寇仲倏地回過頭來，向他展露雪白的牙齒，大笑道：「有陵少在我身旁，足可抵他一個萬人組成的雄師，這次我們不斬下三大寇的狗頭，誓不回師！」衆將轟然相應，響徹山頭，令人血液沸騰。

徐子陵感受著寇仲天生過人的感染力和魅力，來到他旁，悠然止步，淡然自若道：「共有多少人？」

寇仲陪他俯瞰月照下的山林平野，雙目精光爍閃，沉聲道：「共一千五百人，清一式騎兵，戰馬大部分均爲契丹一流良駒，輕裝簡備。哼！李小子有他娘的黑甲精騎，我寇仲就有少帥奇兵，總有一天可比出是誰厲害。」

徐子陵又問道：「如何組織編伍？」

寇仲微笑道：「用的是魯大師教下的梅花陣，將一千五百人分成十組，主力帥軍六百人，其他每組百人，各由偏將統領，陵少有甚麼意見？」

徐子陵聳肩道：「論陣法你該比我在行，駱方呢？」

寇仲道：「他先趕回牧場，好知會美人兒場主與我們配合，合演一場好戲，舞台就是洱水的兩大城當陽和遠安。」接著長長舒一口氣，嘆道：「老天爺安排得眞巧妙，當人人以爲我須顧眼前利害，全力助李子通應付老爹的當兒，我卻神不知鬼不覺的西行千里，奇兵襲敵，這是多麼動人的壯舉。」

徐子陵自問沒法投入寇仲的情緒去，岔開問道：「路線定好了嗎？」

寇仲道：「我們將穿過鍾離和清流間的平野，雖是順路亦不會和屯軍清流的老爹打招呼，請恕孩兒不孝。哈！然後連渡淝、沘、決三水，接著是最艱苦穿過大別山的行程，再繞過大洪山，在襄陽和竟陵間渡過漢水，那時三個時辰快馬便可和我們的美人兒商秀珣在牧場相與把酒，敘舊言歡哩！」

另一邊的宣永插入道：「如一切順利，十天內我們可到達目的地。」

徐子陵道：「那還不起程趕路，我們不是要晝伏夜行以保密嗎？」

寇仲道：「少見陵少這麼心急的，定是想快點作其救美的英雄。嘻！陵少且莫動怒，由於要路經清流，所以必須先派探子視察妥當，才作暗渡陳倉之舉，我兩兄弟不見這麼多天，正好乘機暢敘離情。」接著發出命令，衆將分別乘馬散去，回歸到統領的部隊，只剩下宣永一人。

山風徐徐拂來，壯麗的星空下，感覺上每個人變得更渺小，但又似更爲偉大，有種與天地共同運行的醉人滋味。

徐子陵深吸一口氣，道：「侯希白差點出手哩！」

寇仲一震道：「好傢伙，終於露出本來奸面目。你是在怎樣的情況下遇上他的？」

宣永這時離開，視察部隊的情況。

徐子陵把經過說出來，寇仲倒抽一口涼氣道：「幸好你那麼沉得住氣，若換作是我，定會不顧一切把侯希白那小子逼出來看看，那就糟哩！」

旋又劍眉緊蹙道：「不對！照我猜包讓等人也不知窗外另有侯希白這個幫手，甚至包括雲玉眞在內都不知他暗伏一旁。這傢伙定是從雲玉眞處不知用甚麼方法探知此事，遂想在旁撿拾便宜。」

徐子陵不解道：「你是否只是憑空猜想？」

寇仲搖頭，露出回憶的神態，徐徐道：「記得當年在荒村中我們被婠妖女害得差點沒命，侯希白那小子闖進來無意下救了我們的事嗎？這小子還裝模作樣的動筆寫畫，做足工夫，那顯然連婠妖女都看不破他的身分。侯希白的保密工夫做得這麼好，沒有人時仍交足功課，怎會有雲玉眞這個破綻呢？我可肯定雲玉眞仍以爲侯小子是好人。」

徐子陵雙目閃過殺機，沉聲道：「但百密一疏，他終於露出狐狸尾巴。」

寇仲深深瞧他一眼，道：「是否想起師妃暄？」

徐子陵點頭道：「不錯！侯希白擺明是某一邪惡門派培養出來專門對付師妃暄的出類拔萃的高手，圖以卑鄙的手段去影響師妃暄，好讓婠妖女能勝出。」

寇仲微笑道：「你看我們是否該遣人通知了空那禿頭，再由他轉告師妃暄呢？」

徐子陵苦笑道：「那像有點自作小人的味兒。難道我告訴師妃暄，我感覺到侯希白躲在窗外想偷襲我嗎？」

寇仲聳肩道：「有何問題？師妃暄不是一般女流，對是非黑白自有分寸，而我們則是行心之所安，管她娘的怎樣想？縱使師妃暄將來偏幫李小子，我也不願見她爲奸人所害。」

徐子陵啞然失笑道：「說倒說得冠冕堂皇，骨子裏還不是怕我錯過向師妃暄示好的機會。我可保證侯希白若是想對她施展美男計，肯定碰得一鼻子灰無功而退，我們還是先理好自己的事吧！」

寇仲無奈道：「師妃暄有甚麼不好，你這小子總滿不在乎的樣子。」

徐子陵截斷他道：「一路趕來，我曾把整件事想了一遍，得出的結論與你先前的說法大相逕庭，少帥要聽嗎？」

寇仲淡然一笑，道：「陵少有話要說，本帥自是洗耳恭聆。」

徐子陵沉吟道：「我認爲蕭銑用的是雙管齊下的奸計，一邊派人在江都幹掉我，另一方面則設法把你引往飛馬牧場，再設計伏殺。雲玉眞對我們的性格瞭若指掌，當清楚我們對飛馬牧場求援的反應。」

寇仲皺眉道：「我也想過這問題，故而以快制慢，務求以敵人難以想像的高速，祕密行軍千里，在蕭銑從夷陵渡江之前，一舉擊垮三大寇和朱粲，然後和你潛往關中碰運氣。」

徐子陵道：「可否掉轉來做，先擊垮蕭銑渡江的大軍，然後向朱粲和曹應龍開刀？」

寇仲呆了一呆，接著大笑道：「好傢伙！爲何我沒想及此計？好！就趁蕭銑做夢都未想過我們敢先動他，就拿他來耍樂，算是爲素姐的血仇討點公道。」

提到素素，兩人的眼中均燃起熾烈的恨火。遠處燈火忽明忽滅。

寇仲喝道：「牽馬來！動身的時候到哩！」

翌日清晨，少帥軍無驚無險的通過清流城北的平原，抵達滁水北岸，於河旁的密林歇息，可惜天公不作美，忽然下起大雨，除放哨的人外，其他人只好躲進營帳內。

徐子陵和寇仲來到河邊的一堆亂石處，任由大雨灑在身上。

寇仲一屁股坐在其中一方石頭上，笑道：「眞痛快！只有在下雨時，人方會感到和老天爺有點關係，像現在這般淋得衣衫盡濕，正是關係密切。」

徐子陵負手卓立，望往長河，三艘漁舟，冒著風雨朝西駛去。淡淡道：「眞正關係密切的時刻，就是娘剛身亡時我們在小谷練《長生訣》的日子，那時整個人好像與天地渾成一體，無分彼此。」

寇仲呆了半晌，點頭道：「那眞是一段令人難以忘懷的時光。我們定要找一天偷空回那裏去看看，不過娘曾說過不用我們拜祭她。」

徐子陵嘆道：「你眼前的情況，等於與時光競爭，李密已垮台，再無人可阻李世民出關，所以少帥你必須在李家席捲天下之前，建立起能與之抗衡的實力，否則將悔之晚矣，那來空閒足供你去偷呢？」

寇仲沉吟片刻，沉聲道：「王世充雖難成大器，但東北仍有竇建德、劉黑闥，北有劉武周、宋金剛，西邊薛舉父子則尙未坍台，李家卻是內憂剛起，李小子想要風光，怕仍要等一段日子。」

徐子陵感受著雨水打在臉上的冰涼，輕輕道：「假若王世充逼得李密眞的無路可逃，只有投降李世民，那又如何？」

寇仲微笑道：「你認爲那對李小子是好還是壞呢？」

徐子陵俯首凝視寇仲好半晌後，沉聲道：「若換了是別人，只是引狼入室。但李閥根基深厚，李世民又是武學兵法兼優的天縱之才，最厲害是連李靖等人都要向他歸心，師妃暄也最看得起他，擺出整副眞命天子的格局，李密當然不會甘心從此屈居人下，但其他人是否也盡如李密呢？」

寇仲動容道：「說得對，連我都曾經想過當他的跑腿，那時他尙未成氣候，假若李小子平白多出一群謀臣猛將，像魏徵、徐世勣、沈落雁之輩全對他竭誠效忠，要勝他更是難上加難。唉！你說我該怎麼辦才好？」

徐子陵默然不語。

寇仲長身而起，來到他身前，探手抓緊他寬肩，垂頭道：「說吧！一世人兩兄弟，有甚麼事須悶在心內？」

徐子陵緩緩道：「素姐的亡故，難道仍不能使你對爭鬥仇殺心淡嗎？」

寇仲沉思片刻，低聲道：「你肯否放過香玉山和宇文化及？」

徐子陵道：「宇文化及當然不可以放過。但香玉山始終是小陵仲的生父，現在他已遭到報應，且蕭銑終非李小子的對手，我們放過他又如何？」

寇仲又道：「陰癸派害死包志復、石介、麻貴三人，這筆賬該怎麼算？」

徐子陵苦笑道：「這和我想勸你的是截然不同的兩回事，怎可混爲一談。這個天下已夠亂了，現在再多你這個少帥出來，唉！」

寇仲陪他苦笑道：「難道現在你要我去告訴手下，說我不幹了？」

徐子陵道：「當然不可這麼的不負責任，你現在只是面子的問題，假若你肯轉而支持李小子，保證他可短時間內一統天下，使萬民能過些安樂日子。」

寇仲苦笑道：「你難道要我去和那起碼要對素姐之死負上一半責任的李靖共事一主？」

徐子陵嘆道：「我沒有勸你去做李世民的手下，只要你把手上的實力轉贈李小子，我便可和你去割宇文化骨的首級，再回小谷去拜祭娘，以後的天地可任我們縱橫馳騁，喜歡便把陰癸派打個落花流水，爲世除害，待小陵仲大點，又可帶他遠赴域外找尋老跋，豈非逍遙自在？」

寇仲放開抓他肩頭的手，移步至岸邊，細看雨水灑到河面濺起的水花，沉聲道：「你已很久沒有和我說過這方面的事，爲何今天忽然不吐不快呢？」

徐子陵移到他身後，兩手搭在他肩頭上，沉痛地道：「素姐已去，我不想再失去你這個好兄弟。」

寇仲劇震道：「你是認定我會輸了？」

徐子陵頹然道：「我們的問題是太露鋒芒，更牽涉到楊公寶庫的祕密。以前我們尙可和敵人玩捉迷藏的遊戲，現在卻是目標明顯，成爲衆矢之的。無論是蕭銑成功渡江，老爹、李子通之爭誰勝誰負，又或李小子兵出關中，竇建德、劉武周揮軍南下，首先要拔除的都是你這個少帥。」

寇仲感受著徐子陵對他深切的關懷，點頭道：「我不是沒有想過你說的情況，否則也不會不敢稱王而稱帥，還要謙虛老實的稱甚麼他娘的少帥；看似威風，其實窩囊。最理想當然是掘出楊公寶藏後，再看看該做個富甲天下的珠寶兵器商還是做皇帝？但你也該知我這少帥是怎麼來的，此可謂之形勢所迫，又可謂之勢成騎虎。小陵啊！人生在世不過區區數十年，彈指即過，你儘管去做你愛做的事，不用介懷我的生死。現在我的情況是再無退路。哈！大丈夫馬革裹屍，亦快事也！他日我戰死沙場，你也不用替我報仇。素姐的死，使我再難以耽於逸樂，你明白我的心情嗎？」

徐子陵用力狠狠抓他雙肩一把，苦笑道：「當然明白，你這叫打蛇隨棍上，以退爲進。唉！我這做兄弟的事實上已盡了心力，本想你會待至楊公寶藏有了著落，才眞正決定是否該出而與世爭雄，豈知鬼使神推下，你卻當上了甚麼娘的少帥，事情發生得太快！直至素姐身故，我如夢初醒，想到這些問題。你現在的好景只是曇花一現，難以維持長久，你的少帥軍沒有一年半載的時間擴充整頓，仍難成雄師，總之你眼前形勢，尙需待時來運到，否則休想勝過李小子，但你有那時間嗎？」

寇仲道：「魯妙子恐怕有和你同樣的想法，否則便可直截了當的告訴我楊公寶庫是在甚麼地方。照我看你也肯定我找不到楊公寶庫，所以肯陪我玩這尋寶遊戲。這樣吧！給我三個月的時間，若仍起不出寶藏，我便依你所言，把手上兵將領地轉贈你心上人，再由她決定該送何人。但如若老天爺眷顧，眞的給我找到藏寶，我便怎樣都要博他一博，死而無怨。但卻有一個條件。」

徐子陵愕然道：「甚麼條件？」

寇仲微笑道：「陵少須全心全意助我尋寶，不可以騙我。」

徐子陵沉聲道：「我是這種人嗎？」

足音響起，宣永冒雨趕至，低聲道：「抓到一個奸細！」兩人爲之愕然。

數丈外林木深處，奸細的雙手被反縛到一株粗樹幹上，衣衫染血，面色蒼白，年紀在二十許間，五官端正。

宣永低聲道：「我們依少帥吩咐，在四周放哨，這人鬼鬼祟祟的潛到營地來，給我親手擒下，這小子武功相當紮實，是江南家派專走的路子。」

寇仲問道：「他怎麼說？」

宣永狠狠道：「他當然推說是湊巧路過，哼！這裏是荒山野地，若說是打獵尚有幾分道理，只聽他口音，該是浙江人，怎會孤身到這裏來。」

徐子陵皺眉道：「就算探子也該有拍檔同黨，有沒有發現其他人。」

宣永搖頭道：「我已派人遍搜附近山林，仍未有發現。」

寇仲道：「看來要用刑才成，你在行嗎？」

宣永道：「包在我身上。」

正要走前去，徐子陵一把扯著宣永，不忍道：「在未肯定對方身分前，用刑似乎不大好。」

宣永愕然道：「他又不肯自己說出來，不用刑怎弄得清楚他的身分。」

寇仲微笑道：「精神的無形壓力，是用刑的最高明手法，這叫用刑伐謀，來吧！」

三人來到那年輕壯漢前，揮退看守的人，寇仲見那人閉上眼睛，笑道：「他不肯睜眼，自然不肯回答問題，我們只好施刑逼供，用刑至緊要慢慢來，好讓這位好漢有機會考慮自己的處境，作出聰明的選擇。」

「呸！」那人猛地睜眼，吐出一口帶著血絲的濃涎，疾射寇仲。寇仲灑然晃頭，那口痰射空而去。

那人現出訝異神色，顯是想不到寇仲能夠及時避開，旋又閉上眼睛。

宣永大怒，拔出匕首，喝道：「讓我把他的肉逐片削下來。」

寇仲見那人臉上露出不屑神色，心中暗讚，向宣永笑道：「刀子怎及鉗子好，人來！給我把鉗子拿來。」當下遠處有人應命去了。

宣永和徐子陵不解地瞪著他。

寇仲卻轉到樹後，檢視那人被縛的雙手，笑道：「這位老哥的手指長而嫩滑，哈！」又移往前面，大叫道：「人來！給我脫掉他的靴子。」

那人睜眼怒道：「要殺要剮，悉隨尊意，但爲何要脫我的靴子？」

寇仲伸手攔著上前脫靴的手下，微笑道：「因爲我要一個一個地拔掉你的指甲，而且是慢慢的拔，人說十指痛歸心，腳趾卻不知痛歸甚麼，只好在老兄身上求證。不要小看腳趾甲，沒有後等於廢去武功，你也休想可用雙腿走去通風報信，我們更不用殺你。」

那人臉色數變，終於慘然道：「我根本不知你們是誰，抄這邊走只爲趕路往合肥參加榮鳳祥召開的行社大會。」

三人聞之動容。

寇仲和徐子陵交個眼色，心中都想到曾在合肥出現的左游仙，假定兩人均是位列邪派八大高手榜上的人物，說不定會有一定的交情，而這次的行社大會，很可能是左游仙安排的。

寇仲呵呵大笑道：「原來是一場誤會，人來，給我放了這位仁兄，雨愈下愈大哩！大家一起躲進帳幕換過乾衣，再喝他娘的兩杯酒。」

這次輪到宣永和那人愕然而對，不明白爲何憑一句話竟有當場釋放的待遇。

徐子陵去解索時，宣永湊到寇仲耳旁道：「少帥忘了下過不准喝酒的嚴令，且我們根本沒有攜酒來。」

寇仲乾咳一聲道：「那喝杯清水吧！」

那人活動一下被牛筋縛得麻木的雙手，懷疑地道：「你們眞的肯放我？」

寇仲聳肩道：「我們又非窮凶極惡的人，既知是一場誤會，除道歉賠罪外還能幹甚麼？」

那人精神一振道：「朋友高姓大名？」

寇仲微笑指著宣永道：「他叫宣永。」

尚未有機會介紹徐子陵，那人已劇震道：「那你定是『少帥』寇仲，另一位則是徐子陵！」

宣永點頭道：「猜得正著，朋友你貴姓名？」

那人變得友善多了，爽快答道：「我是龍游幫幫主『儒商』澤天文之子澤岳。」

寇仲等三人聽得面面相覷，皆因從未聽過龍游幫的名字，客套話諸如久仰之類全說不出口來。

寇仲打圓場道：「進去避雨再說，幸好澤兄受的只是輕傷，否則我們將更罪過深重。」

澤岳哈哈笑道：「能交得三位兄台，些許傷勢，何足掛齒？」

龍游幫之所以不見稱於江湖，原來因她是一個以經商爲主的幫會，以東陽郡的龍游縣爲中心的行社，組織嚴密，在全國各地展開低買高賣的活動，故有龍游遍地的美譽。

澤岳介紹了龍游幫後，欣然道：「我們的家鄉及毗鄰一帶，山多而田少，最需商品流通，山民迫於生計，唯有肩挑背負，駕船馭車，從事販銷買賣以謀生路。我爹是開發木材生意起家的，現在打著我幫名號在各地大做生意的，至少有過萬人。但眞正有我們龍游幫令牌的，只是幾百人，他們才是我幫的中堅分子。」接著掏出一個銅牌，一面鑄有龍紋，另一邊則是「龍游遍地」四個字。外邊雨勢轉大，清寒之氣從帳門捲進來。

寇仲大感興趣問道：「你們幹的主要是甚麼生意？」

澤岳答道：「所謂不熟不做，我們主要是把山區的土特產賣到有需要的地方，以竹、木、紙、茶、筍、油、草藥七個行業爲主，再買回山區所缺的東西，例如米糧、食鹽、絲綢、棉布等，形成一個流通網絡，各地的幫會行社，不論大小都要給我們幾分面子。」

接著高興地道：「能認識兩位，實是三生有幸，當日你們大破李密，我正由關中趕往洛陽，數當今英雄人物，有誰比得上少帥和徐爺。」

徐子陵有點不好意思的岔開話題道：「現在烽煙處處，對你們做生意沒有影響嗎？」

澤岳笑道：「太平時有太平時的做法，戰亂時則有戰亂的一套。像剛才般被當作奸細，並不是經常發生的，通常只要我亮出龍游幫的令牌，人人會給幾分面子。」

寇仲尷尬道：「澤兄做慣生意，口才果然了得，是哩！你不是說榮鳳祥要在合肥舉行甚麼娘的行社大會？究竟是怎麼一回事？」

澤岳的臉色沉下去，嘆道：「這是件令人心煩的事。榮鳳祥最近坐上洛陽幫的龍頭寶座，影響力大增，現又當上北方勢力最大的百業社的尊長，更是如虎添翼。這次他到合肥來，是要號召江北的行社商幫加入百業社，美其名爲團結起來。照我看他該是另有野心。」

寇仲眉頭大皺道：「百業社又是怎麼一回事？」

澤岳道：「那只是北方各地行社的一個聯盟。尊長對轄下的行社並沒有管治權，但卻可代表各行社去向各地勢力出頭說話，依時召開百業大會，以釐定各種價格，解決商務的紛爭，影響力可大可小，須看誰當尊長。」

徐子陵和寇仲交換個眼色，大感不妙。榮鳳祥既是邪派高手辟塵的化身，若給他成為天下商幫行社的龍頭老大，會幹出甚麼好事來？

徐子陵試探道：「這不是好事嗎？澤兄因何煩惱呢？」

澤岳苦笑道：「怎會不煩？做生意最緊要靈活自由，不受約束，現在榮鳳祥擺出一副以大欺小的格局，挾北方百業社的威勢，硬要我們加入他的百業社……」

寇仲打斷他道：「若不入社，會有甚麼後果？」

澤岳沉吟道：「暫時仍不太清楚，那要看他對北方各大行社的控制力如何，但對我們要在北方做生意，當然有點影響。」

徐子陵道：「貴幫是準備參加還是拒絕加入？」

澤岳道：「我這次想早點趕往合肥，正是要和各地行家商量，好了解他們的想法，若人人搶著參加，我們的處境將會非常困難，說不定只好隨眾屈服。」

寇仲愕然道：「澤兄豈會是這種人？」

澤岳苦笑道：「說到底我只是個生意人，任何行動要先權衡利害。噢！我尚未請教兩位如此勞師遠征，究竟要去對付甚麼人？」

寇仲答道：「還不是曹應龍和朱粲兩個大混蛋。」

澤岳肅然起敬道：「原來是這兩個殺人如麻、不講江湖規矩的惡魔。有甚麼需澤岳幫忙的地方，只要我辦得到，定會全力以赴。」

寇仲道：「你還是安心做你的生意吧！但榮鳳祥的事我兩兄弟卻不能置之不顧，因爲這是另一個混蛋，比之曹應龍和朱粲更可怕，所以怎樣都要抽空和澤兄去一趟合肥，幸好是順路。」

澤岳失聲道：「甚麼？」

寇仲換上他在飛馬牧場大戰李天凡、沈落雁的面具，變回那鷹勾鼻兼滿臉絡腮鬍的中年狂漢；而徐子陵當然不敢扮岳山或疤臉大俠，取出尙未用過的一張面具，搖身一變成了個滿臉俗氣的黃臉漢子，年紀比寇仲還要大，兩人你看我我看你，都覺好笑。

三人冒雨趕路，只兩個時辰腳程，在午後時分抵達合肥，果然各地商幫行社的人紛來赴會，人車不絕於途。

三人剛入城，便有龍游幫先一步抵達的人來迎接，澤岳這幫主之子顯然地位極高，雖沒有介紹兩人，手下亦不敢詢問。

龍游幫在合肥貫通南北城門的主大街開了間茶鋪，三人在鋪後院舍落腳，澤岳去聽手下的報告時，兩人均感疲倦，換過乾衣後，躲在房內休息。

寇仲踢掉靴子，大字形攤到床上，向挨在臥椅處凝望窗外雨勢的徐子陵道：「眞不明白魯妙子，爲甚麼每張面具的賣相都是令人不敢恭維的，弄得俊俏順眼點不行嗎？」

徐子陵沉吟道：「你說魯先生長相如何？」

寇仲道：「年輕時他定長得非常英俊，不見他年紀大了仍是個很好看的老傢伙嗎？這又有甚麼關係？」

徐子陵聳肩道：「我不知道，該有點關係吧！人生出來便注定美醜媸妍，在一般情況下都不可改變，只能接受這現實。若我是魯先生，既有此變天之力，自然想換個截然不同的臉孔，好經驗另一不同身分，不同感受。」

寇仲頷首道：「這麼說也有點道理。好了！言歸正傳，我們是否該聯手宰了榮鳳祥。」

徐子陵道：「雨停哩！」

寇仲從床上坐起來，瞧往窗外，道：「此事定要立下決定，我們只有兩日一晚的時間去破壞榮鳳祥的陰謀。唉！我眞不明白王世充爲何不對付這個妖人，楊公卿該已告訴他榮鳳祥就是避塵，而避塵即是辟塵。」

徐子陵嘆道：「太自信並非好事，就算辟塵蠢得偶然落單任由我們出手，我們亦未必可殺死他。更何況有左游仙撐他的腰，這裏更是輔公祐的地頭，那輪得到我們逞強。」

寇仲苦笑道：「我並非過於自信，只因時間無多。」

徐子陵笑道：「不能力敵，便須智取，你不是滿肚子狡計嗎？拈一計出來給我見識如何。」

寇仲喜道：「聽你的口氣，似是胸有成竹，快說來聽聽。」

徐子陵啞然失笑道：「先弄清楚形勢再說吧！要拆掉一間房子，怎都比建設一間房子容易。」

寇仲動容道：「有道理，隨手一揮，便可砸碎杯子，但要製造杯子，卻要經過多重工序，例如捏土為坯，入窰煉燒，榮鳳祥能榮登百業社的尊長也屬於這情況，首先要成為長袖善舞的大商家，行會的會長，但仍要到他撿得便宜，當上北方最大黑幫的龍頭老大，才給他奪得百業社尊長之位。現在更想把影響力伸延至江北，遲些更會把魔爪探往南方，過程一點不輕鬆。但我們只要揭穿他的身分，就像把杯子投在地上般立可粉碎他的美夢。」

徐子陵道：「榮鳳祥可以代替上官龍做洛陽幫的老大，絕非表面看來那麼簡單，我敢肯定幫內能話事的人，該隱有陰癸派的餘黨。而榮鳳祥則暗中與陰癸派勾結……」

寇仲一震道：「說得對，很可能為了爭天下的大利，甚麼他娘的邪派八大高手大部分都站在同一陣線，四處搞風搞雨占便宜。若沒有左游仙點頭，榮鳳祥怎能在合肥開百業社大會。」又道：「不如你再扮作岳山，找你的老友游仙妖道套套口風。」

徐子陵笑道：「保證未喝完杯熱茶，便要露出馬腳，你這小子分明想害我。」

這時澤岳神色凝重的走進房來，道：「我要去見一個人，假設他肯支持拒絕參加百業社，會有很多人響應的。」

寇仲坐到床沿，問道：「此人是誰？」

澤岳坐往徐子陵旁的椅內去，道：「這人叫安隆，人稱『四川胖賈』，是西南方最大的酒商，也兼營其他生意，是多個行會的會頭。」

寇仲點頭道：「天下人人喝酒，他既是西南方最大的酒販，肯定有點來頭，是否還懂武功呢？」

澤岳道：「他的武功倒稀鬆平常，不過他的拜把兄弟卻是雄霸四川的『武林判官』解暉，解暉的兒子解文龍娶了宋缺的女兒宋玉華為妻，有這麼強的靠山，誰敢惹他。」

寇仲動容道：「聽說解暉的獨尊堡乃四姓門閥外最有地位的家族，而解暉的武功則差點可媲美『天刀』宋缺，唔！這人定要見見。」

徐子陵問道：「百業大會的情況如何？」

澤岳道：「榮鳳祥和他的漂亮女兒三日前已抵合肥，正四處活動，遊說各方來的商頭，百業大會將於明早在總管府舉行，我們已時間無多。」

寇仲彈起來道：「事不宜遲，先去見安隆再說吧！」

澡堂內熱氣騰升。

在西堂的貴賓浴內，給安隆一人獨霸了兩丈見方的浴池，十多名保鏢隨從分守在池旁和各個進出口，人人太陽穴高鼓，均非一般庸手，只此便看出安隆的財勢。安隆是個大胖子，兩手不知是否因過多贅肉，似乎特別短小，腆著大肚腩，扁平的腦袋瓜兒像直接從胖肩長出來似的，加上兩片厚厚的嘴唇，一望而知是講究吃喝玩樂的人。

澡池的水滿溢浸至池岸的石板地，令人懷疑水位是否因他而達致如此情況。此時他正挨在池邊的一角，讓蹲在池旁的手下為他的水煙管裝煙絲吹火綿，再送到他嘴旁讓他「咕嚕咕嚕」的吞雲吐霧，寫意而頹廢得有種墮落的感覺。

徐子陵、寇仲和澤岳三人來到浴室，尚未有機會說話，安隆已哈哈笑道：「天文兄不來，賢姪來也是一樣，快下來陪我一起快活快活。」

徐子陵和寇仲嚇了一跳，假若他們露出與面具的年齡皮膚、均大有出入的年輕人身體，豈非立即露出馬腳。

澤岳卻顯示出他的急才，笑道：「安老闆吩咐，小姪怎敢不從。」接著快手快腳脫掉衣衫，塞到兩人手上，道：「你兩個給我到門外去。」只是這種做作和命令，便在安隆等人前肯定兩人是僕從的身分，但當然他們在門外仍可聽到澡堂內所有對答。

門外是個供貴賓休息的小偏廳，設有兩組桌椅，安隆的手下占去其中之一，兩人和安隆的人禮貌地打過招呼，坐到另一組桌椅，享受男僕奉上的香茗糕點。

此時安隆正詢問澤岳那龍游幫主父親的情況，尚未轉入正題，寇仲湊到徐子陵耳旁道：「你覺得這胖子如何？」

徐子陵輕應道：「該是個深藏不露的高手，對外擺出來的樣子，只是騙局。」

寇仲臉色凝重起來，點頭道：「我也深有同感，甫進浴室，我便感到一種難以形容的邪氣，心中發寒，有點像對著婠婠時的樣子。」

徐子陵一震道：「那就糟哩！這死胖子能如此眞人不露相，肯定是榮鳳祥的級數，且一個不好就是邪道八大高手之一，那這回無論澤岳說甚麼只是徒費唇舌。」

寇仲的臉色也很難看，道：「先聽他說甚麼再審度吧！」

澤岳的聲音傳出來道：「這次出門，爹曾千叮囑萬吩咐，著小姪凡事要先請教安世叔，那就絕不會犯錯。」外面的寇仲和徐子陵心叫完了。若澤岳眞的聽足安隆吩咐，豈非要改變立場爲立即加入百業社。

安隆發出一陣彷若豬鳴的笑聲，道：「你老爹這麼看得起我安隆，安某人就送他一罈黑珍甜酒，此乃酒中極品，酒色晶瑩明透，閃亮生輝，醇厚甘美，甜酸可口，喝後能生津怡神，暖胃補腎，滋補強身，甚麼虛汗、盜汗、神衰、陰竭，都酒到病消。若非我得到一批天竺來的黑珍珠米，亦釀不出這種酒來，故只送不賣，送的當然只限像天文兄這些有過命交情的老朋友。」

寇仲和徐子陵聽得瞠目結舌。

單論口才，此人肯定是頂尖高手的境界，口若懸河不在話下，且字字擲地有聲，有極高的說服力。兩人自問聽完他這番話後，也很想找罈來嘗嘗，看看他有否言過其實。

澤岳乾笑兩聲，道：「先代爹他謝過安世叔的厚愛。嘿！世叔這次對榮老闆號召江北同道加入百業會一事，究竟有何看法？」

安隆沉吟片刻，壓低聲音道：「此事實在非同小可，一向以來，我們雖各自為政，但彼此相處融洽，就像把香雪酒混合加飯酒來喝，既有香雪的馥郁芬芳，又具加飯的甘陳醇厚，令人回味悠長。榮鳳祥這麼挾勢北來，分明是要擴大百業社的影響力，此事定須詳細斟酌。」

寇仲和徐子陵提至半天的心，這才放下來，暗忖一是他們疑心生暗鬼，看錯安隆，又或是安隆雖是邪人，卻與榮鳳祥處於對抗位置，故暗中扯他後腿。

澤岳欣然道：「那依世叔意思，我們是要聯結起來，拒絕加入百業會。」

安隆低聲道：「若眞這麼做，我們就是大傻瓜。」

徐子陵和寇仲聽得面面相覷，大惑不解。

澡堂裏面的澤岳顯然不比他們的領悟力好多少，囁嚅道：「世叔的意思是……」

「啪！」不知是安隆大力拍了澤岳一記，還是安隆自己拍自己肥肉助興，只聽安隆笑道：「岳世姪始終是嫩了點，若來的是你老爹，定會和我有同樣的想法，生意就是生意，最緊要是賺錢，加入百業社對做生意有利無害，何樂而不爲。」

澤岳代徐子陵和寇仲問了他們最想問的問題，道：「但世叔剛才說，嘿！說榮鳳祥有點問題。」

安隆嘆道：「榮鳳祥是否有問題並不重要，最重要是我們加入百業社後，該由誰來當尊長，由誰來話事。」

徐子陵和寇仲恍然大悟，終於明白沒完全看錯安隆，只錯把他當作榮鳳祥的一夥。他擺明是要把百業社尊長之位，搶到手上來。

澤岳愕然無語。

安隆繼續侃侃而言的道：「榮鳳祥雖是洛陽幫的龍頭老大，我卻有四川獨尊堡和嶺南宋家的支持，如果再有貴幫振臂一呼，哪輪得到他擺布一切。明天開大會時，我們索性逼他推選新的尊長，哈！我要他偷雞不著反蝕把米。」

寇徐兩人聽得頭都大起來，怎想得到形勢複雜至此，一時間亂了方寸。

《大唐雙龍傳》卷七終

新人間叢書114

大唐雙龍傳修訂版〈卷七〉

作　者－黃易
主　編－葉美瑤
編　輯－邱淑鈴
校　對－余淑宜・黃易・蕭淑芳・林瑞霖・陳錦生
企　畫－王嘉琳
董事長
總經理－趙政岷
總編輯－余宜芳
出版者－時報文化出版企業股份有限公司
10803台北市和平西路三段二四〇號三樓
發行專線－（〇二）二三〇六－六八四二
讀者服務專線－〇八〇〇－二三一－七〇五・（〇二）二三〇四－七一〇三
讀者服務傳真－（〇二）二三〇四－六八五八
郵撥－一九三四四七二四　時報文化出版公司
信箱－台北郵政七九～九九信箱
時報悅讀網－http://www.readingtimes.com.tw
電子郵件信箱－liter@readingtimes.com.tw
印　刷－盈昌印刷有限公司
初版一刷－二〇〇二年十月二十一日
初版八刷－二〇一四年十一月五日
定　價－新台幣二五〇元
⊙行政院新聞局局版北市業字第八〇號

ISBN 978-957-13-3777-3
Printed in Taiwan

國家圖書館出版品預行編目資料

大唐雙龍傳修訂版／黃易著．--初版．-- 臺北市：時報文化，2002〔民91- 〕
冊；　公分．--（新人間；114）

ISBN 978-957-13-3777-3（卷7：平裝）

857.9　　　　　　　　91013842

編號：AK0114	書名：大唐雙龍傳〈卷七〉
姓名：	性別：＿＿＿＿ 1.男　2.女
出生日期：　年　月　日	身份證字號：

＿＿＿＿ 學歷：1.小學　2.國中　3.高中　4.大專　5.研究所（含以上）

＿＿＿＿ 職業：1.學生　2.公務（含軍警）　3.家管　4.服務　5.金融　6.製造　7.資訊　8.大眾傳播　9.自由業　10.農漁牧　11.退休　12.其他

地址：＿＿＿＿縣（市）＿＿＿＿鄉鎮區＿＿＿＿村＿＿＿＿里

＿＿＿＿鄰＿＿＿＿路（街）＿＿＿段＿＿＿巷＿＿＿弄＿＿＿號＿＿＿樓

郵遞區號＿＿＿＿＿＿

（下列資料請以數字填在每題前之空格處）

＿＿＿＿ **您從哪裡得知本書／**

1.書店　2.報紙廣告　3.報紙專欄　4.雜誌廣告　5.親友介紹　6.DM廣告傳單　7.其他＿＿＿＿

＿＿＿＿ **您希望我們爲您出版哪一類的作品／**

1.長篇小說　2.中、短篇小說　3.詩　4.戲劇　5.其他＿＿＿＿

您對本書的意見／

＿＿＿＿內　　容／1.滿意　2.尚可　3.應改進

＿＿＿＿編　　輯／1.滿意　2.尚可　3.應改進

＿＿＿＿封面設計／1.滿意　2.尚可　3.應改進

＿＿＿＿校　　對／1.滿意　2.尚可　3.應改進

＿＿＿＿翻　　譯／1.滿意　2.尚可　3.應改進

＿＿＿＿定　　價／1.偏低　2.適中　3.偏高

您的建議／

請沿虛線撕下後對折裝訂寄回，謝謝！

請沿虛線摺下裝訂，謝謝！

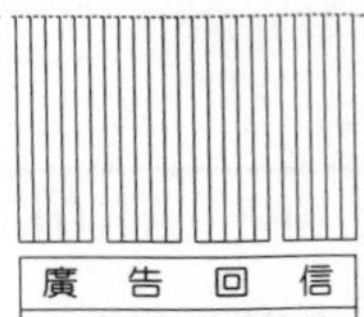

廣　告　回　信
台北郵局登記證
台北廣字第2218號

地址：10803台北市和平西路三段240號3樓
讀者服務專線：0800-231-705・(02)2304-7103
讀者服務傳真：(02)2304-6858
郵撥：19344724 時報文化出版公司

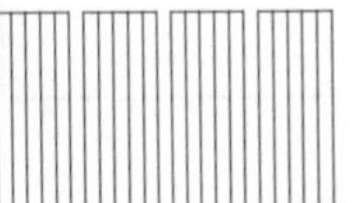

請寄回這張服務卡（免貼郵票），您可以──

●隨時收到最新消息。

●參加專為您設計的各項回饋優惠活動。

新人間

新感覺・新人間・文學的新版圖

寄回本卡，掌握新人間系列的最新訊息